MILENA MOSER

Sofa, Yoga, Mord

Buch

Es ist ein heißer kalifornischer Sommer, und Lily ist allein. Sie wird den ganzen Sommer allein sein – zumindest glaubt sie das. Die Tage verbringt sie mit Southern Comfort vor dem Fernseher. Nur frühmorgens geht sie ins Studio Yama Yoga und harrt dort verkatert und verschlafen in unbequemen Stellungen aus, bis es Zeit ist, sich wieder vor den Fernseher zu begeben und die erste Flasche zu öffnen.

Eines Tages hat Lilys Lethargie jedoch ein Ende. Sie sitzt gerade mit ihrem allmorgendlichen dreifachen Espresso in Germain's Coffeeshop, als plötzlich ein alter Mann vor ihr steht, ein Mann, den sie kaum kennt – ihr Vater. Unter dem Arm trägt er eine Urne mit der Asche von Lilys Mutter. Diese hat Lily nie verziehen, dass aus ihr keine Superfrau geworden ist. Und die Asche ist auch nicht für sie bestimmt, sondern für Schwester Esther. Doch wer zum Teufel ist Schwester Esther?

Bevor sich Lily mit ihrem Familiendrama auseinander setzen kann, fährt laut heulend ein Streifenwagen vor. Im Yogastudio liegt eine Tote. Mandalee, eine Vorzeige-Yogini mit perfekt lackierten Zehennägeln und elegantem moosgrünen Leotard bekleidet, ist in der so genannten Totenstellung das Herz stehen geblieben. Wenige Tage später stirbt eine zweite Frau in derselben Stellung. Der Verdacht fällt natürlich sofort auf die Yogalehrerin Kath, die früher ein erfolgreicher Musicalstar war und sich erst kürzlich mit Räucherstäbchen und veganischen Kochbüchern bewaffnet ins Yogageschäft gestürzt hat.

Obwohl Lily sich eigentlich um ihren Vater kümmern müsste, lässt sie sich von dem undurchschaubaren aber ziemlich attraktiven Privatdetektiv Doug in die Ermittlungen verwickeln – und löst den Fall, beinahe ohne es zu wollen.

Autorin

Milena Moser, 1963 in Zürich geboren, lebt als freie Schriftstellerin in San Francisco. Zu ihren größten Erfolgen zählen: »Die Putzfraueninsel« (1991), »Schlampenbuch« (1992), »Blondinenträume« (1994) und zuletzt »Artischockenherz« (1999).

Als Blanvalet Taschenbuch lieferbar:

Artischockenherz (35520) – Bananenfüße (35901) –
Die Putzfraueninsel (36128) – Das Schlampenbuch (36175)

Milena Moser

Sofa, Yoga, Mord

Roman

blanvalet

Umwelthinweis:
Alle bedruckten Materialien dieses Taschenbuches sind chlorfrei und umweltschonend.

2. Auflage
Taschenbuchausgabe Januar 2006
bei Blanvalet, einem Unternehmen der Verlagsgruppe Random House GmbH, München.

Umschlaggestaltung: Design Team, München
Umschlagillustration: Tertia Ebert
Satz: Uhl+Massopust, Aalen
Druck: GGP Media GmbH, Pößneck
LW · Herstellung: Heidrun Nawrot
Printed in Germany
ISBN-10: 3-442-36380-2
ISBN-13: 978-3-442-36380-3

www.blessing-verlag.de

Für Alice Joanou,
die mich die 24. Straße hinunter verfolgt
und in ihr Yogastudio gezerrt hat
– I'll never forget

Speziellen Dank an Thomas Kern, Regula Busin und Franziska Schwarzenbach – the best

Toter Käfer

1

Sitzen bleiben. Weiter atmen. Das fiel ihr als Erstes ein. Yoga heißt, in einer unbequemen Stellung ausharren zu können. Einfach sitzen zu bleiben und weiter zu atmen.

Nicht, dass Lily viel über Yoga wusste.

Es war kurz vor neun. Lily saß an der schmalen Seite der Theke im Café, balancierte ganz vorn auf der Kante eines wackligen Hockers. Vor sich, wie jeden Morgen, ihr Frühstück. Ein dreifacher Espresso im Pappbecher, ein Heidelbeermuffin, die Zeitung von heute. Neben ihr der alte Mann.

Sitzen bleiben. Weiter atmen.

Oben im Studio, im Dachgeschoss des Hauses, ging die Yogastunde langsam zu Ende. Die anderen Schüler lagen noch auf dem Rücken wie Quallen im Sand, in der Totenstellung ausgestreckt.

Wenn Lily an den Yogastunden teilnahm, dachte sie bei dieser Entspannungsübung immer schon an ihr Frühstück. Es war Sommer, und sie war allein. Den ganzen Sommer allein. Sie kochte nicht, nicht einmal Kaffee. Es lohnte sich nicht. Kaum etwas lohnte sich. Nur fernsehen war erträglich. Fernsehen und trinken. Trinken und fernsehen. Lilys Sommerprogramm. Beides war ihr neu. Und jetzt noch Yoga.

Vor einer Woche oder so hatte Kath (»nicht Shiva, nicht Sri Katherine, einfach Kath«) ihr Studio im Glashaus unter dem Dach eröffnet. Jeden Morgen früh um sieben klingelte sie Lily auf dem Weg zur ersten Stunde aus dem Bett. Lily hatte sich angewöhnt, in Turnhosen zu schlafen. Tapfer absolvierte sie die Übungen, verschlafen, verkatert. Sie war immer die Erste, die aufstand, ihre Matte zusammenrollte und barfuß davonschlich. Sie ging zu *Germaine's Coffeeshop & Laundromat* hinunter und bestellte jeden Morgen dasselbe.

»Einen dreifachen Espresso?«, fragte die junge Frau an der Kaffeemaschine nach, eine Japanerin mit silbern gefärbtem Haar, vielleicht war es auch eine Perücke. Lily sah sie zum ersten Mal. Germaines Angestellte blieben nie lange.

»Das ist nicht gesund, das weißt du ja, oder?«

Lily wusste das.

»Da hat einer nach dir gefragt.« Germaine, eine muskulöse Schwarze mit langen, grauen Dreadlocks, die in Sport-BH und Radlershorts an der Kasse stand, nickte ihr zu. »Er sitzt am Fenster.«

Lily nahm Becher, Muffin und Zeitung und drehte sich um. Der alte Mann saß auf einem der Hocker direkt am Fenster, wo man die Straße überblicken konnte. Dort saß auch Lily häufig. Als sie näher trat, stand er auf und klopfte seinen Anzug ab, einen schwarzen Anzug aus dickem Wollstoff, der nicht für das kalifornische Klima gemacht war. Lily hatte ihn nie in einem anderen gesehen. Sein weißes Haar war dünner geworden, die randlose Brille hatte er mit Heftpflaster geflickt, aber sonst sah er aus wie immer. Er streckte die Hand aus.

Ein Mann, den sie kaum kannte. Ihr Vater.

»Hi«, sagte sie, die Hand ignorierend, »ich meine: Hallo.« Als hätte sie ihn erwartet. Hier, in San Francisco. Als hätte sie ihn nicht vor fünfzehn oder siebzehn Jahren zum letzten Mal gesehen. Sie stellte ihr Frühstück auf die Theke. Er nahm seinen Mantel vom Hocker neben sich, und sie setzte sich, entfernte den Deckel vom Pappbecher und atmete das bittere Aroma ein. Germaines Kaffee war lausig, sie selbst unfreundlich und launisch, doch ihr Lokal war immer voll. Ganze Tage verbrachte man hier, saß an den kleinen Tischen, wartete auf die Wäsche, die sich nebenan in den Maschinen drehte, trommelte auf Computertastaturen ein, las internationale Tageszeitungen, starrte ins Leere oder kritzelte in eines der schwarzen Gästetagebücher, die auf allen Tischen lagen.

Hallo, ich heiße Susan, und ich muss euch einfach sagen, dass ich total in meinen Mann verliebt bin. Er ist so süß! Wir haben uns hier im 38er-Bus kennen gelernt, dabei stammen wir beide aus derselben Gegend, aus Michigan nämlich, Kalamazoo, um genau zu sein. Wir waren sogar auf derselben Schule, aber nicht zur gleichen Zeit. Tatsächlich hat er mich auf mein Sweatshirt angesprochen, auf dem Kalamazoo High *steht. Es war Liebe auf den ersten Blick. Oder eigentlich zweiten, denn wir haben uns vor fünfzehn Jahren im Speisesaal der Schule schon mal unterhalten, das haben wir später rekonstruiert, aber er war damals ein Streber und uncool. Und jetzt ist er Chefprogrammierer bei* Sun *und ich seine Frau. Ist das nicht irre? Ich hoffe so sehr, dass unsere Ehe hält. Es ist meine erste.*

Du denkst, ich sehe dich nicht, du denkst, du bist allein, ganz allein auf der Welt. Aber ich sehe dich, ich bin immer bei dir, spürst du nicht meinen Atem in deinem Nacken? So nah bin ich, so nah.

Leute, mir geht es beschissen! Ich habe eben meinen Job verloren. Um halb zehn rief mich der Personalchef zu sich, um zehn stand ich auf der Straße, den Schreibtisch hatten sie in der Zwischenzeit schon geräumt, den Computerzugang gesperrt, meine persönlichen Besitztümer in eine Schachtel gepackt. Nicht mal telefonieren durfte ich mehr. Unglaublich! Sogar wenn man verhaftet wird, darf man noch mal telefonieren! Danke fürs Zuhören, Leute. Das hat gut getan.

Manche Eintragungen wurden nach Tagen oder Wochen fortgesetzt, es gab auch Stammgäste, die sich bei jedem Besuch verewigten. Vierundzwanzig dieser schwarzen Bücher zirkulierten im Lokal. Lily hatte sie in diesem langen, einsamen Sommer entdeckt und war sofort süchtig geworden. Süchtig nach diesen Einblicken, diesen Lebenssplittern, die sich fortspannen wie Fernsehserien. Das Fernsehen war eine weitere Entdeckung des Sommers, aber da liefen die Serien erst mittags an. Lily hatte sich deshalb angewöhnt, ihr Frühstück auszudehnen.

»Gut siehst du aus«, sagte Lilys Vater, Dr. Wildvogel. Sie erinnerte sich nicht an seinen Vornamen. Sie hatte ihn auch nie Vater genannt oder gar Papa. Meist hatte sie es vermieden, ihn direkt anzusprechen. Er schien es ihr nicht nachzutragen.

»Iss ruhig«, sagte er. »Lass dich nicht stören.«

Sie wickelte den Muffin aus dem Papier und brach ihn auseinander. Irgendwo hatte sie gelesen, dass ein Muffin heute dreimal so groß war wie noch vor zwanzig Jahren. Doch ihr war er nicht groß genug. Lily hatte immer Hunger, er nagte an ihr, besonders morgens. Sie musste essen, um sich überhaupt aufrecht halten zu können. Sie bot ihm eine Hälfte an. Er lehnte ab. Befolgte er nicht irgendeine Diät? Sie wusste es nicht mehr. Hatte ihm nie viel Beachtung geschenkt.

»Ich habe schon gegessen«, sagte er. Vor ihm auf der Theke stand eine riesige bauchige Tasse mit einem Rest Milchkaffee und eine hochformatige Pappschachtel, mehrfach mit Klebeband umwickelt. Seine Hand ruhte darauf, beiläufig und selbstsicher, wie auf einer vertrauten Schulter.

»Ruth?« Lily wusste nicht, wo das herkam, warum sie das sagte. Sie hatte ihre Mutter nie beim Vornamen genannt.

»Mama?«

Ihre Mutter hatte vor knapp einem Jahr jeden Kontakt mit

ihr abgebrochen. Doch wenn sie gestorben wäre, dann wüsste sie es. Wüsste sie es?

Dr. Wildvogel streichelte die Schachtel. Er schaute Lily nicht an. »Ich kann es immer noch nicht glauben«, sagte er. »Wo sie doch so stark war. Nicht wahr? So eine starke Frau.«

Er sprach mit dem verwaschenen Akzent, den Deutsche nach langer Zeit in der Schweiz annehmen. Eigentlich eher ein Unterton als ein Akzent, ein fragender, fast schon anbiedernder Unterton. Die Schweizer mögen die Deutschen nicht. Sie wissen nicht, warum. Es ist einfach so. Sie nennen sie Schwaben. Lily war wenig begeistert gewesen, als ihr ihre Mutter nach jahrelangem Fragen und Bohren schließlich den deutschstämmigen Dorfarzt als Vater präsentierte. Der Schwabe. Da konnte er noch so lange eingebürgert sein, er blieb der Schwabe. Er kam ihr damals schon alt vor in seinem schwarzen Anzug. Er war der Mann, der einmal jährlich in die Schule kam und die Kinder klassenweise impfte. Sie hatte heimlich gehofft, es sei der Schauspieler, der mit gewagt langem Haar die einzige Jugendsendung im Schweizer Fernsehen moderierte, oder wenigstens der braun gebrannte Turnlehrer aus Ungarn.

»Was ist passiert?«, fragte sie. »Ein Unfall?« Es musste ein Unfall gewesen sein oder eine Naturkatastrophe – ein Meteorit hatte sie erschlagen, eine Sturzflut sie weggeschwemmt, die Erde sie verschluckt. Es war schon so, wie Dr. Wildvogel sagte. Sie war zu stark zum Sterben. Zum einfach so Sterben.

»Krebs.«

»Krebs?« Das konnte nicht stimmen. Nicht ihre Mutter.

Er zuckte mit den Achseln und klopfte auf die Schachtel, wie um sich zu vergewissern. »Sie hat niemandem etwas gesagt. Nicht einmal mir, dabei war ich ihr Hausarzt. Es muss alles sehr schnell gegangen sein. Das ist doch ein Trost, nicht wahr? Das ist ein Trost.«

Draußen vor dem Fenster ging ein Mann mit seinem Hund vorbei, beide trugen die gleichen rot-weiß gemusterten Bandanas um den Hals. Sie überquerten die Straße und betraten die *Pink Elephant Bar* auf der anderen Seite, die eben öffnete. Es war kurz nach neun Uhr morgens.

»Am Dienstag haben wir noch wie immer zusammen gegessen«, fuhr Dr. Wildvogel fort. »Ihre Frisur war nicht wie sonst. Ich dachte noch, sie habe sich die Haare gefärbt, und das passe doch eigentlich gar nicht zu ihr. Sie ist ja eher ein natürlicher Typ... war, meine ich. War. Ein natürlicher Typ.« Er seufzte. »Das muss wohl eine Perücke gewesen sein. Ja, im Nachhinein ist man immer klüger.«

Er riss die Klebebänder ab, eines nach dem anderen, zerknüllte sie und stopfte sie in die leere Kaffeetasse. Dann hob er die Urne aus der Schachtel und stellte sie auf die Theke. Es war eine einfache Aluminiumvase mit schlankem Hals, an dem die silberne Kette ihrer Mutter mit dem Rotkreuzmedaillon hing. Lily berührte es mit dem Finger. Ruth Vogelsang war Krankenschwester gewesen. Gemeinde- und Schulschwester in Hemlikon, einem Dorf in der Nähe von Zürich. Sie war bereits über vierzig, als sie mit Lily schwanger wurde, und nicht verheiratet. Lily war jahrelang das einzige Kind in ihrer Klasse, vielleicht im ganzen Schulhaus, das keinen richtigen Vater hatte. Bis ein Junge aus der Stadt zuzog, dessen Eltern geschieden waren.

»Sie war nie in Afrika«, sagte Lily. Ruth hatte immer von Afrika geredet, von der Arbeit, die es da zu tun gab, dem Elend, das gelindert, den Menschen, die gerettet, den Krankheiten, die ausgerottet werden mussten. Von den Löwen, die ihren Besuch erwarteten wie entfernte Verwandte. Aber Ruth hatte Hemlikon nie verlassen. Das würde Lily tun. Lily würde Afrika retten. Großes leisten. Gutes tun. So hatte ihre Mutter sie erzogen.

»Sie ist aus Hemlikon nie herausgekommen«, sagte Dr. Wildvogel.

Und Lily hatte nichts gerettet. Sie trank den letzten Schluck Kaffee, der kalt war und so bitter, dass es sie schüttelte. Der Schock hielt sie immerhin vom Weinen ab.

»Warum hast du sie hergebracht?« Falls Lily gehofft hatte, dies sei der letzte Wunsch ihrer Mutter gewesen, wurde sie enttäuscht.

»Esther lebt doch hier. Schwester Esther. Sie soll die Asche kriegen.«

»Schwester Esther? Sie hatte keine Schwester. Das wäre ja meine Tante. Ich habe keine Tante.«

»Schwester wie Krankenschwester. Ihre Freundin. Schwester Esther.«

»Klingt wie aus einem Ärzteporno: Schwester Esther.« Lily kicherte. Ihre Stimme kippte, doch sie konnte nicht aufhören. Schnell nahm sie noch einen Schluck von dem bitteren Gebräu, doch es half nichts, Tränen stiegen ihr in die Augen. Vielleicht wegen des Kaffees, er war wirklich scheußlich. Dr. Wildvogel legte eine Hand auf ihre Schulter und tätschelte sie freundlich. Das machte es nicht besser.

»Schwester Esther«, wiederholte er nach einer Weile. »Du kennst Schwester Esther nicht?«

Lily schüttelte den Kopf.

»Du bist also nicht ihretwegen nach San Francisco gezogen? Du hast sie nie besucht?«

»Nein!«

»Aber du weißt, wer sie ist?«

»Nein.« Sie wischte sich das Gesicht mit der Armbeuge ab.

Dr. Wildvogel seufzte. »Es ist eine lange Geschichte. Aber ich werde dir alles erzählen. Schön der Reihe nach.«

Lily stand auf. Sie fragte sich, ob es schon Zeit sei, eine

Flasche aufzumachen. Halb zehn. Wohl nicht. Sie sah zur anderen Straßenseite hinüber, zur *Pink Elephant Bar*, wo schon Bier ausgeschenkt wurde. Den ganzen Sommer über hatte sie jeden Tag gewartet, bis es Zeit wurde, die Flasche aufzumachen, den Fernseher einzuschalten. Das war jeden Tag ein bisschen früher gewesen, aber nie vor Mittag. Bis jetzt.

»Ich hole mir noch einen Kaffee«, sagte sie. »Willst du auch was?«

»Nur Wasser, bitte. Heißes, wenn es geht.«

Die Schlange vor der Theke war lang geworden. Die Angestellten der umliegenden Bürolofts, Haushaltsboutiquen und Friseurläden machten zum ersten Mal an diesem Morgen Pause. Zwei Polizisten in Uniform und mit schmalen Sonnenbrillen drängten sich vor. Den Streifenwagen hatten sie mitten auf der Straße abgestellt, das Blinklicht noch an. Die anderen Gäste murrten.

»Wer hat es heute besonders eilig?«, fragte Germaine scharf und schickte die Unvorsichtigen, die sich meldeten, gleich ganz nach hinten. Dann wandte sie sich an die Polizisten. »*Nice try*«, sagte sie, »aber das funktioniert bei mir nicht. Hinten anstellen!«

»Wir haben einen Notruf gekriegt«, sagte der ältere der beiden. »*Yama Yoga*, ist das hier im Haus?«

»Lily?«

Lily wäre als Nächste drangekommen. »Ganz oben«, erklärte sie. »Sie können gleich hier durch. Ich zeige es Ihnen.«

Aus dem Hintergrund hörte man eine weinerliche Stimme: »Uniform hin oder her, das ist uns Stammgästen gegenüber einfach nicht fair.«

In diesem Augenblick fuhr eine dunkelrote Feuerwehr vor, gefolgt von einer Ambulanz. Die Polizisten warteten nicht auf Lily, sondern rannten zum Hintereingang, der direkt ins Treppenhaus führte. Silberhaar hatte Lilys Pappbecher wieder mit verbranntem Espresso aufgefüllt.

»Der geht aufs Haus«, sagte Germaine.

»Danke.« Lily winkte Dr. Wildvogel zu, der aufgestanden war und die Urne umständlich wieder in die Pappschachtel packte.

Sie stellte ihren Becher beim Hintereingang ab, wo ihn ein Obdachloser abholen würde, sobald sie außer Sichtweite war, und folgte den Polizisten die Treppe hinauf.

Es war ein langer Sommer gewesen. Ungewöhnlich heiß, aber ganz und gar ereignislos. Bis zu diesem Tag.

2

Mandalee lag in der Totenstellung auf dem Rücken ausgestreckt, Arme und Beine leicht gespreizt, die Augen geschlossen. *Savasana* diente nicht nur der Entspannung – sie sollte auch auf den Tod vorbereiten, genauer gesagt auf den Zustand des Totseins. Zehn bis fünfzehn Minuten lag man so am Ende jeder Stunde und dachte an nichts. Oder dachte ans Frühstück. Es kam vor, dass jemand dabei einschlief. Doch Mandalee war tatsächlich tot.

Sie war eine Vorzeige-Yogini, schlank und gelenkig in einem eleganten moosgrünen Outfit. Ihre Zehennägel waren perfekt lackiert. Ein lavendelgefülltes Seidenkissen bedeckte ihre Augen, ihr dunkelrotes Haar hatte sich auf der Matte aufgefächert. Die Sanitäter hielten einen Augenblick den Atem an, bevor sie sich beinahe grob an ihr zu schaffen machten.

Kath stand am Fenster. Die Sonne brannte bereits heiß, und

im Raum hing ein Geruch nach Schweiß und Räucherstäbchen. Die hohen Fenster standen einen Spalt offen, die mit indischen Gottheiten bedruckten Seidenrollos waren halb heruntergelassen. Unter ihnen lag die Stadt in leichtem Dunst, die paar Hochhäuser, die als Downtown galten, die Bay, Schiffe, beladen mit Containern in verschiedenen verwaschenen Farben, die Bay Bridge mit ihren zusammengesetzt wirkenden Teilen, eine Palme.

»Hatte Miss Winters Probleme mit dem Herzen – oder vielleicht Asthma?«, fragte ein Polizist.

Langsam wandte sich Kath ihm zu. »Nicht, dass ich wüsste.« Sie schüttelte den Kopf.

»Ist Ihnen nichts aufgefallen?«

Als Lily näher kam, sah sie, dass Kath zitterte. Trotz der Hitze hatte sie eine Wolldecke um die Schultern geschlungen. Lily konnte sich nicht an Kaths Anblick gewöhnen, sie glaubte jedes Mal, in einen Spiegel zu schauen. Sie waren beide klein und drahtig, mit weißblondem Haar und Sommersprossen. Sie hätten Schwestern sein können, Zwillingsschwestern sogar. Abgesehen von Kaths flächendeckenden Tätowierungen natürlich.

»Der Fragebogen«, sprang Lily ein. »Müssen nicht alle Schüler einen Fragebogen ausfüllen?«

Erleichtert warf Kath die Decke ab und ging die Unterlagen holen, die sie zusammen mit den Anwesenheitslisten, Monatskarten und der Bargeldkasse in einer Truhe im Klo aufbewahrte. Die Polizisten wechselten einen Blick.

»Und wer sind Sie?«, fragte einer.

»Lily Bauer. Ich verwalte die Liegenschaft hier.«

»Officer Jesus Gutierrez.« Er nickte kurz. Musterte sie von oben bis unten. Sie trug immer noch ihr Schlaf- und Turngewand. An manchen Tagen legte sie es gar nicht ab.

»MacKenzie«, stellte sich der Ältere vor. Etwas freundlicher. MacKenzie konnte ein Vor- oder ein Nachname sein. »Können Sie den Hauseigentümer erreichen?«

»Sie ist in Hawaii«, sagte Lily.

Rhonda holte ihre Hochzeitsreise nach. Vor ein paar Jahren hatte sie ihren allerersten Ehemann wieder gefunden und in einer großartigen Zeremonie noch einmal geheiratet. Doch für die Hochzeitsreise war irgendwie nie Zeit gewesen.

Rhonda hatte ihr Haus im nebligen Richmond District, in dem Lily zwei Jahre lang zur Miete gewohnt hatte, verkauft. Zu einem übermäßigen Preis und für ein paar zusätzliche Aktien, die sie ebenfalls sofort und mit Gewinn veräußerte. Der Internetboom hatte seinen Höhepunkt erreicht. Doch kurz darauf platzte die Dotcom-Blase und die bankrotten Wunderkinder verließen die Stadt in Scharen. Zweiundzwanzigtausend an einem Wochenende. Rhonda erstand vom Gerichtsvollzieher billig ein Eckhaus ganz oben auf dem Potrero Hill, den die Bewohner den »Hügel« nannten, als hätte die Stadt keinen anderen. Auf dem Hügel gab es keinen Nebel und auch keine Erdbeben. Das war Rhonda, die das »Große« von 1989 mitgemacht hatte, besonders wichtig.

Rhondas Haus war eines der wenigen Mehrfamilienhäuser auf dem Hügel: vier Wohnungen, ein Studio, in dem jetzt die Yogaschule untergebracht war, und im Erdgeschoss eben *Germaine's Coffeeshop & Laundromat*. Die Wohnungen im zweiten Stock hatten beim Verkauf leer gestanden. Rhonda bezog mit ihrer Familie die größere, Lily und Leo die kleinere. Im ersten Stock wohnten links zwei ältere Damen, rechts eine Studentin mit ständig wechselnden Mitbewohnerinnen. Ein windschiefes Häuschen im Hinterhof beherbergte Rhondas Internetfirma. Sie hatte vom großen Dotcom-Crash nur pofitiert: *simply.com* gab gegen eine bescheidene Grundgebühr Ratschläge für das einfache Leben, ein Dienst, den immer mehr Amerikaner in Anspruch nahmen oder nehmen mussten. Rhonda hatte Lily eingestellt und ihr mit dem unwiderlegbaren Argument, dass ihre sparsame Schweizer Mentalität für ihr Unternehmen unverzichtbar war, sogar eine Arbeitserlaubnis verschafft, die begehrte *greencard*. Zum Beweis hatte sie den Behörden gegenüber die Stromspartipps angeführt, die *simply.com* während der kalifornischen Energiekrise geladen hatte, lange bevor offizielle Stellen mit ähnlichen Kampagnen reagierten. Es handelte sich um ganz einfache Ratschläge wie »Lichter löschen, wenn man ein Zimmer verlässt« oder »Geschirrspüler nicht halb leer laufen lassen«.

»So was lernt man in der Schweiz bereits im Kindergarten«, hatte Rhonda den Beamten vorgeschwärmt, *»can you believe it?«*

Seither verwaltete Lily ihre Liegenschaft, betreute ihre Website, kümmerte sich um den Garten, führte den Hund aus und wohnte mietfrei in ihrem Haus. Das traf sich umso besser, da sie ihren illegalen Job im Kindergarten und ihren gut verdienenden Mann gleichzeitig verloren hatte.

Kath hatte den Fragebogen gefunden, den alle Schüler vor der ersten Stunde ausfüllten. Mandalee Winters hatte die Frage nach gesundheitlichen Problemen unbeantwortet gelassen.

»Das ist eher ungewöhnlich«, sagte Kath. »Die meisten Schüler beschreiben ihre Wehwehchen sehr detailliert, manche verlangen sogar ein Extrablatt Papier.«

An den Fragebogen war ein Formular geheftet, mit dem die Schüler Kath von jeglicher Verantwortung für mögliche gesundheitliche Schäden, verursacht durch das Yoga, freisprachen.

»Scheint mir so weit in Ordnung«, sagte MacKenzie. »Sie

sollten eigentlich keine Probleme kriegen. Aber ich nehme das mal mit, wenn Sie nichts dagegen haben.«

»Was wissen Sie sonst noch über Mandalee Winters?«, fragte Gutierrez.

»Nicht viel.« Kath zuckte mit den Schultern. »Sie nahm die Yogaübungen sehr ernst. Vielleicht zu ernst. Überforderte ihren Körper. Sie wollte sich zur Yogalehrerin ausbilden lassen, aber meiner Meinung nach war sie noch nicht so weit. Harter Rücken, weiche Hüften. Essstörungen – ziemlich sicher.«

Das war offensichtlich nicht das, was die Polizisten wissen wollten. Wieder sprang Lily ein: »Sie arbeitete gleich zwei Blocks von hier bei *Hair today, gone tomorrow*.« Das war einer von drei hippen Frisiersalons mit geistreichem Namen, die sich dieselbe Straßenkreuzung teilten und die erstaunlicherweise alle drei gleich gut liefen. »Da kann man Ihnen bestimmt mehr über sie sagen.«

»Kann ich etwas tun? Ich bin Arzt.« Dr. Wildvogel stand in der Tür, etwas außer Atem, die Pappschachtel im Arm.

»Zu spät.« Die Sanitäter hatten aufgegeben. Zwar sah sie aus, als schliefe sie wie eine Märchenprinzessin einen hundertjährigen Schlaf, doch Mandalee Winters war tot.

»Verfluchte Scheiße!« Frustriert trat ein Sanitäter gegen die Wand.

»Bitte, Jungs!« MacKenzie trat hinzu und klopfte dem Mann auf die Schulter.

Die Sanitäter hüllten Mandalees zarten Körper in schwarzes Plastik und schnallten ihn auf einer Bahre fest. »Eins, zwei, drei«, zählte der eine, und sie hoben sie hoch, eine leichte Last. MacKenzie machte sich eine Notiz. Ort und Zeit.

»Das wär's fürs Erste«, sagte er. »Gutierrez, hast du, was du brauchst?«

Gutierrez hatte dünne Chirurgenhandschuhe angezogen

und dies und das in Tüten gesammelt. Mandalees Haarband. Das Frottiertuch, mit dem sie sich den Schweiß von der Stirn gewischt hatte. Die dicke, dunkelbraune Yogamatte, ein Luxusmodell. Den Teekrug. Den Seifenspender aus dem Bad.

»Alles klar hier, Mac.«

»Dann wollen wir mal.«

»Hoppla!« Dr. Wildvogel sprang erstaunlich leichtfüßig vor und fing Kath auf, die in die Knie gesackt war.

»*Holy smokes!*«, rief Gutierrez.

»Sanitäter!«, brüllte MacKenzie und beugte sich aus dem offenen Fenster. »Hey, Jungs, zurückkommen!«

»Das ist nicht nötig. Ich bin Arzt. Wie gesagt.«

Dr. Wildvogel legte Kath auf den Fußboden und öffnete ein Fenster ganz. Dann kniete er neben sie, hob ihren Kopf an und spritzte ihr aus einer kleinen, braunen Flasche ein paar Tropfen Flüssigkeit in den Mund. »Notfalltropfen«, erklärte er.

Daran erinnerte sich Lily: In seiner Jackentasche hatte er immer ein kleines Sortiment homöopathischer Kügelchen und Bachblütenessenzen, kleine Flaschen aus braunem Glas, säuberlich in ein schwarzes Lederetui gepackt. Manchmal hatte er sie während ihrer wöchentlichen Treffen in der Konditorei Weber hervorgeholt und auf dem Tisch aufgereiht wie eine Armee von Zinnsoldaten. In Hemlikon hatte man ihn den *Blüemli-Doktor* genannt. Ein Grund mehr für Lily, sich seiner zu schämen. »Er ist seiner Zeit voraus«, hatte ihre Mutter ihn verteidigt. Doch Lily wünschte sich einen anderen Vater. Sie war neun und dumm genug, ihrer besten Freundin ihre Enttäuschung zu gestehen. Am nächsten Tag und bis zum Ende des Schuljahres hatten die anderen Kinder sie ausgelacht. »Nazischwein!«, riefen sie. »Schwabegoof!«

Da war es doch besser, gar keinen Vater zu haben.

3

Plötzlich war Lilys Wohnung wieder voller Stimmen. Die einen wollten Tee, die anderen Kaffee. Dr. Wildvogel hatte seine Taschenapotheke ausgepackt und die Fläschchen auf dem Küchentisch aufgereiht, auf dem rosa gesprenkelten Laminat, in dem sich die helle Morgensonne spiegelte. Er mischte für Kath einen Tropfen-Cocktail in einem Glas mit lauwarmem Wasser. Die Polizisten Gutierrez und MacKenzie hatten sich ihren Kaffee von Germaine unten geholt – »damit alles seine Richtigkeit hat«. Vor ihnen lagen gelbe Notizblöcke, auf denen sie sämtliche Adressen, Geburtsdaten und Sozialversicherungsnummern notiert hatten.

»Reine Formsache«, betonten sie dabei immer wieder. »Es war ziemlich sicher ein Unglücksfall, das können wir mit Sicherheit jetzt schon sagen.«

»So was hat man im Gefühl«, sagte MacKenzie.

»Was heißt eigentlich *Yama Yoga*?«, wollte Gutierrez wissen.

»Wenn man Yoga sagt, denkt man gleich an die Stellungen, an die Asanas, aber das ist nur ein Aspekt und bestimmt nicht der wichtigste«, erklärte Kath. »Yoga besteht aus acht Teilen, aus acht Stufen, wie eine Treppe. Und *Yama* heißt die erste Stufe, die grundsätzlichste: Es sind fünf Gebote, ähnlich wie die in der Bibel. Du sollst nicht töten, nicht lügen, nicht stehlen, nicht begehren, was einem anderen gehört, und Abstinenz üben. Ich habe das Studio so genannt, damit ich nicht vergesse, dass Yoga mehr ist als nur Turnübungen.«

Ach was, dachte Lily. Dann könnte ich mir den Muskelkater ja sparen.

»Interessant«, sagte Gutierrez. »Und ich habe geglaubt, da brezelt man seine Beine zusammen, und damit hat es sich.«

»Du hast eben keine Ahnung«, erwiderte MacKenzie. »Du bist zu jung. Ich habe schon in den Siebzigerjahren Yoga gemacht, bei Swami Satchidananda an der Dolores Street. Wenn ich mich nicht irre, ist die Gruppe immer noch dort. Riesiger Kasten. Kannten Sie Satchidananda, Kath?«

»Nicht persönlich«, antwortete Kath. Sie nahm ihr Glas. »Und was ist das?«, wandte sie sich an Dr. Wildvogel.

»Verschiedene Essenzen, die das seelische Gleichgewicht wieder herstellen, indem sie …«

Lily stand auf und verließ die Küche. Sie hatte Dr. Wildvogels Vortrag über Naturheilkunde oft genug gehört. Sie ging in Leos Zimmer und setzte sich auf sein Bett. Strich mit der Hand über das Kissen, das sie seit seiner Abreise nicht mehr frisch bezogen hatte. Aus der Küche drangen gedämpfte Stimmen zu ihr. Sie konnte mit so vielen Menschen nichts anfangen. Sie konnte auch mit sich nichts anfangen.

»Ich bin seit vierzehn Jahren nicht mehr allein gewesen«, hatte sie Leo zu erklären versucht, »seit du auf der Welt bist.«

»*That's sad, man*«, hatte ihr Sohn geantwortet, wenig beeindruckt. Stiefsohn, Entschuldigung.

»Ach, Haarspalterei! Sohn, Stiefsohn, wen kümmert's!« Das war die Stimme in ihrem Kopf, die sie Stella nannte. Stella war Leos richtige Mutter gewesen, und sie war tot.

In Wahrheit war Lily überhaupt nie allein gewesen. Sie war mit neunzehn direkt von zu Hause weg- und bei den Bauers eingezogen. Frank Bauer hatte sie angestellt, damit sie sich um seine depressive Frau und seinen neugeborenen Sohn kümmerte. Sofort hatte Lily sich in Frank Bauer verliebt. Und sie war geblieben. Stella war gestorben, Frank und Lily hatten geheiratet. Sie hatten keine weiteren Kinder gezeugt, waren nach San Francisco ausgewandert, hatten sich getrennt. Seither lebte Lily mit Leo. Und mit Stella im Kopf.

Der Sommer war lang und erst zur Hälfte um. Lily hatte sich eine Liste gemacht, mit Dingen, die zu erledigen waren: Garten umgraben! Hund erziehen! Büro reorganisieren! Holzböden polieren! Aber dann saß sie meist doch nur nebenan in Rhondas Wohnung, die Lily weniger leer schien als ihre eigene und außerdem über eine Bar verfügte. Sie zog die Rollos herunter und schaltete den Fernseher ein. Rhondas Fernseher empfing über zweihundert Kanäle. Lily hatte nicht gewusst, dass man zu jeder Tages- und Nachtstunde fernsehen konnte. Allerdings hatte sie auch nicht gewusst, wie viele Stunden ein Tag hatte. Und wie lang diese waren. Es ergab alles seinen Sinn.

Sie trank Southern Comfort mit Eis, ein klebrig süßes Getränk, das das Brennen des Alkohols entschärfte, aß gesalzene Erdnüsse und Käsekräcker und unterhielt sich mit den Menschen auf dem Bildschirm, einer endlosen Abfolge von Ärzten und Polizisten und Frauen in Tränen.

»Ich trinke eigentlich nicht«, erklärte sie dem zwangsneurotischen Polizisten Monk, der den Bildschirm von innen mit Desinfektionsspray besprühte, »ich mag gar keinen Alkohol, es ist nur, weil mein Sohn nicht hier ist, Stiefsohn, meine ich. Verstehen Sie? Den ganzen Sommer ist er nicht hier.«

Monk verstand. Ein Tick ist ein Tick ist ein Tick.

Sie sah auf die Uhr. Es war beinahe Mittag. An diesem halben Tag war mehr passiert als in den vergangenen drei Wochen zusammen, eigentlich zu viel, für Lily zu viel. Wenn sie nur wegschleichen könnte, in Rhondas Wohnung. Um halb eins würden die Talkshows beginnen. Schwangere Teenager. Vaterschaftstests live. Frauen mit entstellenden Krankheiten. Töchter, die sich ihrer Mütter schämten, weil sie zu kurze Röcke trugen. Die Welt teilte sich in Menschen, die sich in Probleme verstrickten, und in solche, die auf dem Sofa saßen und zuschauten. In Lily und die anderen.

Um vier Uhr nachmittags, wenn wieder die so genannten Nachrichten ausgestrahlt wurden, hatte Lily sich mit dem Alleinsein versöhnt. Ihre Couch war ein Rettungsfloß im offenen Meer, die Flasche ihr Anker. Nichts konnte ihr mehr passieren. Das Schlimmste lag hinter ihr.

Als sie die Polizisten gehen hörte, ging sie in die Küche zurück und fand ihren Vater und Kath in ein angeregtes Gespräch vertieft.

»Ich habe deinem Vater vom Institut für traditionelle chinesische Medizin erzählt. Kennst du das? Ist ganz in der Nähe. Da kannst du dich für fünfzehn Dollar die Stunde akupunktieren lassen.«

»Das wäre eine interessante Zusatzausbildung«, sagte Dr. Wildvogel. »Ich werde gleich morgen mal vorbeigehen und mich erkundigen.«

»Morgen?«

»Oh, keine Angst, ich habe ein Hotelzimmer reserviert. Ich will dir nicht zur Last fallen.« Er zog ein gefaltetes Blatt Papier aus der Jackentasche und reichte es ihr. Es war eine Internetbuchung für vierzehn Tage im *Holiday Inn* an der Fisherman's Wharf.

»Hundertneununddreißig Dollar?«, rief Kath. »Das ist doch Blödsinn. Sie bleiben hier, Lily hat genug Platz.«

»Jedenfalls bis Leo zurückkommt.« Lily griff nach Kaths Glas und leerte es in einem Zug. Soviel sie wusste, enthielten Bachblütentropfen auch etwas Alkohol.

4

»Ich wusste gar nicht, dass du einen Vater hast«, sagte Alice. Schlürfend saugte sie den letzten Rest ihres Milchshakes aus dem Glas. Rhondas älteste Tochter war nicht mit nach Hawaii geflogen. Stattdessen verbrachte sie den Sommer in einem Diätlager für reiche Mädchen. Einmal die Woche besuchte Lily sie da und führte sie zu einem verbotenen Essen aus. Diesmal hatte sie Dr. Wildvogel mitgebracht, dem sie bei dieser Gelegenheit die grünen Hügel vor der Stadt zeigen konnte.

»Ich meine, einen Vater, der noch lebt. In deinem Alter. *No offense.*«

Alice hatte sich verändert, seit ihr Vater wieder zur Familie gestoßen war. Als wäre ihr jetzt, da sich ihr sehnlichster Wunsch erfüllt hatte, die Luft ausgegangen. Sie hatte zugenommen, ihre naturroten Locken so oft gefärbt, dass sie ihr ausgefallen waren und jetzt kurz und struppig nachwuchsen. Sie schloss sich in ihrem Zimmer ein. Trug Schwarz. War still geworden. Wenn sie etwas sagte, hatte es einen herausfordernden Unterton, als enthielte der einfachste Satz eine verschlüsselte Nachricht. So als forderte sie die Erwachsenen auf, diesen Code zu knacken. Doch dafür waren die Erwachsenen meist zu dumm.

Alice hatte einen doppelten Cheeseburger mit Speck, Käse und gebratenen Pilzen bestellt. Sorgfältig schichtete sie die Beilagen aufeinander, Zwiebel, Tomate und Salatblatt, bestrich die zweite Brötchenhälfte mit Mayonnaise und Ketchup und platzierte sie obenauf. Da sie diese waghalsige Konstruktion nicht mit beiden Händen fassen konnte, legte sie sie auf den Teller zurück und drückte sie energisch mit der Handfläche platt. Die gedämpften Pilze quollen auf der Seite heraus. Alice nahm einen neuen Anlauf und verschlang dann den Burger in vier, fünf großen Bissen. Danach aß sie die *curly fries*, spiralförmig geschnittene Pommes frites, eines nach dem anderen, und zum Schluss den Salat, hellgrünen Caesarsalat mit Käsesauce und betonharten Knoblauchcroûtons.

»Hungrig?«, fragte Lily.

Sie hatte die unglückliche Angewohnheit, alles auszusprechen, was ihr durch den Kopf schoss. Mit ein Grund, warum ihre Ehe gescheitert war.

»Nicht wirklich«, sagte Alice. »Ich habe in meinem Zimmer einen Geheimvorrat. Alle Mädchen haben einen.« Über einer Gabel Salatblätter sah sie Lily herausfordernd an. Na los, sag schon was. Dass meine Mutter einen Haufen Geld bezahlt, um mich gesund ernährt zu wissen. Dass sie furchtbar enttäuscht sein wird, wenn sie nächste Woche zurückkommt und ich fetter bin als zuvor.

»Das ist sehr vernünftig«, sagte Dr. Wildvogel. »Ich habe auch immer einen Vorrat. Ich hasse es, keinen Vorrat zu haben.« Er hatte tapfer mit einem falschen Burger aus Hobelspänen gekämpft, doch nach der Hälfte aufgegeben.

»Die älteren Mädchen sind schon in Ordnung«, sagte Alice mit vollem Mund. »Aber die Kleinen! Die haben ständig Heimweh. Heulen in der Nacht... Ich meine, wer schickt denn Siebenjährige in Diätlager! Echt! Ich verstehe ja, dass Kinder einem im Weg sind und so weiter, aber gibt es denn keine anderen Sommerlager? Keine lustigeren?«

»Im Weg?« Dr. Wildvogel ließ die Eiskugel, die er zum Nachtisch bestellt hatte, in seinen Kaffee plumpsen, der sofort überschwappte.

»Ja. War Ihnen Lily nie im Weg?«

Er lächelte. »Nein. Ich sah sie allerdings auch nur einmal die Woche.«

»Ja dann.«

Alice war mit ihrem Kuchen fertig. Mit dem Zeigefinger tupfte sie geschmolzenes Eis und Krümel von ihrem Teller auf und leckte ihn ab.

»Die meisten Mädchen sind nicht wirklich zum Abnehmen im Lager. Sondern weil sie im Weg sind. Na gut, wir wären natürlich weniger im Weg, wenn wir dünner wären, rein von der Masse her. Aber trotzdem. Wenn die Mutter einen neuen Mann heiratet und neue Kinder kriegt, macht man sich besser dünn. Haha. *Get it?*«

»Dein Vater ist doch kein neuer Mann.« Da; Lily hatte es schon wieder getan, schon wieder geredet, ohne davor zu denken.

Alice war mit einer Reihe ungeliebter Stiefväter aufgewachsen. Sie hatte geglaubt, was ihre Mutter ihr erzählt hatte: dass ihr richtiger Vater jung gestorben war. Bis sie eines Tages eine Schachtel mit Zeitungsausschnitten fand, die Rhonda gesammelt hatte: Skip lebte nicht nur, er spielte in einer Band, die vor allem in den Vororten von Las Vegas erfolgreich war: *The Sinister Sisters*. Rhonda hatte Skip nie verziehen, dass er sie verlassen hatte, siebzehn Jahre alt und schwanger – was er allerdings nicht wissen konnte. Vergessen hatte sie ihn auch nicht. Alice hatte sich die Schachtel geschnappt und war mitten in der Nacht aufgebrochen, um ihren Vater zu suchen. Zusammen mit Leo, mit dem sie damals eine Kinderdetektivagentur führte. In einer Autowerkstatt außerhalb von Las Vegas hatten sie Skip gefunden und mit nach Hause gebracht. Das war vor drei Jahren gewesen. Doch die Familienzusammenführung hatte sich nicht so entwickelt, wie Alice es sich erträumt hatte. Ihre Eltern waren mehr aufeinander als auf Alice fixiert. Rhonda war außerdem mit ihrer Firma und den jüngeren Kindern beschäftigt – Mara war sieben, Anthony knapp zwei Jahre alt. Nach Anthonys Geburt hatte Skip auch plötzlich das Vatersein entdeckt, was sich mit einem begeisterten Baby natürlich ungleich befriedigender gestaltete als mit einem launischen Teenager voller unerfüllter Vaterträume.

»Das ganze Gerede von Gesundheit und Respekt vor dem eigenen Körper! Dabei ist es ihnen nur peinlich. Sie wollen keine fetten Kinder. Isst du deinen Kuchen nicht?«

Pünktlich um acht lieferten sie Alice wieder im Lager ab, mit einem neuen Vorrat an Schokolade und anderen Süßigkeiten ausgestattet. Lily gab zu Protokoll, was Alice gegessen hatte: Salat ohne Sauce, Huhn ohne Haut und Cola ohne Kalorien.

»Kein Brot?«, fragte die Aufseherin, eine aufreizend sonnige Blondine, die sogar, während sie mit ihnen sprach, nervös von einem Fuß auf den anderen hüpfte, um ihren Stoffwechsel in Gang zu halten. »Brot vergisst man leicht, weil man es nicht bestellt und nicht bezahlt. Das heißt aber nicht, dass es nicht zählt, oh nein! Der Po macht da keinen Unterschied, glaube mir, Baby!« Wie zur Bestätigung klopfte sie auf ihren eigenen. Lily hätte schwören können, dass es hohl klang.

»Sie können mir vertrauen«, sagte Dr. Wildvogel ernst. »Ich bin Arzt.«

5

Stella hielt das Baby im Arm, die weiße, fast durchsichtige Bettina, wie sie bei ihrer Geburt ausgesehen hatte. Aber sie war nicht tot. Natürlich war sie nicht tot. Die Augen offen und blau. Sie trug ein blau gestreiftes Matrosenkleid, beinahe so klein wie ein Puppenkleid, weiße Söckchen und eine blaue Mütze auf dem haarlosen Kopf.

»Winke, winke!«, machte Stella mit Bettinas winziger Hand, als stünden sie vor einem Spiegel oder vor einer Kamera. »Sag der Mama ade!« Bettina lachte, ein zahnloses, begeistert glucksendes Lachen. Stella beugte sich vor und sagte etwas leiser: »Siehst du, es geht ihr gut. Ich passe auf sie auf. So, wie du auf Leo aufpasst. Du passt doch auf Leo auf, ja?«

Im Hintergrund klingelte es. »Oh, da ist jemand an der Tür. Ein Neuzugang. Ich muss leider. Bye-bye!«

Mit einem Stöhnen fuhr Lily auf. Es klingelte immer noch, in ihrem Kopf. Sie stand auf, ging ins Bad. Das Klingeln verwandelte sich in weiß glühenden Schmerz. Sobald sie die Dusche aufdrehte, begannen auch die Tränen zu strömen, mischten sich mit dem heißen Wasserstrahl, wie jedes Mal, wenn sie diesen Traum gehabt hatte, nie sonst. Kein richtiges Weinen, kein Schluchzen, keine Krämpfe, nur dieser ruhige, tröstliche Strom von Tränen. Sie duschte heiß und kalt, heiß und kalt.

Dabei hatte sie zum ersten Mal seit Wochen in ihrem eigenen Bett geschlafen, und trotzdem kam dieser Albtraum. Auf Rhondas Sofa war ihr das nie passiert. Keine Albträume. Noch ein Grund, um zu trinken. Sie zog einen frischen Pyjama an, den sie für die Yogastunde morgen gleich anbehalten konnte. Leos Zimmertür war geschlossen. Ihr Vater schlief jetzt in Leos Bett, unter den Austin-Powers-Filmplakaten und dem Simpsons-Poster, auf dem stand: *Remember, as far as anyone knows, we're just another nice, normal family.*

Das Poster hatte Dr. Wildvogel besonders gefallen: »Genau«, hatte er gesagt, »ein kluger Junge, dein Leo.« Lily blieb vor der Tür stehen und lauschte. Sie sah auf die Uhr. Es war nach Mitternacht. Neun Uhr früh in der Schweiz. Jeden Tag rief sie Leo um diese Zeit an, doch seine Großeltern ließen sie nur selten mit ihm reden.

»Er spielt gerade so schön.«

»Er ist im Freibad.«

»Bei einem Freund.«

»Im Kino.«

»Versuch es später noch mal, ja.«

Lily hatte für Leo gesorgt, seit er drei Wochen alt war. Jeden Tag. Vierzehn Jahre lang. Und jetzt war er weg. Nicht für immer. Das war ihr Mantra, jeden Tag sagte sie sich: »Es ist nicht für immer, nicht für immer.« Franks Eltern hatten nach der Trennung das Sorgerecht für ihren einzigen Enkel beantragt. Vielleicht hätten sie es auch bekommen: Lily war nicht die leibliche Mutter, sie lebte damals ohne Arbeitserlaubnis und ohne gültiges Visum in den USA und war außerdem schwanger. Die Folge einer kurzen Affäre mit Simon, einem Kindergärtner mit hellblauen Augen. Lily hatte die Geschichte sofort abgebrochen. Gottes Wille! »Wenn es Gottes Wille ist, wirst du schon schwanger werden«, hatte Frank immer gesagt. Und hatte er nicht recht gehabt? Sie würde mit Frank zusammenbleiben. Das Kind als seines ausgeben. Die Ehe retten, das Kind würde die Ehe retten.

Wenn sie gewusst hätte, dass Frank sich gleich nach Leos Geburt hatte unterbinden lassen, hätte sie das natürlich gar nicht erst versucht.

Gottes Wille, hatte er gesagt.

Frank hatte sie geschlagen. Und Leo hatte sich plötzlich an Stellas so genannten Selbstmord erinnert. Er war mit ihr im Auto gewesen, das mit laufendem Motor in der Garage stand. »Wo fahren wir hin?«, hatte er gefragt. Stella hatte nicht geantwortet. Den Kopf aufs Lenkrad gelegt. Die Hupe ausgelöst. Leo hatte zu weinen begonnen, nicht leise, wie seine Mutter, sondern laut, fordernd, protestierend. Dann war Frank in die Garage gerannt, hatte Leo aus dem Kindersitz gehoben und ins Haus getragen. Und das Garagentor wieder geschlossen. Stella war an den Abgasen erstickt. Ihr Tod wurde untersucht und eindeutig für Selbstmord befunden. Sie hatte schließlich eine Vorgeschichte. Verschleppte Depression, vielleicht postnatal, nicht behandelt. Anders gesagt, sie war immer schon seltsam gewesen.

Lily und Leo waren die Einzigen, die Bescheid wussten.

»Und Frank natürlich«, sagte Stella. »Und seine Psychologin weiß auch Bescheid. Doch wen kümmert das jetzt noch. Mich jedenfalls nicht!«

Frank, der schon länger Stimmen gehört hatte, vor allem die von Gott, hatte auf Leos wieder gefundene Erinnerung mit einem totalen Zusammenbruch reagiert. Von seiner Schweizer Firma gut versichert, war er in eine psychiatrische Klinik überwiesen worden, wo er sich erstaunlich schnell erholte. Es dauerte keine drei Monate, da hatte er die Gesprächsgruppenleitung übernommen und seine Therapeutin verführt. Das hatte Lily während einer der gerichtlich vorgeschriebenen Familientherapie-Sitzungen erfahren, zu denen sie jeweils mit dem Greyhoundbus anreiste, viereinhalb Stunden Fahrt, zweimal umsteigen. Die Scheidung wurde per Post vollzogen.

Neuerdings konnte man sich auch von einem Automaten scheiden lassen, sie hatte es in der Zeitung gelesen, sie wusste nicht mehr wo, vielleicht in Nevada. Alles, was man dazu brauchte, war eine Kreditkarte.

Immerhin hatte Frank sich rechtzeitig von seinem Nervenzusammenbruch erholt, um seine Eltern zurückzupfeifen. Er hatte Lily das Sorgerecht abgetreten. Seine Mission lasse ihm leider keine Zeit für Vaterschaft, hatte er sich entschuldigt.

Frank war Wunderheiler, Energieträger nannte er es. Früher hatte er die Stimme Gottes direkt empfangen und über das Internet verbreitet, heute war es eher eine heilende Energie. »Dasselbe in Grün«, gab er selbst zu.

Er hatte seine Therapeutin geheiratet, sie hatten die Klinik verlassen, die Ärztin und der Patient, und in der Wüste vor Palm Springs ein Erholungs- und Selbstfindungszentrum für ausgebrannte Hollywood-Helden gegründet. Ein weiteres Geschäft, das seit dem 11. September florierte.

In unregelmäßigen Abständen besuchte Frank seinen Sohn. Leo zeigte sich höflich, aber desinteressiert. Keiner der beiden kam je auf den Abend vor vier Jahren zu sprechen, an dem Frank einen Zusammenbruch hatte.

Lily wählte die Schweizer Telefonnummer. Sie konnte sie auswendig. Eine Bedingung des Sorgerechtsabkommens war, dass Leo den Sommer bei den Großeltern verbrachte. Die vergangenen Jahre hatte Lily ihn begleitet. Diesmal nicht. Er war vierzehn. Alt genug. Bald würde er sie überhaupt nicht mehr brauchen.

»Er schläft noch«, sagte Klara jetzt. Sie mochte Lily nicht, hatte sie nie gemocht. Lily war das Kindermädchen, nicht gut genug für ihren Sohn, nicht gut genug für ihren Enkel.

»Ach, wer ist denn schon gut genug für Frank? Ich jedenfalls nicht«, sagte Stella.

»Wir fahren morgen ins Tessin«, sagte Klara. »Wir wollen den ersten August dort feiern. Du brauchst also nicht anzurufen.«

»Den ersten August? Aber Leos Flug geht doch am ersten August!«

»Wir haben umgebucht.«

»Umgebucht?«

»Wir verzichten schon auf Weihnachten und Geburtstag«,

sagte Klara. »Wenigstens den ersten August wird man doch noch mit dem eigenen Enkel feiern dürfen! Den Nationalfeiertag!«

Darauf fiel Lily keine Antwort ein. Bis Stella reagierte und »Das meinst du doch nicht ernst« sagte, hatte Klara schon aufgelegt.

Als Lily in ihr Zimmer zurückkam, stand eine Tasse auf dem Nachttisch. Heiße Milch mit Honig.

6

Als Kath kurz vor sieben klingelte, stand Dr. Wildvogel schon an der Wohnungstür. Er trug einen schwarzen Trainingsanzug mit weißen Streifen an der Seite und Badelatschen. Um den Hals hatte er sich ein Frottiertuch geschlungen. Er wirkte ausgeschlafen. Frisch und rosig.

»Gehen wir?« Schon war er ein halbes Stockwerk voraus.

»Ein interessanter alter Herr, dein Vater«, sagte Kath auf der Treppe. Lily konnte das nicht beurteilen. Sie kannte ihn ja kaum. Ihre Beziehung hatte darin bestanden, dass er sie donnerstags, wenn seine Praxis geschlossen war, von der Schule abholte und in die Konditorei Weber ausführte, wo sie sich eine Süßigkeit aussuchen durfte. Meist nahm sie einen Mohrenkopf. In Deutschland nenne man das Negerkuss, hatte er ihr wiederholt erklärt. Sie hatten sich nicht viel zu sagen. Lily konnte es ihm nicht verzeihen, dass er nicht der Schauspieler oder der Turnlehrer war. Sie, die sonst so schüchtern war und sich nur selten traute, etwas zu sagen, war ihm gegenüber frech, sogar unverschämt. Als wäre sie donnerstags eine andere. Er ließ es sich gefallen. Als er sie einmal dabei ertappte, wie sie ihm im Spiegel die Zunge herausstreckte, lächelte er nur. Er kam jede Woche wieder. Lily war es, die die Beziehung abgebrochen hatte, als sie mit fünfzehn in eine andere Schule in der Stadt wechselte und sich zur Kleinkindererzieherin ausbilden ließ. Er hatte vorgeschlagen, sie in der Stadt zu treffen, doch sie hatte abgelehnt. Es war ihr lieber, keinen Vater zu haben. Mit fünfzehn hatte Lily schon sehr genau gewusst, was sie wollte: eine eigene Familie. Eine richtige Familie. Eine normale Familie.

... just another nice, normal family.

»Wusstest du, dass er mit Indra Devi studiert hat?«, fuhr Kath fort. Lily schüttelte den Kopf. Kath war gestern noch lange geblieben, hatte Tee getrunken, Kügelchen geschluckt und sich mit Dr. Wildvogel über alternative Heilmethoden und Yoga unterhalten. Kath wusste mehr über Lilys Vater als Lily. Sogar seinen Vornamen: Georg. Tschortsch, sprach sie es aus.

»Ich weiß nicht mal, wer Indra Devi ist.«

»Eine berühmte Yogalehrerin. Die erste Frau, die bei Krishnamacharya studiert hat. Eine Westlerin. Die Frau eines Diplomaten, der ihn Madras stationiert war. Krishnamacharya ließ sie erst abblitzen, erlegte ihr dann alle möglichen strengen Diätvorschriften auf, sagte ihr, sie müsse morgens um fünf mit dem Unterricht beginnen. Sie hielt alles ein und wurde zu seiner besten Schülerin.«

Krishnamacharya war der Name des nachsichtig blickenden Gurus auf der gerahmten Schwarzweißfotografie in Kaths Studio, so viel wusste Lily.

»Sie wurde hundertundzwei Jahre alt«, sagte Georg, der vor der Studiotür auf sie wartete. »Eine unglaubliche Frau.«

»Hoffentlich passiert mir das nicht.« Kath schloss das Studio auf. »Hundertundzwei ist mir zu lange.«

Im Raum war es kühl. Kath stellte mehrere elektrische

Heizstrahler an und legte eine CD mit monotonen Om-Gesängen ein. Nach und nach kamen die Schüler, fünfzehn oder zwanzig meist junge Menschen, viele verschlafen und ungewaschen. Sie rollten ihre Matten in zwei ordentlichen Reihen aus. Ein rhythmisches Schnaufen und Schnarchen setzte ein, ein hypnotischer Klang. Diese Morgenstunde war keine klassische Yogalektion, sondern eine Mysore-Übung. Die Schüler absolvierten eine festgelegte Folge von sechsundsiebzig Stellungen in ihrem eigenen Rhythmus. Kath ging auf und ab und korrigierte sie. Dazwischen brachte sie einer kleinen Gruppe von Anfängern die Stellungen bei.

Georg faltete sein abgenutztes Frottiertuch viermal und legte es auf den nackten Holzboden. Er faltete die Hände, stemmte sich langsam, ganz langsam in den Kopfstand hoch und schloss die Augen. Die anderen Schüler beobachteten ihn aus den Augenwinkeln, doch Kath ignorierte ihn völlig.

Neben Lily in der Anfängerecke stand eine junge Frau, auf deren strammen Waden erstaunlich lebensechte Pin-up-Figuren tanzten. Die meisten Schüler waren großzügig tätowiert, manche gebrandmarkt, einer hatte gar einmachglasdeckelgroße Platten in den Ohrläppchen. Ein anderer junger Mann, der eine Zeit lang bei Germaine an der Kaffeemaschine gearbeitet hatte, trug meist eine dünne Pluderhose, die sich im Lauf der Stunde immer selbstständiger machte. Es fiel Lily oft schwer, sich zu konzentrieren. Den Blick nach innen zu wenden. Sie war nicht mehr in Hemlikon.

An diesem Morgen war ein neuer Schüler dabei, ein bulliger Mann mit Schnurrbart, Ohrring und Vokuhila-Frisur, vorne kurz, hinten lang.

»Na endlich«, begrüßte ihn Kath.

»Du hast gewonnen«, sagte er. »Ich muss wirklich was gegen meine Verspannungen unternehmen.« Er versuchte, sie auf den

Mund zu küssen, doch im letzten Moment wandte sie sich ab. Er zwinkerte Lily zu, als hätte er es darauf angelegt, und Lily erinnerte sich, dass sie ihn in *Germaine's Coffeeshop* schon mal gesehen hatte. Sie errötete. Genau so hatte er ihr damals auch zugezwinkert.

»Doug Malone«, flüsterte er und streckte seine Hand aus. Lily ergriff sie und errötete noch tiefer, als er sie nicht wieder losließ. Da Yogaschüler sich selten so förmlich begrüßten, verstand sie nicht gleich, was er von ihr erwartete. »Lily«, flüsterte sie schließlich, »Lily Bauer«, und bekam ihre Hand zurück.

»Fangen wir an«, sagte Kath und führte die kleine Gruppe durch den Sonnengruß, eine Abfolge von Stellungen, die erstaunlich anstrengend war und Liegestütze und Luftsprünge beinhaltete.

»Wiederholt das fünfmal«, sagte sie. »Dann komme ich wieder.«

Lily hatte als Kind Akrobatik, Karate und Ballett gemacht und hielt sich für beweglich und athletisch. Doch diese Mysore-Übung war schwieriger, als sie es für möglich gehalten hätte. Die Stellungen wechselten in rascher Folge, von tiefem, geräuschvollem Atem begleitet. Und das alles auf leeren Magen und in dieser ungewohnten Hitze. Nicht selten wurde ihr in der Hälfte schwindelig oder sogar übel.

»Genieß es«, sagte Kath. »Das ersetzt einem glatt die Drogen. Denk mal an das Geld, das du sparst.«

Die Stunde war beinahe um, als Georg langsam die Füße zum Boden senkte und sich kniend ausruhte, den Kopf auf die Fäuste gestützt. Heute fiel es Lily noch schwerer als sonst, sich zu entspannen. Sie konnte das Bild von Mandalee in der Totenstellung nicht loswerden. Kath betonte auch heute wieder, dass *Savasana* die wichtigste Stellung der ganzen Abfolge war. »Alle anderen Übungen führen zu dieser«, sagte sie. Lily zuckte unruhig. Ganze Ameisenstraßen marschierten durch ihre Glieder. Als Kath ein Seidenkissen auf ihre geschlossenen Augen legen wollte, wie sie es immer tat, schreckte Lily auf und schüttelte das Kissen ab.

»Sorry«, flüsterte sie. Kath nickte nur. Ihre Augen hatten sich mit Tränen gefüllt. Lily konnte ich nicht liegen bleiben. Leise stand sie auf, rollte ihre Matte zusammen und schlich hinaus.

Auf der Treppe holte ihr Vater sie ein. Wenn überhaupt möglich, so wirkte er noch rosiger als vor zwei Stunden.

»Gehen wir ins Café?«

»Nicht jetzt.«

»Ich wollte dir doch von Esther erzählen.«

»Jetzt?« Lily wollte sich nur ins Bett legen und die Decke über den Kopf ziehen. Und sie wollte eine Flasche aufmachen. Es war neun Uhr dreißig. Aber wer zählte schon die Stunden.

Sie gab nach: »Also gut.«

Während Georg einen Tisch suchte, stellte sich Lily schon vor der Theke an.

»Lily, hast du einen Augenblick Zeit? Wir möchten mit dir reden«, sagte Laurie, eine der Studentinnen aus dem ersten Stock.

»Ich lade dich ein. Was willst du, Kaffee? Muffin? Espresso? Ich bezahle alles.«

Auch das noch.

Georg saß schon am Fenster. Er schlug die Zeitung auf und vertiefte sich in die Cartoons auf der zweitletzten Seite. Lily setzte sich auf einen Barhocker. Laurie blieb neben ihr stehen.

»Hier, die Miete.« Laurie legte einen Scheck auf die Theke. »Hör mal, Lily, ich wollte dich fragen …« Sie spielte mit ihrem Haar, das sie zu mädchenhaften Schwänzchen gebunden hatte, die links und rechts von ihrem Kopf abstanden. »… ob wir noch eine zusätzliche Mitbewohnerin aufnehmen können. Ich meine, ich weiß, im Vertrag steht zwei Personen, aber Tammys Cousine zieht aus Phoenix her, und wir könnten das Geld brauchen, und es ist ja nur, bis sie etwas Eigenes gefunden hat.«

»Wie viele seid ihr denn jetzt?« Lily konnte sich ihre Gesichter nie merken, die jungen Frauen wechselten, nur Laurie blieb.

Laurie zählte an den Finger ab: »Ich, Kendra, Tammy und Olivia – vier.«

Die Wohnung war so groß wie die von Lily: zwei Schlafzimmer und ein zur Küche offener Wohnraum.

»Kendra und Olivia teilen sich das größere Zimmer, aber weil Olivia immer Nachtschicht hat, kommen sie aneinander vorbei. Tammy schläft auf dem Ausziehsofa im Wohnzimmer. Das ist groß genug für zwei, und es ist schließlich ihre Cousine.«

Lily zuckte die Schultern. »Wenn es für euch aufgeht … Klar kann sie kommen.«

»Da ist noch etwas. Sie hat einen Hund.«

»Einen Hund?«

»Ich weiß, Haustiere sind offiziell verboten, aber Rhonda hat doch selbst einen, und Cheri schwört, dass ihr Hund ein ganz lieber Kerl ist und gut erzogen und nicht mal besonders groß.«

»Also, ich weiß nicht. Da müsste ich erst Rhonda fragen.«

»Musst du wirklich? Vielleicht ist Cheri ja gar nicht mehr da, wenn Rhonda zurückkommt. Sie sucht sich eine eigene Wohnung.«

»Soll das heißen, sie ist bereits hier?« Wie auf ein Stichwort löste sich eine junge Frau mit der gleichen Schwänzchenfrisur von der Wand und kam schüchtern auf sie zu. Es sah aus, als hätten sich die Mädchen frühmorgens gegenseitig frisiert, um sich so für das Treffen mit der Hausmeisterin Lily Mut zu machen.

»Hi, ich bin Cheri. Und das da draußen ist Muffin.« Sie zeigte auf einen dicken, alten Schnauzer, der gelangweilt vor dem Café wartete. Draußen auf dem Gehsteig standen nicht nur Stühle und Aschenbecher für die Raucher, sondern auch zwei große Metallschüsseln, eine mit Wasser und eine mit Hundekuchen. Wer in San Francisco erfolgreich ein Geschäft führen wollte, musste sich um die Hunde bemühen. Sogar im Videoladen wurden neben den Lutschern für Kinder Hundekuchen verschenkt.

»Sie werden es nicht bereuen, ehrlich! Muffin und ich, wir sind Ihnen ewig, ewig dankbar!« Cheri schüttelte ihre Hand, bis Lily sie ihr sanft entzog.

»Schon gut«, sagte sie, »ich mag Muffins.« Und damit wandte sie sich ihrem Frühstück zu. Die Mädchen hüpften davon, mit wippenden Schwänzchen, als hätten sie keine einzige Sorge mehr auf der ganzen Welt. Lily wusste aus dem Mietvertrag, dass Laurie achtundzwanzig war, nur vier Jahre jünger als sie. Es kam ihr wie ein ganzes Leben vor.

Lily trank ihren Espresso aus und sah sich im Café um. An einem der kleineren Tische saß Kath mit dem neuen Schüler, dem mit der Vokuhila-Frisur, Doug Malone. Sie hielten sich über den Tisch hinweg an den Händen.

Während der zwei Wochen, als Lily Kath geholfen hatte, das Studio zu streichen und einzurichten, hatte sie vier oder fünf junge Männer kennen gelernt, die sich alle als »Kaths *boyfriend*« vorgestellt hatten. Kath musste wohl am fünften Yama, Enthaltsamkeit, noch arbeiten. Diese *boyfriends* schienen so aus einem Guss, dass sie auch als vier- oder fünfmal dieselbe Person durchgehen konnten, immer derselbe durchscheinende, vergeistigte Typ. Doug passte nicht in diese Reihe. Er war älter, kräftiger, irgendwie substanzieller. Und lauter.

»Warum lässt du mich nicht einfach machen«, rief er gerade, als richte er sich an jemanden, der weit, weit weg war. Als Lily an ihrem Tisch vorbeiging, um sich noch einen Kaffee zu holen, blickte er auf. »Hallo«, sagte er und lächelte, als sei es eine besonders angenehme Überraschung, Lily zu sehen. Reflexartig strich sie sich die Haarsträhnen hinter die Ohren.

»Hi«, antwortete sie. Sehr geistreich.

»Hi«, sagte auch Kath und nickte. Sie wirkte müde. Als sei ihr Doug schon über. Als sei er ihr zu laut. Lily bestellte ihren Espresso und ging dann zu ihrem Vater. Wieder blickte Doug auf und lächelte, als sie bei ihm vorbeikam.

»Wegen Esther…« Georg ließ die Zeitung sinken.

»Können wir nicht ein andermal darüber reden? Ich habe schon genug zu verdauen. Ich mag nicht noch mehr hören.«

Sie schnappte sich das nächstliegende schwarze Gästetagebuch und schlug es auf. »Das verstehst du doch, ja?«

Sie vertiefte sich in das Buch. Er beobachtete sie einen Augenblick lang. Als er sah, dass sie wirklich las, nahm er seine Zeitung wieder auf.

Okay, ich gebe es zu, ich habe geschwindelt. Als ich mich vergangene Woche hier als Einheimische bezeichnete. Eigentlich bin ich aus Arkansas – na und? Was kann ich dafür, wo ich geboren wurde? Es ist einfach so, ich wusste es sofort, als ich aus dem Flugzeug stieg, hier bin ich zu Hause, hier gehöre ich hin.

Mach dir nichts draus, Schwester. Das geht uns allen so. Und nach sieben Monaten in The City *ist jeder ein Einheimischer.*

Stimmt – echte Einheimische gibt es sowieso nicht. Wie lange bist du denn schon hier, Arkansas?

Seit sechs Monaten. Yippie, in einem Monat bin ich Ehrenbürgerin! Danke, ihr seid lieb. So ein Café wie Germaine's, *das gibt es nicht in Arkansas, so viel ist sicher. Ihr seid echt toll. Nur eines frage ich mich: Wo lernt man hier nette Männer kennen?*

Ich weiß, was du meinst, Schwester. Willkommen in San Francisco.

Ich bin aus West-Virginia. Ich kam hierher, weil mein Schatz hier studierte, und ich wollte erst nur übers Wochenende bleiben, ich hatte ja einen Job im Nationalpark. Aber ich konnte nicht mehr weg von hier. Hier schaut mich wenigstens niemand komisch an, nur weil ich mich weigere, Leder zu tragen. Wenn man Vegetarierin ist, muss man konsequent bleiben, nicht wahr? Meine Mutter sagt immer, Menschen sind auch Tiere, und da stimme ich ihr zu. Aber sie meint es natürlich anders. So ist das halt auf dem Land. Das kann man nicht erklären. Da passe ich einfach nicht mehr hin.

Sie sind überall, ihr seht sie nur nicht, es gibt hier mehr anständige Männer als irgendwo sonst. Aber ihr seht sie nicht, ihr gönnt ihnen keinen zweiten Blick. Ihr verschmäht sie, weil sie nicht genug Geld haben oder nicht das richtige Auto fahren, und dann jammert ihr, weil ihr allein bleibt. Ihr seid doch selbst schuld, ihr verdammten Schlampen, ihr werdet alle allein sterben.

He, Mann, beruhig dich mal, ja.

Versuch mal koffeinfreien Kaffee! Ha, ha.

7

»Ich mache das schon«, sagte Georg. »Schau, ich habe alles vorbereitet.« Er hob einen Picknickkorb hoch, den er ganz gegen seine gesunden Gewohnheiten mit Pizzadreiecken, Chipstüten, Schokoriegeln und einer Zweiliterflasche Coca-Cola gefüllt hatte. Es war Sonntag. Ausgang im Diätlager.

»Aber…«

»Nichts aber. Ich mache das gerne. Der Ausflug tut mir gut. Ich habe mir noch extra einen internationalen Führerschein ausstellen lassen.« Er war Lily in Rhondas Küche gefolgt, wo vier oder fünf Autoschlüssel an einem Brett hingen. Georg suchte sich einen aus.

»Das ist der Bus«, sagte Lily. »Nimm lieber den.« Und sie reichte ihm den Schlüssel für den dunkelroten Cadillac, das Altherrenmobil. Lily trug immer noch ihr Schlaf- und Turngewand. Es war fünf Uhr nachmittags. Vielleicht würde sie sich später umziehen. Vielleicht auch nicht. Ein Abend allein, dachte sie, unverhofft. Sie hatte sich so ans Alleinsein gewöhnt, dass es ihr schon fast wieder fehlte. Unwillkürlich sah sie zum Küchenfernseher hinüber wie zu einem verbotenen Liebhaber. Sonntagnachmittag um fünf kam *Six Feet Under,* die Abenteuer der Totengräberfamilie Fisher, auch eine ganz normale, nette Familie.

»Das Mädchen hat irgendwas«, sagte Georg leise. »Ich komme nicht drauf, aber irgendetwas stimmt nicht mit ihr.« Er setzte sich auf die Tischkante, versperrte Lilys Blick auf den schwarzen Bildschirm. »Weißt du etwas? Ist dir etwas aufgefallen?«

Lily lehnte sich an die Wand und verschränkte die Arme. Über Georgs Kopf zeigte die Küchenuhr eine Minute nach fünf.

»Nichts«, sagte sie, »nichts.« Sie dachte an die Flasche, die sie unter Rhondas Couch versteckt hatte. Georg runzelte die Stirn. »Nein, stimmt nicht«, korrigierte sich Lily. »Sie hat sich verändert. Alice und Leo waren früher die besten Freunde. Jetzt redet sie nicht mehr mit ihm. Sie schließt sich in ihrem Zimmer ein. Hört laute Musik. Ihre Haare … ihr Gewicht … Aber ist das nicht normal in dem Alter?«

»Ich weiß nicht. Was meinst du?«

Lily zuckte mit den Schultern. Sie hatte sich keine Pubertät geleistet. Ihre adoleszente Rebellion hatte in ihrer frühen Heirat bestanden. Damit hatte sie ihre Mutter tödlicher getroffen als sie es mit Drogen, lauter Musik oder Schulversagen hätte tun können. Lily hatte sich aus dem Leben, das Ruth für sie entworfen hatte, geschält wie eine Puppe, hatte ihrer Mutter die Hülle vor die Füße geworfen – all die Jahre Erziehung, für nichts, das Training, für nichts, das Geld, für nichts, die Zeit, für nichts, alle Träume, für nichts. Die Welt konnte untergehen, soweit es Lily anging, sie hatte nichts damit zu tun, sie würde niemanden retten außer diesen einen Mann, diesen einen Bub. Und vielleicht sich selbst.

»Es gefällt mir nicht. Nein, es gefällt mir nicht.« Seufzend stand Georg auf, seine Knie knackten, verrieten für einen Augenblick sein Alter. »Aber ich werde es schon herausfinden. Eines nach dem anderen, wie in Paris.« Wieso eigentlich Paris? Diese Schweizer Redensarten ergaben alle keinen Sinn: Wo der Bartli den Most holt. Dann gute Nacht um sechs. Man sollte sich als Ausländer gar nicht erst an ihnen versuchen.

Lily konnte es plötzlich nicht erwarten, allein zu sein. Georg hatte sich kaum zum Gehen gewandt, als sie schon ins Wohnzimmer floh, mit zwei Schritten bei der Couch war. Sie langte sofort nach der Flasche, doch als die Tür hinter ihm ins Schloss fiel, fühlte sie sich seltsam verlassen.

Die Flasche war außerdem beinahe leer. Lily zappte sich durch das sonntagabendliche Fernsehprogramm. Die Totengräber sahen sich mit einer besonders unschönen Leiche konfrontiert, eine geschiedene Frau, die übermütig aus dem offenen Schiebedach einer Limousine gewinkt hatte (warum, hatte Lily verpasst), eine halbleere Champagnerflasche in der Hand, das Haar im Wind, und dann war sie gegen eine Ampel geknallt, mit dem Kopf voran, und hatte sich das Gesicht eingedellt. So was war nur im Fernsehen möglich. Betrunken war sie außerdem gewesen. Lily wusste nicht, was schlimmer war: geschieden, betrunken oder eingedellt. Das halbe Gesicht weg. Wen kümmerte das schon.

»Niemanden«, gab Stella zu. »Jedenfalls nicht hier. Als ob wir das ewig mit uns herumschleppen würden, die Totenflecken, die Verletzungen, die verfärbte Haut. Nein, das ginge nun wirklich zu weit. Wir können nicht alle schön sterben. Aber nach dem Tod, da sind wir schön, das kannst du ruhig glauben.«

Lily schaltete um und landete bei einer Serie mit einem Countrysänger aus Montana, der zugleich Hausarzt war und aus unerfindlichen Gründen im kalten New York praktizierte, wo er ländliche Menschlichkeit verströmte. Lily hätte weitergezappt, wenn seine Haare sie nicht an Doug erinnert hätten, diese rührende Fußballerfrisur, dazu grau meliert. Und Doug hatte außerdem noch eine überlange Strähne mit buntem Bindfaden umwickelt, die ihm tief in den Rücken fiel. Der bullige Doktor saß am Bett einer sterbenden mexikanischen Putzfrau, hielt ihre Hand und versprach in einfachem Englisch – mit spanischem Akzent, damit ihn die Mexikanerin auch bestimmt verstand –, für ihren kleinen Sohn zu sorgen. Und Lily stellte sich vor, es sei Doug, der ihre Hand hielt und mit dem Daumen über den Handrücken fuhr.

»Auch deine Mutter, *by the way*«, sagte Stella, ungerührt Lilys

Fernsehromanze unterbrechend, »sie sieht sehr schön aus. Irgendwie unbesiegbar. Ich wäre nie draufgekommen, dass sie deine Mutter ist. Ihr seid so verschieden.«

Das hatte Lily schon oft gehört. Sie war nicht wie ihre Mutter. Nie gewesen.

Sie schaltete um. Werbung, Werbung, Werbung. Wenig später kam ihr Vater zurück. Er stellte den Picknickkorb auf den Couchtisch. Er war noch voll.

»Sie haben sie gar nicht erst rausgelassen«, sagte er. Gedankenverloren riss er eine Chipstüte auf und bot sie Lily an. Sie nahm eine Hand voll Chips und stopfte sie sich in den Mund. Sie wollte nicht, dass er den Southern Comfort in ihrem Atem roch, die südliche Tröstung, die eigentlich gar nichts mehr bewirkte.

»Warum denn das?«, sagte sie mit vollem Mund.

»Sie haben sie dabei erwischt, wie sie in die Küche eingebrochen ist. Hat vier Kilo Kochschokolade gestohlen, ein Kilo geriebene Haselnüsse – weiß der Henker, warum sie so was überhaupt rumstehen haben. Das ist doch ein Diätlager.«

»Das Zeug ist für die Leiter. Darüber regt sich Alice schon die ganze Zeit auf.«

»Habe ich ihnen auch gesagt: Es handelt sich um einen bewussten Protest, nicht um eine suchtgeleitete Handlung. Aber damit kommst du bei denen nicht durch.« Er nahm sich selbst ein paar Chips, die er dann in der Hand zerbröselte. »Am liebsten hätte ich sie gleich mitgenommen. Aber ohne elterliche Bewilligung geht das nicht. Können wir Rhonda erreichen? Dem Mädchen geht es nicht gut. Was immer sie hat, dort wird es nur noch schlimmer.«

Lily überlegte. Sie hatte mehrmals versucht, Rhonda anzurufen. Die Nummer des Hotels in Hawaii klebte am Kühlschrank. Doch sie hatte immer aufgelegt, bevor sie die letzte

Zahl gewählt hatte. Rhonda hatte sich immer um Lily kümmern müssen. Es war Zeit, dass sie allein durchkam. Oder wenigstens so tat.

»Es sind nur noch drei Tage«, sagte sie.

Georg überzeugte das nicht. Drei Tage konnten lang sein.

Das wusste Lily auch. »Hast du Alice überhaupt gesehen?«

»Nur kurz. Und Lebensmittel konnte ich auch keine einschmuggeln.«

»Und? Ist sie okay?«

Er schüttelte den Kopf. »Sie nennt sich jetzt Al.«

8

Morgens um sieben, als Kath, Lily und Georg die Treppe hinaufkamen, standen schon zwei Polizisten vor der Tür des Yogastudios. Dieselben, die auf den Notruf nach Mandalees Tod hin gekommen waren, MacKenzie und Gutierrez.

»Dürfen wir Sie einen Augenblick sprechen?« MacKenzies Ton war sachlich. Kath ließ die Arme sinken, die sie zur Begrüßung ausgebreitet hatte, als wolle sie ihn an sich ziehen.

»Ja, ja, natürlich. Kommen Sie herein.« Sie schloss die Tür auf. »Gibt es etwas Neues?«

»Nicht in Sachen Mandalee Winters.« Gutierrez trat als Erster ein.

»Macht es Ihnen etwas aus, Ihre Schuhe auszuziehen?« Kath wies auf eine lange Bank neben der Tür, die auch als Schuhregal diente. »Ich meine, wenn Sie bleiben wollen. Meine Stunde beginnt gleich.« Sie ging im Studio auf und ab, warf die Heizstrahler und den elektrischen Wasserkocher an. Ganz sachlich. Ganz geschäftig.

»Deshalb sind wir hier«, sagte MacKenzie. »Sehen Sie, wir haben einen neuen Polizeichef bekommen. Vielleicht haben Sie es in der Zeitung gelesen?«

Kath nickte. »Tee?«

»Nein, danke. Nun, er hat Reformen angekündigt. Vor allem sollen die Beziehungen zwischen der Bevölkerung und der Polizei verbessert werden, gerade in diesem Bezirk, Potrero Hill, Hunters Point und Bay View.« Er deutete mit dem Daumen hinter sich, wo am Fuß des Potrero Hill das einzige Viertel San Franciscos lag, in dem mehrheitlich Schwarze wohnten. Die unverhältnismäßig oft Opfer von Polizeibrutalität wurden.

»Darüber habe ich etwas gelesen«, mischte sich Georg ein. »Es gab Protest von Müttern, deren Söhne von Polizisten erschossen worden waren.«

»Ja. Wir sollen in die sozial schwachen Viertel gehen, die Leute kennen lernen, bevor sie in Schwierigkeiten geraten. Das Gespräch suchen und so weiter.« Gutierrez zuckte die Schultern. »Unsere Leute stehen unter enormem Druck. Der neue Chef will, dass wir lernen, mit Stress besser umzugehen. Und so ...«

»... haben wir die Gelegenheit ergriffen und Ihr Studio vorgeschlagen!« MacKenzie grinste übers ganze Gesicht. »Wir haben die Erlaubnis, eine Ihrer Stunden auszuprobieren und zu empfehlen, wenn wir das Gefühl haben, das bringt etwas. Wären Sie bereit, Polizisten zu unterrichten?«

Kath fasste sich schnell. »Selbstverständlich«, sagte sie. »Bleiben Sie gleich hier?«

»Ja, warum nicht.« MacKenzie erlaubte sich ein Lächeln.

Inzwischen waren die ersten Schüler eingetrudelt, die die Uniformierten mit unverhohlenem Misstrauen musterten.

»Was war das eigentlich vorgestern für eine Menschenhatz?«, fragte Alyssa. Sie trug ein zerschnittenes, farbbekleckertes T-Shirt und Trainingshosen, schwarzen Nagellack und einen Lippenring. Über das struppige, schwarz gefärbte Haar hatte sie ein rotes Piratentuch geknüpft. »Ich habe es genau gesehen, drei oder vier von Ihnen hinter diesem armen Kerl her, der von seinem Motorrad gefallen war. Unglaublich! Brutal!«

»Ma'am«, sagte MacKenzie höflich. »Ich weiß, welchen Vorfall Sie meinen. Wir wollten den fraglichen Motorradfahrer wegen ungültigen Nummernschilds anhalten, doch er ignorierte uns und raste direkt auf den Gehweg, mitten unter die Leute. Sie wissen ja selber: Das ist eine belebte Ecke. Wir mussten ihn stoppen, das verstehen Sie doch.«

»MacKenzie und Jesus sind hier, um Yoga zu machen«, sagte Kath und etablierte damit MacKenzie als Vornamen. »Diskutieren können wir nach der Stunde. Haben Sie etwas Bequemeres anzuziehen?«, wandte sie sich an die Polizisten.

Das hatten sie nicht, aber sie nahmen ihre Waffengürtel ab und legten sie ins Schuhregal.

»Die Piepser müssen wir leider anlassen«, sagte Gutierrez, »Sie verstehen.«

»Für heute verstehe ich es«, sagte Kath. Sie hatte schon öfter Schüler hinausgeworfen, deren Handys während der Stunde geklingelt hatten. Sie stellte die beiden Polizisten in die Anfängerecke zwischen Lily, Susie und Doug.

»Hände zum Gebet«, befahl sie und schmetterte dann ein großes Om. Die Polizisten zögerten nur ganz kurz, bevor sie einstimmten. Nach dem dritten Sonnengruß ging allerdings der Piepser, und sie mussten sich verabschieden, außer Atem, rot im Gesicht, verschwitzt.

»Also ich weiß nicht, mich stört das, die Aura von tödlichen Waffen hier im Raum …«

»Atmen, nicht reden!«

Der Rest der Stunde verlief normal. Georg kam etwas früher aus dem Kopfstand und verbrachte gut zehn Minuten in der Kobrastellung, auf die Arme gestützt, den Kopf nach hinten gelegt, die Augen geschlossen wie eine Schlange in der Sonne. Seine Arme zitterten kein bisschen.

»Dich haben die Polizisten nicht gestört, was?«, flüsterte Doug Lily beim Schuheanziehen zu. Die Hälfte der Schüler lag immer noch reglos auf dem Fußboden.

»Nein. Warum sollten sie?«

Doug hob die Brauen. »Nun …«

»Kaffee?« Georg war zwischen ihnen aufgetaucht, frisch und ausgeruht. Er legte jedem eine Hand auf die Schulter. »Ich gehe zu Germaine runter zum Frühstück. Kommt ihr auch?«

Lily und Doug wechselten einen Blick. Lily zögerte, doch ihr Magen knurrte. »Nun gut«, sagte sie, »aber nicht lange.«

»Ich trinke eigentlich keinen Kaffee …«, sagte Doug.

»Sehr gut! Nehmen Sie eine Tasse heißes Wasser mit mir, junger Mann, das ist auch viel gesünder!«

Leichtfüßig lief Georg vor ihnen die Treppe hinunter.

»Mein Vater.« Lily lächelte. Langsam gewöhnte sie sich daran, ihn so zu nennen.

Brummelnd rückte Germaine mit einer Tasse heißem Wasser heraus. Georg hatte seine eigene Tasse mitgebracht, aber Doug nicht. »Dass mir das nicht einreißt!«, sagte sie, und zu Doug: »Für die Tasse muss ich was berechnen. Ich bin ja kein Zen-Kloster.«

»Selbstverständlich.« Doug hätte vielleicht lieber Tee gehabt oder sogar koffeinfreien Kaffee, aber Georg hatte für ihn gleich mitbestellt. Sie setzten sich an einen kleinen Tisch in der Ecke. Lily wickelte ihren Heidelbeermuffin aus.

»Und nun, das Wichtigste!« Aus der Tasche seiner Trainingsjacke förderte er eine dünnhäutige, dunkelgelbe, beinahe orangefarbene Zitrone zu Tage. »Eine Meyer-Zitrone, die gibt es nur hier. Eine Kreuzung aus Zitrone und Mandarine. Beinahe süß, aber nicht ganz.« Mit seinem Schweizer Taschenmesser schnitt er sie auf und ließ den Saft in die Tassen tropfen. »Und jetzt, junger Mann, probieren Sie! Na? Haben Sie je etwas Besseres getrunken, etwas Belebenderes?«

Lily grinste in ihren dreifachen Espresso.

»Und, was machen Sie außer Yoga?«

»Ich bin Privatdetektiv.«

»Privatdetektiv!« Georg stellte seine Tasse ab. »Ich habe noch nie einen echten Privatdetektiv kennen gelernt. Aber ich lese Kriminalromane, wissen Sie. Leidenschaftlich gern.«

»Ja, das höre ich nicht zum ersten Mal.« Doug zwinkerte Lily zu.

»Sie müssen mir alles darüber erzählen.« Georg beugte sich vor.

Es zeigte sich, dass Doug gern über seinen Beruf redete: »Ich arbeite für einen Anwalt, einen Strafverteidiger. Meine Aufgabe ist es, die Beweisführung noch einmal zu überprüfen und wenn möglich Hinweise oder Zeugen zu finden, die unserem Klienten helfen können. Außerdem bin ich eine Art Mittelsmann… Ich weiß nicht, wie vertraut Sie mit dem amerikanischen Rechtssystem sind – ein Anwalt darf vor Gericht nichts verwenden, von dem er weiß, dass es gelogen ist. Also, angenommen, ein Angeklagter sagt: ›Ja, ja, natürlich wollte ich das Arschloch umlegen, deswegen bin ich ja zu ihm raufgegangen. Aber dem Richter erzählen wir was anderes. Ich werde sagen, der andere hat zuerst die Waffe gezogen. Er hat mich bedroht. Notwehr, Mann!‹ Wenn er das im Beisein seines Anwalts sagt, darf dieser nicht mehr auf Notwehr plädieren. Deshalb fragt er auch nie, ob ein Klient schuldig sei. Wenn der Klient nun aber mir gegenüber Eingeständnisse macht, dann kann ich die vorsichtig umformuliert weiterleiten, wir können sie verwenden, und es bleibt doch alles legal.«

Georg hatte mit offenem Mund zugehört. »Was für … Klienten haben Sie denn?«

»Ich untersuche hauptsächlich Mordfälle, Bandenkriege und so was. Wenn in den Sozialsiedlungen was los ist, holt man mich. Ich kann mit den Leuten reden. Ich habe keine Angst vor ihnen.«

Dougs Augen tasteten ununterbrochen das Lokal ab, den Eingang, jeden, der hereinkam. Nur selten und ganz kurz verweilten sie auf Georg oder Lily.

»Straßenerfahrung ist nicht alles. Das Wichtigste ist, keine Angst zu haben. Wenn sie deine Angst spüren, dann meinen sie, das sei dein moralisches Urteil über sie. Darauf reagieren sie sauer.« Er drehte die Handflächen nach oben. Seine Hände waren schwer, klobig, die Nägel abgebissen. »Na ja, das ist jedenfalls meine Theorie.«

Du denkst, du brauchst niemanden, aber da täuschst du dich. Jeder Mensch braucht jemanden. Jemand, der für dich da ist, sich um dich kümmert, auf dich aufpasst. Das vor allem. Und du brauchst mich. Du denkst, du brauchst niemanden, weil ich mich nicht zeige. Weil ich im Stillen auf dich aufpasse, im Geheimen für dich sorge. Ich warte in den Kulissen, bis du es merkst. Ich habe es nicht eilig. Ich habe nichts Besseres vor.

Hallo – ich lese deine Eintragungen immer besonders gern. Du hast eine schöne Handschrift, ordentlich, sauber. Und was du sagst – es klingt fast zu gut, um wahr zu sein. Ich wünschte, du meintest mich. Aber mich hat noch nie jemand beschützen wollen. Vielleicht weil ich groß bin. Ein Meter achtzig, einhundertvierzehn Kilo. Das meiste ist Muskelmasse. Ich war Schwimmerin. Trotzdem, ich weiß, dass ich je-

manden brauche. Jemand, der für mich da ist, auf mich aufpasst. Aber da ist niemand. Da ist einfach niemand.

Da täuschst du dich.

Wie meinst du das? Sprich mich an, geheimnisvoller Beschützer, wenn du mich das nächste Mal hier siehst. Ich bin jeden Morgen um Viertel nach zehn hier, und beschrieben habe ich mich ja schon. Ich bin nicht zu übersehen.

Warum redet hier eigentlich niemand mit einem? Ich meine, statt hier rumzuhängen und in diese Bücher zu schreiben, könnte man doch ebenso gut miteinander reden, oder nicht? Und was ich auch nicht kapiere: Was haben die Frauen hier eigentlich für ein Problem? Wenn man das liest, könnte man meinen, sie seien alle auf der Suche nach einem netten Mann. Ich bin ein netter Mann! Eins achtzig groß, guter Job, sechzigtausend im Jahr mit Aufstiegsmöglichkeiten (Klimaanlagen, Verkauf und Installation), Fitness-Abo (dreimal die Woche), fahre einen Acura, sehe nicht übel aus, und das sagen nicht nur meine Freunde. Na, und ratet mal, was passiert, wenn ich in diesem Scheißladen eine Frau anspreche??

I hear you.

»Das macht mich eben zu einem außergewöhnlich guten Detektiv«, sagte Doug gerade, »im Gegensatz zu einem, der nur gut ist.« Georg nickte. Lily blätterte zu einer leeren Seite und schrieb selbst etwas in das schwarze Buch:

Wenn Männer zu gerne reden.

»Hiiii!!« Wie ein Vogelschwarm schwirrten die Mädchen aus dem ersten Stock ins Lokal, zwitscherten um ihren Tisch herum und ließen sich auf Dougs Schultern nieder. Ihre Hände zumindest.

»Erinnerst du dich an uns? Wir haben dich schon vermisst. Du hast doch gesagt, du seist jeden Tag hier!«

Schmollmündchen, nackte Bäuche, aufgedrehte Haare, blaue Fingernägel. Irritiert rückte Georg mitsamt seinem Stuhl vom Tisch ab. Er war noch überhaupt nicht fertig mit seiner Befragung.

»Heute bin ich ja hier.« Doug schaffte es, all die Hände von seinen Schultern zu pflücken, ohne abweisend zu wirken, indem er jede einen Augenblick lang festhielt. Gleichzeitig zwinkerte er Lily zu. »Noch was zu trinken?« Er stand auf. »Mädels? Doc?«

Georg schüttelte den Kopf. »Ich gehe dann lieber mal.«

Lily bestellte bei ihm aus reinem Trotz noch einen Espresso, wich nicht vom Tisch, ließ sich nicht an die Wand drängen, auch als die Mädchen immer mehr Stühle heranrückten. Laurie hatte den Platz an Dougs anderer Seite ergattert. Wie ein kleines Tier schmiegte sie sich an ihn, schaute zu ihm auf, Augen wie ein Kind. Lily fühlte sich schon wieder sehr alt. Doch dann traf ihr Blick den von Doug, über Lauries Seidenhaar hinweg ruhten seine Augen auf ihr, eine ganze Sekunde lang.

Die Sache ist doch ganz einfach die: Als Frau musst du heutzutage einen Plan haben. Du musst dich hinsetzen und dir ganz genau aufschreiben, was du von einem Mann willst: jährliches Einkommen, Aufstiegschancen im Job, Ersparnisse, Immobilien. Auf der anderen Seite die moralischen Werte: wie viele Kinder, in welchem Abstand, Familienleben, Vorstadt oder nicht, weiterarbeiten oder nicht. Dann, wenn du ein Profil ausgearbeitet hast, machst du dich auf die Suche. Dabei musst du systematisch vorgehen. Sorry, Jungs. Nehmt das nicht persönlich. Wir werden nun mal alle nicht jünger. Tick-tack, tick-tack, ihr wisst schon. Warum sollten wir unsere und auch eure Zeit verschwenden mit zwischenmenschlichen Kontakten, die dann doch nirgendwo hinführen? Ich finde es verletzend, wenn ihr uns als materialistisch hinstellt. Was ist falsch daran, ein Ziel vor Augen zu haben? Was ich eigentlich sagen wollte – netter Mann mit Acura, Klimaanlagen-Verkäufer: Du entsprichst meinem Profil ziemlich genau. Sprich mich ruhig an. Ich bin jeden Morgen um halb acht hier und trinke einen Magermilch-Latte.

Da bist du nicht die Einzige.

Lily klappte das Buch zu und stand auf. Doug unterbrach die Erzählung eines Bandenkrieges, den er ganz allein beenden konnte, löste sich von den staunend aufgerissenen Augen seiner Zuhörerinnen, schüttelte die Finger mit den frisch lackierten Nägeln ab, die sich in seine Jeansjacke gekrallt hatten und wandte sich für einen winzigen Augenblick ganz und gar Lily zu: »Gehst du?«

War sein Ton bedauernd? Beinahe hätte sie sich wieder hingesetzt. Doch da sagte er schon: »Bis dann.« Mit dem Daumen fuhr er über ihre Wange, als wolle er etwas von ihrem Gesicht wischen. Seine Hand roch nach Zigaretten. Eine raue Hand, eine sanfte Geste. Lily ging an der Theke vorbei zum Hinterausgang. Germaine rollte die Augen.

»Der Typ spinnt, das kann ich dir sagen.« Dann lächelte sie. »Aber auf eine gute Art, wenn du weißt, was ich meine.«

Lily wusste es nicht, aber sie nickte trotzdem.

9

Sie klingelten noch einmal an der Tür. Nichts rührte sich. Kath hatte unbedingt einen Beileidsbesuch abstatten wollen. Da Mandalee in San Francisco keine Familie hatte, keine Verwandten, standen sie nun vor der Wohnung, die sich Mandalee mit Samantha Fowler geteilt hatte, einer anderen jungen Friseuse von *Hair today, gone tomorrow*.

»Komm, wir gehen.« Lily wünschte, sie wäre nicht mitgekommen. Doch endlich regte sich etwas in der Wohnung. Eine große, dünne Frau mit Stinktierstreifen im langen, schwarzen Haar öffnete die Tür. Sie war barfuß und trug knallenge, schwarze Lederhosen und ein weißes Männerunterhemd, durch das man die Ringe in ihren Brustwarzen sehen konnte. Sie hatte geweint. Dicke Mascaraschlieren zogen sich über ihre Wangen.

»Samantha?«

»Ja? Was ist?«

»Ich bin Kath Neill«, sagte Kath und streckte die Hand aus. »Mandalees Yogalehrerin.«

»Und?« Die junge Frau verschränkte die Arme.

»Wir wollten nur fragen, ob wir irgendetwas tun können. Helfen, meine ich.«

»Mandalees Eltern haben angerufen. Sie wollen ihre Sachen haben. Ich bin gerade dabei, ihr Zimmer auszuräumen.« Samantha fing wieder an zu weinen. Sanft schob Kath sie zur Seite und trat ein. Lily folgte zögernd. Im schmalen Flur, der für diese viktorianischen Wohnungen typisch war, standen vielleicht zweihundert Paar hochhackige Schuhe, ordentlich aufgereiht wie Soldaten. Samantha hockte sich nieder.

»Ich weiß nicht mal mehr, welches meine sind und welches

ihre«, heulte sie. »Wir haben alles geteilt. Was soll ich denn jetzt machen?«

Kath legte den Arm um sie. »Komm, komm. Ist ja gut.« Sie blickte über ihre Schulter zu Lily. »Lass uns erst mal einen Tee trinken«, sagte sie und deutete mit dem Kinn auf eine offene Tür zu ihrer Rechten. Lily gehorchte und trat in die kleine Küche. Der Tisch war an die Wand gerückt worden, um einem verstellbaren Friseurstuhl mit schwarzem Ledersitz, einem schwarzen Waschbecken und einer Trockenhaube Platz zu machen. Sämtliche freien Flächen waren verstellt mit Flaschen und Dosen, Haarfarben, Pflegespülungen, Gels, Sprays, Lockenbalsam. Körbe mit Scheren, Kämme und Klemmen standen herum. Der Küchentisch schien als Tablettenfabrik zu dienen: Fünfzig noch offene, mit dunkelgrünem Pulver gefüllte Kapseln waren in einem Ständer aufgereiht. Lily steckte einen Finger in das Pulver, leckte ihn ab und spuckte aus. Es schmeckte nach Kompost. Sie fand einen Wasserkessel, aber keinen Tee. Auch sonst keine Lebensmittel.

»Mein Vater schwört auf heißes Wasser«, sagte Lily, als Kath mit Samantha in die Küche kam, die sich in der Zwischenzeit das Gesicht gewaschen hatte. Samantha lehnte ihre knochige Hüfte an den Küchentisch und begann, die Kapseln sorgfältig zusammenzustecken. Das Streifenhaar fiel ihr übers Gesicht, ihre Schulterblätter stachen aus dem Unterhemd wie Flügel.

»Spirulina«, sagte sie. »Algen. Da ist alles drin, was du zum Leben brauchst. Alle … wie sagt man gleich … Nährstoffe.«

Sie pflückte einige der Kapseln aus dem Ständer, steckte vier oder fünf auf einmal in ihren Mund und schluckte sie mit einem würgenden Laut hinunter. Dann bot sie erst Kath, dann Lily davon an. Beide lehnten ab. Lily goss das beinahe kochende Wasser in eine kleine Schüssel, die offensichtlich zum Anrühren von Haarfarbe gebraucht wurde.

»Ich möchte Mandalees Eltern gern einen Brief schreiben«, sagte Kath. »Hast du ihre Adresse?«

»Das würde ich an deiner Stelle nicht tun. Sie sind der Meinung, du hättest sie umgebracht.«

»Ich?«

»Ja, du – oder dein Yoga – oder einfach San Francisco.«

Kath schüttelte den Kopf. »Ich fühle mich tatsächlich schuldig«, sagte sie. »Ich verstehe einfach nicht, was passiert ist. Sie war doch gesund, oder?«

»Ja, natürlich.« Samantha fing wieder an zu weinen. »Wir haben doch immer Spirulina genommen. Und grüne Grassäfte getrunken und alles. Wir haben doch immer aufgepasst ...« Sie schniefte und wischte sich die Nase mit dem Handrücken.

»Soll ich euch Mädels die Haare machen?«, fragte sie unvermittelt und schaute hoffnungsvoll auf.

»Vielleicht später«, sagte Kath. »Zuerst helfen wir dir, Mandalees Sachen zusammenzupacken. Dann hast du das schon mal hinter dir.«

Mandalees Zimmer war nur mit dem Nötigsten eingerichtet. Ein Futon auf dem nackten Parkett, drei Kleiderstangen, an denen Mandalees gepflegte Garderobe hing, ihre Designersachen, das meiste noch in den Plastikhüllen der chemischen Reinigung. Fernseher, Stereoanlage, Computer, Telefon standen auf dem Fußboden, dicke Kabelknäuel hinter sich. Entweder hatte Samantha schon mit dem Ausräumen begonnen, oder Mandalee war sehr unordentlich gewesen: Schmutzige Wäsche lag überall verstreut, ungeöffnete Post, Rechnungen, Kosmetika, Handtaschen, Schals, kleine Hanteln, Fotoalben. Kath hob ein Album auf, setzte sich mit gekreuzten Beinen hin und schlug es auf.

Mandalee in Cheerleader-Uniform, Pompons an den Handgelenken. Im Rüschenkleid am Schulball. Mandalee mit einem

Jungen im Fotoautomaten, küssend, herumalbernd. Mandalee auf einem Pferd. Mandalee am Meer. Mandalee und Samantha auf dem Kongress der Friseure in Montreal. Mandalee dick geschminkt auf einer professionellen Porträtaufnahme, in die Kamera schmollend. Mandalee, etwas verdattert, in glitzernden Zirkusunterhosen und mit Troddeln an den Brüsten.

Samantha beugte sich vor und riss diese Aufnahme aus dem Album. Es war ein Werbeflugblatt für das *Push Up,* eine neue Bar im Mission District, die vor kurzem mit großem Medienrummel eröffnet worden war, ein Striptease-Lokal, das hip und jung sein wollte. »Na und? Sie brauchte eben Geld.« Samantha legte das Bild weg. »Aber das müssen ihre Eltern ja nicht unbedingt wissen.«

»Nein.« Kath strich mit dem Zeigefinger über Mandalees Gesicht, bevor sie das Album zuklappte und beiseite legte.

»Wir sollten die Sachen sortieren«, sagte Lily. »Was du den Eltern schickst, was du weggeben, was du behalten willst.«

»Behalten? Ich will nichts behalten«, wehrte Samantha ab. Begann dann verschlagen zu grinsen. Sie zwängte ihre knochige Hand in die Tasche ihrer Lederhose. Unter Verrenkungen förderte sie eine kleine Plastiktüte zu Tage, die mit einem weißen Pulver gefüllt war.

»Das ist meine Erbschaft.«

»Alle Nährstoffe, die du brauchst«, rutschte es Lily heraus.

»Sie hätte gewollt, dass ich das kriege«, sagte Samantha trotzig. »Wir haben schließlich immer alles geteilt.«

Sie stopfte den Beutel wieder in die Tasche ihrer knallengen Hose, wo er sich irritierend abzeichnete wie die Hasenpfote eines Heavy-Metal-Freaks.

Zwei Stunden lang stapelten sie CDs und DVDs in Schachteln, falteten Kleidung, zogen die Bettwäsche ab, füllten Mülltüten mit schmutziger Wäsche, Abfall oder Sachen für die Heilsarmee. Samantha ging die restlichen Fotoalben nach verfänglichen Bildern durch und legte sie dann in eine Schachtel für Mandalees Eltern.

»Dabei war das die richtige Mandalee«, sagte sie und fächerte die aussortierten Fotografien auf, Mandalee halbnackt, Mandalee mit Joint, Mandalee auf einem Tisch tanzend, Mandalee und Samantha Arm in Arm, der Kamera die Zunge herausstreckend. Samanthas Zunge war, wenig überraschend, mehrfach gelocht.

»Ihre Eltern waren immer dagegen, dass sie in San Francisco lebte«, sagte sie. »Jammerten, dass sie unter die Räder komme. Aber Mandalee machte ihnen vor, sie sei im Business und verdiene einen Haufen Geld.«

Wenn man in Los Angeles »Business« sagte, meinte man das Filmgeschäft. In San Francisco stand es für die Computerbranche.

»Sie schickte ihnen jeden Monat Geld«, fuhr Samantha fort, »damit sie ihre Farm behalten konnten – nein, ihre Werkstatt. Es ist eine Autowerkstatt. Sie schickte mehr, als sie hatte. Das Geld, das sie bei *Hair today* verdiente, reichte nirgends hin. Sie war nicht besonders gesprächig. Machte deshalb nicht viel Trinkgeld. Trinkgeld ist alles. Auch im *Push Up*. Und dann … na ja …«

Samantha nestelte einen dünnen Joint aus einem Versteck in ihrem Haar. Sie drehte ihn hin und her und begutachtete ihn von allen Seiten, bevor sie ihn anzündete. Seufzend stieß sie den Rauch aus.

»Was hätte sie auch sonst tun sollen? Ihre Alten sollten stolz auf sie sein. Aber das waren sie nicht. Wisst ihr, was sie gesagt haben, als ich sie angerufen habe? ›Das musste ja so kommen.‹ Das haben sie gesagt.«

Sie nahm noch einen tiefen Zug und wollte den Joint dann weitergeben. Kath und Lily lehnten ab.

»Ehrlich, da bin ich direkt froh, dass meine Alten überhaupt nicht mehr mit mir reden.« Samantha legte die Fotos von Mandalee auf den Fußboden und berührte eines nach dem anderen mit dem Finger. »Sie wollte eben mehr vom Leben als heiraten und Kinder kriegen und in derselben Stadt alt werden, in der sie aufgewachsen war. Ist das denn zu viel verlangt? Ist das wirklich zu viel verlangt?«

Darauf gab es nichts zu sagen. Schweigend fuhren sie fort, Mandalees Sachen zusammenzupacken.

Als Lily und Kath Stunden später die Wohnung verließen, hatten sie identische Frühpunk-Fransen, die ihnen in die Augen fielen.

»Was sollte das denn heißen?«, fragte Lily. »Das Pulver, der Joint, ›was hätte sie sonst tun sollen‹? Was hat sie damit gemeint?«

Kath wusste sofort, worauf sie anspielte. »Ich glaube, Mandalee und Samantha haben nicht nur konsumiert. Sie haben Drogen verkauft. Das war ihr Nebenverdienst.«

»Ist das nicht gefährlich?«

»Mandalee ist ja auch tot.«

Lily nickte. Wenn es eine Droge gäbe, die sie daran hindern würde, zu reden, ohne vorher zu denken…

»Weißt du«, fuhr Kath fort, »es ist zwar schrecklich, aber ich bin froh, dass ich das weiß. Es macht ihren Tod irgendwie verständlich.« Sie schüttelte den Kopf. »Ich hätte es merken müssen. Hätte sie warnen müssen, dass sie sich nicht überanstrengt. Ich wusste, dass etwas nicht stimmt, aber ich hätte auf Magersucht getippt.« Wieder schüttelte sie den Kopf. »Man sollte doch meinen, ich würde eine Drogensüchtige erkennen, wenn sie vor mir steht. Ich war schließlich selbst eine.«

Sie gingen die Straße entlang, hügelauf, hügelab, und standen dann vor *Germaine's Coffeeshop & Laundromat.*

Kath umarmte Lily flüchtig. Ein glamouröser Duft von Frisiersalon umhüllte sie. »Vielleicht sollte ich MacKenzie anrufen. Was meinst du?«

»Und Gutierrez«, sagte Lily.

Kath grinste. »Ich mag MacKenzie«, sagte sie. »Ja, ich glaube, ich rufe ihn an.«

10

Am nächsten Morgen fing Lily mitten in der Yogastunde an zu weinen. Sie hatte sich gerade in die Sofastellung hochgestemmt. Zwischen ihren angewinkelten Beinen sitzend, hatte sie ihre Brust nach oben gereckt, sich einem Messer entgegengewölbt, das dann auch prompt in sie hineingerammt wurde. Aus dem Nichts heraus. Ihre Arme und Beine knickten ein, Tränen rannen aus ihren Augen. Sie musste die Nase hochziehen. Die anderen Schüler konnten sie hören. Scheiße, dachte sie, auch das noch. Ausgerechnet das Sofa hatte sich gegen sie gerichtet, das Sofa, das in diesem endlosen Sommer ihr einziges Zuhause gewesen war. Was würde als Nächstes kommen? Eine ungute Ahnung legte sich über sie wie eine klamme Decke.

»Ganz ruhig.« Kath kniete neben ihr nieder und trocknete ihre Tränen. »Das kommt schon mal vor«, flüsterte sie, »wenn man den Rücken so durchstreckt. Ganz ruhig.«

Das Schlimmste kommt erst, dachte Lily. Das Schlimmste kommt erst. Doch nach einer Weile erholte sie sich so weit, dass sie die nächste Stellung einnehmen konnte. Aus der Sofastellung glitt sie in den Liegenden Helden, eine Stellung, die ihr besonders schwer fiel. Ihre Ballettbeine drehten sich nicht gern nach innen. Schöne Heldin, dachte Lily. Wenn ihre Mutter sie jetzt sehen könnte. Eine unfähige Heldin war sie. Und für ihre Mutter eine einzige Enttäuschung. Bevor sie neue Tränen aufsteigen fühlte, rappelte sie sich auf. Für heute war es genug. Sie zog einen Pullover über ihr T-Shirt; es war plötzlich wieder kalt geworden. Sie ging ins Bad, wo der Wasserkocher stand, und goss sich Tee auf. Kath hatte die Schüler gebeten, nach der Stunde noch zu bleiben. Lily war es nur recht. Heute wollte sie nicht ins Café. Wollte sich nicht um einen Platz an Dougs Tisch prügeln. Sie nahm ihre Teetasse und setzte sich neben Kath und die Elefantengottstatue. Kath saß im Lotussitz und beobachtete die Schüler scharf. Als alle in der Totenstellung lagen, schien sie auf ihre Atemzüge zu lauschen und atmete erst dann auf, nachdem der Letzte aufgestanden war.

»Ihr wisst ja alle, dass Mandalee gestorben ist«, sagte sie. »Ich habe heute von der Polizei gehört, dass ihr Tod auf Herzversagen zurückgeführt wird.«

»Jeder Tod ist Herzversagen«, murmelte Georg. »Entschuldige – sprich weiter.«

»Ihre Leiche wurde nach Michigan überführt, wo ihre Eltern leben. Sie wird dort beerdigt. Heute, soviel ich weiß. Deshalb möchte ich, dass wir hier auch eine kleine, zwanglose Gedenkstunde abhalten.«

Susie, die Anfängerin mit den Pin-ups auf den Waden, sagte: »Ich kannte Mandalee aus dem *Push Up*. Wir haben beide da gearbeitet, gleich nach der Eröffnung. Wir hatten dieselbe Schicht.« Sie schaute kurz auf, doch keiner der Yogaschüler reagierte. »Ich habe meine Stelle verloren«, fuhr Susie fort. »Ich war früher im Tech-Bereich, ich habe einen hohen Lebensstandard – wir hatten beide einen hohen Lebensstandard. Deshalb.« Sie zögerte. »Also, ich kannte sie eigentlich gar nicht besonders gut. Wir haben uns in den Pausen unterhalten, über Kleider und solche Sachen. Mandalee hat es nicht lange im *Push Up* ausgehalten. Sie war auch zu mager für den Job. Keine Brüste.« Sie errötete. »Tut mir Leid. Das hätte ich wohl nicht sagen sollen.«

»Ich ging zu ihr zum Haareschneiden«, warf Karen ein, eine junge Mutter mit glänzendem braunen Haar und teurer Kleidung. »Wir waren nicht wirklich befreundet. Aber sie war gut in ihrem Job. Sehr gut.«

Eine andere Frau nickte.

»Ich habe Mandalee nicht gekannt«, sagte Doug, »aber es ist immer beschissen, wenn jemand so jung stirbt. Jemand, der nicht hätte sterben sollen. Das regt mich auf. Es ist nicht richtig.«

Er hatte mit einer gewissen Heftigkeit gesprochen. Einen Augenblick lang war es still. Doch niemand hatte Mandalee wirklich gekannt, niemand würde sie vermissen, und das Gespräch wandte sich anderem zu.

»Ich habe Mühe mit der Vorstellung, mit Bullen zusammen Yoga zu machen«, sagte Shiva Steinbeck, ein zartgebauter junger Mann mit langem Haar und einem stufenförmigen Muster von Brandnarben auf dem Rücken. »Yoga bedeutet doch Gewaltfreiheit, nicht wahr?«

»Was weißt du denn über den Rest von uns?«, gab Doug zurück. »Kannst du sicher sein, dass nicht etwa ein… Fleischesser unter uns ist?«

»Ich werde die Polizisten ohnehin in einer eigenen Klasse unterrichten«, sagte Kath. »Das ist einfacher, auch für sie. Trotzdem solltet ihr gewillt sein, eure Yogastunden mit jedem zu teilen. Fleischesser oder Polizist. Ehrlich gesagt bin ich selbst zu den Fleischessern übergetreten.« Sie wechselte einen Blick mit Georg und grinste. Georg hatte ihr vor ein paar Tagen geraten, Fleisch in kleinen Mengen zu sich zu nehmen, um ihrer ständigen Müdigkeit entgegenzuwirken. »Fünfzehn Jahre lang veganische Kost – aber heute fühle ich mich besser denn je. Fleisch, meine neue Wunderdroge.« Sie lachte. »Natürlich spreche ich immer erst ein kleines Gebet für die Seele des Tieres.«

Es war schwer zu sagen, ob sie das ernst meinte. Georg schüttelte den Kopf.

»Okay, genug für heute.« Sie klatschte in die Hände, die Schüler standen auf, und sie scheuchte sie wie Hühner aus dem Studio.

11

MacKenzie trug Zivil.

»Ich hätte Sie beinahe nicht erkannt«, rief Kath. »Was tun Sie denn hier?«

»Oh, nichts. Ich meine … Routine.« MacKenzie errötete unter seinem Bart. »Befragungen und so. Sie wissen schon.«

»Dürfen Sie Kaffee trinken während dieser – Befragungen?« Kath legte den Kopf schief. Ihre Wimpern klimperten wie die einer Schlafpuppe. Lily schaute fasziniert zu. Hier konnte sie etwas lernen.

»Trinken Sie denn Kaffee?«, fragte MacKenzie zurück.

»Eigentlich nicht«, grinste Kath. »Aber für Sie mache ich eine Ausnahme.«

Das war gelogen: Kath bestellte ihren Kaffee wie immer koffeinfrei und mit Sojamilch. MacKenzie lächelte geschmeichelt. Manchmal ein bisschen lügen, merkte sich Lily.

»Wenn's nach deinem Vater ginge, würde ich ja nur noch heißes Wasser ausschenken.« Germaine nickte zu dem kleinen Tisch hinüber, an dem Georg Hof hielt. Vier oder fünf von

Kaths Yogaschülern saßen um ihn herum und bestaunten seine Tropfen-Kollektion.

»Ich weiß«, sagte Lily. »Es soll gesund sein. Die Chinesen schwören darauf.«

»Hier.« Germaine hatte Lily aus reiner Gewohnheit einen dreifachen Espresso hingestellt. Dann kam sie hinter der Theke hervor und machte sich daran, die internationalen Zeitungen und Magazine im Regal an der hinteren Wand des Cafés zu sortieren und neu auszulegen. Ein großes Schild verbot das Lesen von nicht bezahlten Zeitungen und Zeitschriften im Lokal, aber zu Germaines täglichem Ärger hielt sich niemand daran. Sooft sie sie auch ordnete, sortierte, glatt strich und ordentlich ins Regal stellte, nach fünf Minuten sah es wieder aus wie vorher. Unter der Theke bewahrte Germaine Bügelbrett und Bügeleisen auf und bügelte nach Lokalschluss die Zeitschriften einzeln auf.

Lily ließ den Kaffee, den sie gar nicht trinken wollte, stehen und setzte sich zu Kath und MacKenzie. MacKenzie öffnete gerade den Reißverschluss seiner abgewetzten Lederjacke. »Hier«, sagte er, »das wollte ich Ihnen zeigen: Habe ich in meinem Schrank gefunden. Was sagen Sie dazu?«

Unter der Lederjacke trug er ein ausgeleiertes T-Shirt in verwaschenem Lila, auf dem hundert winzige Strichmännchen hundert Yogastellungen ausführten.

»Ich glaube es nicht!« Kath hatte ihre Stimme hochgeschraubt und klatschte in die Hände. »Das ist ja toll! Wo haben Sie das her?«

»Ich habe Ihnen doch erzählt, dass ich in den Siebzigerjahren bei Swami Satchidananda studiert habe … aber darf ich Sie beim Vornamen nennen? Wenigstens außer Dienst?«

»Ja, sind Sie denn … außer Dienst? Ich denke, Sie führen hier eine Routinebefragung durch!«

MacKenzie errötete wieder. Kath lachte mit zurückgeworfenem Kopf, die tätowierte Kehle wie zum Biss freigegeben. Lily machte die Bewegung andeutungsweise nach, übungshalber. Sie dachte an Doug. Doug, der mit ihr Kaffee trinken wollte, mit ihr allein. Und sie dachte, dass es einen Grund haben musste, dass Kath vier oder fünf *boyfriends* hatte und Lily keinen einzigen. Vielleicht lag es an diesen Gesten.

Auf Kaths Kehle waren Blutstropfen tätowiert, die ein Muster bildeten wie eine Kette aus Rubinen. Ihre Lebensgeschichte ließ sich auf ihrer Haut ablesen: Spinnennetze, Totenschädel, ein Hammer mit Sichel. Die Namen ihrer Ehemänner. Gebete zum Drogenentzug: *Grace* und *Mercy*, in gotischer Schrift auf den Innenseiten der Handgelenke. Yoga-Sutras rankten sich ihre Arme hinauf. Und flächendeckend und vierfarbig auf ihrem Rücken: die schwarze Göttin Kali.

Der Kunde ist König, hatte der Tätowierkünstler gedacht, aber alles, was recht ist. Und im letzten Augenblick, die Nadel schon angesetzt, hatte er Kath sicherheitshalber noch mal das Hochglanzfoto von Lassie gezeigt, das ihm als Vorlage dienen sollte. »Und du bist dir ganz sicher, du willst wirklich einen Collie auf dem Rücken?«

Lily rückte ihren Stuhl weg, griff nach einem der schwarzen Bücher und schlug es wahllos irgendwo in der Mitte auf. Sie erkannte die gestochene Schrift dessen, den sie bei sich den Geheimnisvollen Beschützer nannte.

Es war ein Unfall. Das glaubst du doch, nicht? Du glaubst mir doch. Ich würde dich doch nicht absichtlich überfahren. Ich bin doch kein Irrer. Nur ein Irrer würde so etwas tun. Obwohl, es war schon eine schöne Zeit. Sag selbst. Erinnerst du dich? Du im Gips. Auf dem Sofa. Ausgeliefert. Darauf angewiesen, dass ich dir Essen brachte, ein Glas

Milch, mit einer Stricknadel unter dem Gips kratzte, ein anderes Fernsehprogramm einschaltete. Und habe ich mich nicht gut um dich gekümmert? Siehst du. Das ist dein Problem. Dass du dich nicht ausliefern kannst. Nicht hingeben willst. Erst, wenn du dir selber eingestehen kannst, dass du mich brauchst, wirst du glücklich sein können. Wirst du Erfüllung finden.

Wenn ich hier so sitze und die Eintragungen lese, und mein Blick schweift durch den Raum, sehe ich junge Menschen, die sich vorsichtig umkreisen, von weitem beschnüffeln, sehe Laptops, Handys auf den Tischen, Pager, elektronische Taschenkalender – Kommunikationshilfen, die nicht helfen. Ich sehe grenzenlose Einsamkeit. Keine Verbindung. Nichts.

He, das ist echt cool, das ist Poesie, quasi.

Ich bin froh, dass ich nicht mehr jung bin. Nein, das stimmt nicht: Ich bin froh, dass ich vor fünfundzwanzig Jahren jung war. Oh Mann. Das waren andere Zeiten.

Sagt meine Mutter auch immer.

Kenne ich deine Mutter?

»Lily?«

Sie schaute vom Buch auf. Marcus Sandman stand vor ihr. Anzug vom Secondhand-Laden, dickrandige Brille, eine Art schwarzer Clark Kent vor der Verwandlung in der Telefonkabine. Mehr als zwei Jahre hatte sie ihn nicht gesehen. Er war unverändert – bis auf die junge Frau, die an seinem Arm hing wie ein siamesischer Zwilling. Eine besonders schöne junge Frau außerdem.

»Ach, sind wir etwa eifersüchtig? Jetzt, wo es zu spät ist?«

Lilys Arm fuhr durch die Luft um einen imaginären Fliegenschwarm zu verscheuchen, Stellas Stimme. Dabei fegte sie die Zuckerdose vom Tisch. Weiß ergoss sich der Inhalt in ihren Schoß.

»Hallo, Marcus«, sagte sie lahm. »Was machst du denn hier?«

Marcus Sandman war Lehrer. Er hatte Leo in der fünften Klasse unterrichtet, in Leos erstem amerikanischen Schuljahr. Während Lilys Schwangerschaft hatte er sie ein paarmal ausgeführt. Und sie hatte ihn angerufen, nachdem Frank sie um die Scheidung gebeten hatte, nach der Familientherapie-Sitzung, bei der die Psychologin Franks Hand gehalten hatte. Marcus hatte Lily mit seinem Motorrad im Therapiezentrum abgeholt, und die Fahrt hatte nur zwei Stunden gedauert. Sie hatten sich ein paarmal geküsst. Lily mochte ihn. Leo mochte ihn. Rhonda mochte ihn. Außerdem spielte er in einer Band.

Vergeblich versuchte Lily den Zuckerberg von ihrem Schoß zu fegen. Das weiße Zeug flog in alle Richtungen. Warum hatte Germaine überhaupt Zuckerdosen? Niemand nahm heutzutage mehr Zucker, Zucker war böse, das hatte Lily jetzt auch erkannt.

»Stellst du mich denn nicht vor?« Der siamesische Zwilling schmollte. Marcus, der nur dagestanden und Lily angeschaut hatte, als fragte er sich, woher er sie kenne, riss sich zusammen.

»Lily – Leila. Leila – Lily«, murmelte er.

»Ich bin Marcus' Verlobte«, ergänzte die junge Frau und streckte eine schmale, hellbraune Hand aus. Auf ihren orangefarben lackierten Nägeln klebten Glitzersteine. Am Ringfinger steckte ein großer Klunker, wie man ihn im Werbefernsehen sah: »Ihre Liebe dauert ein ganzes Leben lang – das sollte Ihnen doch einen Monatslohn wert sein!«

»Glückwunsch«, murmelte Lily.

»Danke. Die Hochzeit ist nächsten Monat. Ja, es ist alles ein bisschen schnell gegangen, aber Marcus und ich möchten so bald wie möglich Kinder haben. Haben Sie Kinder?«

Immer noch rieselte Zucker von Lilys Schoß auf den Fußboden.

Er hatte sie eingeladen, ausgeführt, bekocht. Hatte ihr Schwangerschaftsbücher geschenkt, Artikel ausgeschnitten, sogar angeboten, sie zum Schwangerschaftskurs zu begleiten. Während der Geburt hatte er im Flur gewartet. Vier Besucher waren im Gebärzimmer zugelassen, aber Lily hatte nur Rhonda mitgenommen. Marcus wartete draußen, zusammen mit anderen Angehörigen, ganzen Familien, Geschwistern, sogar kleinen Kindern. Sie schliefen auf langen Sofas im Wartezimmer oder schauten fern, nach demokratischer Abstimmung mal spanische und mal englische Sender. Die ganzen einundzwanzig Stunden war er geblieben. Bis zum Schluss. Bis Rhonda ihn nach Hause geschickt hatte.

»Oh!« Leila schlug sich die geschmückte Hand vor den Plappermund. »Ich vergaß, wie dumm von mir. Tut mir Leid. Wirklich Leid.«

Es war eine Totgeburt gewesen. Voll ausgetragen. Ein Mädchen. Sie war winzig, aber perfekt. Durchsichtig und schön. Die Augen geschlossen, als schliefe sie. Sie nannte sie Bettina, Betty eigentlich. Der Name war ihr so zugeflogen, sie wusste nicht, von wo.

»Wir sollten jetzt besser gehen, wenn wir noch Kaffee trinken wollen«, murmelte Marcus. Lily widersprach ihm nicht.

»Ach spiel dich nicht auf«, sagte Stella, »eine Fehlgeburt –«

»Totgeburt«, unterbrach Lily sie, zum Schrecken der Gäste laut.

»– ist schließlich keine Schande. Du bist bloß eifersüchtig, gib es zu.«

Betty. Sie hatte sie einäschern lassen und ihre Asche von der Golden Gate Bridge in die Bay gestreut, in einer gehetzten kleinen Zeremonie während des Stoßverkehrs. Nur Rhonda und Lily, Leo und Alice, die nicht wussten, wo sie hinschauen, was sie mit ihren Händen machen sollten. Auf keinen Fall wollten sie die Asche berühren. Lily hatte sie durch ihre Finger gleiten lassen, so wenig Asche war es, so wenig.

Das war mehr als zwei Jahre her. Sie träumte nicht mehr jede Nacht von Betty. Aber sie dachte an sie, eigentlich ununterbrochen, in einer versteckten Ecke ihres Hirns.

Manchmal sah sie sie über eine grüne Wiese kugeln, zusammen mit anderen kleinen Kindern. Dann bewegte sich die Wiese und und wurde zu einem grünen Kleid einer sehr dicken Frau. Einer freundlichen Frau.

»Totgeburt?« Kath hatte ihren Flirt unterbrochen. »Hast du eben Totgeburt gesagt?«

»Nein, nein, ich denke nur laut, ich …« Lily winkte ab. »Ich muss gehen. Wir sehen uns später.« Sie stand auf. Zucker rieselte aus ihren Kleidern auf den Fußboden.

»Dabei haben Sie gar nicht so Unrecht«, sagte MacKenzie. »Dieser Fall ist eine Totgeburt, das kann man schon so sagen. Das ist gut – für Sie«, fügte er hastig hinzu, als er Kaths Miene sah. »Das heißt, keine Untersuchung, keine Unannehmlichkeiten, keine Folgen. Für Sie. Für dich.« Er nahm Kaths Hand. Restlos verheddert. Das machte ihn Lily sympathisch.

Sie schaute auf die Uhr. Sie hatte eben noch Zeit, Rhondas Wohnung aufzuräumen und ihre Bar aufzufüllen, bevor sie zum Flughafen fahren musste. »Ich muss gehen«, wiederholte sie. Heute würde sie nicht mehr erfahren, wie MacKenzie mit Vornamen hieß.

12

Lily arbeitete sich mit dem Staubsauger durch Rhondas Wohnung, die mit dickem Spannteppich ausgelegt und zusätzlich mit Läufern bedeckt war. Drei Sofas, drei elektronisch verstellbare Sessel, Fernseher in jedem Zimmer, mehr elektrische Küchengeräte als Steckdosen, zwei raumhohe Kühlschränke, von denen einer von oben bis unten mit Coladosen gefüllt war, genug Geschirr, um ein Restaurant aufzumachen, ein ganzes Zimmer voller Kleidung und vierundzwanzig rüschenbezogene Kissen auf ihrem überdimensionierten Ehebett. Rhonda hielt sich nicht an die Grundsätze, die sie bei *simply.com* vertrat. »Ich bin lange genug arm gewesen«, sagte sie immer.

Lily saugte die Hundehaare auf, wusch die Gläser ab, die sie benutzt hatte und hängte die Kleider, die sie sich ausgeliehen hatte, in den begehbaren Schrank zurück. Die Kleider gehörten nicht Rhonda, die nie etwas anderes als die nordkalifornische Uniform aus Karottenjeans, Turnschuhen und T-Shirt trug, sondern ihrem Mann. Skip hatte im *Barbary Coast* gearbeitet, einem berühmten Transvestitenlokal, wo die Kellner gleichzeitig für die Abendunterhaltung sorgten und auftraten. Doch in letzter Zeit gab er sich betont männlich. Er hatte die Stelle aufgegeben, einen Abschluss in Buchführung nachgeholt und die Frauenkleider weggehängt.

»Es ist der Junge«, hatte er Lily erklärt, »die Geburt eines Sohnes ist eben doch ein Meilenstein im Leben eines Mannes. Eines der drei wichtigsten Ereignisse, du weißt schon: ein Haus bauen, einen Sohn zeugen ... was ist gleich das dritte?«

Lily hatte es auch nicht gewusst.

Sie nahm ein schwarzes Suzy-Wong-Kleid mit roten Paspeln vom Bügel, das sie getragen hatte, als sie zuletzt mit einem Mann ausgegangen war. Das musste bald ein Jahr her sein. Wie hieß er noch? Richard? Rich? Ein Österreicher, ein hünenhafter Kerl mit abgebrochenen Schneidezähnen, der sie im Waschsalon auf ihren Akzent angesprochen hatte.

»Ich gehe nicht aus«, hatte sie ihn gewarnt, sie kannte die Regeln der amerikanischen Paarungstänze, bei denen die Weichen von Anfang an gestellt wurden und nichts dem Zufall überlassen blieb. Doch Rich war ja kein Amerikaner. Das hatte den Ausschlag gegeben, damals, im Spätherbst vergangenen Jahres, als Amerika Afghanistan bombardierte und Lily dazu nichts sagen durfte.

»Dazu hast du kein Recht«, hatte Rhonda sie angefahren, »du bist keine Amerikanerin, du hast niemanden verloren.« Rhonda zwar auch nicht, aber das schien nichts zur Sache zu tun. Sie dekorierte das Haus mit amerikanischen Flaggen und stellte Kerzen ins Fenster. Zum ersten Mal seit vier Jahren hatte Lily sich nicht nur fremd, sondern ausgeschlossen gefühlt.

Lilys Mutter hatte sie angerufen, am 11. September, frühmorgens, Lily hatte noch nichts gewusst, keinen Fernseher, kein Radio eingeschaltet. Sie wusch gerade das Frühstücksgeschirr ab, als das Telefon klingelte und ihre Mutter sie anschrie: »Was hast du getan, Lily, was hast du getan?« Lily war zu Rhonda hinübergelaufen, zusammen hatten sie vor dem Fernseher gesessen, fassungslos wieder und wieder die Türme einstürzen sehen und immer auf eine tiefe Stimme gewartet, die die Bilder als Vorspann zu einem Film mit Arnold Schwarzenegger erklärte. Zusammen waren sie zu den verschiedenen Schulen gefahren und hatten die Kinder abgeholt, eingesammelt, an sich gedrückt. Vor dem großen Fernseher in Rhondas Wohnung waren sie alle zusammengerückt. *Attack on Freedom!*

War on Terrorism! Die Erschütterung wich einem patriotischen Aufbegehren, einem Rachedurst, dem Lily nicht mehr folgen konnte. Der Fernseher bellte tagelang. Rhonda, die Lilys einzige Verbindung zur Welt war – Freundin, Vermieterin, Arbeitgeberin – redete plötzlich nur noch in CNN-Schlagzeilen: »Wir lassen uns nicht unterkriegen! *America, open for business!* Die sollen uns kennen lernen!«

»Aber…«, sagte Lily und wurde sofort mundtot gemacht: »Du bist keine Amerikanerin! Was weißt du schon!«

In Ermangelung anderer Freunde hatte Lily sich ans Internet gewandt und das andere Amerika gefunden, eine naive Opposition, wie sie nur in *Hippie Central* San Francisco entstehen konnte. Organisierte Solidaritäts-Abendessen im einzigen afghanischen Restaurant der Stadt. Solidaritäts-Verschleierungen. Jüdisch-muslimische Freundschaftsbekundungen. Gelbe Plakate, die *This is a hate-free zone* versprachen und überall neben den Flaggen in den Fenstern auftauchten. An der offiziellen Trauerfeier in der City Hall sprachen Vertreter von zweiundzwanzig Religionen. »*This is not the face of terror*«, sagte eine Muslimin, hielt ihr Gesicht in die Kamera, vom Kopftuch umrahmt. Ein Methodistenpfarrer in leuchtender Robe wetterte: »*Oh, America, what have you done!*«

Das hatte Lily allerdings wieder an ihre Mutter erinnert: »Oh, Lily, was hast du getan? Wo warst du, Lily, wo warst du?«

Mit einem Europäer auszugehen war damals nur eine logische Konsequenz der Ereignisse.

Lily nahm ein anderes Kleid aus dem Schrank, ein durchsichtiges, schilfgrünes, das nur aus dünnen Chiffonquadraten und Trägern bestand. Der Ausschnitt war mit Glasperlen bestickt. Sie hielt es sich vor: zu blass, fand sie.

Nach der letzten Yogastunde hatte Doug sie zurückgehalten.

»Lass uns doch mal Kaffee trinken gehen«, hatte er gesagt. »Aber nicht bei Germaine. Da sind immer so viele Leute.«

Sie hatte nicht gleich geantwortet, und er hatte mit den Schultern gezuckt, ungerührt, »überleg's dir«, hatte er noch gerufen und war dann die Treppe hinuntergerannt. Später hatte sie ihn mit einem der Mädchen aus dem ersten Stock gesehen, unten in *Germaine's Coffeeshop*. Das Mädchen hatte seinen Arm gestreichelt. Er hatte Lily nicht beachtet. Dabei hätte sie Ja gesagt. Es war ja nicht so, dass sie nicht mit ihm ausgehen wollte. Sie wusste nur nicht mehr, wie man das machte. Was man sagte. Was man trug. Der letzte Mann, der sie geküsst hatte, war der Österreicher gewesen – weniger geküsst, als ihr halbes Gesicht verschlungen, seine abgebrochenen Zähne hatten sich in ihre Lippen geschnitten und ihr wehgetan.

Lily hielt sich ein drittes Kleid vor, ein weißes mit roten Mohnblumen. Monatelang hatte Marcus Sandman Nachrichten auf ihrem Anrufbeantworter hinterlassen, doch sie hatte nie zurückgerufen. Irgendwann hatte er aufgegeben. Und jetzt war er verlobt.

»Einen verloren, zehn gefunden«, sagte Stella. »Es gibt schließlich noch mehr Blüten an diesem Strauch. Der Herrgott hat noch andere Söhne.« Die Geisterstimme klang verwirrt. »Na ja, du weißt schon, was ich meine.«

Lily steckte ihren Kopf zwischen Ausschnitt und Bügel, sodass das Kleid vor ihrem Körper hing. Versuchsweise drehte sie sich hin und her.

Vielleicht, dachte sie, vielleicht würde sie es tragen, wenn sie mit Doug ausging. Wenn er sie noch einmal fragen würde, würde sie Ja sagen. Andererseits hatte sie keine passenden Schuhe.

13

Der Flughafen war überfüllt, die Flüge verspätet, die Passagiere übermüdet, die Warteschlangen endlos. Der Sommer ging zu Ende. Lily wünschte sich, sie würde hier stehen und auf Leo warten. Leo, dessen Flug zum zweiten Mal verschoben worden war. Flugpläne und Tarifbestimmungen hatten diesmal als Entschuldigung herhalten müssen. Sie stand bei der Gepäckausgabe, als sie plötzlich jemanden »Lily!« rufen hörte und Mara auf sich zurennen sah, die rosa geblümte Surfershorts, Gummilatschen und einen Blumenkranz um den Hals trug. Mara warf ihre Arme um Lilys Mitte und drückte sie so fest, dass sie den Blumenkranz zerquetschte. Zu Lilys eigener Überraschung traten Tränen in ihre Augen.

»Da bist du ja«, sagte sie. Sie schaute sich nach den Eltern um. Rhonda und Skip standen auf der anderen Seite der Gepäckschlaufe. Im Gegensatz zu Mara wirkten sie übermüdet, zerknittert, ihre Ferienkleidung fehl am Platz. Skip trug Anthony in einem Rucksack. Sie standen voneinander abgewandt und starrten auf das leere Gepäckband, das noch nicht lief.

»Mama, Mama, schau, Lily ist da!«, schrie Mara mit solcher Begeisterung, dass Lily lachen musste.

»Wen hast du denn erwartet? Den Weihnachtsmann?« Sie trat auf Rhonda zu, die sich einen sichtlichen Ruck gab und dann mit unnatürlich hoher Stimme »Hallo« rief und: »Lily! Da bist du ja! Wie lieb von dir, uns abzuholen!« Als ob sie das nicht verabredet hätten. Lily zog Rhonda an sich. Sie ließ sich nur ganz kurz halten, dann trat sie einen Schritt zurück. *I'm with stupid,* stand auf ihrem T-Shirt.

»Ich kann es kaum glauben, dass wir wieder hier sind! Ist alles in Ordnung? Haus? Hund? Geschäft?«

»Vor allem das Geschäft«, warf Skip ein. Auf seinem Hemd stand *I'm with Einstein.* »Das ist ja immer das Wichtigste. Da kann das Haus abbrennen oder ein Kind entführt werden. *Hi, Sweetie.*« Er zog Lily an sich und quetschte gleichzeitig ihre Hand. Das tat er in letzter Zeit immer, im Zuge seiner neu gewonnenen Männlichkeit.

»Skip! Schön, dass ihr wieder da seid. Ich habe euch alle vermisst.« Sie glaubte sich selbst nicht, wenn sie sich so reden hörte. Nie traf sie den amerikanischen Ton, der aus allem ein Abenteuer machte, ein wundervolles Ereignis, einen Kodak-Moment. Skip hob nur die Brauen. Er glaubte ihr auch nicht.

»Mein Koffer, mein Koffer!«

Ein rosa Barbiekoffer rollte heran. Mara hob ihn vom Band und drückte ihn an sich. Ihr konnte es nie rosa genug sein.

»Lass mich das machen«, sagte Skip und drängte sich an Rhonda vorbei, um den nächsten Koffer selbst vom Band zu heben. Es war ein schwerer Schalenkoffer, Skip musste zweimal ansetzen.

»Pass auf«, rief Rhonda, »Anthony fällt dir noch aus dem Babyrucksack!«

Skip drehte sich um. Sein Gesicht hatte sich gerötet.

»Kannst du es besser? Bitte sehr.« Er hievte den Koffer zurück aufs Band und stapfte davon. Rhonda und Lily wechselten einen Blick.

»Der lange Flug«, sagte Rhonda, »der Jetlag … Er ist müde.«

»Er hat woanders geschlafen als wir«, sagte Mara beiläufig. »In einem ganz anderen Zimmer.«

Die beiden Frauen sammelten zusammen sechs Koffer und einen Kinderwagen ein, luden sie auf die Gepäckkarren und schoben sie zum Ausgang. Skip stand beim Lift, der zum Parkhaus führte, und rauchte. Als er sie kommen sah, schnippte er die Zigarette weg. »Schlüssel«, sagte er zu Lily.

»Wie bitte?«

»Die Autoschlüssel. Tut mir Leid, aber ich weiß schließlich, wie du fährst.«

Sie gab ihm die Schlüssel. Sie riss sich nicht darum, im Stoßverkehr vom Flughafen in die Stadt zu fahren.

Rhonda setzte sich mit den Kindern nach hinten, Lily stieg vorn ein.

»Ich will aber neben Lily sitzen!«, rief Mara.

»Lily sitzen!«, brüllte Anthony.

»Okay. Ich komme nach hinten.«

Wer sagte denn, dass niemand Lily brauchte?

»Kümmert euch gar nicht um mich, ich bin ja nur der Chauffeur. Wohin geht's denn?« Skip drehte sich um. »Das war ein Witz, Ladys, ein Witz! Haben die Damen denn keinen Humor?«

Rhonda verdrehte die Augen. Doch sie fiel sofort wieder in ihre fröhliche Rolle zurück: »Lily, du musst mir alles erzählen! Was gibt es denn Neues?«

Meine Mutter ist tot, mein Vater ist zu Besuch. Und Leo kommt und kommt nicht heim. »Ich habe das Studio vermietet«, sagte Lily.

Das Studio hatte eine Weile leer gestanden, nachdem eine Gruppe von Comic-Zeichnern, die sich den Raum geteilt hatten, nach New Mexico ausgewandert war, wo die Mieten niedriger waren und das Licht besser.

»Toll! Da bin ich froh. Wer ist es denn, die Malerin, die in *Germaine's Coffeeshop* ausgestellt hat?«

»Nein, es ist eine Yogalehrerin: Kath Neill, Germaine kennt sie. Hat sie an mich verwiesen.«

»Kath Neill? Du meinst doch nicht – Kath Namara?«, rief Skip.

»Wer ist denn Kath Namara?«

»Kath Namara war ein Kinderstar. Musicals. In den Achtzigerjahren. Ihr richtiger Name ist Kath Neill, den hat sie später wieder angenommen. Ich glaube, ihr Vater hieß Neill und ihre Mutter MacNamara – oder umgekehrt. Komm schon, Lily, du erinnerst dich doch!«

»Nie gehört, tut mir Leid.«

»Aber sie war *berühmt*!«

»Nicht in der Schweiz.«

»Stell dir vor, Kath Namara, unsere Mieterin – das wäre schon cool«, sagte Skip.

»Findest du?« Rhondas Stimme klang spitz. »Erinnerst du dich nicht an den Skandal?«

»Skandal?«, fragte Lily.

Rhonda schüttelte den Kopf. »Nicht vor den Kindern.« Sie legte einen Finger an die Lippen.

»Was – nicht vor den Kindern?« Mara hatte zugehört.

»Nicht vor den Kindern, nicht vor den Kindern!«, krähte Anthony und trommelte mit den Füßen gegen die Sitzlehnen.

»Nichts, nichts«, sagte Rhonda beruhigend. »Schaut mal, da ist schon die Stadtgrenze. Wer sieht das grüne Schild?«

»Ich! Ich!«

San Francisco, 719 200 Einwohner.

Es erstaunte Lily immer wieder, dass es so wenige waren. San Francisco war eine kleine Stadt. Die groß tat. Die sich groß anfühlte. Eine Kleinstadt mit sehr viel Raum.

Der Freeway teilte sich, sie fuhren die weite Schlaufe des Overpass und sahen schon den Hügel, die in beißendem Rosa und Lachs gestrichenen Sozialwohnungen, den hellblauen Wasserturm.

»Gleich sind wir zu Hause, gleich sind wir zu Hause«, sang Rhonda mit hoher Stimme, »ist das nicht toll? Yippie!« Sie klatschte Mara in eine Handfläche, ein für eine amerikanische Mutter ganz normales Verhalten.

»Ich liebe dieses Haus, weißt du«, sagte sie, etwas ruhiger, zu Lily. »Es ist wirklich meins. Mein Zuhause.«

Skip schnaufte verächtlich. »Meins, meins, meins«, grummelte er. »Berühmte letzte Worte.«

Aber da waren sie schon angekommen. Sie hatten eben den letzten Koffer und den Kinderwagen in den zweiten Stock geschleppt, als es Rhonda einfiel: »Alice«, sagte sie atemlos, »hat irgendjemand Alice abgeholt? Mein Gott, das habe ich doch glatt vergessen.«

»Ja, ich habe dich auch vermisst.« Alice stand im Flur. Das Diätlager war zu Ende und hatte keine Spuren hinterlassen. Georg hatte sie abgeholt, damit Lily zum Flughafen fahren konnte. Rhonda machte einen Schritt auf ihre Tochter zu.

»Alice, *honey*...«

»Ich heiße Al.«

Kuhgesicht

1

Schwester Esther lebte außerhalb von Bolinas, einem kleinen Dorf an der Küste nördlich von San Francisco. Das Dorf war schwer zu finden, weil die Bewohner immer wieder die Straßenschilder abmontierten. Sie wollten nicht gefunden werden. Nicht von Touristen besucht werden, eigentlich von gar niemandem.

»Sie hat mir eine genaue Beschreibung gegeben«, sagte Georg. Er saß neben Lily auf dem Beifahrersitz, die Karte in der Hand, die Pappschachtel mit der Urne auf dem Schoß. In regelmäßigen Abständen fuhr er sich mit einem Taschentuch übers Gesicht, obwohl es nicht warm war. Dichter Nebel hatte sich über die Küste gesenkt, und der Sommer war wieder einmal so, wie ihn Mark Twain beschrieben hatte: »Ich habe nie einen härteren Winter erlebt als den Sommer in San Francisco.« In Wirklichkeit hatte Mark Twain etwas anderes gesagt, nämlich dass es in San Francisco nur zwei Jahreszeiten gebe, entweder es regnet oder nicht, aber der härtere Winter machte sich in den Reiseführern einfach besser. Es herrschte eine unwirkliche Stimmung, eine klamme Kälte, die vor allem Touristen überraschte. Man erkannte sie an ihren neuen Fleecepullovern mit San-Francisco-Aufdruck, blau, dunkelgrün oder bordeauxrot.

In Marin County auf der Nordseite der Golden Gate Bridge lichtete sich der Nebel ein wenig. Lily steuerte den Wagen vorsichtig die kurvige Straße entlang und den Hügel hinauf. Sie hatten sich Skips alten Cadillac ausgeliehen, sein »Seniorenmobil«, das er nicht mehr fuhr, weil es ihm zu tuntig war. Goldgespritzt mit roten Ledersitzen. Ein Auto, das eigentlich zu breit war für die Straße. Rhonda und Skip hatten zusammen vier Wagen, Lily hatte keinen. Aber die Fahrprüfung hatte sie vergangenes Jahr bestanden, nach mehreren Anläufen und mit der Unterstützung einer psychologisch geschulten Fahrlehrerin, die bei *Judy's Home of the Fearless Driver* arbeitete. Und wohl auch mit Stellas Hilfe. Irgendjemand musste ihr ja die verkrampften Finger vom Lenkrad lösen und sie ans Atmen erinnern.

»Mir ist schlecht«, rief Alice – Al – vom Rücksitz, überlaut durch die Musik aus ihren Kopfhörern hindurch, »ich habe Hunger.«

»Wir essen etwas, wenn wir in Bolinas sind.«

»Na toll.« Al hatte erst nicht mitfahren wollen. Aber es war immer noch besser, als zu Hause auf ihre Geschwister aufzupassen. »Du bist ja immer noch dick!«, hatte Mara zur Begrüßung gesagt, und Anthony war eingefallen: »Immer noch dick! Immer noch dick!«

Sie kamen zu einer T-Kreuzung, an der alle Straßenschilder fehlten.

»Links«, sagte Georg, von der Karte aufschauend. »Lily – deine Mutter und Schwester Esther –«

Lily wollte sich am liebsten die Finger in die Ohren stecken und laut singen wie ein Kind. Lalala, ich höre nichts. Doch sie brauchte ihre Hände zum Fahren. Selbst wenn Stella mithalf.

»– deine Mutter und Schwester Esther«, wiederholte er, eindringlich, denn schon tauchte das Dorf in der Kurve auf, »waren ein Paar. Vor deiner Geburt natürlich.«

In Bolinas gab es nur eine Straße. Die Häuser hatten Holzveranden mit Geländern, an die man Pferdezügel binden konnte. Eine Goldgräberstadt. Im Nebel wirkte sie verlassen. Lily parkte den Cadillac vor einem Lebensmittelgeschäft mit einer Sandwichtheke.

»Können wir endlich was essen?«, fragte Al.

Georg zögerte. »Wir sind spät dran. Esther hasst Verspätung.«

»Nun komm schon, ich habe auch Hunger«, sagte Lily, die es nicht mehr eilig hatte, Esther kennen zu lernen. Sie stieg aus, ging um den Wagen herum zum Krämerladen und öffnete die Tür, die laut klingelte. Einen Augenblick lang fragte sie sich, ob sie wohl als Fremde erkannt und nicht bedient werden würden, doch die Frau hinter der Theke war ausnehmend freundlich. Lily bestellte ein Truthahnsandwich.

»Zum Mitnehmen«, warf Georg ein.

Al nahm Chili-Fries – eine große Portion Pommes frites übergossen mit Dosenchili und orangefarbenem Flüssigkäse aus der Pumpflasche. Lily und Georg wechselten einen Blick. Sie gingen zum Wagen zurück. Lily startete den Motor, fuhr aber nicht los. »Also gut«, sagte sie. »Erzähl mir die ganze Geschichte.« Irgendwann musste es ja sein.

»Nicht jetzt. Wir haben keine Zeit mehr.« Georg schaute auf die Uhr. Im Wagen breitete sich der Geruch von künstlichem Käse aus.

Schwester Esther lebte außerhalb des Dorfes auf einem Hügel. Ihr Haus war das letzte an der Straße, ein kleines windschiefes Häuschen aus verwaschenen grauen Holzschindeln. In der Einfahrt standen Gartenzwerge, Melkschemel, ein hölzerner Brunnen, über der Tür hingen geschnitzte und frisch bemalte Wappen. Ein Schweizerkreuz, drei oder vier Kantonswappen und ein Schild mit einem Vogel, der die Flügel ausbreitete. Der Name des Hauses war in den Türrahmen eingebrannt: *Wild Song.*

Bevor sie klopfen konnten, wurde die Tür von innen geöffnet.

»Ihr seid zu spät.« Eine kleine, alte, affenartige Frau stand vor ihnen. Gebeugter Rücken, baumelnde Arme, ausgeprägte O-Beine in ausgebeulten Arbeitshosen, kurz geschnittenes, graues Haar, eine große, runde Brille mit rotem Rahmen. Ihr Schweizerdeutsch war dunkel, amerikanisch gefärbt und mit altmodischen Ausdrücken durchsetzt. Sie stemmte die Arme in die Seite: »Da bist du also«, sagte sie. Zu wem genau, war schwer zu erraten. »Ja, dann kommt halt rein. Der Tee ist natürlich kalt geworden.«

Sie ging voraus. Das Innere des Häuschens bestand aus einem großen Raum, der spartanisch eingerichtet war. Ein Bett, ein Schrank, ein Tisch mit zwei Stühlen. Ausnahmslos handgeschnitzte Schweizer Bauernmöbel. Kühlschrank, Spüle und Herd, auf dem ein Wasserkessel stand, der noch dampfte. Hinter einem Vorhang schauten die Eisenfüße einer Badewanne hervor und der untere Rand einer Toilette. Auf allen freien Oberflächen standen kleine Tonskulpturen oder grell bemalte Teller. An den Wänden hingen verwischte Kohlezeichnungen einer nackten Frau. Immer derselben. Lily nahm an, dass es sich dabei um ihre Mutter handelte. Erkannt hätte sie sie nicht. Sie hatte ihre Mutter nicht oft nackt gesehen.

»Dann nehmt halt Platz«, sagte Esther. »Aber ich werde nicht noch mal Wasser aufsetzen. Wer nicht kommt zur rechten Zeit… Was hast du da? Sind das Chili-Fries? Aus dem Laden im Dorf?«

Al nickte und wandte sich ein wenig ab, versuchte, das Essen mit ihrem Körper zu schützen wie eine Handballerin. Doch zu spät, Esther hatte sich die Schachtel geschnappt.

»Hmm, die habe ich ewig lang nicht mehr gegessen. Das sind die besten weit und breit.« In wenigen Bissen hatte sie die restlichen Fritten vertilgt und wischte sich die fettigen Hände an der Hose ab.

»Ist sie das?« Sie zeigte auf die Kartonschachtel. Georg nickte. Er hob die Urne heraus und reichte sie Esther. In ihren kleinen Händen wirkte sie größer. Esther drückte sie wie ein Kind an die Brust, dann küsste sie das Medaillon und stellte die Urne schließlich mitten auf den Tisch.

»Dumme Kuh«, flüsterte sie, »so eine dumme Kuh.«

Niemand sagte etwas.

»Ist doch wahr«, fuhr Esther fort, lauter, heftiger. »Wenn sie mit mir gekommen wäre, wäre das alles nicht passiert. Dann würde sie jetzt noch leben. Krebs wächst aus Lebenslügen, das weiß schließlich jeder, wuchert aus unterdrückten Gefühlen, Herrgott, hat denn keiner von euch Banausen *Mars* gelesen?« Sie hieb mit ihrer kleinen Faust erstaunlich kräftig auf den Tisch.

»Esther …« Georg streckte ihr eine Hand entgegen. Sie schlug danach.

»Du! Du bist mir der Richtige! Du hast sie ja in ihrem Kleinbürgerwahn nur noch bestätigt. Wolltest sie wohl für dich allein haben, was? Du hast hier gar nichts verloren.« Zum ersten Mal sah sie Lily direkt an: »Du auch nicht. Du bist schuld, dass sie nie von Hemlikon weggekommen ist. Raus jetzt, alle! Raus!«

Georg hatte seine Taschenapotheke ausgepackt und die Notfalltropfen schon in der Hand, doch er überlegte es sich anders und steckte sie schnell wieder ein. Lily war schon bei der Tür. Im letzten Augenblick hielt Esther Al am Arm zurück. »Hast du noch was zu essen?« Sie war nur halb so groß wie das Mädchen, aber kräftig. Und wütend.

Mit weit aufgerissenen Augen leerte Al ihre Taschen: Bonbons, Kaugummi, leuchtfarbene Gummiwürmer, Schokokugeln. Sie legte alles auf den Tisch und entfernte sich dann langsam, rückwärts, als ob sie eine Schlange im Auge behalten würde. Erst an der Tür drehte sie sich um und rannte zum Wagen. Sie hörten Esthers lautes, bellendes Lachen, dann wurde die Tür zugeknallt.

»Das ist doch ganz gut gelaufen«, sagte Georg. »Soll ich fahren?«

»Kann ich das haben?« Al zeigte auf das Truthahnsandwich, das noch eingewickelt auf dem Vordersitz lag. Lily nickte nur und reichte Georg die Schlüssel. Sie fuhren schweigend, bis sie die offenen Marin Headlands erreicht hatten. Der Nebel hatte sich verzogen, das verbrannte Sommergras auf den Hügeln schimmerte golden im Sonnenlicht. Die Bay glitzerte, weiß lag die Stadt im Dunst wie in einer Schneekugel.

»*Wild Song*«, sagte Lily, »das ist ein schöner Name für ein Haus.«

Georg warf ihr einen Blick von der Seite zu. »Sie hat ihre beiden Namen zusammengezogen.«

»Vogelsang und …?«

»Wildvogel. Wildvogel und Vogelsang.«

»Wildvogel?«, fragte Lily, »aber wieso denn …«

Georg bremste langsam ab und brachte den Cadillac auf einem geraden Stück zum Stehen. »Ich vergesse immer, dass du nicht Bescheid weißt«, sagte er. »Schwester Esther ist meine Schwester. Nicht meine leibliche Schwester, aber mein Vater hat sie adoptiert, und wir hatten denselben Namen. Sie ist natürlich jünger als ich.«

»So sieht sie aber nicht aus.« Lily drehte sich im Sitz um. »Ist von dem Sandwich noch was übrig? Ich habe doch Hunger.«

Al reichte ihr die zweite Hälfte, die sie gerade in Angriff nehmen wollte, nach vorn. »Was ist bloß heute los? Ständig nehmt ihr mir das Essen weg. Ist ja schlimmer als im Hungercamp.«

Lily biss ab. Das Sandwich war wie immer sehr üppig gefüllt, bestimmt zwanzig Scheiben Truthahnbrust lagen zwischen den Brothälften, außerdem Tomaten, Zwiebelringe, Salatblätter und Essiggurken. Mayonnaise tropfte auf ihre Knie.

Ihre Familienrechnung wurde immer komplizierter. Minus Mann, minus Baby, minus Mutter, plus Vater, plus Tante, Klammer minus Leo Klammer zu. Sie wusste jetzt, was ihre Mutter gemeint hatte, wenn sie Lilys Fragen nach einem Vater abgeschmettert hatte: »Zwei Personen sind genug für eine Familie, Lily. Mehr als genug.«

2

»Lily?« Rhonda streckte den Kopf zur Tür hinein. »Bist du beschäftigt?«

»Nein«, sagte Lily, »ich hänge hier nur rum.«

»So habe ich es nicht gemeint. Ich habe eine Fotografin vom *San Francisco Magazine* hier.«

Hinter Rhonda tauchte eine junge Frau auf, mit einer Kamera behängt. Lily stand auf, und Rhonda setzte sich an ihren Platz. Rhonda hielt sich nur noch selten im Hinterhofhäuschen auf, in dem *simply.com* untergebracht war. Das Führen der täglichen Geschäfte überließ sie ganz Lily. Der Erfolg ihres Unternehmens, das sie aus der Not und von ihrem Küchentisch aus gestartet hatte, hatte das Interesse der lokalen Medien geweckt. Rhonda hielt Vorträge und gab Kurse und sprach im Fernsehen, plante eine Produktlinie, ein Magazin, vielleicht eine eigene Fernsehsendung. Lächelnd wandte sie sich an die Fotografin: »Willkommen in meinem kleinen Reich!«

Die Fotografin schaute sich um. Der Raum war einfach gehalten: Ein schmaler, selbst gebauter Arbeitstisch nahm die ganze Breite der Wand unter dem Fenster ein. Zwei Computer standen darauf, simple, alte iMacs, orange und lila. Eine Vase mit Schnittblumen aus dem Garten. An der Pinnwand über dem Tisch: Zeitungsauschnitte und Pressebilder von Rhonda. Rhonda bei der Übergabe der Frau-des-Jahres-Medaille. Rhonda mit dem Bürgermeister am Tag der Geschäftsfrau vergangenen Jahres. Auf der anderen Seite des Raumes lag eine mit einem Quilt und bunten Kissen bedeckte Matratze auf dem Holzboden.

»Ich hätte Sie trotzdem gerne in Ihrer Wohnung aufgenommen«, sagte die Fotografin.

»Nein, nein, hier ist es viel authentischer.« Rhonda zwinkerte Lily zu, die ein Grinsen unterdrückte. Rhondas Wohnung war alles andere als *simply.*

»Ich gehe dann mal nach draußen«, sagte Lily.

»Nein, bitte bleiben Sie, ich hätte Sie gerne auf dem Bild mit drauf.«

Sie saßen nebeneinander vor den Computern und taten so, als würden sie arbeiten. Es war beinahe wie früher. Sie hatten sich einen Computer geteilt, der auf Rhondas Küchentisch stand und abends weggeräumt werden musste. Rhonda hatte immer vier oder fünf tiefgefrorene Schokoladetorten im Kühlfach, die sie in den Arbeitspausen mit scharfen Messern attackierten, weil sie nicht die Geduld hatten, sie aufzutauen. Sie tranken literweise Kaffee und redeten über Männer. Es war lange Zeit Rhondas größtes Ziel gewesen, Lily zu verkuppeln, möglichst, bevor das Baby auf der Welt war. Wie eine ehrgeizige Eislaufmutter hatte sie Lily angezogen, präpariert, ausgeschickt. Hatte auf sie gewartet, wenn sie nach Hause kam, und einen detaillierten Bericht gefordert. Marcus Sandman war ihr Favorit gewesen. Aber Lily hatte sie wieder und wieder enttäuscht, und Rhonda hatte sie schließlich aufgegeben.

Als würde sie ihre Gedanken lesen, grinste Rhonda: »Das ist wie in der guten alten Zeit, was?«

Die Fotografin bat sie, aufzustehen, sich im Kreis zu drehen, die Arme umeinander zu legen, Rhonda musste sich über Lily beugen, die so tat, als starre sie konzentriert auf den Bildschirm des ausgeschalteten Computers. Sie fotografierte sie von vorn und hinten und von der Seite. Als sie endlich gegangen war, ließ sich Rhonda auf die Matratze fallen.

»Jetzt brauche ich dringend eine Tasse Kaffee.«

Und Lily holte ihn, ohne zu überlegen, ohne nachzufragen, sie wusste, was Rhonda wollte. Als sie zurückkam, hatte Rhonda die Augen zu. Lily stellte die Becher auf den Fußboden und öffnete die Tüte mit den Keksen, die sie gekauft hatte.

»Weißt du noch, wie wir diese Matratze in die Küche geschleppt haben?«, fragte Rhonda mit geschlossenen Augen. »Du warst hochschwanger und musstest im Liegen arbeiten.« Rhonda war die Einzige, die je Lilys Schwangerschaft oder ihr Baby erwähnte. Alle anderen taten so, als sei es nie passiert.

»Komm her.« Rhonda setzte sich auf und klopfte auf die Matratze. »Erzähl mir was.«

»Ich vermisse Leo«, sagte Lily, doch Rhonda winkte ungeduldig ab: »Über dein Liebesleben! Wie geht es eigentlich Marcus? Hast du wieder mal was von ihm gehört?«

»Ich habe ihn gesehen – ihn und seine Verlobte.«

»Verlobt? So ein Jammer«, seufzte Rhonda. »Aber was willst du – ein Mann kann nicht ewig warten.«

»Ich habe jemand anderen kennen gelernt«, sagte Lily vorsichtig. »In der Yogastunde. Er heißt Doug.«

»Doug? Mit Fußballerfrisur?«

Lily nickte.

»Den kenne ich. Aus dem Café.« Rhonda schüttelte den Kopf. Ihre Haare flogen. Sie hatte sich vor einiger Zeit lange Strähnen aus Echthaar einflechten lassen, dunkelrot gefärbt mit zwei breiten rosa Streifen. Damit die Strähnen nicht ausfielen, mussten die Haare vom Friseur gewaschen werden.

»Ich weiß nicht, Lily. Ob der wirklich *husband material* ist? Egal. Themawechsel: Was meinst du, soll ich mir die Brüste machen lassen?« Rhonda fasste ihr T-Shirt mit beiden Händen und zog es enger an sich. Der Schriftzug *all alone* dehnte sich.

»Warum die Brüste?«, fragte Lily. »Du trägst doch gar nie enge Sachen.«

»Doch nicht für tagsüber! Wenn man angezogen ist, sind einem Brüste ohnehin nur im Weg. Nein, für Skip.«

»Skip? Hast du … hat er so etwas gesagt?«

Normalerweise wollte Lily so etwas gar nicht wissen, doch heute kam ihr die Ablenkung gelegen. Andere Leute haben auch Probleme. Leute mit ganz normalen Familien. Für hiesige Verhältnisse normal.

Rhonda seufzte. »Er ist einfach … nicht interessiert, verstehst du? Schon länger nicht mehr. Ich habe alles versucht: Reizwäsche. Romantisches Essen. Kerzenlicht. Ich in der Tür, mit nichts an außer einer Krawatte – das habe ich aus einer Szene von *Pretty Woman*, erinnerst du dich? Ohne Erfolg. Und da dachte ich, was hat Julia Roberts, was ich nicht habe? Brüste.« Sie lachte trocken.

»Eben nicht«, sagte Lily, »sie muss ausgestopfte Büstenhalter tragen, ich habe selbst gehört, wie sie es Oprah erzählt hat.«

»Oprah?« Rhonda war vorübergehend abgelenkt. »Seit wann schaust du Oprah?«

»Es war ein langer Sommer.«

»Lass es nicht zur Gewohnheit werden. Weißt du noch, die

Geschichte damals? Vor vier Jahren? Als alles plötzlich schief lief? Stella sagte, es sei nur daher gekommen, dass sie beim Tagesfernsehen hängen geblieben war und so den Überblick verloren hatte. Das darf dir nicht passieren, Lily.«

Rhonda hatte eine unkomplizierte Beziehung zu Stella und anderen Toten. Sie konnte sie nicht nur hören, sondern auch sehen, aber da sie meist nicht wusste, dass es sich um Tote handelte, verwirrte sie das nur selten. In San Francisco fiel es schließlich kaum auf, wenn jemand historische Kostüme trug, mit sich selbst redete oder auf dem Dach des Bushäuschens Stepp tanzte. Hier musste man schon durch die Wand gehen, um Aufmerksamkeit zu erregen.

»Ausgestopfte BHs« kam Rhonda aufs Thema zurück, »das habe ich versucht, das nützt nichts. Es nützt alles nichts. Nicht einmal Hawaii. Dabei hatte ich die Kinder im Mini-Club angemeldet. Und da saß ich dann, den ganzen Tag allein, Skip hatte sich in seinem Bungalow eingeschlossen und kam nur abends raus. Er hatte seinen eigenen Bungalow. Er behauptete, ich würde schnarchen.«

»Oh.« Lily wusste nicht, was sie darauf sagen sollte.

Rhonda zuckte die Schultern. »Deshalb neue Brüste, verstehst du? Wenn das nicht hilft... Aber darüber wollte ich eigentlich nicht mit dir reden.«

Gott sei Dank, dachte Lily.

»Hör mal, ich weiß, dass ich dir freie Hand gelassen habe mit der Vermietung des Studios – aber Kath Namara? Das ist nun doch etwas übertrieben.«

»Bist du denn sicher, dass Kath Neill Kath Namara ist?«

»Oh ja, kein Zweifel. Ich habe sie darauf angesprochen, und sie hat es zugegeben. Sie will kein Aufsehen erregen und so weiter. Weißt du, es hat da einen Skandal gegeben – ich will nicht ins Detail gehen, aber sie wurde wegen Prostitution angezeigt. Außerdem war da die Sache mit den Abwaschhandschuhen. So was will ich nicht in meinem Haus.«

»Abwaschhandschuhe? Rhonda, wovon redest du?«

»Du weißt nicht alles über deine neue beste Freundin!« Rhonda zupfte an ihren Haarverlängerungen. »Wir werden ja sehen. Notfalls schmeiße ich sie 'raus. Eigenbedarf. Wir vergrößern die Firma und ziehen ins Studio.« Rhonda legte einen Arm um Lilys Schulter. »Dieser Sommer hatte es in sich, was?«

Lily zuckte mit den Schultern. Sie hätte mit Leo in die Schweiz fliegen sollen. Dann wäre er mit ihr zurückgekommen. Dann wäre er jetzt hier. Und ihre Mutter hätte sie auch noch einmal gesehen. Vielleicht hätte sie ihr ja verziehen. Auf dem Totenbett musste man doch Nachsicht üben.

»Darauf würde ich nicht bauen«, grinste Stella.

Rhonda horchte auf. »Ist Stella immer noch hier? Sollte sie nicht bei Leo sein? Na ja, das ist wohl ein gutes Zeichen. Das heißt doch, dass es ihm gut geht… oder dir besonders schlecht… schon gut! Stella! Das war ein Scherz!« Rhonda zögerte. Sie runzelte die Stirn. »Was ist denn das? Ach nein, nicht noch eine tote Mutter!« Sie wandte sich an Lily:

»Wusstest du, dass deine Mutter hier ist? Stella hat sie gestern bei den Anonymen Alkoholikern kennen gelernt.« Die Treffpunkte der Anonymen Alkoholiker waren aus Gründen, die Lebenden nicht einleuchten wollten, auch bei Geistern sehr beliebt. Vielleicht, weil sie meist unterirdisch stattfanden.

»Meine Mutter?«, fragte Lily. »Das glaube ich nicht. Sie hat mich aufgegeben. Das weißt du doch.«

»Sie ist jedenfalls hier.« Rhonda kniff die Augen zusammen. »Ich sehe sie ganz deutlich. Sie trägt ein silbernes Kostüm… Stiefel… eine Art Cape… War sie eine Art Superheldin oder so was?«

»Oder so was.« Lily seufzte. Ihre Mutter war bestimmt nicht

ihretwegen hier. Wahrscheinlich wollte sie nur sicher gehen, dass ihre Asche richtig angekommen war.

Wenn Lily mitten in der Nacht auf Rhondas Sofa aufgewacht oder eher zu sich gekommen war, wenn der Morgen schon dämmerte und das Ende der Nacht gerade absehbar genug war, dass ihr vor dem nächsten endlos blauen Tag graute und vor jedem weiteren, hatte sie das Telefon genommen und die Nummer ihrer Mutter in der Schweiz gewählt. Mama, ich bin so allein. Sie hatte immer aufgelegt, bevor am anderen Ende abgenommen werden konnte.

Rhonda stand auf und klatschte in die Hände. »Komm schon, wir nehmen uns den Nachmittag frei. Lass uns zu *Manes'n'More* gehen. Ich bezahle.«

Manes'n'More war einer der drei schicken Friseursalons unten an der Ecke achtzehnte Straße und Arkansas. Er bot auch kosmetische Dienste an: Maniküre, Pediküre, Enthaaren, Augenbrauen zupfen. Rhonda hatte ein Abonnement bei *Manes'n' More*, ging jede Woche hin und wurde entsprechend bevorzugt behandelt. Sofort wurde für sie und Lily Platz gemacht, und statt des üblichen Kaffees wurde ihnen ein Mimosa angeboten.

»Hach, das tut gut.« Sie saßen nebeneinander, die Füße im heißen Wasser des Sprudelbeckens, die Hände ausgeliefert, die Augen geschlossen.

»Möchten die Damen heute auch die Haare machen lassen?«, fragte Selena, die Managerin des Ladens.

»Natürlich«, sagte Rhonda, ohne Lily zu fragen. Darauf bestand sie: professionell glatt geföhntes Haar, einmal die Woche. Perfekt lackierte Fingernägel. Und dann ein altes T-Shirt, ein Holzfällerhemd und Karottenjeans.

Lily protestierte nicht. Sie hatte sich lange genug nicht um ihr Aussehen gekümmert. Und der Zipfelschnitt, den Samantha ihr verpasst hatte, hatte auch nur einen Tag lang gut ausgesehen.

»Das muss man nachschneiden«, sagte Selena, die mit einem Kamm in Lilys Haar herumstocherte, um »ein Gefühl dafür« zu bekommen. »Das ist ja furchtbar. Warst du etwa bei *Hair today?«* Bevor Lily gestehen konnte, fuhr Selena fort: »Wenn wir schon dabei sind. Was sagt ihr denn zu der Geschichte mit Mandalee? Schrecklich, nicht? Wir sind alle ganz aufgelöst. Ob es wohl jemand auf Friseusen abgesehen hat?«

»Es war ein Unfall«, sagte Lily, »nicht einmal das, einfach Herzversagen.«

»Herzversagen, ja? Dieses Power-Yoga soll ja brutal sein. Madonna macht es. Habt ihr ihre Oberarme gesehen?«

»Herzversagen? Yoga?« Rhonda entzog der Maniküre ihre Hand und packte Lily am Ärmel: »Wovon redet sie? Was geht hier eigentlich vor?« Der beerenrote Nagellack war ruiniert. Wie Blut verschmierte er Lilys weiße Bluse. Rhonda merkte es nicht. »Hat es mit dem Yogastudio zu tun?«

»Oh, wusstest du das nicht? Stimmt, du warst ja in den Ferien. Oh Gott, wie schrecklich«, seufzte Selena. Sie genoss ihre Rolle sichtlich. »Nimm lieber noch einen Schluck. Man hat ja nicht jeden Tag einen Mord im eigenen Haus.«

»Unglücksfall!«, rief Lily. »Unglücksfall, Unglücksfall, es war ein Unglücksfall.«

»Natürlich, *honey*«, beschwichtigte Selena. »Aber die Leute reden halt. Die Mädchen hier machen sich Sorgen. Alle mochten Mandalee. Sie war nicht die Hellste, aber …«

Rhonda stand auf, riss sich den neonfarbenen Frisierkittel herunter und verließ das Lokal halb geföhnt und mit verschmierten Nägeln, bevor Lily noch einmal »Unglücksfall!« rufen konnte.

3

»Ich gehe schon mal runter«, flüsterte Lily Kath zu, die unruhig ihre in der Totenstellung ruhenden Schüler beobachtete. »Ich warte im Café auf dich.« Kath nickte nur.

Als Lily das Café betrat, holte Doug sie ein. Er umfasste ihr Handgelenk wie eine Klammer und riss sie zurück. Fordernd, beinahe grob. Er zog sie näher an sich, so nah, dass sie ihn riechen konnte. Beißendes Rasierwasser, Schweiß, Rauch.

»Ist Samstagabend okay?« Er wartete ihre Antwort nicht ab. »Ich hole dich ab. Sieben Uhr.« Dann ließ er sie ganz plötzlich los, sie verlor das Gleichgewicht und stolperte ins Café hinein.

»Lily, hier!« Georg saß schon vor seiner Tasse heißen Wassers. Dazu aß er eine Banane. Er winkte sie an seinen Tisch. »Lily«, sagte er, »kennst du unsere charmante Nachbarin Claire?«

»Natürlich.« Lily nickte ihr zu. Claire lebte mit ihrer Freundin in der geräumigen Wohnung im ersten Stock. Sie war groß gewachsen und breitschultrig, ihr graues Haar schmiegte sich glänzend wie eine Kappe an ihren Kopf. Sie trug eine grüne Seidenbluse, die unter dem Kragen mit einer riesigen Türkisbrosche geschlossen war.

»Claire hat mir gerade erzählt, dass sie Kriminologin ist. Ist das nicht aufregend? Erst ein Privatdetektiv, dann eine Kriminologin! Ich kann mein Glück kaum fassen.«

Claire lächelte beinahe entschuldigend. »Es ist nicht so aufregend, wie es klingt. Ich untersuche nur alte Fälle. Die bereits gelöst wurden, meine ich.« Sie rührte in ihrer Tasse, in der sich außer heißem Wasser nichts befand.

»Nicht aufregend?« Georg schüttelte den Kopf. Er wirkte rosiger denn je. »Meine Liebe, Sie wissen nicht, was das für mich bedeutet. Darf ich mir Ihre Bibliothek vielleicht einmal anschauen?«

»Mein Vater liebt Kriminalromane«, sagte Lily.

»Das habe ich mir beinahe gedacht.« Zerstreut langte Claire über den Tisch und brach sich ein Stück von Lilys Muffin ab. »Hören Sie, Lily, ich wollte mit Ihnen reden. Über den Mietvertrag.«

»Sie ziehen doch nicht aus?« Georg schaute alarmiert.

»Ich nicht. Annie ist ausgezogen.« Auf Claires Wangen breitete sich Röte aus, wucherte über den Hals und verschwand im Kragen ihrer Bluse. Lily kannte das. Hellhäutigen gelang es nicht, ihre Gefühle zu verbergen.

»Ach so. Das stimmt, ich habe sie schon lange nicht mehr gesehen. Ich habe mich schon gewundert. Aber sie war ja immer so viel unterwegs.«

»Sie hat mich verlassen.« Claire nahm sich noch ein Stück Muffin und spülte es mit einem Schluck von Lilys Espresso herunter. Sie schüttelte sich. Es war dieser letzte, bittere Schluck gewesen. Sie schaute in den leeren Becher, als sähe sie ihn zum ersten Mal. »Oh, Lily, Ihr Frühstück! Das ist mir aber peinlich. Ich habe gar nicht…«

»Schon gut.«

»Ich hole Ihnen gleich ein neues. Jedenfalls, lange Rede, kurzer Sinn: Ich kann mir die Wohnung nicht mehr leisten. Und ich bin zu alt, um mir eine neue – Mitbewohnerin zu suchen.« Sie legte ihre Hände auf den Tisch und drehte die Handflächen nach oben, wie um zu zeigen, dass sie nichts hatte. »Vierzig Jahre habe ich in diesem Haus gelebt. Es waren gute Jahre. Ich will mich nicht beklagen.«

»Warum nicht?« Georg nahm ihre Hände zwischen die seinen. »Beklagen Sie sich ruhig. Ich finde, Sie haben allen Grund dazu.«

»Ich werde mit Rhonda reden«, sagte Lily. »Vielleicht gibt sie Ihnen Aufschub.« Das war allerdings unwahrscheinlich.

»Oder Sie könnten tauschen!« Georg wandte sich an Lily. »Diese Mädchen, diese Studentinnen, die sind zu fünft, die wären in der größeren Wohnung doch viel besser aufgehoben.«

»Sie sind zu fünft, weil sie sich die Miete sonst nicht leisten können, Georg. Und zwar die Miete der kleinen Wohnung.«

»Ich verstehe.« Doch Georg gab sich noch nicht geschlagen: »Was ist mit uns, Lily? Wir könnten etwas mehr Platz gebrauchen, vor allem, wenn ich hier praktizieren will. Und ich kann die Miete aufbringen.«

»Wenn du … was?«

»Praktizieren. Ich habe mich am Institut für traditionelle chinesische Medizin angemeldet. Erinnerst du dich? Kath hat mich auf diese Möglichkeit aufmerksam gemacht. Die Ausbildung dauert vier Jahre und –«

»Vier Jahre?«

»Ja, aber ich werde natürlich wieder arbeiten. Nicht als Arzt, meine Ausbildung wird hier ja nicht anerkannt, aber als Naturheilpraktiker und Homöopath. Ich muss ja Geld verdienen.«

»Soll das heißen – heißt das, du bleibst hier?«

Lily griff nach ihrem Kaffeebecher, doch der war leer. »Ich hole Ihnen einen neuen«, sagte Claire leise. »Und einen Muffin. Ich bin gleich zurück.« Im Gehen legte sie eine Hand auf Georgs Schulter und drückte sie kurz. Georg sah ihr nach.

Lily schüttelte den Kopf. »Georg«, sagte sie. »Dir ist doch hoffentlich klar, dass Claire und Annie ein Paar waren?«

Er legte den Kopf schief wie ein Vogel. »Aber jetzt nicht mehr«, sagte er. »Jetzt nicht mehr.«

Claire kam mit dem Espresso zurück. »Germaine hat gesagt, Sie nehmen immer einen dreifachen. Ohne Zucker, richtig?«

»Richtig. Vielen Dank.«

»Und hier, ein frischer Muffin. Ich muss mich noch einmal dafür entschuldigen, dass ich Ihr Frühstück aufgegessen habe. Ich bin nicht ganz ich selbst. Nun ja, ich lasse Sie beide jetzt in Ruhe. Sie haben viel zu besprechen.«

»Nein, ich bitte Sie, bleiben Sie –«, fing Georg an. Doch als er Lilys Gesicht sah, wandte er sich ihr zu. »Lily«, sagte er ernst, »Lily, ich kann doch nicht mehr zurück. Wo deine Mutter jetzt hier ist und du …«

»Und Esther …«

»Und Esther auch – meine ganze Familie ist hier.«

»Du bist aber nicht meine ganze Familie«, unterbrach sie ihn scharf. Das hatte sie eigentlich nicht sagen wollen. Er wich etwas zurück, eine Reaktion, die er früher nie gezeigt hatte, trotz aller Frechheiten, die sie sich ihm gegenüber erlaubt hatte. Es erschreckte sie, doch sie konnte die Worte nicht aufhalten. »Leo ist meine ganze Familie. Dich kenne ich nicht einmal.«

Georg nickte. »Eben. Eben.« Er wollte noch etwas sagen, aber es fiel ihm nichts ein. Claire war einen Schritt hinter ihm stehen geblieben, sie hatte den richtigen Moment zum Gehen verpasst. So stand sie da und hörte zu, obwohl sie das gar nicht wollte.

Das Heulen der Sirenen sprengte die Stille. Die Feuerwehr war diesmal zuerst da und fuhr ein vor dem Café geparktes Motorrad um. »He!«, rief ein Stammgast und sprang auf. »He, das ist mein Motorrad.« Als Nächstes fuhr der Streifenwagen vor und kurz darauf die Ambulanz. Die Sirenen verstummten eine nach der anderen. Die Gäste waren aufgestanden und rieben sich die Augen.

»Mann, das ist ja wie ein Déjà-vu, irgendwie«, sagte jemand.

»Das *ist* ein Déjà-vu, Idiot. Das haben wir tatsächlich schon gesehen. Letzte Woche. Genau so.«

Mit dem einen Unterschied, dass die Polizisten nicht erst im Café nach dem Weg fragen mussten. Sie rannten gleich zur Hintertür, hinaus ins Treppenhaus.

Lily war aufgestanden. »Tut mir Leid«, sagte sie, ohne ihren Vater anzusehen. Das konnte heißen: Tut mir Leid, aber ich muss jetzt gehen. Oder: Tut mir Leid, das wollte ich nicht sagen. Bevor ihr Vater antworten konnte, war sie den Polizisten ins Treppenhaus gefolgt. Und Claire hatte sich wieder zu ihm gesetzt.

4

Das Bad war rosa gestrichen und zur Hälfte mit bunten Bildern von indischen Gottheiten bedeckt. Lily hatte Kath geholfen, die Bilder mit Tapetenkleister aufzuziehen, und dabei einen Schnellkurs in Hindugöttern absolviert. Am liebsten mochte sie Ganesh, den Elefantengott. Der Hindernisse aus dem Weg räumt. In den vergangenen Wochen hatte er sich allerdings nicht gerade überarbeitet. Kath saß auf dem Boden, zwischen Toilette und Duschkabine eingeklemmt. Sie hatte geweint, ihr dunkles Augen-Make-up war über das ganze Gesicht verschmiert, und sie zitterte. Als Lily eintrat, schaute sie auf.

»Es ist Susie«, sagte sie.

»Ich weiß.«

Lily war hereingekommen, als die Sanitäter gerade die schwarze Plastikhülle zuzurrten, und hatte noch einen kurzen Blick auf Susie erhascht. Blond gefärbtes, zipfliges Haar, knallroter Leotard, in einem Stück bis zu den Knien, die Pin-up-Figuren, die um ihre Waden tanzten, Engel und Teufel. Daran hatte Lily sie erkannt: Sie hatte oft genug in der Stunde hinter Susie gestanden und ihre Tätowierungen bewundert.

Wieder hatten Gutierrez und MacKenzie den Notruf beantwortet. Sie hatten Lily ohne Umstände hineingelassen.

»Warum kommt eigentlich jedes Mal die Feuerwehr«, hatte sie gefragt, als ob das von Bedeutung sei.

»Auf jeden Notruf melden sich alle drei«, erklärte Gutierrez, »Feuerwehr, Ambulanz und Polizei. Wenn genug Zeit bleibt, wird abbestellt, was nicht gebraucht wird.«

»Ach, und so kommt es dann zu dem Wash-out-Effekt, von dem ich in der Zeitung gelesen habe?« Lily machte Konversation, als hinge ihre Zukunft davon ab.

Gutierrez' Gesicht verdüsterte sich. Vor wenigen Wochen waren zwei Streifenwagen frontal zusammengestoßen, deren Sirenen sich gegenseitig übertönt, eben »ausgewaschen« hatten. Drei Polizisten verletzt, einer tot. »Könnten Sie bitte mal nach Ms. Neill sehen«, sagte er, »sie hat sich im Badezimmer eingeschlossen, und wir möchten gern mit ihr reden.«

»Natürlich.«

Lily kniete sich nieder, so gut es in dem engen Raum ging, und streichelte Kaths Arm. »Es ist nicht deine Schuld«, flüsterte sie.

»Warum sagst du das?« Kath begann wieder zu weinen. »Das heißt doch nur, dass dir der Gedanke auch gekommen ist. Natürlich ist es meine Schuld: Ich war ihre Lehrerin. Es ist meine Aufgabe, sie zu schützen. Ich habe versagt. Ich habe sie umgebracht!«

Im Türrahmen stand MacKenzie und räusperte sich.

»Kath? Inspektor Leung ist hier. Mordkommission.«

Ein Asiate in einem gut geschnittenen Anzug trat vor, sein Alter war schwer einzuschätzen. In der einen Hand hielt er einen gelben Notizblock, mit der anderen schraubte er einen goldenen Kugelschreiber auf. Er wandte sich an Kath: »Würden Sie bitte noch einmal wiederholen, was Sie eben gesagt haben?«

5

»Was willst du?« Skip war noch im Pyjama. Es war ein altmodischer Pyjama, blau kariert, dazu trug er einen passenden Morgenmantel und blaue Lederpantoffeln. Er sah aus wie ein kleiner Cary Grant. Es war halb elf.

»Nur ein Kleid ausleihen«, sagte Lily. »Ich komme später wieder. Tut mir Leid, wenn ich dich geweckt habe.«

»Nein, schon gut. Komm rein.«

Die Wohnung schien verlassen. Nur aus Als Zimmer drang das abgehackte, wütende Schimpfen eines Raps hervor.

»Wo sind denn alle?«, fragte Lily.

»Mara macht einen Sommerkurs im YMCA. Und Rhonda hat Anthony mitgenommen. Sie hat ein Mittagessen in ihrem Business-Mütter-Club.« Er verzog das Gesicht. »Da kannst du natürlich nicht ohne Kind auftauchen. Und du? Was hast du vor? Hast du etwa eine Verabredung?«

»So ähnlich. Ich meine, ja, ich habe eine Verabredung.«

Er öffnete die Tür zum begehbaren Schrank: »Hier, du kennst dich ja aus. Nimm so viele Kleider, wie du willst oder brauchst.«

Er schlurfte wieder ins Wohnzimmer, und bald hörte Lily den Fernseher angehen. Sie dachte an Rhondas letzten Mann, Bill, der seine Tage auch vor dem Fernseher verbracht hatte. Rhondas Tüchtigkeit hatte offensichtlich eine lähmende Wirkung auf ihre Männer. Lily suchte zwei Kleider aus, ein mit

Blumen bedrucktes und ein einfacheres, durchgeknöpftes aus Jeansstoff. Sie klopfte an Als Tür.

»Al? Kann ich reinkommen?«

Al reagierte nicht. Sie konnte sie wahrscheinlich nicht hören.

»Al?« Vorsichtig drückte Lily die Türklinke hinunter. Al war nicht in ihrem Zimmer. Die Stereoanlage war voll aufgedreht. Das Bett war ungemacht, überall lagen aufgerissene Verpackungen und halb aufgegessene Snacks herum. Der Kleiderschrank stand offen. Eine Kleiderlawine hatte sich ins Zimmer ergossen. Auf dem Schreibtisch war eine halb volle Flasche Cola ausgeleert, über die Computertastatur, die Magazine, die da lagen, über eine offene Chipstüte. Cola tropfte immer noch auf den Boden und versickerte im Teppich. Lily richtete die Flasche auf und drehte die Musik leiser. Sie fing an aufzuräumen, warf die klebrigen Teenagermagazine in den Papierkorb, ein paar leere Verpackungen, doch dann überlegte sie es sich anders. Sie ging ins Wohnzimmer.

»Skip?«

Er schaute vom Fernsehen auf: »Das Jeanskleid«, sagte er. »Passt gut. Für eine erste Verabredung. Vom Wetter ganz zu schweigen.«

»Skip, Al ist nicht in ihrem Zimmer.«

»Nicht?« Er runzelte die Stirn. »Normalerweise sagt sie was, wenn sie weggeht. Vielleicht ist sie im Badezimmer. Ab und zu muss sie die Mengen, die sie verschlingt, ja auch wieder von sich geben.«

»Skip!«

»Ist doch wahr. Und außerdem heißt sie in dieser Wohnung immer noch Alice. Ist schließlich ein Mädchen, auch wenn man ihr das nicht ansieht.« Er wandte sich wieder dem Bildschirm zu.

Lily schaute in beiden Badezimmern nach. »Skip, Al ist nicht hier.«

Skip drehte den Ton lauter.

6

»Gut siehst du aus.« Doug nahm seine Baseballkappe ab und warf sie auf die Ladefläche seines Kleinlasters.

Lily trug das Jeanskleid. Im letzten Augenblick hatte sie eine lange schwarze Hose darunter angezogen. Ihre Beine waren weiß, und sie war ihren Anblick nicht mehr gewohnt. Überhaupt, der ganze Körper war weiß wie etwas, das zu lange in einem Winkel gelegen hatte, von allen vergessen. Es war ihr Körper, sie kannte keinen anderen, und doch war er ihr fremd. Ein ganzes Jahr nach Bettys Geburt war er weich gewesen, nachgiebig, rosa. Ein ganzes Jahr hatte er sich erinnert. Jetzt war er wieder wie immer, hart, drahtig, weiß. Und fremd. Irgendwann musste sie wieder etwas damit anfangen. Sie oder jemand anderes. Vielleicht Doug.

Er hielt direkt vor dem Kino im Parkverbot.

»Kriegst du da keinen Strafzettel?«

»Wenn du keine Strafzettel hast, lebst du nicht in San Francisco«, grinste er. »Aber keine Angst, ich habe meine Beziehungen.« Er ging ihr voraus ins Kinogebäude, bewegte sich geschmeidig und schaute in jede Ecke, als lauere dort Gefahr. Das erinnerte Lily an ihre Mutter, die vor Spinnen Angst gehabt hatte. Genauso hatte Ruth einen Raum betreten: mit schnellen Blicken jede Zimmerecke absuchend. Doch bei Doug war der Grund wohl ein anderer.

Er bezahlte die Eintrittskarten und wollte einen Riesenbecher Popcorn kaufen. Lily mochte kein Popcorn, mochte den künstlichen Buttergeruch nicht, der sich sofort in jedem Kinosaal verbreitete, das aufdringlich knirschende Kauen in jeder Sitzreihe.

»Was soll das heißen, du magst kein Popcorn!« Doug schüttelte den Kopf und lächelte, als hätte er sich verhört und etwas ganz Sinnloses verstanden. Er kaufte den Becher trotzdem. Der Film hatte bereits begonnen, das Kino war voll. Sie mussten sich ziemlich weit nach vorn und an den Rand setzen. Tom Hanks beugte sich von der riesigen Leinwand drohend über sie. Lily mochte auch Tom Hanks nicht. Schon wusste sie nicht mehr genau, warum sie sich mit Doug verabredet hatte. Er nahm ihre Hand, als hätte er ihre Gedanken gelesen.

»Sag es ruhig, wenn dir der Film nicht gefällt, dann gehen wir in einen anderen«, flüsterte er. Er küsste ihre Hand und legte sie dann in Lilys Schoß zurück. Lily lächelte.

»Okay«, flüsterte sie zurück.

»Okay was?«

»Okay – gehen wir in einen anderen Film!«

Hand in Hand schlichen sie gebückt aus dem Saal und in den nächsten. Da lief ein Trickfilm über ein kleines Mädchen in Hawaii, das mit seiner Schwester in einem baufälligen Haus wohnte und einen bissigen, blauen Außerirdischen aufgenommen hatte, den es für einen Hund hielt. Lily fand es so lange lustig, bis ein Mann mit schwarzer Sonnenbrille auftauchte und von Sorgerechtsprozessen zu reden anfing. Wieder schüttelte sie den Kopf. Fünfzehn Säle hatte das Multiplex, und im Verlauf des Abends suchten sie jeden für zehn oder fünfzehn Minuten auf. Am Ende war es Lily schwindelig wie nach einer Fahrt auf dem Riesenrad.

»Das war toll«, lachte sie, etwas außer Atem. Auf der Rolltreppe küssten sie sich. Dougs Mund hatte die richtige Größe, und seine Zähne waren glatt und ganz. Er küsste nachlässig, als ob er an etwas anderes dachte. Als Lily die Augen öffnete, sah sie, dass er angestrengt über ihre Schulter blickte. Sie drehte sich um. Hinter ihr war nichts.

»Gehen wir«, sagte er. Der Kleinlaster stand noch vor dem Kino. Ohne Strafzettel.

»Siehst du? Heute ist eindeutig mein Glückstag.« Er steckte den Schlüssel in das Zündschloss. »Und jetzt«, fragte er, »wohin?«

»Nicht nach Hause.«

»Du klingst wie ein kleines Mädchen. Hast du Angst vor deinen Eltern?« Er startete den Motor. »Hunger?« Er wartete ihre Antwort gar nicht ab. »Ich weiß, wo wir hingehen. Vertrau mir.«

Und aus unerfindlichen Gründen tat sie das.

Sie hielten vor einem winzigen peruanischen Lokal weit draußen an der Mission Street. Doug begrüßte den Kellner mit Handschlag. Sie stellten sich an die kleine Bar und nippten an einem grünlichen Likör, der ihnen ungefragt serviert wurde.

»Hast du irgendwelche Allergien? Diätvorschriften? Nein? Gut.«

Ohne die Karte – oder Lily – zu konsultieren, bestellte er auf Spanisch. Das Essen kam in drei großen Pappschachteln. Sie steckten Plastikbesteck und Papierservietten ein und nahmen alles mit ins Auto. Er fuhr den Hügel bei Bernal Heights hinauf und hielt auf dem Parkplatz am Ende der Straße. »Schau, da drüben ist dein Haus«, sagte er und zeigte auf den Hügel direkt gegenüber, auf den mit dem Wasserturm. »Ich halte immer gern ein Auge auf mein Haus, wo immer ich bin. Du nicht?«

»Und wo ist dein Haus?«

»Da drüben.« Er machte eine vage Geste Richtung Bay. Sie

fragte nicht weiter. Sie packten das Essen aus und aßen es direkt aus den Pappschachteln. Zartes Rindfleisch, mit Zwiebeln gekocht, Meeresfrüchte und Fisch, frittierte Bananenscheiben, Reis mit scharfer Sauce. Die Sauce tropfte durch die aufgeweichte Pappe auf ihre Beine. Lily war froh, dass sie unter dem Kleid eine Hose trug.

»Lass mich das machen.« Doug lehnte sich hinüber und nahm ihr die Schachtel ab, warf sie nach hinten auf die Ladefläche des Trucks. Dann tupfte er mit einer Papierserviette einen Tropfen Zwiebelsauce von ihrer Hose, tupfte weiter ihren Schenkel ab. Er tat es langsam und konzentriert und ohne sie anzuschauen. Stattdessen hob er den Blick und schaute zu den Autofenstern hinaus in die schwarze Nacht, blitzschnell, routiniert. Lily hielt den Atem an. Doug benahm sich, als könnte jeden Augenblick etwas passieren. Irgendetwas. Alles. Er zog ihre Hose aus, knöpfte das Kleid auf, kippte den Sitz. Ihre Hände, die ihn suchten, schob er weg, hielt sie über ihrem Kopf fest. Seine eigenen Kleider behielt er an. Nur den Reißverschluss öffnete er. Selbst und mit einer Hand.

Er startete den Motor, bevor Lily sich wieder angezogen hatte. »Wir müssen hier weg«, sagte er. »Es ist gleich Zeit für die Streifenpatrouille.« Rückwärts fuhr er den Laster den steilen Hügel hinunter, die Zungenspitze zwischen die Zähne geklemmt wie ein kleiner Junge. Lily kämpfte mit ihrer Hose. Ohne den Blick vom Rückspiegel zu nehmen, half er ihr mit einer Hand. Als sie die Straße erreichten, schaltete er die Scheinwerfer ein. »Wir sind zu alt, um uns im Wagen erwischen zu lassen, nicht?«

Lily lächelte. Sie wusste nicht, was sie sagen, was sie mit diesem Abend anfangen sollte. Sie hätte gerne den Kopf in seinen Schoß gelegt und ihm gesagt, dass sie ihn liebt. Damit es gesagt war. Warum sonst hätte sie ihn so über sich herfallen lassen, in einem geparkten Laster, inmitten von peruanischen Essensresten?

Anfangs hatte es Lily schockiert, wie leichtfertig Amerikaner mit *I love you* um sich schmissen, sie lovten Onkel, Tante und grundsätzlich alle Verwandten. Kinder, Nachbarn, Mitarbeiter. Die kleinen Kinder im Kindergarten hatten es zu Lily gesagt, mehrmals am Tag: »*I love you, can I hug you?* Darf ich dich umarmen?«, politisch korrekt bis in die Zehenspitzen, als ob Lily eine Dreijährige wegen körperlicher Übergriffe drankriegen könnte. Die Mitarbeiter sagten es zueinander, *I love you*, und zu Lily, die es nicht erwidern konnte. Nur Simon sagte nichts dergleichen, Simon, mit dem sie immerhin geschlafen hatte. Es schien Lily, dass man es gerade dann nicht sagte, wenn es für ihren Schweizer Instinkt stimmen würde, wenn man verliebt war. Oder glaubte, verliebt zu sein.

Egal. Lily hatte immer nur Frank gelovt. Und Leo.

»Was hältst du von dieser Geschichte?«, fragte Doug, während sie langsam die dunklen, verschlafenen Bernal Heights hinunterkurvten.

»Welcher Geschichte?«

»Den Todesfällen im *Yama Yoga*. Üble Sache. Ich mache mir Sorgen um Kath.«

»Ja, ich mir auch. Sie nimmt es schwer.«

»Sie wird es noch schwerer nehmen, wenn die Polizei ihr was anhängt.«

»Aber warum sollten sie… Kath hat doch nicht… Ich dachte, es waren die Drogen.«

»Drogen?« Doug hatte vor einem Stoppschild angehalten. Obwohl weit und breit kein anderer Wagen zu sehen war, fuhr er nicht weiter. Vielleicht zum ersten Mal an diesem Abend wandte er sich ihr ganz zu.

»Wie kommst du auf Drogen?«

Lily erzählte von ihrem Besuch bei Samantha. Doug nickte und fuhr über die Kreuzung. »Gut gemacht, Mädchen.«

Lily mochte es, wenn man sie Mädchen nannte. Frank hatte sie Mädchen genannt, oder Kleines.

»Ich werde der Sache nachgehen«, sagte Doug. »Es wäre allerdings besser, wenn Kath nichts davon erfährt. Wenn es hart auf hart kommt, müssen die Ergebnisse meiner Untersuchung vor Gericht standhalten. Da darf es keine Interessenkonflikte geben. Okay, Lily?«

Als sie nicht antwortete, hakte er nach: »Hast du das verstanden?« Sie nickte, über die Schärfe seines Tons erstaunt. Er nahm sie sofort zurück: »Wir möchten doch nicht, dass unsere Lieblings-Yogalehrerin in Schwierigkeiten gerät.«

Natürlich nicht.

Sie fuhren am alten Markt vorbei, wo bereits die ersten Gemüselaster hielten. Es musste schon Sonntagmorgen sein. Sie mussten länger auf dem Parkplatz geblieben sein, als Lily gedacht hatte. Ihr war es nicht besonders lange vorgekommen. Nicht lange genug.

»Kaffee?« Ohne ihre Antwort abzuwarten, bog Doug zum Markt ab. Er stellte den Laster quer über drei Parkplätze und stieg aus. »Bleib hier.«

Sie sah ihm nach, wie er zwischen den Händlern verschwand, die im surrealen Licht der vom Nebel gebremsten Dämmerung ihre Stände aufbauten. Lily sah auf ihre Uhr. Vier Uhr morgens. Der Markt würde erst in einer Stunde öffnen. Doug musste die Händler kennen. Sie machte sich daran, seinen Laster aufzuräumen, sammelte Essensreste und andere Abfälle in eine Tüte und verknotete sie. Dann stieg sie aus, um den Müll, von dem ein starker Zwiebelgeruch ausging, zu entsorgen.

»Hier, kleine Hausfrau.« Doug reichte ihr einen Becher mit

Kaffee und ein luftiges, warmes Croissant, so groß wie ein kleiner Laib Brot. Sie teilten es sich.

»Danke fürs Aufräumen«, sagte Doug. »Ich lebe praktisch in diesem Truck.«

»Gern geschehen.« Für jemanden aufzuräumen war fast wie verheiratet zu sein, war eigentlich dasselbe wie *I love you*.

7

Viertel vor vier. Viertel vor eins in der Schweiz.

»Mitten in den Nachrichten«, beklagte sich Klara. »Du solltest es eigentlich besser wissen, Liliane.«

Niemand nannte Lily, die Lily getauft war, Liliane. Niemand außer ihrer Exschwiegermutter Klara, und zwar erst nachdem sie mit Lily fertig war, nach dem Wegzug, nach der Scheidung.

»Lily ist ein Zirkusname«, sagte Klara immer. Genau deshalb hatte Lilys Mutter ihn auch gewählt. Und jeden Sommer hatte sie Lily zum Kinderzirkus geschickt, der jeweils nach einem intensiven vierwöchigen Training eine viel beachtete Vorstellung gab. In Ruths Augen war es wichtig, von einem Trapez schwingen, an einem Seil hinauf- und hinunterklettern, die Füße hinter dem Nacken kreuzen zu können. Man konnte nie wissen – Modesty Blaise, die Superheldin der Sechzigerjahre, war Ruth Vogelsangs Erziehungsvorbild, und die hatte manch einen Tatort so betreten, an einem Seil schwingend, Füße voran durch die Scheibe.

Ruth Vogelsang hatte ihre Tochter spät bekommen, ein unerwartetes Geschenk, für das sie sofort einen Plan entworfen hatte. Die Frau der Zukunft würde sie heranzüchten. Eine Frau, die alles erreichen konnte, was sie sich selbst nie getraut hatte. Eine Frau, die keine Grenzen kannte, keine Hindernisse. Ärztin sollte sie werden, den schwarzen Kontinent retten und dann den Rest der Welt. Lily wurde in Akrobatik, Fechten und verschiedenen asiatischen Kampfsportarten ausgebildet. Jeden Tag nach der Schule fuhr sie mit der Vorortbahn nach Zürich, denn so etwas gab es nicht in Hemlikon. Lily bekam teure Nachhilfestunden, lernte Sprachen, Geschichte, Fremdwährungen, Taschenspielertricks. Abends schlief sie mit Kopfhörern ein, aus denen die Stimme ihrer Mutter drang. »Du kannst es«, sagte Ruth, »du kannst es. Was immer du willst, du kannst es. Das Leben gehört dir – schnapp es dir!« Autogenes Training statt Abendgebet.

Doch Lilys Noten hatten nicht fürs Gymnasium gereicht, und auch die Aufnahmeprüfung der Krankenschwesternschule verpatzte sie. Sie begann eine Ausbildung als Kleinkindererzieherin, die sie ein halbes Jahr vor Abschluss abbrach, um bei den Bauers einzuziehen. Vier Jahre später heiratete sie Frank, mit einundzwanzig, ein keusches halbes Jahr nach Stellas Tod. Ein verlogenes halbes Jahr vielleicht, denn in Frank verliebt hatte sie sich gleich am ersten Tag. Oder am zweiten. Mit ihm geschlafen nach einer Woche. Oder zwei. Und Lily hatte nichts anderes mehr gewollt als das: Frank zu heiraten, Leo großzuziehen, mehr Kinder zu kriegen. Der Rest der Welt konnte ihr gestohlen bleiben. Afrika konnte ihr gestohlen bleiben. An ihrem Hochzeitstag triumphierte Lily über ihre Mutter: »Und noch was«, warf sie ihr an den Kopf, »ich habe jahrelang Ballettunterricht genommen. Irenes Mutter hat mich hingefahren, während du mich im Taekwondo glaubtest. Und ein rosa Tütü hatte ich auch!«

»Was immer du willst, du kannst es.« Nun, Lily hatte nichts anderes als eine Familie gewollt, eine richtige Familie, und nicht einmal das hatte sie geschafft.

Es konnte kein gutes Zeichen sein, dass Klara sie jetzt wieder Liliane nannte. Doch sie holte Leo ans Telefon.

»Hallo, wie geht's?« Seine Stimme war tiefer geworden, ohne Stimmbruch, ohne Kieksen. Erst jetzt, nachdem sie sie so lange nicht mehr gehört hatte, fiel ihr auf, wie dunkel sie klang. Wie erwachsen.

»Gut«, sagte Lily. »Ich vermisse dich.« Nicht gerade das, was man zu einem Vierzehnjährigen sagen sollte. Sie korrigierte: »Wie geht es dir?«

»Gut.«

»Was treibst du so?«

»Weiß nicht. Nichts Besonderes.«

»Wie ist das Wetter in der Schweiz?«

»Gut, *I guess.*«

Sie legte auf, bevor ihr die Frage herausrutschte, ob er gewachsen sei.

8

Power-Yoga oder Killer-Yoga?
Zweites Todesopfer in Power-Yoga-Studio

Die Polizei steht vor einem Rätsel: Zwei ansonsten gesunde junge Frauen, Mandalee Winters, 36, und Susie LaDove, 28, sind innerhalb einer Woche an Herzversagen gestorben – nachdem sie eine besonders anstrengende Power-Yoga-Stunde absolviert hatten. Die erste Yogatote ist bereits eingeäschert worden, das zweite Opfer wurde einer Autopsie unterzogen. Das Ergebnis dieser Autopsie liegt zu diesem Zeitpunkt noch nicht vor, doch ein Sprecher sagte auf der gestrigen Pressekonferenz, dass »eine Verbindung zwischen den beiden Fällen«

nicht auszuschließen sei. Er kündigte außerdem eine genauere Untersuchung des Yogastudios an.

Nicht zum ersten Mal geraten die athletischen Yogavarianten, die in der Bay Area geradezu boomen, unter Beschuss.

»Wir Amerikaner sind ehrgeizig, wir lieben den Wettbewerb, deshalb sind diese anstrengenden, sportlichen Yogastunden hier so erfolgreich«, kommentiert Jimmie Osborne, Chiropraktiker in San Francisco, der sich auf Yogageschädigte spezialisiert hat. »Das kann schon mal gefährlich werden. Ich habe einen Patienten, der mit Symptomen eines Herzinfarktes in die Notaufnahme eingeliefert wurde. Weil die Ärzte dort nichts finden konnten, kam er zu mir. Sein Yogalehrer hatte ihm diese Atemübungen für Fortgeschrittene auferlegt, bei denen man nach dem Einatmen zwanzig Sekunden lang die Luft anhält und sich dabei nach vorn beugt. Dadurch entsteht ein ungeheurer Druck in Kopf und Nacken. Das hätte leicht zu einem Hirnschlag oder Herzinfarkt führen können.« Ausgekugelte Schultern und Meniskusrisse sind bei Yogafanatikern keine Seltenheit. Osborne weiß außerdem von einer Frau, deren übereifriger Lehrer ihr beim Versuch, sie mit Gewalt in eine Position zu zwingen, eine Rippe gebrochen hatte. Ob es sich dabei um dasselbe Yogastudio handelte wie in den aktuellen Todesfällen, konnte er allerdings nicht mit Sicherheit sagen.

Das Studio konnte für eine Stellungnahme nicht erreicht werden.

Die Polizei geht auch Hinweisen nach, die auf Drogenmissbrauch bei mindestens einem der Opfer deuten. Selbst leichtester Genussmittelmissbrauch kann im Zusammenhang mit falsch ausgeführten oder schwierigen Übungen zu Herzstillstand führen.

»Yoga wirkt viel tiefer als einfache Gymnastik«, kommentiert Sportarzt Dr. Somali. »Es sollte deshalb nur unter Anleitung eines erfahrenen Lehrers praktiziert werden, der außerdem die körperlichen Bedingungen jedes einzelnen Schülers berücksichtigt. Die wenigsten Yogalehrer in San Francisco und Umgebung erfüllen dieses Kriterium.«

Eine informelle Umfrage unter Yogaschülern ergab, dass es den meis-

ten von ihnen nicht um die spirituelle Erfahrung geht. Nein, die häufigste Antwort auf die Frage »Warum Yoga?« war: »Ich will einen Yogahintern!«

Kath ließ die Zeitung sinken. »Das Schlimmste ist, dass sie Recht haben. In der *Yoga Factory* hieß es immer: Klemmt eure Hinterbacken zusammen, als würdet ihr dort eine Kreditkarte festhalten wollen!«

Lily wusste nicht, was sie sagen sollte. Sie war selbstverständlich davon ausgegangen, dass Yoga gesund sei.

»Es ist nur eine Frage der Zeit, bis sie einen Folgeartikel bringen. Zehn Minuten Recherche, und sie haben Kath Namara. So viel zum Thema Neuanfang.«

Kath hatte einen Cappuccino bestellt, richtigen, koffeinhaltigen Kaffee und Vollmilch, und üppig mit Schokoladepulver bestreut. Sie rührte in ihrer Tasse, bis vom Schaum nichts mehr übrig war.

»Ich habe eine Vorstrafe«, fuhr sie fort.

»Ich weiß – etwas mit Abwaschhandschuhen, nicht?«

»Abwaschhandschuhen?« Kath starrte sie einen Augenblick lang an und rührte dann wieder in ihrer Tasse, in der es längst nichts mehr zu rühren gab. Vor ihnen auf dem Tisch lag eine Auswahl an gestrigen Backwaren, Streuselkuchen, Fruchttörtchen und handtellergroße Schokoladekekse, die Germaine ihnen überlassen hatte, als Kath den Cappuccino bestellte. »Ihr habt ja offensichtlich eure Diät aufgegeben.« Kath nahm sich eine Apfeltasche und biss hinein.

»Lass mich raten – Rhonda?«, fragte sie mit vollem Mund.

Lily nickte.

»Dann hat sie dir auch von Kath Namara erzählt?«

»Ja, hat sie. Ich hatte ja keine Ahnung. Tut mir Leid. Ich kenne kein einziges Musical!«

Kath grinste. Winzige Falten bildeten sich um ihre Augen. Auf der linken Schläfe hatte sie ein zartes Spinnennetz eintätowiert, dessen Linien sich nun mit denen ihrer Haut kreuzten.

»Kein einziges Musical? Du machst Witze! Was ist mit *Guys and Dolls*? *Take back your mink…«*, sang sie leise, aber mit voller Stimme. Lily schüttelte den Kopf.

»Nein? *Annie*? *Westside Story*? Nun komm schon – *Grease*?«

»*Grease*, ja«, gab Lily zu. »Aber das war ein Film. John Travolta, ich erinnere mich.«

»Dann weißt du ja Bescheid. Ich war ein Kinderstar. Ein Johnson-Baby.«

»Tut mir Leid«, wiederholte Lily und breitete die Hände aus. »Was ist das?«

Mit ihrer durchschnittlichen mitteleuropäischen Kenntnis amerikanischer Filme und Fernsehserien war sie hier kurze Zeit durchgekommen, ohne sich allzu fremd zu fühlen. Doch diese Vertrautheit war eine rein äußerliche, eine Filmfassade, eine Fernsehkulisse, *Die Straßen von San Francisco*. Je länger Lily hier lebte, desto tiefer schien ihr der Graben zwischen den Mentalitäten, desto fremder war ihr Amerika.

Allerdings ging es der Mehrheit der Bewohner von San Francisco so, die aus allen Teilen der Welt hierher gezogen waren.

»Ein Johnson-Baby? Ach, du weißt schon, ein Baby, das für Babypuder oder Windeln wirbt. Es muss nicht mal die Marke Johnson sein, aber in meinem Fall war es so.« Kath brach ein Stück von einem Keks ab. »Meine Yogaschüler wissen nicht, wer ich bin. Die meisten sind zu jung, um sich daran zu erinnern. Außerdem habe ich meinen Namen geändert.«

»Vermisst du es?«, fragte Lily.

»Was? Ein Star zu sein?« Kath hatte ihren Cappuccino ausgetrunken. Sie streckte die Hände aus. »Siehst du das? Meine Hände zittern. Ich brauche noch einen Kaffee. Magst du auch noch einen?«

»Zu viele Leute an der Theke.« Die Schlange zog sich quer durchs Lokal. Lily erkannte Shiva und Jodie aus der Yogaklasse und Laurie aus dem ersten Stock. Sie nickte ihnen kurz zu und wandte sich dann wieder um zu Kath. Die hatte den Augenblick genutzt und das letzte Gebäck verschlungen.

»Nein, ich vermisse es nicht. Es war nie mein Ding.« Sie zuckte die Schultern. »Ich singe zwar gern, und meine Stimme ist nicht schlecht, aber auftreten?« Sie schauderte. »Ich hatte immer höllisches Lampenfieber. Nur deshalb habe ich überhaupt angefangen zu trinken. Aber meiner Mutter war meine Karriere wichtig. Sie hat auf dem College Theater gespielt, weißt du. Sie wollte Schauspielerin werden, doch dann wurde sie schwanger, heiratete, gab alles auf – und am Ende verließ mein Vater sie doch. Deshalb wurde ich das Johnson-Baby. Wir zogen nach Los Angeles, lebten in einem Wohnwagen, bis ich es geschafft hatte… Die wenigsten Kinder kommen von sich aus auf die Idee, Werbefotos machen zu wollen. Babys eigentlich überhaupt nie.«

Sie blickte kurz auf. Lily lachte nicht.

»Als ich sieben war, musste ich in einem Fernsehspot für Streichkäse ein Liedchen trällern«, fuhr sie fort. »Ein Broadway-Agent hörte das zufällig und fand, ich hätte eine Stimme. Der Rest ist Geschichte. Haha.« Sie schaute zur Theke hinüber. Die Schlange bewegte sich nur langsam. »Also zogen wir nach New York. Neue Leute, neue Partys. Wir lebten in einer Hotelsuite. Meine Mutter genoss es sehr und war dementsprechend enttäuscht, als es plötzlich zu Ende war.«

Lily wusste, was es hieß, die eigene Mutter zu enttäuschen. »Was ist denn nun genau passiert?«, fragte sie.

Sie passten eine Lücke vor der Kaffeetheke ab. Ein junger Mann, ein Yogaschüler, der auf seinen Grüntee wartete, sprach Kath an: »Seit drei Monaten nehme ich praktisch nur noch Orangen und Mandelmilch zu mir«, sagte er, »meine Verdauung hat sich ganz erstaunlich entwickelt, mein Stuhl ist hellgelb und praktisch geruchlos wie bei einem Baby. Ich schwör's. Dafür habe ich jetzt diese Hautgeschichte, hier.« Er rollte sein Hemd auf. Sein dünner, weißer Arm war von rotem Schorf bedeckt. »Soll ich vielleicht etwas Tofu …«

Lily wandte sich ab und bestellte die zweite Runde.

»Diesmal zahle ich«, sagte Kath und ließ den Jungen stehen. »Ich glaube es nicht! Habt ihr das gehört? Ich bin doch keine Ärztin!«

»Eben«, mischte sich Silberhaar hinter der Kaffeemaschine ein, »eigentlich wollte ich ja auch mal eine Yogastunde nehmen, aber ich frage mich – ist Yoga nun eigentlich gesund oder nicht?«

»Wie meinst du das?« Kath klang müde. Als würde sie die Antwort kennen.

»Man hört ja jetzt so einiges.« Silberhaar blickte zur Decke hoch in Richtung Yogastudio. »Ich habe ein Abonnement bei *Gold Gym*, die bieten Hot-Yoga an … Glaubst du nicht, dass es in einem Fitnesszentrum sicherer ist?«

»Glaubst du nicht, dass der Kaffee im *Thinker's* um die Ecke besser ist?«, gab Kath zurück.

Sie setzten sich an den Tisch in der Ecke und drehten dem Café den Rücken zu. »Hast du das gehört?«, zischte Kath. »Sie hat den Artikel gelesen. Ganz bestimmt.« Sie streckte die Arme über den Kopf, bis ihre Schultern beinahe auskugelten und Kali auf ihrem Rücken die Augen rollte. »Und das ist erst der Anfang. Wenn erst …«

»Erzähl lieber weiter«, bat Lily.

»Na gut... Mit zehn fing ich an zu trinken, erst nur einen Schluck hinter dem Vorhang vor dem Auftritt, dann ein Glas, eine halbe Flasche, bald kamen alle denkbaren Drogen hinzu, vom Doktor verschrieben, von Erwachsenen zugesteckt. Ich nahm, was ich kriegen konnte. Nur so konnte ich auftreten. Das Lampenfieber im Zaum halten. Doch dann kam ich in die Pubertät, ich setzte Babyspeck an, Whiskyspeck. Dagegen wurden mir wieder andere Drogen verschrieben: Speed und Alkohol, eine gefährliche Kombination. Meine Haut juckte ständig – ich wollte aus der Haut fahren. Ich musste immer mehr trinken, nur um das zu ertragen. Nach ein paar verpatzten Vorstellungen war ich abgeschrieben. Als Teenager nahm ich noch ein paar CDs auf, die sich ganz gut verkauften. Konzerte konnte ich allerdings keine mehr geben. Das Geld ging uns aus, und wir mussten umziehen. Die Einladungen blieben aus. Meine Mutter machte mir bittere Vorwürfe: Ich hätte ihr Leben zerstört. Mit sechzehn heiratete ich einen ehemaligen Leibwächter, vor allem, um von meiner Mutter wegzukommen. Er war Zuhälter, was ich natürlich nicht wusste. Ich hielt es für freie Liebe. Er wollte, dass ich mit all seinen Freunden schlief – und ich war nie nüchtern genug, um mich zu fragen, warum er das wollte. Oder warum wir diese ›Freunde‹ nie wieder sahen. Na ja, irgendwann flog er auf, und ich mit ihm. Und obwohl ich von dem Geld nie etwas gesehen hatte, wurde ich verhaftet und angeklagt. Da ich verheiratet war, galt ich vor dem Gesetz als volljährig und wurde als Erwachsene verurteilt. Es gab einen kleinen Pressewirbel, doch ich hatte Glück. Ich wurde zum Entzug verdonnert und zu achtzehn Monaten gemeinnütziger Arbeit im Anschluss. In der Klinik habe ich mit Yoga angefangen. Ich bin jetzt vierunddreißig und länger clean, als ich süchtig gewesen war. Kaum jemand erinnert sich an mich. Nicht einmal meine Mutter.«

»Und was ist mit den Abwaschhandschuhen?«

»Ach, das.« Kath errötete. »Das erzähle ich dir ein andermal.« Sie wechselte das Thema. »Wenn wir schon meine Vergangenheit aufrollen – wie läuft es denn mit Doug?«

»Doug?«

»Mein Exmann. Nicht der Zuhälter, natürlich. Doug war mein zweiter Mann. Im Entzug kennen gelernt. Lily, das wusstest du doch!«

Kann mir mal jemand sagen, was mit den Männern in dieser Stadt los ist? Gestern hat er mich angerufen, auf meinem Handy, ich war gerade mit Freunden beim Essen, also eigentlich mit meiner Mitbewohnerin und ihrem Exfreund, sie wollte uns erst verkuppeln, aber zwischen dem ersten Drink und dem Hauptgang wurde ihnen bewusst, dass sie immer noch aufeinander stehen. Als das Telefon klingelte, dachte ich natürlich, halleluja, gerettet! Es war ein Typ, den ich vom Studium kenne, er hat mich schon mehrmals gefragt, ob ich mit ihm ausgehe. Ich habe immer Nein gesagt. Ehrlich gesagt, er ist ein Langweiler, aber in dieser Situation sagte ich natürlich Ja. Wir gingen ins Kino, in einen Film mit Tom Cruise, er kaufte mir Popcorn, und nach zwanzig Minuten oder so entschuldigte er sich. Er komme gleich wieder, sagte er. Na, Schwestern, ratet mal. Er ist nicht wiedergekommen. Genau.

Das ist noch gar nichts. Ich hatte vergangene Woche ein blind date *mit einem Mann, den ich übers Internet kennen gelernt hatte,* blinddate.com. *Wir hatten uns zwei Wochen lang geschrieben, tagsüber während der Arbeit und abends telefoniert. Wir hatten so viel gemeinsam! Wir arbeiten beide auf der Halbinsel, also verabredeten wir uns zum Mittagessen. Ich erzählte meinen Kolleginnen davon, und sie halfen mir, mich zurechtzumachen: Elly lieh mir ihren funkelnagelneuen Lippenstift aus und Jo ihren Pashminaschal, und sogar Stan wünschte mir viel Glück. Wir trafen uns in einem kleinen italienischen Restaurant im Einkaufszentrum. Ich erkannte ihn sofort – er hatte eine Zeitung vom Vortag unter dem Arm. Er war kurz angebunden. Er sagte gar nichts Nettes zu mir, über mein Aussehen zum Beispiel. Er ging nur zur Theke, es war Selbstbedienung, holte mir ein Stück Pizza und eine Cola, stellte alles auf den Tisch und sagte: »Guten Appetit.« Dann ging er.*

Ich konnte nicht zur Arbeit zurück. Ich habe mich nicht wieder ins Büro getraut. Es ist drei Tage her, und meinen Job bin ich vermutlich auch los.

Oh mein Gott, jetzt dämmert's mir erst – es war der Knoblauch. Ich hatte ihn noch gewarnt. Ich hatte im Stinking Rose *gegessen, da ist an allem Knoblauch dran, sogar am Eis. Das war's. Scheiße, Mann.*

Du hast den Mann mehrmals zurückgewiesen. Du hältst ihn für einen Langweiler, und dann, wenn ein anderer dich abblitzen lässt, ist er plötzlich gut genug? Ich kann dir sagen, was passiert ist, und es hat nichts mit Knoblauch zu tun. Der Mann hat deine eiskalte, berechnende Seele erkannt. Ich gratuliere ihm dazu, egal, wo er ist.

Ich habe ihm gesagt, wie alt ich bin. Gleich beim ersten Telefongespräch. Na gut, ein paar Jahre habe ich abgerundet, aber die sieht man mir nicht an, ich schwör's.

Ich sehe zu, wie du deinen Tee trinkst, deinen eisgekühlten Chai mit Sojamilch im extragroßen Becher. Du trinkst langsam, als würdest du jeden Schluck bewusst genießen. Doch in Wirklichkeit bist du in Gedanken weit weg, vielleicht bei mir, es würde mich nicht überraschen, wenn du in Gedanken zurückwandertest zu den Stunden, die du in meinem Bett verbracht hast. Ich habe nichts vergessen. Gar nichts.

9

Lily bezog Leos Bett mit blau-grauer, männlich karierter Flanellbettwäsche. Die alte, mit Spiderman-Motiven bedruckte, war ihm vor einiger Zeit zu kindisch geworden. Ihrem Vater bereitete sie ein Bett auf der Couch. Sie hatte seine homöopathische Apotheke, seine Krimis, Reiseführer und Gebetsketten von Leos Nachttisch geräumt und auf dem Couchtisch arrangiert. Auf Leos Nachttisch legte sie zwei neue Taschenbücher aus der *Star-Wars*-Serie, die sie für ihn gekauft hatte. Sie sah auf die Uhr. Noch vier Stunden. Sie musste einkaufen gehen, der Laden an der Ecke führte kein Fleisch. Sie würde Cordon bleu braten, Leos Lieblingsgericht. Georg hatte versprochen, ihr bei den Vorbereitungen zu helfen. Außerdem wollte sie die teuren Eistees in den Glasflaschen kaufen, die er mochte, die mit den beigemischten exotischen Säften und den Skaterfiguren auf den Flaschen. Vier Literkübel Eis der Schokoladesorten, die er am liebsten aß, standen seit seiner Abreise im Tiefkühlfach bereit.

Als es nichts mehr zu tun gab, fuhr sie zum Flughafen. Über eine Stunde zu früh. Gemäß Computeransage würde Leos Flug pünktlich landen. Sie wanderte in der neuen Ankunftshalle des internationalen Terminals auf und ab. Die Auslandsflüge kamen immer gleichzeitig an. Lily trank einen Kaffee. Blätterte in einer liegen gelassenen Tageszeitung. Sie konnte nicht stillsitzen. Sie stand vor einem Fernsehbildschirm, auf dem man sehen konnte, wie die ankommenden Passagiere einen endlosen Flur entlanggingen. Sie waren sich dessen nicht bewusst, gähnten ungeniert, spritzten sich Frischen-Atem-Spray in den Mund oder fingen über den Gepäckkarren Streit mit ihren Partnern an. Lily schaute dem Treiben eine Weile zu. Kleine

Kinder rannten in der Halle herum, Frauen hielten Blumensträuße und Luftballons, Familienmitglieder kommunizierten via Handy. Eine kleine Gruppe hatte einen Tisch mit Kuchen und Getränken aufgebaut. Ein Spruchband verkündete *The honeymoon is over,* ein anderes *Welcome to the real world, Ted & Deb.* Lily postierte sich ganz vorn bei der Tür, wo Chauffeure ihre Schilder hochhielten. *Mr. Harrison. Mr. Portnoy. Mr. Miller.* Sie unterhielten sich miteinander und mit ihren Handys. Lily wartete eine Weile, dann ging sie wieder vor einen Bildschirm. Sie war sich plötzlich nicht mehr sicher, ob sie Leo überhaupt noch erkennen würde. Er war bestimmt gewachsen in diesen langen Wochen. Sie hielt nach einem schlaksigen jungen Mann Ausschau. Nicht nach einem Kind. Die Großeltern hatten ihn wohl neu eingekleidet. Was, wenn sie ihn nicht gleich erkannte? Wenn er an ihr vorbeiging, ohne sie zu sehen? Sie hätte ein Schild malen sollen. *Mr. Bauer.* Hätte einen Ballon kaufen sollen. Die Computeranzeige wechselte von *landed* zu *in custom.*

Die Lufthansa-Crew kam in einer fröhlichen Gruppe als Erste aus der Tür. Dann die Passagiere. Die aus der Schweiz waren an ihren eleganten Schuhen und den umgehängten Freitag-Taschen zu erkennen. Bei jedem zuckte Lily innerlich zusammen. Nach einer Weile wurden die Mitteleuropäer immer seltener und schließlich ganz von braun gebrannten amerikanischen Touristen in Shorts verdrängt, die aus Guadalajara zurückkamen. Die Lufthansa-Crew musste längst im Hotel angekommen sein, als Lily sich zum Informationsschalter wandte.

»Tut mir Leid, über die Passagierlisten können wir keine Auskunft erteilen.«

»Ja, was soll ich denn jetzt machen?«

Die Frau am Schalter zuckte ungerührt die Achseln. »Ich weiß nicht. Fahren Sie nach Hause. Rufen Sie ihn halt an.«

Lily ging wieder zurück vor den Bildschirm, als könne sie Leos Gestalt herbeizwingen. Und sie blieb da stehen, obwohl sie längst wusste, dass er nicht mehr kommen würde. Sie stand noch da, als es schon langsam dunkel wurde. Sie stand da, bis ihr Vater kam. Er legte eine Hand auf ihren Rücken. Sie konnte sich kaum umdrehen, kaum rühren, sie hatte so lange ihre Haltung nicht verändert.

»Lass uns nach Hause fahren«, sagte Georg. »Heute kommt niemand mehr.«

Welcome to the real world, Ted & Deb!

10

»Es ist ja nicht für immer«, sagte Leo. »Hör mal, es tut mir echt Leid, dass du am Flughafen warst. Ich habe dir doch geschrieben, hast du meinen Brief nicht bekommen?«

Lily schüttelte den Kopf, obwohl ihr klar war, dass Leo sie nicht sehen konnte. Sie musste etwas sagen, aber es war ihr nicht möglich, beim besten Willen nicht möglich. In der Schweiz war es fünf Uhr morgens, aber das war ihr diesmal egal gewesen.

»Ich habe hier viel mehr Freunde«, fuhr Leo fort. »Wir können alle in dieselbe Schule gehen, es gibt keine Aufnahmeprüfungen, und wir gehen morgens alle zusammen los. Die Schule ist gleich im Ort, und sie kostet noch dazu nichts. Der Opa kauft mir ein Mofa, und wenn ich will, kann ich im Herbst bei Onkel Fred eine Lehre anfangen. Onkel Fred, du weißt schon, Omas kleiner Bruder, also eigentlich mein Großonkel, er hat eine Motorradwerkstatt hier im Dorf, Triumph Bonneville, er ist total cool. Ich wusste gar nicht, dass ich einen so coolen

Onkel habe, und überhaupt, meine Freunde sind alle hier, und meine Cousins, meine ganze Familie. Ehrlich, Lily, du bist doch auch froh, wenn du dich nicht um mich kümmern musst. Und denk mal an das Schulgeld, das du sparst, das musst du doch sonst bei Rhonda abarbeiten, Lily, gib's zu – Lily?« Er hielt nur kurz inne, um Luft zu schnappen: »*You know I love you.*«

»*I love you, too*«, sagte sie deshalb. Was sollte sie sonst auch sagen. Was sollte sie sagen, wenn es das war, was Leo wollte? Leo wollte selten etwas. »*Whatever*«, erwiderte er. »Mir kommt es nicht drauf an.« Seine Mutter hatte sich umgebracht, sein Vater hatte ihr dabei geholfen, seine Stiefmutter bezog ihren Lebensinhalt daraus, dass sie sich um ihn kümmerte, und Al, seine beste Freundin, hatte sich auch abgemeldet. Um die Großeltern musste er sich wenigstens nicht kümmern. Die waren einfach da.

»Lily? Hast du unseren Brief denn nicht bekommen?« Das war Kurt, Franks Vater. Sonst ließ er immer Klara reden. Kurt mochte keine Auseinandersetzungen. Er redete überhaupt nicht gern, er schonte seine Stimme, so nannte er es. Seine Stimme schonen. Wofür, wusste niemand.

»Das ist mir aber sehr unangenehm«, sagte er jetzt, »dass du am Flughafen warst, für nichts und wieder nichts.« Er zögerte. »Das tut uns aufrichtig Leid. Das glaubst du uns doch?« Und als Lily nicht reagierte: »Wir wollen nur das Beste für Leo. Es hat nichts mit dir zu tun. Du glaubst uns doch?«

»Ja. Okay. Schon gut. Ich glaube euch ja.« Das konnte Lily gesagt haben oder auch Stella, auf jeden Fall war es Stella, die den Hörer auflegte und »das reicht für heute« sagte.

»Reiß dich zusammen, Lily«, fügte Stella hinzu. »Dem Jungen geht es gut, das höre ich seiner Stimme an. Das ist die Hauptsache. Das ist das Einzige, was zählt, nicht wahr. Nicht wahr?«

Natürlich. Das Einzige. Gut für Leo, schlecht für Lily. Seit wann war das zu trennen, was gut war für Lily, was gut war für Leo? Lily schwankte. Und es war ausgerechnet ihr Vater, der sie auffing.

11

»Und warum kratzt dich das überhaupt? Er ist doch nicht mal dein richtiger Sohn.« Al saß mit ihrem Hund Newton auf einem der drei Sofas und aß abwechselnd Schokokugeln und Barbecue-Chips aus Knistertüten. Salzig, süß, salzig, süß. »Sieh's doch so: Jetzt hast du wenigstens deine Ruhe.«

Das hatte Leo auch gesagt. … *nicht um mich kümmern musst.* Lily schüttelte den Kopf. Sie wollte nicht ihre Ruhe haben. Sie hatte keine Ruhe ohne Leo. Sie hatte den ganzen Sommer keine Ruhe gehabt.

Newton legte seine nasse Schnauze auf Lilys Bein und leckte ihr Knie. Sie trug Strumpfhosen. Für den Flughafen hatte sie sich gewaschen und umgezogen, sogar Lippenstift aufgetragen. Wollte nicht verwahrlost wirken, wollte nicht, dass Leo dachte, sie hätte sich gehen lassen. Nicht, dass ein Teenager so etwas merken würde. Sie schob die Hundeschnauze weg.

»Newton langweilt sich«, sagte Al. »Deshalb schauen wir Tierfernsehen.«

Auf dem Bildschirm übersetzte Sonia, die Haustier-Therapeutin, eine stark geschminkte ältere Frau mit einem leisen Lispeln, gerade, was das Krokodil Chester zu ihr sagte. Chester lebte in einem Krokodilpark in Florida, wo er durch seine Aggressivität aufgefallen war. »Alligator – er hat mich eben korrigiert. Er sei kein Krokodil, sondern ein Alligator. Alligatoren seien viel besser, sagt er.« Sonia lachte. Sie trug einen Tropenhelm und einen Chiffonschal mit Leopardenmuster. »Ein wunderbares, schönes, starkes Tier ist er. Sag ihm das, er muss es von dir hören«, wandte sie sich an Chesters Wärter, der folgsam nickte.

»Du schönes, starkes Tier«, sagte Al zu Newton und schaltete um. Auf dem nächsten Kanal wurden vier Frauen in Hochzeitskleidern in der Wildnis von Alaska ausgesetzt.

Lily trank Southern Comfort. Aus einem Glas. Die Flasche stand in Reichweite. Sie hatte nicht schlafen können. Sie war hinübergegangen, weil sie den Fernseher gehört hatte. Eigentlich hatte sie auf Rhonda gehofft, die ihr schon so oft den Kopf zurechtgerückt hatte. Doch Rhonda stritt sich im hinteren Teil der Wohnung heftig mit Skip. Ihre Stimmen, hauptsächlich ihre, drangen gedämpft ins Wohnzimmer.

»…auch eine Frau!«, hörte Lily, bevor Al den Ton höher drehte.

»Wo ist Mara«, fragte Lily.

»Schaut in ihrem Zimmer Barbiefernsehen.«

»Soll ich mal nach ihr sehen?«

Al zuckte mit den Schultern. »Wenn du willst.«

Lily stand auf. Maras überschwängliche Zuneigung war genau das, was sie jetzt brauchte. Doch Mara war in den Kleidern eingeschlafen, auf ihrem rosa Barbiebett, bei laufendem Barbiefernsehen.

Lily hatte eine einzige Barbie gehabt. Sie hatte sie bekommen, als sie mit acht Jahren beim Kunstturnen von den Ringen gestürzt war. Kopf voran. Sie hatte einen Schädelriss erlitten, und zwei Tage später versagten ihre Nieren. Ihre Mutter hatte an ihrem Bett gestanden, mit nassem Gesicht. Und Dr. Wildvogel. Lily hatte nur kurz die Augen aufgeschlagen und »Ich will eine

Barbie« geflüstert. Barbiepuppen und andere Mädchenfallen waren bei ihrer Mutter verboten. Sogar Märchenbücher wurden so abgeändert, dass die Prinzessinnen die weißen Pferde ritten und die Prinzen wachgeküsst wurden. Doch in diesem einen Augenblick konnte Lilys Mutter ihr nichts abschlagen. Vielleicht war es auch Georg gewesen, der in den nahen Franz Carl Weber gerannt war, um die Puppe zu kaufen. Sie hatte einen blonden Pferdeschwanz gehabt, der sich in einem Loch in ihrem Kopf versenken und länger oder kürzer machen ließ.

Lily deckte Mara zu und ging ins Wohnzimmer zurück. Sie ließ sich neben Al aufs Sofa plumpsen, die ihr wortlos die Chipstüte reichte. Eine außergewöhnlich großzügige Geste für jemanden, der Essen unter dem Bett hortete.

»Ich nehme mal an, dein Vater schläft wieder in Leos Bett?«

Lily schüttelte den Kopf. Sie nahm einen großen Schluck gegen die aufsteigenden Tränen. Was für Janis Joplin gut genug gewesen war …

»Nein«, sagte sie. »Ich habe alles so gelassen, wie es ist.«

»Gut«, erwiderte Al. »Dann kann ja ich da einziehen.« Sie wandte sich wieder ihren Tüten zu und schaute Lily nicht an.

»Du?« Lily runzelte die Stirn. Sie war nicht nüchtern, schon wieder nicht nüchtern genug. »Was sagt denn deine Mutter dazu?«

Da war ihr das Falsche rausgerutscht.

»Meine Mutter? Weiß sie denn überhaupt, dass ich hier bin?«

Darauf wusste Lily nichts zu sagen, jedenfalls nicht, wenn sie nicht wieder das Erstbeste und Dümmste sagen wollte, nämlich: »Vielleicht nicht.«

Lily schenkte sich nach – nicht die richtige Strategie, um nüchtern zu werden. Unsicher stand sie auf, das Glas in der Hand, und erklärte: »Lass uns das morgen besprechen, Al. Ich muss erst mal drüber schlafen.«

»Ja, ja.« Al winkte ab, sie sah Lily immer noch nicht an, sie hatte sie schon abgeschrieben. Stattdessen starrte sie auf den Bildschirm, wo eine der ausgesetzten Bräute nun in einer Holzhütte am Holzherd stand. Sie trug nicht mehr ihr Hochzeitskleid, sondern eine Schürze über einem Norwegerpullover und Skihosen.

»Also dann.« Lily wankte durch die Glastür auf den Holzbalkon hinaus, der beide Wohnungen miteinander verband und von dem aus sie einen umfassenden Blick über die Glitzerlichter der Stadt hatte. Sie drehte sich langsam um ihre eigene Achse, langsam, damit sie ihren Drink nicht verschüttete, damit sie nicht seekrank wurde, und nahm das ganze Panorama in sich auf. Drehte sich, bis sie der Stadt den Rücken zukehrte und Richtung Peninsula schaute, Richtung Flughafen.

»Du hast mein Herz gebrochen«, sagte sie zum Flughafen wie zu einem Mann.

12

Es war ihr Vater, der sie von der Terrasse kratzte und ins Haus trug. Von hinten sah sie aus wie ein Kind. Von vorn wie eine kaputte Puppe.

Er trug sie in ihr Zimmer, legte sie aufs Bett, zog ihr die Sandalen aus. Gab sieben Tropfen unter ihre Zunge.

»Für den Notfall.«

Er saß am Bettrand. Hielt ihre Hand, bis sie eingeschlafen war, hielt sie nachlässig, leicht am Handgelenk, als würde er ihren Puls messen. So hatte er an ihrem Bett gesessen, wenn sie krank gewesen war als Kind. Sie war oft krank gewesen. Ungewöhnlich oft, gemessen an der Sorgfalt, mit der ihre Mutter sie aufzog. Es waren mysteriöse Krankheiten ohne klaren Befund. Einmal, mit elf, war sie auf dem Küchenboden zusammengebrochen mit stechenden Schmerzen in der Brust. Sie konnte nicht atmen, sie glaubte zu sterben, so konnte sie nicht am Leichtathletiktag teilnehmen. Das vegetative Nervensystem wurde immer wieder zitiert. Eisenmangel diagnostiziert: Man wollte sie schon nach Davos schicken. Lily hatte auf Davos gehofft. In Davos hätte sie unter einer Wolldecke gelegen und auf die Berge geschaut, und niemand konnte von ihr erwarten, dass sie die Welt rettete. Doch ihre Mutter hatte ihre Ernährung umgestellt, und dank Rote-Bete-Salat und Leberschnitten mit Spinat hatten sich Lilys Blutwerte rapide verbessert.

Dafür war sie dann immer wieder verunglückt, klare, eindeutige Knochenbrüche, Gelenkrisse, an denen es nichts zu deuten gab und die sie wochenlang vom Training fern hielten.

Dr. Wildvogel war jedes Mal gekommen, in seinem schwarzen Anzug, eine Wollmütze auf dem Kopf, manchmal einen roten Wollschal mit Fransen um den Hals geschlungen, seine abgewetzte Tasche in der Hand. Es war ein anderer Dr. Wildvogel als der, den Lily donnerstags in der Konditorei Weber traf. Keiner, dem sie die Zunge hinausstrecken würde, außer, er verlangte es von ihr. »Zunge raus. Sag: Ah!« Meist schlief sie ein, wenn er ihren Puls maß, seine kühlen, trockenen Finger locker an ihrem Handgelenk, so wie jetzt.

König der Fische

1

Das *Push Up* befand sich in einer engen Seitenstraße der Mission Street. Parken war auf beiden Seiten verboten, doch das kümmerte Doug nicht. Er stellte seinen Laster direkt vor dem Eingang ab und gab dem Türsteher den Schlüssel.

»Pass gut auf meinen Rolls auf, Bruder«, sagte er und drückte dem Mann einen Geldschein in die Hand. Bevor der protestieren konnte, waren sie schon drin. Im Club war es dunkel. Hämmernde Musik, nervöses Licht. Im Gedränge nahm Doug Lilys Hand. Er war an diesem Morgen wieder in der Yogastunde aufgetaucht, zum ersten Mal seit ihrem Ausflug mit dem Kleinlaster, und benahm sich so, als wäre nichts gewesen. In der Stille der Entspannung kam er zu ihr herübergekrochen und küsste sie auf den Mund. Mitten in *Savasana*. Lily konnte ihre Mutter im Jenseits aufheulen hören: die schlafende Prinzessin, der ungewaschene Prinz. Es war genau die Art von Geste, auf die Lily immer wieder hereinfiel.

Ein Besuch im Striplokal entsprach allerdings nicht ganz ihrer Vorstellung von einer romantischen Verabredung. Als sich ihre Augen an die zuckende Beleuchtung gewöhnt hatten, sah sie, dass drei Frauen zu der hämmernden Musik auf Tischen tanzten, jede in ihrem eigenen Stil. Sie wirkten selbstversunken, ignorierten das Publikum, das wiederum sie ignorierte. Oder wenigstens so tat. Hin und wieder ging geradezu beiläufig ein Regen aus grünen Dollarscheinen auf eine Tänzerin nieder. Das Ganze wirkte wie eine private Party, die etwas aus den Fugen geraten war. An den Tischen saßen fast ausschließlich Männer unter dreißig, viele mit unmotivierten Teilbärtchen, Reißverschlussjacken und Kuriertaschen, lässig hingelümmelt, jedoch die Augen weit aufgerissen. Eine Kellnerin, die kein Oberteil trug, brachte ihnen eine Karte.

»Magst du was essen?«, fragte Doug. Und ohne ihre Antwort abzuwarten, bestellte er: »Bring uns ein bisschen Fingerfood, sei so gut. Frittierte Calamaresringe, Jalapeno Poppers und Artischockenherzen. Wer trinken will, muss fett essen. Habe ich nicht Recht? Außerdem nehmen wir zwei Pink Martinis.« Er schaute der Kellnerin unverwandt ins Gesicht und ignorierte ihre Brüste, obwohl die mit Lippenstift bemalt wie Zielscheiben leuchteten, eine Geste, die sie zu schätzen schien.

»Kommst du oft hierher«, schrie Lily über den Lärm hinweg.

Er rutschte näher, legte eine Hand auf ihr Bein. »Du weißt doch, warum wir hier sind, Lily.«

»Weil Donnerstag ist? Weil es heißt, dass der Donnerstag der ideale Abend zum Ausgehen ist?«

»Sehr witzig.« Er lachte aber nicht. Seine Augen wanderten durch den Raum, tasteten die Gäste ab, die sich in verschiedenen Stadien der Betrunkenheit befanden, die Tänzerinnen, die barbusigen Kellnerinnen, die beiden bulligen Typen hinter der Bar, die Getränke ausschenkten und sich wohl auch als Rausschmeißer betätigten. Nur Dougs Hände schenkten Lily etwas Aufmerksamkeit.

»Ich muss rauskriegen, was hinter diesen Todesfällen steckt«, sagte er. »Es ist nur eine Frage der Zeit, bis sie es Kathy anhängen.«

»Kathy?«

»Kath, Kathy, Kathleen. Unsere gelenkige Yogalehrerin.«

»Deine Exfrau.«

»Genau genommen sind wir nicht einmal geschieden.«

Die Kellnerin kam mit ihren Drinks. »Essen dauert noch ein Weilchen«, sagte sie zu Doug. »Die Küche ist überlastet. Um diese Zeit kriegen alle gleichzeitig Hunger.« Sie berührte seinen Arm. »Ich heiße Lisa. Falls du noch etwas brauchst.«

»Danke, Lisa.« Er hatte sich schon wieder abgewandt.

»Also ist Kath deine Frau«, sagte Lily.

»Genau genommen, ja. Aber das tut nichts zur Sache.«

»Warum glaubst du, dass man ihr den Tod von Mandalee und Susie anhängen will? Es waren doch reine Unglücksfälle.«

»Aber sehr verdächtige Unglücksfälle. Zweimal so kurz hintereinander. Das *Push Up* ist die einzige Verbindung zwischen den Frauen. Abgesehen von den Yogastunden. Die Polizei wird im Yogastudio anfangen, weil es einfacher ist. Du kennst die hiesige Polizei nicht – eine korrupte Bande, notorisch inkompetent. Eines der schlimmsten Departments im Land.«

Er nahm einen Schluck aus seinem Glas. »Oh, zum Wohl.« Nicht einmal beim Zuprosten sah er sie an.

»Das bringt Unglück«, sagte Lily.

»Was?«

»Wenn man sich nicht in die Augen schaut. Noch einmal, bitte. Ich kann kein Unglück gebrauchen!« Sie hob ihr Glas. Er gab nach und sah ihr in die Augen. Nur kurz, dann beugte er sich vor und küsste sie.

»Ich habe noch keine Frau getroffen, die sich nicht darüber beschwert hätte«, sagte er mit einem resignierten Unterton, als hätte er erwartet, Lily sei eine Ausnahme. »Man weiß nie, was passiert. Man muss die Augen überall haben. Warum verstehst du das nicht? Der Typ am Nebentisch könnte eine Knarre haben und plötzlich beschließen, im Lokal herumzuballern. Na, wäre es dir nicht lieber, wenn ich dann aufspringe und ihn entwaffne, statt in deine zugegeben sehr schönen Augen versunken dazusitzen?«

»Du hast zu viel mit Kriminellen zu tun«, sagte Lily. »Normalerweise tragen die Leute doch keine Knarren mit sich rum, wenn sie ausgehen.«

»Ha! Das glaubst du! Du bist nicht mehr in der Schweiz, *honey.*«

»Ich weiß, ich weiß.« In der Schweiz, so nahm man hier automatisch an, gab es nur blühende Blumenwiesen, gesunde Kühe und rotbackige Kinder. Käse, Schokolade, Nazigold. Je länger Lily in Amerika war, desto mehr glaubte sie selbst daran.

»Also seid ihr immer noch verheiratet? Du und Kath?«

»Auf dem Papier, *honeybee,* auf dem Papier.« Er rückte ein wenig von ihr ab. »Kathy hat keine Ahnung, in welcher Klemme sie steckt. Sie wiegt sich in Sicherheit, das ist typisch für sie. Dieser Streifencop gefällt ihr, der alte, und sie meint, das sei gegenseitig. Doch da wird sie sich noch wundern. Sie bildet sich ein, er flirte mit ihr, dabei hat er sie im Visier. Kathy kann Männer nicht einschätzen. Sie ist zu gutgläubig. Das war immer schon ein Problem.«

Lily beugte sich vor und legte ihre Hand auf seine. »Habt ihr euch deshalb getrennt?«

Er starrte ihre Hand an, als frage er sich, wie sie dahin gekommen sei, sich auf seine geschlichen habe.

»Getrennt? Wir haben uns nicht getrennt. Sie ist ausgezogen.«

»Aber …«, warum ist sie ausgezogen, wollte Lily fragen, doch Doug unterbrach sie, zog seine Hand unter ihrer hervor, griff wieder nach seinem Glas. »Ich sage dir, sie wird sich nicht darum kümmern. Es liegt an uns. Wir brauchen eine Verteidigungsstrategie für Kath. Eine hieb- und stichfeste Verteidigungsstrategie!« Er hob sein Glas und leerte es in einem Zug.

»Okay, vielleicht kannst du mir helfen: Kathy hat mir Namen von Yogaschülerinnen gegeben, die im *Push Up* arbeiten oder gearbeitet haben.« Er legte sein Notizbuch auf den Tisch und schlug es auf. »Nur von einer weiß sie es bestimmt: Karen Soblowski. Kennst du die?« Lily schüttelte den Kopf. »Bei zweien ist sie unsicher: Annie Hobard, Jodie Lee.«

»Jodie kommt morgens zur Mysore-Übung. Kurze, braune Haare, Brille, tätowiert.«

»Wer ist hier schon nicht tätowiert… Sag mir, wenn du sie hier irgendwo siehst, ja?« Lisa kam mit den frittierten Speisen. »Du kommst genau im richtigen Moment«, schäkerte Doug. Er griff sich eine heiße, frittierte Pfefferschote, steckte sie ganz in den Mund und kaute ungerührt.

»Setz dich doch einen Augenblick, Lisa, bitte«, sagte er dann mit vollem Mund. Er rutschte etwas zur Seite, um ihr Platz zu machen, und klopfte auf die Holzbank neben sich.

Sie zögerte. »Ich muss hier fertig machen.«

»Kanntest du Susie?«

»Warum fragst du?«

Lisa war zurückgewichen. Doug nahm sich noch einen Popper.

»Versuch einen, Lily«, sagte er. »Sie sind köstlich. Genau richtig.« Er nahm ein Bündel grüner Scheine aus der Tasche und blätterte zwei vor Lisa hin. »Ich weiß, dass du beschäftigt bist«, sagte er, »aber wenn wir dir einen Drink spendieren dürften? Das würde meinen Abend retten – *no offense*, Lily.«

Lily, den Mund voll Artischockenherz, nickte nur.

Lisa steckte das Geld ein und ging, ohne Ja oder Nein gesagt zu haben.

»Es ist wie Angeln«, erklärte Doug. »Du wirfst den Köder ins Wasser und wartest, ob was anbeißt. Das Einzige, was du kontrollieren kannst, ist die Qualität des Köders. Erst, wenn du einen Fisch an der Angel hast, kannst du dein Können unter Beweis stellen. Vorher nicht. Da gibt es nur eines: warten.«

Doug nahm Lilys Glas und leerte auch das. Das Fingerfood hatten sie beinahe aufgegessen, als Lisa zurückkam.

»Noch eine Runde?«, fragte sie ganz geschäftsmäßig.

»Danke, ja, wir nehmen noch einmal zwei Pink Martinis. Und ein Bier extra für mich. Dürfen wir dir etwas anbieten?«

Lisa legte den Kopf schräg. »Ja«, sagte sie dann. »Einen Kurzen.«

»Angebissen«, murmelte Doug. »Nun schau gut zu und lerne von einem Meister.«

Lisa kam mit den Getränken zurück. Für sich hatte sie ein winziges Glas gebracht, in dem sich eine klare Flüssigkeit befand, die auch Wasser sein konnte. »Das ist der Teure. Sieben fünfzig«, warnte sie. Doug blätterte weitere Scheine vor sie hin. Sie steckte sie ein, ohne nachzuzählen.

»Was willst du?«

»Ich untersuche den Tod von zwei jungen Frauen, die beide hier gearbeitet haben. Susie LaDove und Mandalee Winters. Kennst du sie?«

»Ich kenne Susie. Wir hatten eine Zeit lang dieselbe Schicht.«

»Wie läuft das? Die einen tanzen, die anderen kellnern?«

»Nein, wir wechseln uns alle zwei Stunden ab. Ich komme gleich dran. Wenn ich dann noch einkassieren könnte.«

»Nicht so schnell! Was ist mit Mandalee?«

»Kenne ich nicht.«

Doug trank sein Bier in wenigen großen Schlucken. Er stellte das Glas ab und wischte sich den Schaum von der Oberlippe. »Seit wann bist du hier, Lisa?«

»Seit vier Monaten. Ich war fast ein Jahr auf der Warteliste. Die nehmen hier nicht jede, und die Abendschicht ist natürlich die begehrteste. Ich habe ein Kind, einen kleinen Jungen. Ich will tagsüber Zeit für ihn haben.«

»Einen kleinen Jungen? Wie alt?«

»Zweieinhalb.«

Sie nahm ihren Geldbeutel aus der Bauchtasche und zog ein Foto heraus. Es zeigte sie mit einem kleinen Jungen und einer großen Mickymaus.

»Hübsches Kind«, sagte Doug und gab das Bild an Lily weiter. »Ist dir wie aus dem Gesicht geschnitten.«

Lisa lächelte halbherzig. »Ich muss«, sagte sie und nahm Lily das Bild aus der Hand.

»Halt, noch eine Frage: Wie steht es mit Drogen?«

Die Musik setzte einen Augenblick aus. »Ich muss jetzt wirklich«, murmelte Lisa.

»Ruf mich an, wenn dir noch was einfällt und wenn du Lust zum Reden hast.« Doug steckte ihr eine Visitenkarte in den Gürtel, direkt auf die nackte Haut. Er sah ihr einen Augenblick nach, als sie nach hinten zu den Garderoben ging. Doch als sie wenig später zurückkam, auf den nächstgelegenen Tisch kletterte und anfing, ihre Armreifen abzustreifen, wandte er sich ab. Lisa hatte ihr Getränk nicht angerührt. Doug nahm das Glas und leerte es in einem Schluck.

»Wasser«, sagte er zu Lily, als hätte er nichts anderes erwartet. Dann nahm er einen der leuchtend rosa Martinis. »Zum Wohl«, sagte er und schaute Lily tief in die Augen. Diesmal war sie es, die den Blick abwandte.

2

»Und wo kommst du her?«, fragte Frank. »Um diese Zeit? In diesem Zustand?«

Lily schaute an sich hinunter. Das rosa Cowboyhemd, das sie sich von Skip ausgeliehen hatte, war falsch zugeknöpft, ihr Haar wild. Diesmal war Doug gar nicht erst auf einen romantisch gelegenen Parkplatz gefahren, sondern hatte sie unten vor dem Haus geliebt, im schwachen Licht von Germaines ellenlanger Neonschrift. Es war zu kurz, viel zu kurz gewesen, Lily musste sich mit Gewalt von ihm lösen, musste sich auf die Zunge beißen, sich in die weiche Haut zwischen Daumen und Zeigefinger kneifen, um sich nicht an ihn zu klammern und »geh nicht!« zu jammern, »lass mich nicht allein!« Denn so kurz es dauerte, wenigstens hatte sie dann seine ganze Aufmerksamkeit. Seine offenen Augen. Die nicht ein einziges Mal von ihr weggewandert waren.

»Lily, Frank ist hier«, warf Georg unnötigerweise ein.

»Hallo, Frank.« Lily ging an ihm vorbei und ins Bad. Sie wusste nicht, wie sie ihm antworten, was sie mit ihm anfangen sollte. Nach all den Jahren wollte sie es ihm immer noch recht machen, wollte sie ihm immer noch gefallen. Sie hatte den größeren Teil ihres Lebens mit dem Versuch zugebracht, gut genug zu sein. Gut genug für Frank.

»Ach ja, und außerdem sieht er halt schon verdammt gut aus«, seufzte Stella.

»Und das soll mich beruhigen?« Lily nahm eine Dusche, die dritte heute, und zog dann ein frisches Pyjama-Turngewand an, alte Leggins und ein T-Shirt, auf dem *I wish those were brains* stand. Es war eines von denen, die Rhonda ihr während der Schwangerschaft vermacht hatte. Lily hatte sie alle noch. Und auch die Babysachen, die sie gekauft hatte, die Freundinnen ihr geschenkt hatten: die winzigkleinen Strampelhöschen, die Mützchen und Jäckchen und ein Paar winzige, grüne Schuhe aus Plüsch, Froschschuhe mit einer Krone obendrauf.

Sie ging ins Wohnzimmer zurück, fing noch einmal von vorn an: »Hallo Frank, was tust du denn hier?«

»Ich bin sofort gekommen … Ich kann doch nicht zulassen, dass sie dich so behandeln …« Irritiert brach er ab. »Was ist los mit dir? Was hast du denn an? Wo warst du heute Abend?«

»Aus.«

»Ja, das habe ich mitgekriegt.« Frank saß auf der Couch, die Georg wieder hergerichtet hatte, die Bettwäsche abgezogen, zusammengefaltet und hinter der Couch auf dem Fußboden gestapelt, außer Sichtweite. Die Sachen, die auf dem Couchtisch lagen, die Bücher, Medizinflaschen, Notizblocks, Bleistifte, Gläser, waren in ordentlichen Reihen arrangiert. Die Männer tranken Wasser. Kaltes Wasser aus hohen Gläsern. Vielleicht war es auch Wodka.

Stella hatte Recht, Frank sah unverschämt gut aus, auf eine altmodische Filmhelden-Art. Gebräunte Haut, graues Haar, durchdringende hellgraue Augen. Falten an den richtigen Stellen. Man traute ihm nichts Schlechtes zu. Als er mit Lily verheiratet gewesen war, hatte er sich elegant gekleidet, unauffällig, seidene Rollkragenpullover, gut geschnittene Anzüge, englische Schuhe. Heute trug er verschiedene Schichten Beige, weite, lockere Kleidung und weiche Turnschuhe aus hellem Wildleder.

Der Wüstenheiler-Look, dachte Lily.

»Seinem Aussehen tut es jedenfalls keinen Abbruch«, sagte Stella. »Nun komm schon, entspann dich. Es ist bloß Frank.«

»Was trinkt ihr? Wasser? Wodka? Ich nehme dasselbe.« Lily setzte sich neben Frank. Ihr Vater ging in die Küche und kam mit einem beschlagenen Glas zurück.

»Wie war dein Abend, Liebes?« Er reichte ihr das Glas. »Du musst mir alles erzählen.« Er wandte sich an Frank: »Lily ist mit einem Privatdetektiv ausgegangen, einem richtigen Privatdetektiv.«

»Ja, das haben Sie bereits erwähnt. Mehrmals.«

Lily nahm einen Schluck aus ihrem Glas. Es war tatsächlich Wodka. Ihr Vater zwinkerte ihr zu.

»Ich kann es immer noch nicht glauben.« Frank stand auf und begann im Zimmer auf und ab zu gehen. »Meine Alten! Sie können es einfach nicht lassen! Und du warst ganz allein am Flughafen. Dass sie dir das angetan haben!« Er stellte sich hinter Lily und begann, ihre Schultern sanft zu massieren. Sie schloss die Augen.

»Sie haben dich nie gemocht«, fuhr er fort, »aber das weißt du ja. Kannst du dir vorstellen, wie sie nun Patricia behandeln? Für sie ist eben immer noch Stella meine Frau. Und natürlich Leos richtige Mutter.«

»Ach, *bullshit*! Erzähl uns doch nichts!«

Das war eindeutig Stella, die aus Lilys Mund sprach.

»*Bullshit*?« Die Hände ruhten einen Moment, bevor sie, etwas härter, in der Behandlung fortfuhren. »Lily, Lily! Du redest wie ein Teenager, und du siehst auch immer noch so aus.« Die Hände wanderten Lilys Hals hinauf und legten sich um ihr Gesicht. Sie machte sich los.

»Ich habe mit Leo gesprochen. Er will es so. Er will in der Schweiz zur Schule gehen. Vielleicht eine Lehre machen. Bei deinem Onkel Fred. Ich glaube, der ganze Highschool-Zirkus hier war wohl zu viel für ihn«, sagte sie.

Es gab nur wenige gute Highschools in San Francisco, und die Aufnahmeprozedur war nervenaufreibend. Zweitausend Bewerber für hundert Plätze waren keine Seltenheit. Die Kinder mussten Prüfungen ablegen, Aufnahmegespräche führen, Probeschultage absolvieren, Formulare ausfüllen, Aufsätze schreiben. Die Mütter beschönigten Lebensläufe: »arbeitet an freien Nachmittagen in der Suppenküche im Obdachlosenheim«, »aktiv im kirchlichen Kinderhilfswerk«. Rhonda hatte einen Nachhilfelehrer engagiert, der nicht nur Als Aufsatz »überarbeitet«, sondern auch den Abschnitt im Aufnahmeformular ausgefüllt hatte, wo es hieß: »Warum glauben Sie, dass Ihr Kind gerade diese Schule besuchen soll?« Lily hatte geschrieben: »Weil er ein gescheiter Junge ist.« Sie hatte nicht gewusst, dass ein halbseitiger Aufsatz erwartet wurde – und dass es Profis gab, die auf das Verfassen dieser Aufsätze spezialisiert waren.

Leo, der ein durchschnittlicher Schüler war, aber selbstsicher und freundlich, hatte es in die Schule seiner Wahl geschafft. Al, blitzgescheit, aber nicht interessiert, war auf der Warteliste. Rhondas erste Reaktion auf Leos Wegbleiben war dann auch: »Kannst du die Schule gleich anrufen? Vielleicht rückt Alice ja auf der Warteliste vor.«

»Du hast mit ihm gesprochen?«, fragte Frank irritiert. »Wann denn das?«

»Ich habe ihn angerufen.«

Frank schnaubte. »Mich hat niemand angerufen. Das ist doch typisch: Sie glauben wohl, sie können mich abhängen. Aber so geht das nicht. Nicht mit mir.« Er wanderte wieder um die Couch herum und setzte sich neben Lily. Er nahm ihre Hand, als gehörte sie ihm. Vielleicht hatte auch sein Körper sich noch nicht umgewöhnt.

»Ich werde selbst in die Schweiz fliegen und nach dem Rechten sehen!«

»Das ist bestimmt keine schlechte Idee«, mischte sich Georg ein. »Es sind Ihre Eltern. Ihr Sohn. Eine Aussprache kann nie schaden.«

»Amen«, spottete Stella.

»Du fliegst in die Schweiz?« Lily nahm noch einen Schluck aus ihrem Glas, mehr um ihre Hand aus der Franks zu befreien, als um zu trinken.

»Sobald mir Patricia grünes Licht gibt.«

»Grünes Licht?«

»Nächste Woche hat sich eine Gruppe angemeldet. Die müssen wir umbuchen. Gesprächsrunden kann Patricia übernehmen, und für die einfachen körperlichen Behandlungen, Massagen und so was, haben wir Therapeuten angestellt. Aber die Heilungen, die muss ich schon selbst machen. Ich bin schließlich der Energieträger.«

Georg verschluckte sich. »Das ist alles sehr interessant«, sagte er. »Sie müssen mir bei Gelegenheit mehr darüber erzählen. Ich bin sehr an alternativen Heilmethoden interessiert. Aber ich glaube, wir sind alle müde.« Er stand auf und hob sein gefaltetes Bettzeug auf. Der Fußboden war spiegelblank und roch nach Holzpolitur. Er musste in Lilys Abwesenheit geputzt haben. Er oder Frank, der in Stresssituationen gern seinem Putzfimmel verfiel.

»Wo schlafe ich?« Frank stand auf und blickte erwartungsvoll. Er folgte Lily den Flur entlang. Sie öffnete die Tür zu Leos Zimmer.

»Das Bett ist frisch bezogen«, sagte sie. Sie schluckte.

»Ach, Lily.« Er zog sie an sich, hielt sie fest, sie ließ den Kopf an seine Brust sinken, wo er gleich seinen gewohnten Platz fand. Frank fühlte sich immer noch vertraut an, nur sein Geruch war anders, blumig.

»Genug«, sagte Stella, »das reicht jetzt.« Frank tätschelte Lilys Rücken auf eine neue, etwas herablassende Art, und das reichte, um sie loszueisen.

»Hier ist das Badezimmer.« Sie zeigte auf die Tür. »Die

blauen Handtücher sind frisch. Eine Zahnbürste findest du im Spiegelschrank. Gute Nacht.«

Sie ging ins Bett, ohne sich die Zähne zu putzen, in ihrem vorsorglich angezogenen Pyjama-Turngewand. Stellte den Wecker auf Viertel vor sieben.

Der Sommer war eindeutig vorüber. Ihre Einsamkeit hatte ein Ende. Die Wohnung war voll. Aber es fühlte sich alles nicht richtig an.

3

Lily lag auf dem Rücken. Sie versuchte, sich auf das Kribbeln in ihrem Körper zu konzentrieren, auf das Zirkulieren von Lebenskraft wie Glühwürmchen durch die Adern. Prana hatte Kath es genannt. Doch sie fühlte einen unbezwingbaren Drang, aufzustehen und davonzulaufen. Yoga soll die rasenden Gedanken glätten. Haha.

Jedes Mal, wenn sie an Leos Zimmertür vorbeiging, drückte ihr etwas auf die Kehle. Ihre Knie ließen sich nicht mehr beugen. Sie musste förmlich nach Luft schnappen und ihre Beine in Bewegung zwingen, den Flur entlang staksen, bevor sie die Beherrschung verlor. Und da Leos Zimmer zwischen dem ihren und dem Rest der Wohnung lag, musste sie ungefähr fünfzigmal am Tag da vorbei.

Wenn Lilys Mutter mit ihrer Erziehung erfolgreich gewesen wäre, würde Lily auf eigenen Flügeln in die Schweiz fliegen, Kurt und Klara mit einem Wirbeltritt niederstrecken, den Jungen unter den Arm klemmen und hierher zurückfliegen. Das alles vor dem Frühstück.

Stattdessen würde sie ihm wohl in die Schweiz folgen. Sie würde aufs Land ziehen, in eine kleine Wohnung in der Nähe von Leos Großeltern, vielleicht ins Nachbardorf. Sie würde Arbeit finden müssen ... Beim bloßen Gedanken fühlte sie ein schweres Rollgitter aus Eisen herunterrasseln und zuschnappen. Lily hatte in vier Jahren nicht einmal Heimweh nach der Schweiz gehabt, keinen kleinen heimlichen Augenblick lang. Aber sie hatte keinen Grund mehr, hier zu leben. Was wollte sie noch hier, ohne Leo.

Wenn Frank ihn nicht doch zurückbrachte. Zu ihr zurückbrachte. Doch Frank wartete immer noch darauf, dass Patricia, seine Therapeutin-Gattin, ihm grünes Licht für den Flug in die Schweiz gab. Er saß in Lilys Wohnung und wartete. Er putzte. Es war nur eine Frage von Tagen, bis Lily ihn aus reiner Gewohnheit in ihr Bett einladen würde. Umso mehr, als sie von Doug nichts mehr gehört hatte. Er war den Yogastunden ferngeblieben und hatte auch nicht angerufen – und Lily wusste, dass man einen Amerikaner nicht anrufen konnte, ohne ihn zu Tode zu erschrecken. Es war das Land der Freien. Man konnte vieles in San Francisco. Frauen zogen sich Anzüge an und klebten sich Schnurrbärte auf. Frauen trugen Mechanikeroveralls mit vielen Reißverschlüssen und verkauften Vibratoren in hell erleuchteten Boutiquen. Frauen konnten sich befruchtete Eier kaufen, Frauen konnten Männer werden. Aber sie konnten einen Mann nicht anrufen.

Vor einem Jahr oder zwei hatte Rhonda sie mit einem von ihren Bekannten verkuppeln wollen, einem Internetkapitän, den sie beim Bankett der Geschäftsleute des Jahres kennen gelernt und sofort für Lily vorgemerkt hatte. »Absolut perfekt«, hatte sie gesagt, »wie für dich gemacht. Er heißt Jim.« Jim hatte Lily angerufen und sie zum Mittagessen ins *Gordon's* eingeladen, eines dieser lärmigen Hallenrestaurants, die während des

Dotcom-Booms in gewesen waren. Das Mittagessen hatte drei Stunden gedauert, sie hatten eine Flasche Wein getrunken – sie waren die Einzigen im überfüllten Restaurant, die sich Zeit nahmen, außer zwei älteren Damen in der Ecke, die sich Whisky Sodas in hohen Gläsern gönnten. Lily hatte sich wohl genug gefühlt, um ihm andeutungsweise aus ihrem Leben zu erzählen: geschieden, der Mann einem religiösen Wahn verfallen, Schwangerschaft, das Baby verloren.

»Lily«, hatte Rhonda gejammert, als sie davon hörte, »du kannst doch nicht beim ersten Treffen gleich so persönlich werden! Muss man dir denn alles beibringen?« Aber endgültig vermasselt hatte sie es, als sie ihn einige Tage später angerufen und zum Abendessen zu sich nach Hause eingeladen hatte. »Ich mache Risotto«, hatte sie gesagt und war sich nicht einmal besonders wagemutig vorgekommen.

Der Mann hatte herumgedruckst und gestottert und sich gewunden, als hätte sie versucht, ihm eine Versicherungspolice anzudrehen.

»Lily! Das darfst du nie tun! Du darfst einen Mann nicht anrufen«, hatte Rhonda ihr eingeschärft, »auch wenn es dich umbringt!« Also rief Lily Doug nicht an. Es brachte sie nicht um. Lily brachte so schnell nichts mehr um.

»Lily«, flüsterte Kath, »Lily, bist du da?« Sie schüttelte sie sanft. Lily öffnete die Augen. Kath atmete aus.

»Gott sei Dank«, sagte sie, »ich dachte schon … du bist doch sonst immer die Erste, die aufsteht.«

Lily rappelte sich auf. Der Raum war leer. Ein blasser Sonnenstrahl brach durch den Nebel, fiel schräg durchs Fenster und auf den Fußboden. Er sah aus wie ein Pfeil, der auf Lilys Yogamatte zeigte.

4

»Ich übernehme das«, sagte eine Stimme in ihrem Rücken, als Lily ihren Espresso bezahlen wollte. Sie drehte sich um.

»Marcus?«

Marcus Sandman legte das Geld auf die Theke. Sein Arm streifte Lily. Sie hatte sich gern bei ihm eingehängt, daran erinnerte sie sich, so waren sie die Straße hinuntergegangen, ihre Hand in seiner Armbeuge wie ein altes Paar auf dem Sonntagsspaziergang.

»Und für mich einen Milchkaffee«, bestellte er. Sein Arm war frei. Er war seinen siamesischen Zwilling losgeworden.

Lily nahm ihren Becher. »Danke«, sagte sie. »Was tust du denn hier?«

»Ich... ich bin doch öfter hier in der Gegend. Leila arbeitet in einem Büro in der achtzehnten Straße. Ich bringe sie morgens zur Arbeit und...«

»Ach so, ja. Wie geht es ihr denn? Ich meine, wie geht es euch?«

»Es tut ihr Leid, was sie gesagt hat. Ehrlich, sie hat es nicht so gemeint. Sie ist eben impulsiv.«

Lily zuckte die Achseln. Sie hatte die Begegnung schon beinahe vergessen.

»Ich gehe jetzt mit Doug«, sagte sie wie eine Mittelschülerin. »Danke für den Kaffee.« Sie ließ Marcus Sandman an der Kaffeetheke stehen und nahm ihren Becher mit nach draußen. Als sie über die Schulter zurückblickte, stand er immer noch da, etwas schief in seinem neonfarbenen Anzug.

Kath saß auf den Treppenstufen und rauchte. Sie hatte ihre makrobiotische, veganische Diät ganz aufgegeben. Lily schob den Teller mit in Zellophan gewickelten Süßigkeiten von gestern, die Germaine Kath wieder überlassen hatte, zur Seite und setzte sich. Kath schüttelte eine Zigarette aus der Schachtel.

»Willst du?«

Ohne zu überlegen, nahm Lily eine. Zündete sie an und zog den Rauch ein. Er stieg ihr sofort zu Kopf und füllte ihn mit weißen Spiralen. Plötzlich konnte sie nachvollziehen, wie einem das Herz versagen konnte, vor dem Frühstück, nach einer Yogastunde oder einfach so. Vorsichtig legte sie die Zigarette auf die Treppenstufe.

»Kath«, sagte sie, »warum hast du dich von Doug getrennt?« Der leichte, weiße Schwindel hatte ihr erlaubt, die Frage zu stellen. Kath drückte ihre Zigarette aus.

»Das ist eine lange Geschichte«, sagte sie. »Wie ernst ist es dir denn mit Doug?«

»Ernst genug.« Sie hob die Zigarette wieder auf, nahm noch einen Zug.

»Doug ist… ein faszinierender Mann. Selbstsicher. Zielbewusst. Du kennst ihn ja. Er hat mich beeindruckt. Eigentlich überwältigt.« Kath zögerte.

»Aber…?«

»Aber er war auch sehr… besitzergreifend.«

»Besitzergreifend?« Jemand, der tagelang nicht anrief? Nie in ihre Wohnung kam?

»Vielleicht hat er sich ja verändert«, sagte Kath schnell. »Menschen ändern sich. Das ist ein gutes Zeichen.«

Lily nickte. Sie legte ihre halb gerauchte Zigarette wieder ab und wickelte stattdessen eine Zimtschnecke von gestern aus. Das tat sie langsam und sorgfältig, faltete das Zellophan gewissenhaft zusammen. Das Gebäck war klebrig. Sie legte es neben ihre Zigarette.

»Ich habe mich ja auch verändert«, fuhr Kath fort. »Ich war damals ziemlich verrückt. Nicht lustig-verrückt. Krank-verrückt. So kurz nach meinem Entzug. Ich litt unter Panikattacken, hörte Geräusche, bildete mir Dinge ein. Am Ende traute ich mich gar nicht mehr aus dem Haus.« Sie schüttelte sich. »Es war bestimmt nicht einfach für Doug. Hat er dir denn gar nichts davon erzählt?«

»Nein«, sagte Lily. »Gar nichts.«

»Es war keine gute Zeit. Weder für mich noch für ihn. Ich bin dann nach Indien abgehauen. Habe mich ganz in meine Yogastudien vertieft…« Sie schaute auf. »Heute hat mich ein Typ vom *Yoga Magazine* angerufen. Sie wollen einen Folgeartikel bringen. Ganz allgemein über die Gefahren von Power-Yoga und dass im Westen nicht genug Sorgfalt darauf verwendet wird und so weiter. Sie nehmen mich als Beispiel. Mit Bild.« Sie zündete sich noch eine Zigarette an. »Ich darf zu den Vorwürfen Stellung nehmen, haben sie gesagt. Aber sie haben keinen Zweifel daran gelassen, dass sie mich fertig machen wollen. Die Yogaszene ist ein Wespennest!«

Lily, die geglaubt, eigentlich gehofft hatte, Yoga würde erleuchten und zu einem geläuterten Wesen führen, von Neid und Eifersucht befreit, sagte nichts dazu. Stattdessen nippte sie an ihrem Kaffee, der ihr heute noch bitterer vorkam als sonst, und sah zu, wie ihre Zigarette langsam, ungeraucht hinunterbrannte.

»Ich habe kein einziges Zeugnis«, fuhr Kath fort, »und der Guru in Indien hat mich damals rausgeworfen. Die *Yoga Factory* hat mich auch rausgeworfen. Ich bin nicht regelkonform. Ich halte mich nicht stur an die Lehre. Und außerdem habe ich in den vergangenen fünfzehn Jahren mit beinahe jedem Yogi in der Szene geschlafen.« Sie seufzte. Sie schüttelte ihre Zigarettenschachtel abwägend, sah, dass sie leer war, und nahm sich stattdessen ein Bananen-Walnuss-Muffin. Sie wickelte das klebrige Stück aus und biss hinein.

»Ist es nicht absurd, dass ich stellvertretend für ein System gelyncht werden soll, an das ich nicht einmal glaube?«, fragte sie mit vollem Mund.

»Was soll das heißen? Glaubst du denn nicht an das, was du uns beibringst?« Lily stand auf.

»Setz dich. Nein, das meine ich natürlich nicht. Ich habe einfach manchmal meine Zweifel, was Ashtanga-Yoga angeht – immer dieselben sechsundsiebzig Stellungen, für alle Schüler, ungeachtet ihrer körperlichen Kondition, ihrer Bedürfnisse, ihrer Fähigkeiten. Weißt du, Ashtanga-Yoga wurde ursprünglich von Krishnamacharya entwickelt, um pubertierende Brahmanenjungs unter Kontrolle zu halten. Die schnelle Abfolge der Stellungen, die körperliche Anstrengung, die ganze Übung ist speziell auf diese Altersgruppe zugeschnitten. Es stimmt schon, was sie im *Chronicle* geschrieben haben: Wir Amerikaner lieben eben die Herausforderung, den Wettkampf. Den inneren Schweinehund überwinden, ohne Fleiß kein Preis. ›Wie lange brauche ich, bis ich im Handstand stehen kann?‹, fragen mich Schüler. ›Kriege ich vor dem Sommerurlaub noch einen Yogahintern?‹«

»Kath«, sagte Lily, die nun einmal genau darüber nachgedacht hatte, was sie fragen wollte. »Kath, glaubst du denn wirklich, dass Mandalee und Susie durch das Yoga gestorben sind?«

Bevor Kath antworten konnte, fuhr eine schwarze Limousine mit getönten Scheiben vor dem Café vor. Limousinen dieser Länge sah man selten hier, wo immer die Gefahr bestand, dass sie mit der Mittelachse auf einem Hügel stecken blieben, die Räder in der Luft wie ein gestrandeter Käfer. Ein Chauffeur mit Mütze stieg aus, ging um den Wagen herum und öffnete die Tür. Die Gespräche auf dem Gehsteig vor dem Café verstummten, die beiden angebundenen Hunde richteten sich wachsam auf. Aus der Limousine stieg ein Mann in Grau:

grauer Anzug, graues Hemd, graue Krawatte, graues Haar. Kath und Lily rutschten etwas zur Seite, um ihm Platz zu machen. Ohne sie eines Blickes zu würdigen, ging er die paar Stufen hinauf ins Café. Doch als er gleich darauf wieder herauskam, blieb er direkt vor ihnen stehen.

»Kath Neill?«

Kath nickte.

»Ich wollte Ihnen das gerne selbst geben.« Er drückte ihr einen gelben Umschlag in die Hand.

»Was ist das?«

Der Fahrer hielt die Wagentür auf. Der Mann schlüpfte geschmeidig in die Limousine, der Fahrer setzte seine Mütze auf, und einen Augenblick später waren sie verschwunden, so geräuschlos, wie sie vorgefahren waren. Kath riss den Umschlag auf. Sie nahm einen Stapel zusammengehefteter Dokumente heraus und las das Deckblatt.

»Scheiße«, sagte sie. »Der Typ hat mich verklagt.«

»Hast du gesehen?« Tanako war herausgekommen. Ihr silbernes Haar glänzte in der Sonne unnatürlich hell. »Das war Hank Ferrera!«

»Auch das noch!«

»Wer ist Hank Ferrera?«, fragte Lily, »und warum verklagt er dich, Kath?«

»Verklagt?« Tanako schlug sich die Hand vor den Mund, Kath verdrehte die Augen, und Lily wünschte einmal mehr, sie hätte den Mund gehalten.

5

Kath konnte Doug ungeniert anrufen. Sie war nicht seine Freundin, sie war auch nicht seine Exfrau. Sie war seine Frau. *Nur auf dem Papier, honeybee.* Sie konnte ihn jederzeit anrufen, und das tat sie jetzt auch.

»Was soll ich denn machen?«, fragte sie. »Du musst mir helfen.«

Sie saßen an Lilys Küchentisch und tranken Wasser mit Notfalltropfen. Besitzergreifend, dachte Lily. Besitz ergreifen. Nur den Besitz ergreifen, an dem einem auch etwas liegt.

Zehn Minuten später stand Doug vor der Tür. Er begrüßte Lily, die ihm öffnete, mit einem langen Kuss, aber ohne sie anzusehen. Auf dem Weg zur Küche tasteten seine Augen jeden Winkel in der ihm unbekannten Wohnung ab.

»Kath.« Er küsste sie nicht, sondern zog sie an sich wie ein kleines Kind. Er sorgt sich um sie, dachte Lily. Er sorgt sich um sie wie damals, als sie noch verrückt war, krank-verrückt, nicht lustig-verrückt.

»Lieb, dass du gekommen bist«, sagte Kath.

»Jederzeit.« Er ging um den Tisch herum, hob jedes Glas auf, den Wasserkrug, studierte das Etikett der Notfalltropfen. Dann nahm er sich ein Bier aus dem Kühlschrank, das Lily für Frank gekauft hatte.

»Was wissen wir über Hank Ferrera?« Er setzte sich und nahm die Dokumente in die Hand.

»Außer dass er im Stadtrat sitzt? Und steinreich ist?«

»Ja, wie passt er ins Bild? Was hat er mit dieser Sache zu tun?«

»Susie hat mir mal von einem Freund erzählt, der für sie aufkam. Der sie aushielt, wenn man so will. Ein einflussreicher Mann, den sie im *Push Up* kennen gelernt hatte. Das muss er sein, Hank Ferrera. Ich glaube, sie hoffte, dass er sie irgendwann heiraten würde.«

Doug legte die Papiere zur Seite. »Wenn er dich privatrechtlich verklagt, heißt das vermutlich, dass die Polizei nicht genügend Anhaltspunkte für eine offizielle Anklage hat. Das ist positiv.«

»Wie bei O. J. Simpson, meinst du? Wenn das das Positive ist, möchte ich das Negative gar nicht erst hören.« Kath ließ die Stirn auf die Tischplatte sinken.

»Die Frage ist, warum er das macht.« Doug tätschelte Kath wie einen kleinen Hund. »Wegen Geld jedenfalls nicht. Wie viel ist es überhaupt?« Er studierte die Papiere. »Eine Million, eine runde Summe. Die bedeutet ihm nichts. Er braucht diese Million nicht, und er weiß, dass du sie nicht hast. Ein symbolischer Betrag. Ich nehme mal an, es geht ihm um Publicity. Nein, halt, das war ja nicht gerade eine offizielle Beziehung. Nein, er will einfach jemandem die Schuld geben können. Das ist nicht mal ungewöhnlich. Teil der Trauerarbeit, heißt es. Trauerphase drei. Stimmt doch, *sweetie,* oder?«

Er grinste wie über einen Witz, den nur er verstand.

»Trauerphase drei?« Kath schaute auf.

»Na komm schon, Kath, das weißt du doch auch: Erst ignoriert man, dann lehnt man sich auf, man beschuldigt, und schließlich, am Ende, wenn man Glück hat, kann man akzeptieren. Was immer es eben ist: der Tod eines nahen Menschen, eine Kündigung oder das Ende einer Beziehung. Phase vier ist die Belohnung. Auf die warte ich immer noch.« Wieder grinste er, eigentlich ganz unangemessen.

»Was sollen wir denn jetzt tun?«, fragte Lily. »Wegen der Klage, meine ich?«

Beide schauten sie an, als hätten sie ihre Anwesenheit völlig vergessen. Genau so fühlte sich Lily auch.

Kath schüttelte den Kopf. Ihr Gesicht wirkte gelblich. Unter ihren Augen begannen sich dunkle Ringe abzuzeichnen. Ihr Haar war ungewaschen und sah aus, als hätte sie es selbst mit der Nagelschere gestutzt.

»Das Schlimmste an der ganzen Sache ist, dass ich das langsam selbst glaube«, sagte sie leise. »Dass ich sie umgebracht habe. Nicht absichtlich, natürlich. Nicht wissentlich. Aber fahrlässige Tötung, das scheint mir schon richtig.«

»So darfst du nicht denken!« Doug fasste Kaths Schultern und schüttelte sie. »Damit spielst du ihm direkt in die Hände. Du musst positiv bleiben. Ich bin ja da. Ich passe auf dich auf. Es wird alles gut.«

Unwillkürlich rutschte Lily ein Seufzer raus. Sie glaubte Doug sofort. Er würde es richten. Er würde es wieder gutmachen. Mit seinen großen Händen, seinem unsteten Blick.

Aber nicht für Lily. Für Kath.

»Hast du einen Anwalt?«

»Du bist doch Anwalt.«

»Ich meine einen, der auch praktiziert.«

»Was ist mit deinem Freund, Peter … heißt er nicht Peter?«

»Peter? Ja, das ist eine Möglichkeit. Ich habe ihn lange nicht mehr gesehen, aber ich rufe ihn gleich an.« Er nahm sein Handy aus der Hosentasche, suchte eine Nummer und wählte sie. Als am anderen Ende abgenommen wurde, verließ er den Raum.

Frank nutzte die Gelegenheit, um in die Küche zu schlendern und beiden Frauen die Arme zu streicheln, langsam und bedeutungsvoll. Vermutlich wollte er eine geheimnisvolle Energie in ihre Richtung lenken.

»Kann ja nicht schaden«, murmelte Stella irritierend nahe an Lilys Ohr. Lily verscheuchte sie mit der Hand und schlug unabsichtlich nach Frank, der sich gleich zurückzog.

»Immer musst du ihn verteidigen!«, sagte Lily.

»Wie bitte?«

Lily hatte laut gesprochen, das passierte ihr manchmal, wenn sie sich mit Stella unterhielt. Sie hatte Stella im Verdacht, sie zu provozieren, vor allem in der Öffentlichkeit, sie auflaufen zu lassen. »Nun gönn mir doch den Spaß«, sagte Stella. »Wo mir jetzt nur noch unschuldige Vergnügen erlaubt sind!« Und seit so viele Spaziergänger mit quasi unsichtbaren Telefonkabeln und Ohrstöpseln ausgerüstet waren, fiel es kaum mehr auf, wenn jemand mit sich selbst sprach. Oder mit einer Toten.

»Nichts«, sagte Lily jetzt. Frank kauerte vor dem offenen Kühlschrank, zählte sein Bier und sah, dass eine Flasche fehlte. Er blickte über seine Schulter und fand sie auf dem Küchentisch, halb ausgetrunken. Er hob die Brauen.

»Ist er das?«, wandte er sich an Lily, »der Privatdetektiv, von dem dein Vater so begeistert ist? Der dich im Auto vögelt, ohne auch nur den Motor abzustellen?«

Er ordnete ein paar Dinge im Kühlschrank, dann nahm er sich ein Bier und stand auf.

»Mein Exmann.« Kath lächelte freundlich.

Exmann, wiederholte Lily bei sich. Sie hat Exmann gesagt.

»Oh, tatsächlich? Ich bin Lilys Exmann.« Er schüttelte Kaths Hand, als hätte er sie eben erst kennen gelernt. »Hier zeichnet sich eindeutig ein Muster ab, nicht?« Er setzte sich an den Tisch, auf den Stuhl, auf dem Doug gesessen hatte, und begann, die Gegenstände auf dem Tisch in ordentliche Reihen zu stellen, nach Kategorien geordnet. Gläser zu Gläsern, Flaschen zu Flaschen, Tropfen zu Tropfen.

»Ach, halt doch die Schnauze!« Das war Stella. Und zu Lily sagte sie: »Von wegen, ich verteidige ihn immer!«

Als Doug zurückkam, erfasste er die Situation mit einem schnellen Rundblick, sagte aber nichts. Er reichte Kath ein Stück Papier, auf das er Peters Adresse geschrieben hatte.

»Er kann dich heute Abend um sieben treffen.«

»Um sieben habe ich eine Yogastunde.«

»Kann nicht jemand einspringen? Kath, das ist wichtig.«

»Vielleicht sollte ich das Studio ganz schließen. Ich glaube nicht, dass nach dem Artikel in der Zeitung überhaupt noch jemand kommt.«

»Nein, Kath. Das wäre das Allerdümmste. Quasi ein Schuldgeständnis.«

»So schnell finde ich doch niemanden. Schon gar nicht jemanden, dem ich auch vertraue.«

»Ich springe gerne ein«, sagte Frank. Er lehnte sich im Stuhl zurück, mit einem feinen Lächeln den Überraschungseffekt genießend, den seine Bemerkung ausgelöst hatte.

»Du?«

»Ja, ich. Ich weiß ja nicht, was Lily über mich erzählt hat, aber ich leite ein Stresszentrum in 29 Palms, *The Eye of the Storm.* Vielleicht hast du davon gehört? Nein?« Er reichte Kath eine Visitenkarte, die sie auf dem Tisch liegen ließ. »Wir bieten da unter anderem auch Yoga an. Ich unterrichte eine Form von Kundalini-Yoga, vielleicht nicht, was deine Schüler gewohnt sind, aber für das eine Mal …«

»Okay«, entschied Doug. »Klingt gut. *Whatever.*« Er wandte sich an Kath. »Ich habe mich mit Peter schon über mögliche Strategien unterhalten. Das Wichtigste ist: Wir müssen beweisen, dass die Todesfälle nichts mit dir oder mit Yoga zu tun haben. Wir müssen die Sache mit den Drogen verfolgen, das ist unsere einzige Spur.«

»Was soll das helfen? An den Drogen allein sind sie ja nicht gestorben. Das läuft nur wieder darauf hinaus, dass ich ihre Konstitution nicht richtig eingeschätzt und sie körperlich überfordert habe.«

»Kath, wenn sie umgebracht wurden, dann nicht von dir.

Drogenkonsum zieht immer irgendwelche kriminellen Aktivitäten nach sich. Wir finden etwas im *Push Up*. Hundertprozentig. Da muss etwas faul sein, da bin ich mir sicher.« Er nahm ihre Hand. »Ich kümmere mich darum.«

Kath hob seine Hand an ihr Gesicht und schmiegte ihre Wange hinein. So groß war seine Hand. »Danke«, sagte sie.

Doug wandte sich an Lily. »Und du verfolgst Plan B. Du versuchst, Ferrera von seiner Klage abzubringen.«

»Ich? Wie soll ich das denn machen?«

»Falls meine Theorie stimmt und er einfach aus Trauer überreagiert, hilft es vielleicht, wenn er sich bei jemandem aussprechen kann.«

»Bei jemandem – bei mir? Wie soll ich das denn anstellen?«

»Das weiß ich jetzt noch nicht, aber ich finde schon eine Möglichkeit.«

»Dann ist ja gut.« Wenn er es glaubte, glaubte sie es auch.

»Lily, Lily, Lily.« Frank schüttelte den Kopf. »Du entwickelst dich ja doch noch zu einer Modesty Blaise. Besser spät als nie, was?«

6

Georg hatte gekocht, eine Flasche Wein aufgemacht, die Nachbarn eingeladen. Lily hatte Doug angerufen und ihm die Einladung auf dem Anrufbeantworter hinterlassen. Er hatte sie nicht zurückgerufen. Rhonda würde sagen, sie sei mit der Einladung zum Essen im Familienkreis wieder einmal zu weit vorgeprescht. Die Studentinnen aus dem ersten Stock hatten abgesagt, weil sie gerade eine Fruchtsaft-Fastenkur durchführten, doch Claire war gekommen, in einer silbernen Bluse und mit einem eingetopften Kaktus als Mitbringsel.

»Claire«, begrüßte sie Rhonda, »ich dachte, Sie seien schon ausgezogen!«

»Nein, ich …« Hilfe suchend schaute Claire zu Lily hinüber, die sich abwandte. Sie hatte ganz vergessen, Rhonda um eine Mietverlängerung für Claire zu bitten.

»Bitte, zu Tisch!« Georg hatte für sieben gedeckt. Mara und Anthony hatten bereits zu Hause gegessen und saßen nun einträchtig vor dem Fernseher, der leise gestellt worden war, weil sich der Esstisch im Wohnzimmer befand.

»Wo ist Al?«, fragte Georg.

»Alice?«

»Al?«

Sie schauten am Tisch herum, als sei sie eben noch da gewesen, als hätte sie sich versteckt. In Wirklichkeit, das wurde Lily erst jetzt bewusst, hatte sie Al seit Tagen nicht mehr gesehen. Seit Montag, seit sie allein vom Flughafen zurückgekommen war und sich auf Rhondas Sofa betrunken hatte.

»Al? Al ist bei einer Freundin«, sagte Rhonda.

»Bei einer Freundin?« Lily hatte nicht gewusst, dass Al eine Freundin hatte. »Ein Mädchen vom Camp?«

»Ich weiß nicht. Skip, bei wem ist Al nochmal?«

In diesem Augenblick klingelte es an der Tür, dreimal kurz hintereinander, fordernd. Frank lächelte entschuldigend. Er würde am nächsten Tag in die Schweiz fliegen. Sein Flug war gebucht, sein Koffer stand gepackt im Flur.

»Das muss Patricia sein«, sagte er, »ich kenne ihr Klingeln.«

Georg öffnete die Tür. Eine schlanke, ganz in Weiß gekleidete Frau schubste ihn aus dem Weg und rauschte herein, einen übergroßen, geblümten Koffer auf Rädern hinter sich herziehend, der außerdem mit dazu passenden kleineren Taschen beladen war. Sie trug weite Hosen, eine Tunika, einen grob gestrickten Pullover, einen Schal, alles in verschiedenen Weißtönen, und dieselben Wildlederturnschuhe wie Frank. Ihr Haar war lang, rötlich blond und grau gestreift, glänzend glatt geföhnt.

»Wow! Sie haben tolles Haar!«, rief Rhonda. Patricia blieb stehen, ließ ihren Koffer stehen, schaute sich um. Sie war offensichtlich auf Konfrontation gefasst gewesen.

»Sie auch«, sagte sie höflich und eher reflexartig.

»Oh, meines ist nicht echt. Es sind Verlängerungen. Kennen Sie das? Mein eigenes Haar ist leider…«

»Möchten Sie sich nicht setzen?«, fragte Georg und zeigte auf den Platz, den er für Al gedeckt hatte.

Patricia zögerte. »Wenn ich mich setze, dann neben meinen Mann«, sagte sie und nahm das Gedeck auf. Frank saß zwischen Lily und Rhonda. Lily stand als Erste auf, nahm ihren Teller und ging um den Tisch herum zu dem freien Platz. Patricia ignorierte sie. Sie setzte sich neben Frank, arrangierte Teller, Besteck, Glas und Stoffserviette neu. Alles im rechten Winkel, wie es Frank auch immer machte.

»Möchten Sie etwas essen?«

»Frank und ich nehmen nur pranahaltige Nahrung zu uns – Nahrung, die Energie trägt, verstehen Sie, nichts Totes, nichts Negatives.«

»Ich verstehe.« Georg schöpfte Polenta und Gemüse und Salat auf ihren Teller. »Alles mit Liebe und von Hand zubereitet. Ein ayurvedisches Prinzip, wie Sie bestimmt wissen.« Bevor Patricia reagieren konnte, hatte er die Hand ausgestreckt: »Georg Wildvogel. Ich bin Lilys Vater.« Er sagte Tschortsch Waildvougl. Er könnte beinahe als Amerikaner durchgehen, dachte Lily. Jedenfalls wirkte er hier deutlich weniger fehl am Platz als in Hemlikon. Schwarzer Anzug hin oder her.

»Freut mich. Patricia Bauer, man nennt mich Doktor Pat.« Patricia wandte sich an Frank. »Liebling, ich habe es mir überlegt: Ich komme mit dir.«

»Mit mir? Wohin?«

»Wohin? Na, in die Schweiz! Ich kann dich doch in dieser Krise nicht allein lassen.«

»Und das Zentrum? Was ist mit *The Eye of the Storm*?«

»Geschlossen!« Patricia lächelte selbstzufrieden und machte sich dann über ihr Essen her, das sie mit wenigen Bissen hinunterschlang.

»Köstlich. Kann ich noch etwas haben? Es ist doch fettfrei, nicht wahr?«

»Ich verwende nur pranahaltige Fette«, versicherte Georg, ohne mit der Wimper zu zucken, »und in allerkleinster Menge.«

»Patricia, das halte ich für keine gute Idee –«

»Ach, komm schon. Mein Gewicht ist stabil. Seit Monaten.«

»– das Zentrum zu schließen! Können wir uns das überhaupt leisten?«

»Herzblatt, wir müssen Prioritäten setzen. Uns umeinander kümmern. Unsere Verbindung ist schließlich die Seele des Zentrums. Ohne uns gäbe es *The Eye of the Storm* gar nicht. Stimmt doch.«

»Ja, natürlich, aber Leo … meine Eltern …«

»Genau.« Patricia lächelte ihr zufriedenes Katzenlächeln und streckte Georg zum dritten Mal den Teller hin. Claire bat ebenfalls um Nachschlag. Georg ging um den Tisch herum, um sie zu bedienen. Als er ihr Wein nachschenkte, legte er eine Hand auf ihre silberne Schulter. Lily schaute ihm dabei zu.

»Ich glaube, ich fliege auch in die Schweiz«, platzte sie dann heraus. Frank rollte die Augen. Da hatte sie wieder einmal das Falsche im falschen Moment … und so weiter. »Ich meine natürlich nicht jetzt, nicht mit Frank«, korrigierte sie sich schnell, aber zu spät. »Sondern überhaupt, ich meine, wenn Leo in der Schweiz ist, was mache ich denn dann noch hier?«

»Spinnst du?« Das war Rhonda. »Du hast einen Job hier, wenn ich dich mal daran erinnern darf. *Simply.com* bricht ohne dich zusammen.«

»Ach ja, und ohne *simply.com* würde die Welt zu Grunde gehen, nicht wahr?« Skip hatte sich fein gemacht für den Abend, er trug einen klassischen grauen Zopfpullover über einem bis oben zugeknöpften karierten Hemd. Die Kleidung ließ ihn stämmiger erscheinen, als er war, dafür wirkten sein Kopf und seine Hände unverhältnismäßig klein und zart. Er wandte sich an Patricia: »Meine Frau wäre vielleicht eine gute Kandidatin für ihr Programm. Arbeiten Sie nicht mit ausgebrannten Workaholics, die sich zu wichtig nehmen?«

Er lehnte sich zurück und faltete die Hände vor dem Bauch.

»Das trifft auf viele unserer Patienten zu, das stimmt. Gerade in der Filmindustrie geraten die Prioritäten leicht durcheinander. Man verliert das Wesentliche aus den Augen«, sagte Patricia mit ihrer freundlichen Doktor-Pat-Stimme. »Wir laden ihre Energien wieder auf. Frank macht das. Er befreit sie von Krankheiten, die auf Energiestörungen zurückzuführen sind.«

»Jede Krankheit ist das«, murmelte Georg. »Entschuldigen Sie, Doktor Pat. Ich wollte Sie nicht unterbrechen.«

Skip nahm Rhondas Hand: »Wie wär's, Liebes?«

Rhonda schüttelte den Kopf. »Ich glaube eigentlich nicht … Nehme ich mich zu wichtig?« Sie schaute in die Runde. »Ich weiß, *simply.com* ist nur ein Zufallserfolg, eine Marktlücke, die ich …«

»Ja, Leute, das Geheimnis von *simply.com* ist, dass Rhonda ganz einfach faul ist. Und schlau genug, das als Tugend zu verkaufen.« Skip lachte. »Eigentlich genial.«

»Danke.« Rhonda lächelte schwach. Dann senkte sich eines dieser vielsagenden Schweigen über den Tisch, die nicht aufzuheben und nicht zu ignorieren sind. Lily grabschte nach dem nächsten Satz, der ihr durch den Kopf schoss.

»Wo ist Al noch gleich?«, fragte sie.

Dann redeten alle gleichzeitig, wie Lily nach dem erstbesten Strohhalm greifend.

Claire fragte: »Und was machen Sie beruflich, Skip?«

Georg: »Noch etwas Polenta?«

Frank: »Wie ist eigentlich das Wetter in der Schweiz, weiß das jemand?«

Das Schweigen kehrte zurück wie der Sommernebel nach San Francisco.

»Wo ist Al?«, wiederholte Lily.

»Bei einer Freundin, sie bleibt ein paar Tage.« Rhonda hatte sich gefasst. »Die Schule beginnt erst nächste Woche, und sie hat ja gar keine richtigen Ferien gehabt.«

»Was denn für eine Freundin, ein Mädchen vom Camp?«

»Ich weiß nicht. Skip, du hast doch mit ihr telefoniert.«

»Das stimmt, aber ehrlich gesagt, ich erinnere mich nicht mehr genau.«

»Also weiß niemand, wo sie ist?«, Georg fragte es freundlich, aber bestimmt.

»Ja, was hat sie gleich gesagt? Sie ist irgendwo in Marin County bei einer… einer Edith? Esther? Evelyn? Wie soll ich das wissen.« Skip füllte sein Glas noch einmal auf. »Teenager wechseln ihre Freunde wie Haarfarben.«

Bevor sich erneut Spannung im Raum ausbreiten konnte, stand Claire auf. »Ich glaube, ich gehe jetzt lieber. Vielen Dank für das Abendessen.«

»Ich bringe Sie noch nach unten«, sagte Georg. »Doch, ich bestehe darauf.«

Rhonda und Skip sammelten ihre Kinder ein, und Lily blieb allein mit Frank zurück und mit Patricia, die sie interessiert musterte.

»Lily«, sagte sie, »Lily, Liebes, ich habe ja so viel von Ihnen gehört. Allerdings nicht so viel wie von Stella …«

»Schnepfe«, knurrte diese auch sofort. Patricia schien sie nicht gehört zu haben. Sie stand auf, streckte eine Hand aus, zog Frank vom Stuhl.

»Und wo schlafen wir, *baby?*«

7

Hank Ferrera eröffnete den neuen Flügel des DeYoung-Museums im Golden Gate Park. Vor der Presse, den Gönnern, geladenen Gästen und Lily, die von Doug eine Einladung zugesteckt bekommen hatte. Für den Anlass hatte Lily Kleider aus ihrem eigenen Schrank angezogen, die man nicht mit einem Pyjama oder Turnzeug verwechseln konnte. Alle ihre besseren Kleidungsstücke stammten noch aus der Schweiz und waren von Frank ausgesucht worden. Sie besaß einen Armani-Anzug und zwei Romeo-Gigli-Mäntel, ein Yamamotogebilde und zwei Flatterfähnchen von Calvin Klein. Alles mindestens fünf Jahre alt, aber das fiel hier ja niemandem auf. Sie trug einen schwingenden kurzen Rock, einen Rollkragenpullover und dicke, schwarze Strümpfe, sogar roten Lippenstift hatte sie aufgetragen.

Sie wusste nicht, woher Doug die Einladung hatte und ob sie echt war. Der Türsteher akzeptierte sie anstandslos, teilte ihr aber mit, dass der offizielle Teil bereits begonnen hatte. Sie ging die Treppe hinauf und durch die verlassene Eingangshalle. Ihr

Auftrag war einfach: Sie sollte Hank Ferrera überzeugen, seine Klage zurückzuziehen.

Hank zu finden war leicht. Lily spähte durch die offene Tür in den Vortragssaal: Er stand auf dem Podium vor einem hohen Pult und hielt lustlos eine Rede. Abgesehen davon, dass er ganz in Schwarz war, wirkte er nicht wie jemand, der trauerte. Der Saal war bis auf den letzten Platz besetzt und die Luft stickig. Deshalb ging Lily zurück in die Halle, wo ein Buffet aufgebaut war. Kellner in weißen Jacken bewachten es.

»Das Buffet wird in einer Stunde eröffnet, Miss.«

»Ich weiß, es tut mir Leid, aber ich muss trotzdem jetzt etwas essen. Ich habe Probleme mit dem Blutzucker«, sagte Lily entschuldigend und nahm sich einen Teller.

»Natürlich, *honey*.« Gesundheitliche Probleme jeder Art wurden in San Francisco immer ernst genommen. Außerdem hatte Lily nicht gelogen. Sie konnte nicht länger als drei oder vier Stunden ohne Nahrungszufuhr auskommen. Sie wurde grantig, bekam Kopfweh und sah überall Verschwörungen gegen sich. Wenn sie es sich recht überlegte, waren die meisten Katastrophen in ihrem Leben darauf zurückzuführen, dass sie vergessen hatte zu essen.

»Da geht es Ihnen wie mir, *dear*«, sagte eine Stimme an ihrer Seite. Lily wandte den Kopf um. Neben ihr am Buffet stand eine winzige, zerbrechliche Person in einem grünen Seidenkleid, das sich wie ein Raupenkokon um sie wickelte, und mit hochgetürmtem weißen Haar. Als versuche sie so, mehr Raum einzunehmen.

Lily, die am Vorabend einen Crashkurs in San Franciscos High Society absolviert hatte, erkannte sie sofort: Sybil Ferrera, Hanks Mutter, die Matriarchin. Lily hatte sich gestern in der Bibliothek durch fünf Jahrgänge der Gesellschaftsseiten des *Chronicle* gearbeitet, weiter zurück gingen die Computerarchive der Bibliothekszweigstelle nicht. So viel hatte sie gelernt: Es gab die Hearsts und die Haas' – Schweizer, dachte Lily nicht ohne Stolz. Und es gab die Ferreras, die von mexikanischen Auswanderern abstammten und sich geschickt mit amerikanischen Erbinnen verheiratet hatten.

»Als ich jünger war, bin ich an solchen Anlässen auch schon mal ohnmächtig geworden.« Die alte Dame häufte Krebsschwänze und Lachsschnittchen auf ihren Teller. »Mein Mann musste mir dann Zuckerwürfel zwischen die Zähne schieben wie einem Pferd. Er ist natürlich längst gestorben. Die Männer sterben immer zuerst. Ich bin nicht sicher, ob das gut ist oder schlecht. Was meinen Sie?«

»Das kommt auf den Mann an.« Lily füllte ihren Teller mit Süßigkeiten, kleinen Fruchttörtchen und dunklen Schokoladewürfeln.

Sybil Ferrera nickte. »Sehr diplomatisch. Junger Mann«, wandte sie sich dann an den Kellner, »bringen Sie uns bitte zwei Gläser Champagner. Setzen wir uns da drüben hin?« Es war weniger eine Frage als eine Feststellung. Sybil hängte sich bei Lily ein, ein Fliegengewicht an ihrem Arm, und dabei war Lily selbst nicht groß. Sie fühlte sich seltsam geehrt, als dürfte sie eine besonders wertvolle und zerbrechliche Vase quer durch den Raum tragen.

»Dann fall jetzt bloß nicht über deine Füße.«

»Stella! Nicht jetzt.«

»Was sagten Sie, meine Liebe?«

»Nichts, entschuldigen Sie. Ich sollte wirklich etwas essen.«

»Natürlich.« Sie setzten sich auf eine der schmalen, unbequemen Bänke am anderen Ende der Halle und machten sich in einvernehmlichem Schweigen über ihre Häppchen her. Durch die offene Tür hatten sie einen guten Blick in den Saal und auf das Podium. Verstehen konnten sie allerdings nichts.

Aber sie würden merken, wenn der offizielle Teil zu Ende war, aufstehen und sich unter die Menge mischen. Sich ein zweites Mal über das Buffet hermachen, dachte Lily. Der Kellner tauchte auf und reichte ihnen auf einem Tablett zwei Gläser mit perlendem Champagner.

»Es ist kalifornischer«, sagte Sybil und hob das Glas. »Ich hoffe, Sie sind nicht einer dieser Euro-Snobs. *Cheers.*«

»Keineswegs.« Sie stießen an und nahmen einen Schluck. »Er ist sehr gut.«

»Ja, wir haben Weinberge in Napa Valley, mit denen wir ganz zufrieden sind.« Lily wusste nicht, ob Sybil damit ihre Familie meinte oder Amerika allgemein. Bis jetzt war es nicht so schwierig gewesen, wie sie gedacht hatte, sich in die höhere Gesellschaftsschicht einzuschleichen. Vielleicht konnte sie über Sybil auf Hank einwirken? Das würde ihr ersparen, Hank anzusprechen, ein Auftrag, dem sie sich nicht unbedingt gewachsen fühlte. Der Mann hatte ihr Angst gemacht.

»Ich fürchte, ich habe Ihren Namen nicht verstanden, *dear«,* sagte Sybil nun.

»Ich habe mich auch noch nicht vorgestellt: Lily Bauer.«

Sybil schüttelte die ausgestreckte Hand nicht, sondern wartete auf mehr. Ein Name allein sagt noch gar nichts.

»Aus der Schweiz.«

Sybil wartete immer noch. Den kleinen Kopf geneigt, die silberne Zuckerwatte-Frisur leicht zitternd. Höflich, aber deutlich distanzierter.

»Ich bin hier, um mit Ihrem Sohn zu sprechen«, sagte Lily. Wer nicht lügen kann, hat keine Wahl. »Ich kenne ihn nicht, aber wir haben eine gemeinsame Freundin. Hatten eine gemeinsame Freundin, sollte ich wohl sagen. Sie ist gestorben.«

Sybil nickte nachdenklich. »Sie sprechen von Susie?«

Lily nickte.

»Mein Sohn ist sehr verletzt«, sagte Sybil. »Ich glaube fast, er liebte dieses Mädchen.«

»Ein schreckliches Unglück.«

»Sind Sie auch … arbeiten Sie auch im Oben-ohne-Geschäft?«

Lily schüttelte den Kopf.

»Verstehen Sie mich nicht falsch«, fuhr Sybil fort, »ich habe nichts dagegen. Meine Schwiegermutter führte selbst ein Freudenhaus. In Nevada, gleich hinter der kalifornischen Grenze. Es ist eine Tradition der Ferreras, solche Mädchen zu heiraten.« Nichts ließ darauf schließen, ob sie dazuzählte oder ob diese Tradition jeweils eine Generation übersprang. »Jede so genannte gute Familie in dieser Gegend kann letztendlich auf Goldgräber und Freudenmädchen zurückgeführt werden, meine Liebe. Wir können hier nicht snobistisch sein. Nicht wie an der Ostküste oder gar in Europa. Woher stammen Sie noch gleich?«

»Aus der Schweiz«, sagte Lily.

»Ah, die Schweiz. Nun ja.«

Sybil hatte offensichtlich zur Schweiz nichts zu sagen und sagte deshalb auch nichts, ein hier zu Lande seltener Zug, der Lily sofort für sie einnahm.

»Dann musste Hank seine Beziehung zu Susie also nicht verstecken?«

»Nicht vor mir jedenfalls.«

Lily trank ihr Glas aus und überlegte sich, was sie als Nächstes sagen sollte. Sie wünschte, sie hätte mehr auf ihren Teller gehäuft.

»Ich war in der Yogastunde, als es passierte …«

»Als sie starb, sprechen Sie es ruhig aus.«

Sybil, die besser vorgesorgt hatte, drang zu einer Schicht Pastetchen vor, die sie unter den Krebsschwänzen versteckt hatte.

»Eine furchtbare Geschichte. Ich habe in der Zeitung darüber gelesen. Ich hatte ja keine Ahnung, dass Yoga so gefährlich sein kann. Mein Sohn wird gegen diese Person vorgehen, wissen Sie. Da muss doch etwas getan werden.«

»Und wenn es gar nichts mit ihr zu tun hatte?«

Sybil beugte sich vor. »Wie meinen Sie das?« Sie wirkte ehrlich interessiert oder zumindest neugierig. Zu schade, dass Lily keine Antwort parat hatte. Sie konnte sich nicht vorstellen, was passiert war. Warum diese jungen Frauen aus der Totenstellung nicht mehr aufgestanden waren. Es ergab keinen Sinn.

»Oh doch, es ergibt immer irgendwie Sinn, wenn jemand stirbt«, sagte Stella. »Von hier aus gesehen, jedenfalls.«

»Dann kannst du mir ja sagen, was passiert ist? Vielleicht kannst du Susie fragen, oder Mandalee, wenn du sie zufällig mal triffst, bei den Anonymen Alkoholikern oder wo immer ihr euch rumtreibt.«

»Da fällt mir ein, deine Mutter ist hier«, sagte Stella. »Ich mag sie. Lustiges Mädchen.«

»Lustiges Mädchen. Ha!«

»Wie bitte?«

Lily sah auf. Sybil Ferrera beobachtete sie immer noch.

»Wen meinen Sie damit, *dear*? Wer ist ein lustiges Mädchen? Susie? Oder meinen Sie etwa mich?« Sie lächelte etwas schief.

Lily errötete. »Nein, nein, natürlich nicht –«

»Oh, ich kann durchaus lustig sein.«

»Ja, ich meine natürlich… Ich weiß nicht… ehrlich gesagt…«

»Ich glaube, Sie haben noch nicht genug gegessen, meine Liebe.« Sybil tätschelte Lilys Knie, eine sanfte Geste. »Nehmen Sie sich eines meiner Pastetchen.«

»Danke.«

Doch dann wurden sie unterbrochen: »Mama?«

Hank Ferrera hatte seine Rede beendet und den Saal vor der Masse der Zuhörer verlassen. Er stand mit gespreizten Beinen und verschränkten Armen vor ihnen wie ein Rächer auf einem Filmplakat. Die beiden Frauen mussten sich die Hälse verrenken, um zu ihm aufzuschauen.

»Belästigt dich diese Person?«

»Hank, mein Junge. Dies ist Lily Bauer. Sie war eine Freundin von Susie.«

»Hi«, sagte Lily und streckte eine Hand nach oben.

»Das war sie nicht«, sagte Hank. »Sie ist im Gegenteil eine Freundin der Person, die ich verklage. Und sie hat garantiert keine Einladung zu diesem Abend.« Und obwohl es weder zu seiner Erscheinung noch zur Umgebung passte, steckte er zwei Finger in den Mund und stieß einen gellenden Pfiff aus. Beinahe sofort stand sein Chauffeur neben ihm. Er nahm dieselbe Stellung ein wie sein Boss. Er war kleiner und drahtiger als Ferrera und wirkte nicht weniger Furcht einflößend.

»Nun spielt euch mal nicht so auf«, sagte Sybil streng. »Diese junge Dame ist mein Gast.« Ihr Ton war leise und freundlich, ließ aber keinen Widerspruch zu. Die beiden Männer grunzten und zogen drohend die Brauen zusammen, doch unter Sybils unverwandtem Blick blieb ihnen nichts anderes übrig, als sich zurückzuziehen. Sybil sah ihnen einen Augenblick lang nach und wandte sich dann wieder an Lily. Entschuldigend breitete sie die Hände aus. »*Boys*«, seufzte sie.

8

Al weinte laut. »Kann ich zurückkommen?«, schluchzte sie. »Ich traue mich nicht, zu Hause anzurufen. Ich will nach Hause. Kannst du meine Mama fragen, bitte? Ist sie böse auf mich?«

»Al«, sagte Lily, »wovon redest du? Gefällt es dir nicht mehr bei deiner Freundin? Deswegen ist Rhonda doch nicht böse auf dich.«

»Freundin?«, schniefte Al.

»Bist du nicht bei einer Freundin? Ich dachte, du seist bei einer Freundin. Wir alle dachten das.«

Am anderen Ende wurde es still. »Bei einer Freundin?«, wiederholte Al. »Hat er gesagt, ich sei bei einer Freundin?«

»Ja, Skip sagte, du seist für den Rest der Ferien bei einer Freundin, bei einer E… Al? Bist du noch da? Al??«

Aufgelegt. Lily stand auf. Edith, Esther, Evelyn? Sie kannte nur eine Esther in Marin County, und sie hatte überhaupt keine Lust, sie wiederzusehen.

In Rhondas Wohnung liefen alle Fernseher. Im Wohnzimmer, in der Küche, in Rhondas Schlafzimmer und sogar in Maras Zimmer, obwohl die Kleine gar nicht zu Hause, sondern im YMCA-Sommerlager war. Es liefen fünf verschiedene Sender, alle laut aufgedreht, doch der Krach konnte den Streit nicht übertönen, der aus dem Schlafzimmer drang. Lily blieb im Flur stehen.

»…schließlich deine Frau…«, hörte sie Rhonda.

»Kann nicht einfach… nicht respektiere…« schrie Skip. Wildes Schluchzen. Etwas zerbrach an einer Wand.

Lily schnappte sich, ohne hinzusehen, einen Autoschlüssel vom Haken im Flur und verließ die Wohnung wieder. Unten stellte sie fest, dass sie den Karmann erwischt hatte – das einzige Auto in Rhondas Wagenpark, das eine Kupplung hatte. Lily konnte nicht kuppeln. Stella würde ihr helfen müssen. Sie war ja ohnehin meist dabei, wenn Lily am Steuer saß. Und den Karmann liebte Stella ganz besonders. Sie war es gewesen, die Rhonda das Auto richtiggehend aufgeschwatzt hatte. Wochenlang hatte es mit einem Zu-verkaufen-Schild hinter der Scheibe in ihrer alten Straße gestanden. »Kauf es, Rhonda, du wirst es nicht bereuen«, hatte Stella gedrängt, »vertrau mir.« Schließlich hatte Rhonda nachgegeben und das Auto gekauft. Von einem Immobilienmakler, der sich mit kaum fünfunddreißig zur Ruhe setzen wollte. Und weil Rhonda, von Stella souffliert, den Wagen in den höchsten Tönen lobte, gab er ihr noch einen Tip: »Gerichtsvollzieher sind die Immobilienmakler von heute«, sagte er. »Da ist zum Beispiel dieses Eckhaus auf Potrero Hill …«

»Was habe ich gesagt?«, hatte Stella triumphiert, als Rhonda Besitzerin dieses Hauses geworden war, und sich den Wagen gleich für eine Spritztour ausgeliehen. Sie fuhr den Karmann öfter als Rhonda, was den Vorteil hatte, dass das Benzin nie ausging. Allerdings nur sehr spät in der Nacht. Bei Tageslicht war es eindeutig besser, wenn Lily am Steuer saß. Es war jedoch immer Stella, die die Gangschaltung betätigte.

Der Verkehr durch die Stadt floss zäh, doch auf der Brücke lichtete er sich. Es waren mehr Fußgänger als Autofahrer unterwegs, Touristen, die sich gegenseitig fotografierten, Bucht und Gefängnisinsel Alcatraz im Hintergrund. Die beiden Nationalgardisten, die seit beinahe einem Jahr die Brücke bewachten, in tarnfarbenen Kampfanzügen und mit geschulterten Maschinengewehren; der *Flagman*, auch er ein ehemaliger Immobilienmakler, der täglich eine amerikanische Flagge über die

Brücke trug, von einem Ende zum anderen, um damit seinen Patriotismus zu bekunden, aber auch, wie er den Zeitungen gegenüber zugegeben hatte, um an Gewicht zu verlieren. Letzteres war ihm auf jeden Fall gelungen. »Fünfzehn Pfund in neun Monaten.«

Lily, die auf jeder Brücke von der irrationalen Angst überfallen wurde, sie würde das Auto über das Geländer steuern und ins Wasser stürzen, erlaubte sich nur einen blitzschnellen Blick zur Seite, wo die Umrisse der Stadt unnatürlich weiß aus dem Nebel auftauchten. Ich kann doch hier nicht weg, dachte sie, ich kann doch hier nicht weg.

»Hoppla«, sagte Stella und richtete das Steuer gerade. »Immer schön auf die Straße schauen, ja.« Dann zog sie schnell eine junge Frau zurück, die gerade ein Bein über die Brüstung geschwungen hatte. Stella hatte nichts gegen Selbstmord. Sie war froh, dass man bei ihr in einem letzten Augenblick des Zögerns nachgeholfen hatte. Aber Liebeskummer allein konnte kein Grund sein. Schon gar nicht die Art von allgemeinem Mich-liebt-niemand-Liebeskummer, die einen nach drei Margaritas auf leeren Magen befällt. Nicht mit sechzehn. Sie stellte das Mädchen auf den Fußweg zurück, wo es sich prompt übergeben musste. Die Nationalgardisten, die beim zweiten Pfeiler für Touristen posiert hatten, waren schnell zur Stelle. Und Lily fuhr geradeaus weiter.

Diesmal riss der Nebel auf, als sie am anderen Ende der Brücke angekommen waren, und Marin County lag in strahlendem Sonnenschein vor ihnen. Lily nahm die Ausfahrt über die Headlands. Die hügelige und kurvige Straße erforderte ständiges Schalten.

»Perfekt«, schwärmte Stella und schob das Dach zurück. »Diese Straße ist wie für diesen Wagen gemacht.«

An der Kreuzung unten war zur Abwechslung ein Straßenschild angebracht, das den Weg nach Bolinas korrekt anzeigte. Entweder hatten die Behörden wieder einmal einen Anlauf genommen, mehr Straßenschilder aufzustellen, das taten sie ein- oder zweimal im Jahr, oder Stella hatte ihre Hände im Spiel gehabt.

»Was glaubst denn du?«

»Wo ist Georg?«, fragte Esther anstelle einer Begrüßung. »Er hat noch meine Briefe. Ich will meine Briefe zurück. Und was ist mit den anderen Sachen?«

»Davon weiß ich nichts«, sagte Lily.

»Was suchst du denn hier? Die Wahrheit?« Sie lachte bellend auf. »Wohl nicht. Dachte ich mir doch.«

»Al«, sagte Lily. »Ich wollte nur… ich dachte… ist Al bei Ihnen?«

»Und wenn? Lässt du mich festnehmen? Wegen Unzucht mit Minderjährigen?« Wieder dieses Bellen. Lily fühlte sich nicht wohl. Ihr Magen war kalt, als würde ihr gleich schlecht werden. Sie hatte Angst vor dieser Frau. Sie musste verrückt sein. Lilys Mutter hatte nie jemanden geliebt. Sie brauchte niemanden.

Früher hatte Lily immer geglaubt, ihre Mutter habe sie allein gezeugt, wie eine Pflanze, mittels Fotosynthese, sie hatten es in der Schule durchgenommen, und es hatte Lily sofort eingeleuchtet. Es war jedenfalls überzeugender als dieser ältliche deutsche Doktor, den Ruth ihr schließlich präsentiert hatte. Sie musste den Vater vorgeschoben haben, weil es sich so gehörte und weil Lily sich so sehr einen gewünscht hatte. Es war eine eindeutige Schwäche von Lily, sie brauchte immer jemanden, einen Vater, einen Mann. Oft hatte sie sich gewünscht, sie hätte zu ihrer Mutter sagen können: »Es ist schon gut. Ich brauche niemanden. Schon gar keinen Vater.«

Modesty Blaise hatte auch keinen Vater. Modesty Blaise hatte niemanden. Nur einen besten Freund, Willie Garvin. Den besten Freund, den eine Frau haben konnte. Willie Garvin tauchte nach perfekten Perlen für eine Halskette, um sie Modesty zum Geburtstag zu schenken. Er nannte sie »Prinzessin«. Aber er rettete sie nie. Im Gegenteil. Meist musste sie ihn retten.

»Al?«, rief Lily. Oder war es Stella, »Al? Bist du da?«

Esther seufzte und öffnete die Tür ganz. »Na, dann komm halt rein.« Sie drehte sich um und schlurfte voraus. Al saß am Küchentisch, der mit Zeitungen bedeckt war, und knetete einen Klumpen nassen, grauen Tons. Sie sah nur kurz auf, als Lily hereinkam. Al zerrte und rollte den Ton in die Länge, formte eine unbeholfene, grobe, langgliedrige Figur, die sie mit einem einzigen gezielten Faustschlag plattschlug. Dann fing sie wieder von vorn an.

»Das macht sie schon den ganzen Morgen so«, sagte Esther. »Ihr künstlerischer Ausdruck lässt zu wünschen übrig.« Ihr Ton war etwas weicher geworden.

»Al«, sagte Lily, »ich bin froh, dass ich dich gefunden habe. Ich habe mir Sorgen gemacht.«

»Du hast dir Sorgen gemacht? Nicht meine Mutter?«

»Rhonda glaubt, du seist bei einer Freundin. Sie hat keinen Grund, sich Sorgen zu machen.«

»Weiß sie nicht, dass ich keine Freundinnen habe?« Flatsch, und wieder eine Figur plattgewalzt, zerquetscht. Aufs Neue zog Al lange Glieder aus dem Tonklumpen. Ihre Hände und Arme waren bis zu den Ellbogen lehmverschmiert.

Lily setzte sich auf den einzigen freien Stuhl.

»Ja, dann werde ich wohl Wasser für den Tee aufsetzen müssen«, grummelte Esther. Sie drehte ihnen den Rücken zu und machte sich am Herd zu schaffen.

»Wie bist du denn überhaupt hier rausgekommen?«, fragte Lily.

Al stellte wieder eine Figur auf die Tischplatte, langgezogen und schwebend, wie ein Fußgänger von Giacometti.

»Autostopp.« Zack. Flachgedrückt.

»Aber… warum?«

»Warum? Weil ich der alten Dame Chili-Fries bringen wollte, darum.« Sie hieb mit der Faust auf den verbleibenden Klumpen Lehm ein, ohne sich die Mühe zu machen, ihn erst zu formen. »Was glaubst du denn? Er hat mich rausgeschmissen. Ich war vier Tage und fünf Nächte weg, und niemand hat es gemerkt.«

»Ich habe es gemerkt.«

Das war nicht die richtige Antwort gewesen. Al ging nicht darauf ein. Sie bearbeitete den Ton wie einen Gegner im Kampf.

»Wer hat dich rausgeworfen? Skip?«, versuchte Lily es noch einmal.

»Wer sonst? War ja sonst niemand da.«

»Was ist passiert?«

»Wir hatten Streit. Mama war nicht da. Er hat mich angebrüllt, ich sei eine fette Sau und er wolle mich nicht mehr sehen. Na ja, das muss man mir nicht zweimal sagen.« Sie sagte es trotzig, doch ihre Hände hatten vom Ton abgelassen, und ihre Stimme zitterte.

»Väter«, knurrte Esther vom Herd aus. »Wer die erfunden hat…«

»Das hat Ruth auch immer gesagt.«

Nun war Lily wohl das Richtige herausgerutscht. Esther drehte sich um und lächelte. Es war ein ungewöhnliches Lächeln in diesem harten, runden Gesicht, das eines Kindes oder eines kleinen Affen.

»Als Kind glaubte ich immer, sie hätte mich allein gemacht«, sagte Lily. »Ich wusste nicht einmal, was ein Vater war. Auch bei den Nachbarskindern, mit denen ich spielte, war nie einer. Wenigstens tagsüber nicht. Aber wenn er dann nach Hause kam, war es etwas Besonderes. ›Der Vater ist hier‹, riefen die Mütter, und dann mussten alle Kinder nach Hause und sich die Hände waschen und zu Abend essen. Der Vater war hier, das war wichtig. Wichtiger als alles andere.«

Deshalb hatte sie auch einen haben wollen. Es musste mehr an einem Vater sein, als sie auf den ersten Blick erkennen konnte.

Esther schnaubte.

»*Whatever*«, sagte Al. »Mein Vater ist nicht so. Er ist ein Künstler. Er arbeitet zu Hause. Er ist immer da, wenn man ihn braucht.« Sie sagte es trotzig. »Es war eh meine Schuld. Ich war unverschämt.«

»Nun mach nicht einen auf Stockholm-Syndrom«, sagte Esther. »Er hat dich schließlich rausgeworfen.«

»Aber ich habe ihn provoziert. Er wollte nur, dass ich mein Zimmer aufräume. Es sei ein Saustall, sagte er. ›Wen interessiert's, es ist schließlich mein Zimmer.‹ Dann wurde er wütend, du weißt schon: ›Solange du unter meinem Dach wohnst, solange ich die Rechnungen bezahle, bestimme ich.‹ Und dann, ich weiß nicht, wieso, habe ich zurückgegeben: ›Aber du bezahlst ja gar keine Rechnungen. Das macht die Mama, sie verdient das ganze Geld, soll sie doch bestimmen. Das hast du schlau eingefädelt‹, habe ich gesagt, ›jetzt hast du ausgesorgt‹. Erst da ist er ausgerastet und hat das gesagt… das… eben.«

Du fette Sau, geh mir aus dem Weg. Ich will dich nicht mehr sehen.

»Es war meine Schuld«, sagte Al.

Esther schnaubte. »Wenn du nun aber Recht hattest?« Sie stellte drei Becher mit dampfendem Tee auf den Tisch. Die Becher waren aus Ton, handgetöpfert und in grimmigen Farben lasiert. Esther, die stehen geblieben war, weil sie keinen dritten Stuhl hatte, fing Lilys Blick auf: »Selbst gemacht, ja. Ich hatte ein Töpferatelier hier im Ort und einen Laden in San Francisco. Unter dem Namen *Wild Song*, wie das Haus, wie alles hier. Wusstest du das nicht? Ach, stimmt, du weißt ja gar nichts. Woher auch.« Sie drehte den Becher in der Hand, der mit einer neuen, wilden Blume verziert war. »Ja, ich hatte eine ganze Kollektion. Geschirr, Gebrauchsgegenstände, Tonbilder, kleine Skulpturen: Man riss es mir aus den Händen. Ich gab Kurse für Frauen. Entdecke deine Kreativität, so was. Sinnliches Spielen mit Lehm. Es waren schließlich die Siebzigerjahre. Das kam gerade so auf. Selbstverwirklichung und Frauenkunst, der ganze Kram. Nicht, dass ich daran glauben würde. Aber so war ich wenigstens beschäftigt.« Sie sah sich im Raum um. »Und jetzt wollen sie an diesem alten Zopf wieder weiterflechten. Ist das denn zu fassen! Eine Retrospektive! Handwerk als Kunst, Kunst als Handwerk, da kommt einem doch das Kotzen! Ich bitte dich!«

»Wer, Esther? Wer will den ›alten Zopf weiterflechten‹?«

»Das Museum of Modern Art!« Sie spuckte den Namen wie eine besondere Beleidigung aus. »In San Francisco.«

»Esther, das ist doch toll!«

»Auch so ein Schweizer! Die Schweizer sind überall, ist dir das schon mal aufgefallen? Nur nicht in der Schweiz. Das sagt doch alles.«

Lily runzelte die Stirn. Sie hatte den Faden verloren.

»Der Architekt!«, rief Esther. »Der das Museum gebaut hat! Wusstest du nicht, dass er Schweizer ist?«

Lily schüttelte den Kopf. »Aber der Architekt hat doch nichts damit zu tun, Esther. Ich finde es fantastisch. Freust du dich denn gar nicht?«

Esther wandte sich ihr zu und sah ihr, vielleicht zum ersten

Mal, direkt in die Augen. »Warum meinst du, habe ich so viel gearbeitet, so viel produziert? Weil ich nicht schlafen konnte. Weil deine Mutter mich verlassen hatte. Weil es sonst nicht auszuhalten war. Die ganze Töpferei, die ganze Arbeitswut – das war das einzige Mittel, den Schmerz halbwegs unter Kontrolle zu halten. Meinst du wirklich, ich will das alles wieder ausgraben?« Ihr Blick schweifte zu der Urne, die sie auf das Kaminsims gestellt hatte. Unter eine Aktzeichnung, neben eine Vase mit Gartenrosen. Ein kleiner Altar.

»Da gibt's doch nichts auszugraben«, murmelte Lily. »Ist ja alles noch da.«

»Am 28. Februar habe ich sie zum letzten Mal gesehen«, sagte Esther. »Am 28. Februar 1969. Habe ich nicht endlich genug gelitten? Man sollte doch meinen, es sei genug.«

Lily wurde im Oktober 1970 geboren. Ihre Mutter hatte Esther nicht ihretwegen verlassen.

»Ich habe Hunger«, sagte Al.

Al. Einen Augenblick lang hatten Lily und Esther sie ganz vergessen. Und Al wusste das.

Sie nahmen den Karmann und fuhren nach Sausalito zum *Horizon,* einem beliebten Ausflugslokal, das für seine Martinis bekannt und an einem sonnigen Tag wie diesem rettungslos überfüllt war. Zwei Busse standen schon vor dem Eingang. Doch Esther war offensichtlich nicht zum ersten Mal hier. Eine Kellnerin begrüßte sie beinahe schüchtern. »Welch eine Ehre, Sie hier zu haben«, sagte sie und führte sie auf die Terrasse hinaus, zu einer schweren, lackierten Holztheke direkt an der Bay. Drei Gedecke wurden aufgelegt, und ein Martiniglas stand vor Esther, noch bevor sie richtig saß. Sie bestellten riesige Clubsandwiches, die mit Hummer statt Truthahn gefüllt waren, Pommes frites und mehr Martinis und für Al Eistee.

»Alkohol«, sagte Esther und hob das Glas, »ein weiteres zuverlässiges Mittel, um es ans andere Ende des Tages zu schaffen. Das wusste ich aber schon, bevor Ruth verschwand.« Sie trank drei Martinis schon vor dem Essen. Lily nur einen. Nicht, weil sie nicht wollte – Stella ließ sie nicht. Sie fürchtete wohl um den Karmann. »Ruth wollte mich immer zu den Anonymen Alkoholikern schicken«, sagte Esther. »Wer weiß, vielleicht gehe ich ja mal hin. Kann ja nicht schaden.«

»Das Nachbarschaftszentrum auf Potrero Hill hat eine gute Gruppe«, sagte Stella aus Lilys Mund. »Ich bin sicher, da würdest du dich wohl fühlen. Und du könntest nachher bei uns vorbeischauen, zum Abendessen oder so.«

Lily grinste. Wenigstens wusste sie jetzt, warum ihre Mutter sich bei den Anonymen Alkoholikern herumtrieb. Es war nicht vorherzusagen, ob Esther ihre Anwesenheit dort wahrnehmen würde. Aber gemessen an der Entschlossenheit, mit der sie ihre Martinis kippte, konnte ein Besuch nicht schaden.

»Seit wann sind wir befreundet?«, knurrte Esther. »Wer sagt, dass ich mit dir zu Abend essen will? Ganz zu schweigen von meinem Bruder, dem alten Idioten, der sich bei dir eingenistet hat. Mit dem bin ich auch noch nicht fertig.« Sie leckte den letzten Tropfen aus ihrem Glas und stellte es auf das Geländer, wo es vor der glitzernden Bay balancierte und die Umrisse der Stadt spiegelte, die weit rechts verschwommen und irgendwie pyramidenförmig aus dem Wasser auftauchten.

Atlantis, dachte Lily. Irgendwo hatte sie gelesen, dass die Bewohner von San Francisco glaubten, ihre Stadt sei in Wirklichkeit Atlantis. Und dass sie beim nächsten großen Erdbeben im Pazifik versinken und das Leben auf dem Meeresgrund einfach weitergehen würde. Lily hatte allerdings noch niemanden getroffen, der diesen Bericht bestätigt hätte.

9

In ihrem Zimmer stand eine Frau mit langen, dunkelbraunen Haaren, die sie mit einer Hand zusammenfasste und dann unter eine weiße Malermütze steckte. Als sie merkte, dass Lily wach war, wandte sie sich ihr zu und lächelte.

»Lass dich von mir nicht stören«, sagte sie, »schlaf ruhig weiter, ich streiche nur mal eben dein Schlafzimmer.«

»Mein Schlafzimmer?« Lily richtete sich verwirrt auf. Das Zimmer war von Sonne durchflutet. »Wie spät ist es?«

»Lila und gold«, fuhr die Frau fort, als ob sie sie nicht gehört hätte, »lila und gold, wie es sich für eine Bienenkönigin gehört.«

»Nein!« Lily schüttelte den Kopf. »Ich bin nicht die Bienenkönigin, ich habe auch mein Zimmer erst gestrichen, mattweiß, die Farbe heißt *Swiss coffee.* Du musst mich mit Rhonda verwechseln.«

»Bist du dir da sicher? Weißt du auch bestimmt, dass du nicht die Bienenkönigin bist? Kennst du dich so gut – kennst du mich so gut? Weißt du, wer ich bin?« Sie lächelte breit wie eine Fernsehpredigerin und fing an zu streichen, großzügige lila Schlenker.

»Nein«, rief Lily, »Bitte nicht. Bitte, auf keinen Fall lila und gold!« Sie warf die Decke von sich, doch ausgerechnet diese Nacht hatte sie nackt geschlafen, nicht in Leggins und T-Shirt. Warum nur? Egal. Sie zog die Decken schnell wieder über sich, und schon war eine ganze Wand lila. Die Malerin drückte mit einem Kartoffelstempel goldene Bonaparte-Lilien auf die nasse Farbe.

»Sag meinen Namen, und ich höre auf«, sang sie wie das Rumpelstilzchen, »sag meinen Namen, und ich höre *sofort* auf.«

Lily schreckte aus dem Schlaf auf. Ein Frauenname lag ihr auf der Zunge. Sie schaltete die Nachttischlampe ein. Ihre Wände waren weiß. Sie schaute unter die Bettdecke – sie trug wie üblich Leggins und ein übergroßes T-Shirt. *Denial is a river in Egypt.*

»Karen!«, rief sie. »Karen Soblowski!«

Der Wecker zeigte Viertel nach drei. Sie stand auf und ging leise ins Wohnzimmer, wo Georg auf dem Sofa schlief. Frank und Patricia waren in ein Motel an der Lombard Street – *kurvigste Straße der Welt!* – gezogen, um vor der vorläufig verschobenen Reise in die Schweiz noch ein bisschen an ihrer Beziehung zu arbeiten. Georg aber schlief weiterhin auf dem Sofabett. Er schien zu spüren, dass Lily das Zimmer für Leo bereithalten wollte. Lily schlich um ihn herum – er lag auf dem Rücken, gerade hingestreckt, die Hände vor der Brust gefaltet, wie fürs Grab bereit –, sie nahm das Telefon vom Couchtisch und ging damit in ihr Zimmer zurück. Sie wählte Dougs Nummer. Seine Handynummer. Er hatte keine andere. Oder hatte sie ihr nicht gegeben. Woher sollte sie das wissen? Sie war noch nicht einmal bei ihm zu Hause gewesen.

Nach zehnmaligem Klingeln schaltete sich sein Anrufbeantworter ein. Hieß das, dass er nicht abnehmen wollte? Dass er ihre Nummer erkannt und beschlossen hatte, den Anruf nicht entgegenzunehmen? Oder dass er das Telefon nicht griffbereit hatte? Aber so gut kannte sie Doug: Er hatte sein Telefon immer dabei. Doug Malone war in jeder Lebenslage erreichbar.

»Ich rufe zurück, sobald ich kann«, sagte seine Stimme auf der Ansage, eine warme, verbindliche Stimme, die nicht zu seiner unsteten Person passte.

»Mir ist eben etwas eingefallen«, sagte Lily aufs Band. »Karen – Karen Soblowski, erinnerst du dich? Sie war auf Kaths Liste. Ich weiß jetzt, wer sie ist.« Sie wollte schon auflegen, fügte aber sicherheitshalber noch hinzu: »Ich bin es, Lily. Tut mir Leid, dass ich so spät anrufe. Oder so früh. Es ist mir nur eben eingefallen.«

Sie legte das Telefon neben ihr Kopfkissen. Wartete auf seinen Rückruf. Dachte an Karen Soblowski. Was wusste sie über Karen Soblowski? Sie brachte immer zwei Wasserflaschen in die Yogastunde mit. Hatte glänzendes braunes Haar, das Mandalee geschnitten hatte. Machte den Kopfstand manchmal gegen die Wand.

Als Lily wieder aufwachte, war es neun Uhr morgens. Zu spät fürs Yoga. Beinahe schon Zeit für *simply.com.* Rhonda nahm es in letzter Zeit wieder genauer mit den Arbeitszeiten. Doch statt direkt ins Hinterhofhäuschen zu gehen, steckte Lily ihren Kopf in *Germaine's Coffeeshop*. Sie sah niemanden von der Yogaklasse. Weder Karen noch Doug. Nur Georg und Kath tranken ihre Tasse heißes Wasser. Sie winkten sie an ihren Tisch. Lily schüttelte den Kopf. Keine Zeit. »Ich muss zur Arbeit«, bedeutete sie, ging dann aber die zwanzigste Straße hinunter zur Bushaltestelle. An der Ecke war eine Straßensperre errichtet, mit einem massiven Motorrad zur Verstärkung, das in der Morgensonne glitzerte wie ein mechanischer Stier. Zwei drahtige, ältere Streifenpolizisten lehnten an der Barrikade, Sonnenbrille auf der Nase, Arme verschränkt. Niemand, den sie kannte. Vor dem Eckhaus, einer klassischen *Painted Lady*, wurde gefilmt. Die in sieben Farben abgestufte Fassade ganz oben auf dem Hügel, vor der Skyline der Innenstadt und der Bay, wurde ständig für Dreharbeiten hergenommen. Hinter der Absperrung parkten zwei weiße Materialbusse mit der Aufschrift *Jed TV* – Jed Jettsons Produktionsfirma. *Bay Busters,* die Krimiserie, die den alternden Star nach San Francisco gebracht hatte, hatte nach einem langsamen Start in den vergangenen Jahren Kultstatus erlangt – gerade, weil sie so schlecht war. Die haarsträubenden Kostüme, die Samtwesten und Häkelmützen hatten ihren Weg in die Straßenmode gemacht, und in Nachtclubs wurden regelmäßig *Bay-Busters*-Partys veranstaltet. Jed Jettson nützte diesen Boom aus. Die Serie wurde immer schlechter, er immer reicher.

Jed Jettson gehörte außerdem das *Push Up*. Lily linste um die Absperrung herum. Vielleicht drehte er ja heute. Er galt als umgänglich. Sollte vor allem Frauen gegenüber nett sein. Vielleicht konnte sie ihn ansprechen, ausfragen. Sie malte sich Dougs Gesicht aus, wenn sie ihm die Lösung des Falles präsentierte: Jett Jettson hat die Tänzerinnen umgebracht…

Doch bevor sie sehen konnte, ob er überhaupt da war, kam ihr Bus, und sie stieg ein. Der 48er Bus kurvte im Zickzack den Hügel hinunter, kreuz und quer durch die Siedlung mit den Sozialwohnungen, hielt vor der High School, der Gratis-Klinik und dem Drugstore und bog dann in die vierundzwanzigste Straße ein, die pfeilgerade auf Twin Peaks zuhielt. Im flachen Mission District hatte die Straße südlichen Charakter. Devotionalienläden, mexikanische Bäckereien, Taquerias, Reisebüros, *Envio del Dinero a Mexico*. Nach der Valencia Street stieg die Straße steil an. Die Palmen auf der Mittelspur der Dolores Street bildeten die Grenze zum gediegeneren Noe-Valley-Viertel. Die Häuser wurden größer, die Läden teurer, die Espressobars häufiger. Noe Valley war laut Stadtanzeiger das Viertel, wo man am ehesten von einem Kinderwagen gerammt wurde. Junge Familien mit Geld wohnten hier, in den großzügigen viktorianischen Wohnungen und Einfamilienhäusern, die sie sonnig renovierten. Junge Mütter in Dreiviertelhosen und pastellfarbenen Blusen schoben ihre Kinderwagen von Boutique zu Maniküresalon, überdimensionierte Kaffeebecher in der Hand, Handys zwischen Schulter und Ohr geklemmt, das Haar im Sonnenlicht glänzend.

Junge Mütter wie Karen Soblowski.

An der Ecke Church Street stieg Lily aus. Zum ersten Mal wünschte sie, sie hätte auch ein Handy. Theoretisch verfügte jede Bushaltestelle über ein Münztelefon. Doch seit einigen Jahren wurden die kaputten Apparate nicht mehr ersetzt. Lily versuchte es in einem Waschsalon und schließlich bei *Starbucks* an der Ecke Castro Street. Germaine würde sie lynchen, wenn sie sie bei *Starbucks* erwischen würde. Doch hier gab es ein öffentliches Telefon. Sie versuchte es wieder bei Doug. Keine Antwort. Sie rief die Auskunft an und fragte nach Kath Neills Nummer. Nicht eingetragen. Kath Namara? Auch nicht. Natürlich nicht. Was hatte sie erwartet? »*Yama Yoga*?«, unternahm sie einen letzten Versuch. *Yama Yoga* hatte eine eingetragene Telefonnummer.

»Anfänger-Stunden finden jeden Tag um siebzehn und neunzehn Uhr statt. Mysore-Praxis nach Absprache. *Namaste!*«

Lily legte auf. Die Münzen waren ihr ausgegangen, und sie wusste nicht weiter. Sie kaufte sich einen doppelten Espresso und ein Stück Zitronenkuchen und setzte sich an einen der winzigen Tische auf dem Gehsteig, von wo sie einen guten Blick auf die Kinderwagenkarawane hatte. Schräg gegenüber befand sich ein teurer Feinkost-Supermarkt. Sie hätte wetten können, dass Karen hier einkaufte. Früher oder später musste sie hier vorbeikommen. Nachdem Lily den letzten Schluck ihres Espresso getrunken hatte, der deutlich besser war als der bei Germaine, kam sie auf das Naheliegendste: Sie rief bei sich zu Hause an. Georg nahm ab. Kath war bei ihm.

»Wir schauen uns gerade Körperkarten an«, erklärte er.

»Körperkarten?« Lily schüttelte den Kopf, um das Bild von ihrem Vater, der mit pornografischen Karten Poker spielte, zu vertreiben. »Eine Art Landkarte der Meridiane«, fuhr er fort. »Energiekanäle, die sich durch den Körper ziehen. Es ist hochinteressant, wie ähnlich die chinesische Medizin der ayurvedischen ist, ganz erstaunlich …«

»Gibst du sie mir mal?«

»Natürlich, Liebes. Ist mit dir alles in Ordnung? Rhonda hat sich schon nach dir erkundigt. Du bist nicht etwa auch von zu Hause weggelaufen?« Er klang ernsthaft besorgt.

Sie musste lachen. »Nein, nein. Ich habe nur so viel zu erledigen.« Zu ihrer Erleichterung übernahm Kath den Hörer.

»Lily?«

»Kath, weißt du zufällig, wo Karen Soblowski wohnt?«

»Karen Soblowski? Warum?«

»Hast du nicht gesagt, sie arbeitet im *Push Up*?«

»Lily … hat Doug dich etwa in seine Untersuchung eingespannt?«

»Ich will ihm nur helfen. Mir ist plötzlich eingefallen – Karen hat gesagt, sie kenne Mandalee vom Haareschneiden –, warum hat sie nichts vom *Push Up* gesagt? Und warum hat Susie nichts gesagt? Die müssen sich doch alle kennen.«

»Nicht unbedingt, wenn sie nicht dieselbe Schicht haben. Das *Push Up* ist den ganzen Tag geöffnet. Und Karen macht das nur nebenbei. Ich glaube, sie hatte hohe Kreditkartenschulden oder so was.«

»Jedenfalls bin ich zufällig in Noe Valley, und ich dachte, wenn ich schon hier bin, könnte ich mal bei ihr vorbeischauen. Mit ihr reden.«

»Noe Valley? Wie kommst du denn auf Noe Valley?«

Lily schwieg. Wenn sie es sich recht überlegte … sie hatte keine Ahnung. »Sie sieht so aus … ich dachte … ihr Haar …«

Kath lachte. »Lily, Karen wohnt in der Outer Mission!«

Das war allerdings ganz woanders. Doch bevor Lily nach der genauen Adresse fragen konnte, wurde die Verbindung wieder unterbrochen.

10

Karen Soblowski lebte in einem kleinen Haus in einer ruhigen Straße in der Outer Mission, einem verschlafenen Viertel an der südlichen Stadtgrenze. Eine Gegend, in der die Straßen nach europäischen Städten benannt waren: Milan, Lisbon, Paris, Vienna, Moscow – Karen wohnte in der Hannover Street. Sie bestand aus einstöckigen Häusern mit verblichenen Anstrichen, halb runden Vorderfronten und Stuckverzierungen. Zwanzig Jahre alte Autos standen am Straßenrand. Die Vorgärten waren staubig, das Gras verbrannt. Drei Mädchen spielten mitten auf der Straße Gummitwist.

Lily klingelte an der Nummer 353. Sie hatte vorher angerufen – ihr Auto sei in der Werkstatt an der Ecke, und sie habe zwei Stunden totzuschlagen, ob sie zum Kaffee kommen könne? Karen öffnete ihr die Tür. Sie wirkte in dieser schäbigen Gegend fehl am Platz mit ihrer teuren Kleidung, ihrem glänzend glatt geföhnten Haar, ihren frisch lackierten Nägeln.

»Komm rein«, sagte sie. »Tut mir Leid, dass du hier draußen gestrandet bist. Keine besonders aufregende Gegend, aber billig.« Die Tür öffnete sich in einen kurzen Flur, von dem rechts und links zwei Schlafzimmer abgingen und der in einer großen Wohnküche endete.

»Groß ist es nicht«, sagte Karen entschuldigend. »Aber es reicht, solange die Mädchen in einem Zimmer schlafen.« In der Küche stand ein großer Tisch mit vier Stühlen. Am Fenster waren gelb karierte Vorhänge befestigt. Es war eine sonnige, gemütliche Küche, passte aber nicht ganz zur schicken Karen.

»Setz dich«, sagte sie. »Magst du einen Kaffee?« Sie hatte einen *Mr. Coffee* auf dem Küchentresen stehen, offenbar seit dem frühen Morgen eingeschaltet, der eine dünne, vor sich hinschmorende Brühe warm hielt. Lily wusste, was sich gehörte, und nahm dankend an. Sie mochte amerikanischen Kaffee, solange man dabei nicht an Kaffee dachte, trank er sich leicht.

»Schwarz«, sagte Lily. Mit Milch hieß »weiß«. Daher, dachte sie, die Farbbezeichnung *Swiss coffee* für meine weißen Wände, *Swiss* für die Kühe, die die Milch geben, und *coffee* für Kaffee, weißen Kaffee.

Karens Wände waren sonnengelb gestrichen, die Decke rosa. Der Flur leuchtete in verschiedenen Grün-Abstufungen.

»Hast du die Wände selbst gestrichen?«, fragte Lily, immer noch von ihrem Traum verfolgt.

»Ich?« Karen streckte die Hände aus. Ihre Fingernägel waren wie Krallen gekrümmt und mit winzigen amerikanischen Flaggen bemalt. »Nein, so was macht mein Mann. Darin ist er wirklich gut.« Sie nickte zur Wand, wo vier oder fünf gerahmte Farbfotos in Vergrößerungen hingen, die einen gut aussehenden dunkelhaarigen Mann mit nacktem Oberkörper zeigten. Hinter ihm eine etwas jüngere Karen. »Das sind unsere Hochzeitsbilder«, sagte sie nicht ohne Stolz. »Meine Schwiegermutter bekreuzigt sich jedesmal, wenn sie sie sieht. Dabei bin ich nicht mal nackt, es sieht nur so aus.«

Auf den Bildern schaute sie, stark geschminkt und melancholisch, über die Schulter ihres Bräutigams, ihre Hände mit den krallenförmigen, dunkel lackierten Nägeln lagen wie Insektenlarven auf seiner Brust. Sie seufzte.

»Wie alt schätzt du mich?«

»Ich weiß nicht –«

»Nun komm schon, ehrlich.«

Achtunddreißig, dachte Lily. Sicherheitshalber sagte sie: »Fünfunddreißig?«

Karen lachte. »Ich werde dieses Jahr fünfzig, *honey*. Diese Bilder sind zwanzig Jahre alt.« Sie stand auf und stellte sich neben das Bild. »An meinem Hochzeitstag habe ich mir geschworen, alles daranzusetzen, solange wie möglich so auszusehen. Genauso wie am Tag meiner Hochzeit. Es ist nicht einfach, vor allem, wenn man nicht viel Geld hat. Da ist nichts operiert, das möchte ich klarstellen! Nicht, dass ich nicht möchte, aber ich kann es mir nicht leisten. Bist du verheiratet?«

Aus reiner Gewohnheit nickte Lily, dann schüttelte sie den Kopf. »Geschieden.«

»Aha.« Karen musterte Lily von oben bis unten, die sommersprossige, ungeschminkte Haut, das hellblonde Haar, das seit dem Besuch bei *Manes'n'More* nicht mehr gestriegelt worden war, die schlampige Schlaf-und-Turn-Kleidung. »Weißt du, ich glaube, die meisten Ehen scheitern daran, dass sich die Frauen nach der Hochzeit gehen lassen. Deshalb hängen unsere Hochzeitsbilder an jeder Wand – und dazwischen immer wieder mal ein Spiegel.« Sie lachte und schenkte sich Kaffee nach. Lily hielt abwehrend die Hand über ihre Tasse.

»Stört es dich, wenn ich rauche?«, fragte Karen. »Albert mag es nicht, wenn ich rauche. Aber bis er nach Hause kommt, habe ich gelüftet.« Karen zündete sich eine Zigarette an und hob die Spraydose hoch, die auf dem Tisch stand. Nach jedem zweiten oder dritten Zug spritzte sie ein wenig Raumspray in die Luft, Duftnote Sommerwiese.

»Was ist denn mit deinem Auto?«, fragte sie. »Fährst du einen Mercedes?«

»Nein.« Lily zögerte. Sie hatte sich die Werkstatt nicht angeschaut. War es eine für Mercedes? In dieser Gegend? Es gab einige Werkstätten, die auf deutsche Marken spezialisiert waren und deutsche Namen trugen wie *Autohaus* oder gar *Hansi's Auto*.

»Einen VW«, sagte sie auf gut Glück. »VW Karmann, Jahrgang '69, türkis mit beigem Verdeck.« Zu viele Details verraten den Lügner. Lily mit ihrer hellen Haut, die sich bei jeder Gefühlsregung verfärbte, und ihrer Veranlagung, erst zu reden und dann zu denken, sollte nicht lügen. Es gar nicht erst versuchen.

»Schon gut«, sagte Karen, »ich will ihn ja nicht kaufen.« Sie zielte mit dem Raumspray auf Lily.

»Was hältst du denn von dieser Geschichte im Yogastudio«, wechselte Lily hustend das Thema.

»Welche Geschichte?«

»Dass Mandalee gestorben ist und dann Susie. Ist doch eigenartig. Es scheint, dass beide Frauen im *Push Up* gearbeitet haben. Ist das nicht ein komischer Zufall?«

Karen zuckte die Schultern. »Na und?«

Lily fiel keine elegante Überleitung ein, deshalb fragte sie geradeheraus: »Arbeitest du nicht auch dort?«

Karen kniff die Augen zusammen. Sie ließ die Spraydose Spraydose sein. »Und wenn?«

Darüber hatte Lily nicht nachgedacht. Ja, und wenn? Sie wünschte sich, Doug wäre hier. Er hätte Karen mit seinem Charme niedergewalzt, ihren Widerstand weggeflirtet. Er wüsste außerdem, worauf er mit seinen Fragen hinauswollte. Doch Doug hatte sie nie zurückgerufen.

»Ich mache mir halt Sorgen«, sagte sie lahm.

»Sorgen um mich?« Karen lachte. Sie drückte die Zigarette aus und legte eine Hand auf Lilys Arm. Ihre Fingernägel fühlten sich eigenartig kühl und gewichtslos an, wie Käfer auf ihrer Haut. »Das ist lieb von dir, *sweetie.*«

»Falls an diesen Todesfällen wirklich etwas faul ist, und ich glaube, die Polizei hat Drogen gefunden in Susies Blut oder was – und wenn es mit dem *Push Up* zu tun hat, dann bist du vielleicht auch in Gefahr, Karen.«

Karen schüttelte den Kopf. »Das ist Unsinn. Weißt du, wie

viele Frauen im *Push Up* arbeiten? Alle Schichten zusammengenommen? Über zweihundert – und zwei von ihnen sind gestorben. An Herzversagen. Nach einer, ehrlich gesagt, verdammt anstrengenden Yogastunde. Vielleicht haben sie Drogen genommen, das ist möglich. Und die haben dann zu dieser Herzschwäche geführt.«

Lily musste zugeben, dass das einleuchtend klang. Ashtanga-Yoga war nicht nur körperlich anstrengend. Das ungewohnt tiefe, etwas gepresste Atmen, das damit verbunden war, hatte sie auch schon ganz schwindelig gemacht. Vor allem, wenn sie vom Vorabend noch verkatert war. Und hatte Kath nicht gesagt, dass Mandalee sich nicht geschont hatte?

Karen warf ihre Zigarette in die Tasse, wo sie in einem Rest von Kaffee zischend unterging. »Nein, *honey*«, fuhr sie fort, »ich sehe wirklich nicht, was das mit mir zu tun haben soll.«

»Aber du arbeitest im *Push Up?*«

»Mein Mann weiß nichts davon.« Sie schüttelte eine neue Zigarette aus der Schachtel. »Ich habe jahrelang bei *Macy's* in der Kosmetikabteilung gearbeitet. Da konnte ich mir die Artikel, die ich brauche, immer leisten, verstehst du. Mit Angestelltenrabatt. Dann haben sie mich entlassen – nach all den Jahren. Ich konnte es nicht fassen. Ich konnte auch Albert nichts sagen. Wir brauchen das Geld, und wie gesagt, er weiß nicht, was ich für einen Aufwand betreibe, um so auszusehen.« Sie kicherte. »Woher sollte er es auch wissen? Er selbst unternimmt ja keine Anstrengungen in dieser Richtung. Männer! Du weißt ja!« Sie schüttelte den Kopf, resigniert, aber gleichzeitig gerührt, wie von den Mätzchen eines jungen Hundes.

»Ich weiß«, sagte Lily, dabei wusste sie gar nichts. Selbst betrieb sie keinen Aufwand. Frank war immer der Gutaussehende, der Gepflegte gewesen.

»Einmal musste ich Mandalee um Kredit bitten, als sie

meine Haare machte. ›Ich habe kein Geld‹, hab ich gesagt, ›aber die weißen Wurzeln müssen trotzdem behandelt werden, nicht wahr, kann ich nächsten Monat bezahlen?‹ Und da hat sie mir den Tipp gegeben, mich im *Push Up* zu melden. ›Wir müssen ja alle irgendwie über die Runden kommen‹, hat sie gesagt. Im *Push Up* verdiene ich in zwei Stunden so viel wie bei *Macy's* in einer Woche. Es macht mir sogar Spaß – so sieht wenigstens mal jemand meine Figur. Bei all dem, was ich hineinstecke. Ich mach's auch nur morgens, zehn bis zwölf, zwar nicht die beste Schicht, aber immer noch besser als *Macy's*. Um zwei stehe ich schon wieder vor der Schule und hole die Mädchen ab.«

»Kanntest du denn Susie?«

»Nein, nur vom Yoga. Wir haben immer Kaths Stunden in der *Yoga Factory* genommen, als sie noch da unterrichtete, sie war sehr beliebt. Ich mache schon lange Yoga, weißt du, es hat eine verjüngende Wirkung, weil es die Lymphdrüsen anregt. Ganz anders als Aerobic.« Karen schaute auf die Uhr. »Mein Mann kommt bald.«

Lily stand auf. »Wenn dir noch was einfällt, zu Drogen oder so –« Hier hätte sie ihr eine Visitenkarte reichen sollen, doch sie hatte keine. Stattdessen kritzelte sie ihre Telefonnummer auf einen Kassenzettel, den sie in ihrer Tasche fand. »Ruf mich an, ja?«

»Ja, mach ich.« Doch Karen knüllte den Zettel zusammen, bevor Lily sich zum Gehen gewandt hatte.

Als Lily die Straße entlang zur Busstation ging, kam ihr ein hagerer Mann in der billigen, schlecht sitzenden braunen Uniform der städtischen Buschauffeure entgegen. Seine Schuhe waren abgetreten, und er kam auf der ebenen Straße ins Schnaufen. Sein dünnes Haar war mit Pomade an den Kopf geklebt. Im Schnurrbart hing ein Essensrest. Er ging an Lily vorbei, ohne sie zu beachten. Nach ein paar Schritten drehte sie sich um und sah ihn ins Haus Nummer 353 gehen.

11

»Gut«, sagte Leo. »Ja«, sagte Leo. »Okay«, sagte Leo.

»Du weißt doch, wie die Jungen sind«, sagte Klara, die den Hörer wieder übernommen hatte. »Man könnte glauben, sie hätten die Sprache verloren. Als würden sie nur einsilbige Wörter kennen. Bis sie dann mit ihren Freunden telefonieren … Du kannst mir glauben, die Telefonrechnungen, die wir kriegen, seit der Junge bei uns ist!«

Klara war deutlich freundlicher geworden, seit Leo bei ihnen lebte. Sie wusste, dass Lily jederzeit das Sorgerecht einklagen konnte. Vielleicht hatte auch Frank ein gutes Wort für sie eingelegt. Vielleicht war sie einfach glücklicher. Lily konnte das gut nachvollziehen. Sie war auch glücklicher mit Leo als ohne.

»Er macht sich gut in der Schule«, sagte Klara. »Seine Lehrer mögen ihn. Er sei ein selbstständiger Denker, hat einer gesagt. Das hat er bestimmt drüben gelernt.«

Es war das erste Mal seit ihrem Wegzug aus der Schweiz vor vier Jahren, dass Klara Amerika überhaupt zur Kenntnis nahm. Sie fuhr fort: »Wenn wir schon von drüben sprechen: Isabelle und die Kinder wollen in den Herbstferien in die USA. Nach Disneyland. Kannst du ihnen helfen, die Reise zu organisieren?«

Isabelle war Franks ältere Schwester. Sie behandelte ihn beinahe wie einen Sohn. Sie hatte Lily nicht gemocht, aber Stella auch nicht. Nur hatte Lily das nicht gewusst. Damals hatte Stella noch nicht direkt mit ihr kommunziert.

Jeden Sommer waren sie zusammen nach Italien gefahren,

Isabelle, Toni und ihre drei Kinder, Frank, Lily und Leo. Jeder Sommer derselbe Albtraum, voller Anspielungen, die Lily nicht verstanden hatte, voller Erinnerungen an frühere Sommer, bessere Sommer, Sommer mit Stella.

»Isabelle und die Kinder?«, wiederholte Stella, denn Lily war diese Einzelheit entgangen. »Was ist mit Toni?«, fragte Lily, »hat er keine Ferien?«

Klara seufzte. »Einmal musst du es ja doch erfahren.« Ihre Stimme klang unsicher. »Sie lassen sich scheiden. Frank weiß es noch nicht. Sag ihm lieber nichts.«

Frank weiß es noch nicht. Sag ihm lieber nichts. Frank hatte seine erste Frau im Auto sterben lassen, seine zweite Frau geschlagen, ihr nicht gesagt, dass er unterbunden war, Frank hatte jahrelang behauptet, Gottes Stimme zu sein, Frank war einer Gefängnisstrafe nur knapp entgangen, hatte ein halbes Jahr in einer psychiatrischen Klinik verbracht und behauptete heute, nur wenig bescheidener, ein Energieträger zu sein. Dieser Frank durfte aber nicht wissen, dass seine Schwester sich scheiden ließ.

»Warum kommt sie denn ausgerechnet nach Amerika?« Lily verstand nicht. »Warum nicht zu Frank? Wo Disneyland doch ganz in der Nähe von Franks Zentrum ist?«

»Es war meine Idee«, sagte Klara. »Ich dachte, sie könnte bei dir vorbeischauen. Ein bisschen weibliche Gesellschaft würde ihr gut tun. Hier im Dorf redet ja niemand mehr mit ihr.«

»Und was ist, wenn Frank in die Schweiz kommt?«, fragte Lily. »Er besucht euch doch bald, nicht?« Frank hatte seinen Flug in die Schweiz verschoben und Patricia mit Flitterwochen an der Bay abgelenkt. Und die Flitterwochen zogen sich hin. Und hin. Trotzdem schaffte Frank es beinahe jeden Tag, vorbeizukommen, Lily zu besuchen, an ihrem Küchentisch zu sitzen, in ihre Augen zu schauen, ihre Arme zu streicheln.

»Er wollte diese Frau mitbringen.« Klara senkte die Stimme. »Kannst du dir das vorstellen? Wir haben ihm gesagt, es ist seine Sache, was er drüben macht, da mischen wir uns nicht ein, doch in unserem Haus wollen wir sie nicht haben. Schon gar nicht, wo jetzt der Junge bei uns ist.«

Deshalb die nicht enden wollenden Flitterwochen. Lily fragte sich, wie lange Frank Patricia noch hinhalten konnte.

»Sie sind immerhin verheiratet«, warf sie ein.

»Dass ausgerechnet du das sagst! Nun, ich habe dich nie verstanden.« Das sagte sie nicht unfreundlich. »Willst du noch mit Kurt sprechen? Ich hole ihn. Aber sage ja nichts wegen Isabelle. Er weiß nichts. Kurt, komm ans Telefon, es ist Lily.«

»Das ganze Dorf weiß es, aber Kurt nicht? *Come on*!« Stella hatte in den toten Hörer gesprochen. Klara war auf der Suche nach Kurt. Lily stellte sich vor, wie der altmodische schwarze Hörer im Leeren baumelte, sich langsam am Kabel drehte wie in einem schlechten Thriller.

»Lily?«

»Kurt?«

Was würdet ihr sagen, wenn ich zu euch rauszöge, vielleicht könnt ihr mir helfen, eine Wohnung zu finden, vielleicht im Nachbardorf?

»Du bist fast so gesprächig wie der Junge«, sagte Kurt. Und nachdem er einen Laut ausgestoßen hatte, der als Lachen durchgehen konnte, legte er auf.

12

Den ganzen Tag hatte sie Dougs Nummer gewählt, die sie längst auswendig kannte, immer wieder, während der Arbeit, beim Essen, im Waschsalon, auf dem Klo. Jedes Mal hatte gleich nach dem ersten Klingeln die Mailbox eingesetzt. Das hieß, dass er das Telefon ausgeschaltet hatte. Das hieß, dass er arbeitete. Sie stellte sich vor, wie er durch düstere Gassen schlich, mit seinem federnden Gang, mit den Augen jeden Winkel absuchend, seine verwaschene, fast weiße Jeansjacke im Dunkeln von weitem sichtbar. Keine Angst zeigen, sagte er immer. Nichts anmerken lassen. *Be yourself!*

Deshalb war Lily überhaupt nicht darauf gefasst, als sie nachts um halb elf plötzlich durchkam. »Hallo? Hallo? Wer ist da?« Es war aber nicht Doug. Lily hatte sich gerade die Zähne geputzt. Sie musste erst ausspucken, bevor sie sprechen konnte.

»Doug? Bist du das?«, fragte eine junge, helle Stimme.

Bevor Lily antworten konnte, fuhr die Stimme fort: »Du hast dein Telefon bei mir vergessen, *baby*.« Sie kam Lily bekannt vor. Vielleicht war es auch nur der Tonfall. Das aufgeregte amerikanische Frauenzwitschern.

»Ist Doug nicht da?«, fragte sie.

»Wo, da?«, fragte die Stimme zurück. Lily schüttelte den Kopf. Ließ ihre Hirnwindungen wieder an den richtigen Platz fallen.

»Er soll mich anrufen«, sagte sie. »Es geht um einen Fall. Er soll Lily anrufen, Okay? Sag ihm das.«

»Lily?« Das Zwitschern war begeistert höher geflattert. »Lily, ich bin es doch, Cheri! Erinnerst du dich nicht an mich?«

»Cheri?«

»Tammys Cousine. Im ersten Stock. Das ist so cool. Bist du zu Hause? Ich gehe mal auf den Balkon raus.«

»Cheri –« Lily hörte die Terrassentür im unteren Stock aufgehen. Sie seufzte, nahm das Telefon mit auf ihren Balkon und beugte sich über die Brüstung.

»*Hi!*« Cheri winkte aufgeregt. Sie trug ein winziges Trägerhemd und rosa Männerunterhosen, Boxershorts, die sie sich möglicherweise von Doug ausgeliehen hatte. Was wusste Lily schon über seine Wäsche. An den Füßen rosa Plüschpantoffeln mit Miss-Piggy-Köpfen.

»Das ist doch irgendwie irre«, rief Cheri von unten. »Du und ich und Doug und das Telefon …« Wie zur Bestätigung hielt sie sein Handy in die Höhe. Dann nahm sie es wieder ans Ohr, obwohl sie genauso gut direkt mit Lily reden konnte. »Doug ist so cool, nicht? Ich war noch nie mit einem richtigen Mann zusammen. Ich meine, im Vergleich mit ihm ist jeder andere Mann ein kleiner Junge, nicht wahr?« Cheri trappelte in ihren Schweinshüfchen auf und ab. Lily wusste nicht, was sie sagen sollte. Doug war in der Studentenwohnung gewesen, aber nicht bei ihr.

»Ich muss jetzt auflegen«, rief Cheri. »Morgen will ich um sieben im Yoga sein. Doug hat gesagt, er geht da immer hin. Stimmt das?«

»Ja. Manchmal.«

»Okay dann, gute Nacht!«

»Gute Nacht.«

»Oh, was soll ich ihm noch mal ausrichten?«

»Nichts.«

Tapferer Krieger

1

Georg stand wie jeden Morgen in seinem schwarzen Trainingsanzug bereit, das Handtuch um den Nacken geschlungen, als es kurz vor sieben Uhr an der Tür klingelte. Er öffnete. Es war aber nicht Kath, sondern Frank und Patricia. Beide trugen weiße Turnsachen, Patricia einen eng anliegenden Ballettleotard, Frank weit geschnittene Hosen und T-Shirt. An ihren Füßen glitzerten silberne Birkenstocksandalen.

»Guten Morgen«, bühnenflüsterte Patrica und lächelte breit. »Ist das nicht eine Überraschung? Wir wollen heute mit euch Yoga machen.« Sie hatten ein ganzes Arsenal an Yogamatten, Übungsteppichen, Wolldecken und Meditationskissen bei sich.

»Mehr Schüler? Toll.« Kath kam die Treppe herauf, ihre Bargeldkasse unter dem Arm. Seit dem zweiten Todesfall waren ihre Klassen merklich geschrumpft.

»Schüler? Ja, so kann man's auch sagen. Wir lernen schließlich, solange wir leben.«

»Kommt rauf. Wo ist Lily?«

»Ich weiß nicht«, sagte Georg. »Ich glaube, sie schläft noch.«

»Spät nach Hause gekommen? Ist sie wieder mit diesem Privatschnüffler ausgegangen?«

»Frank, *honey,* das geht dich nichts mehr an. Haben wir das nicht besprochen?«

»Soll ich sie wecken?« Kath grinste. »Keine Angst, ich habe es nicht ernst gemeint.«

Oben angekommen, schloss Kath das Studio auf.

»Interessanter Raum. Luftig«, sagte Patricia. Sie klopfte auf das Schuhgestell. »Ist das Rosenholz?«

Kath zündete ein Räucherstäbchen an, schaltete die Heizstrahler ein und legte eine CD auf. Ein tiefes, vibrierendes Om füllte den Raum.

»Ich dachte, ich könnte mal ein Yoga-Intensivwochenende anbieten«, sagte Frank. »Im *Eye of the Storm*. Hier, das hast du letztes Mal vergessen.« Aus den Tiefen seiner Pluderhose fischte er eine Visitenkarte. »Bei wem hast du denn gelernt?«, fragte er dann weiter. »Ashtanga, das ist Sri Patthabi Jois, habe ich Recht? Wie lange warst du bei ihm?«

Kath steckte die Karte ein. »Zwei Monate, dann hat er mich rausgeschmissen.« Sie lächelte. »Ihr müsst die Matten quer legen, nebeneinander. Die Kissen und Decken, die ihr nicht braucht, verstaut ihr bitte im Regal.«

Die ersten Schüler trafen ein und runzelten die Stirn über die weiß gekleideten Yogis, die sich in der Mitte des Raumes breit gemacht hatten.

»Entschuldige«, sagte Shiva, auf dessen nacktem Oberkörper frische Brandnarben glänzten, ein rosa schimmerndes Labyrinth, »das ist mein Platz.« Und er rollte seine Matte quer über Franks Wolldecken aus. Kaths Yogaschüler hatten ihre Rituale und territorialen Ansprüche: Sie beanspruchten immer denselben Platz, seufzten hörbar, wenn sich ein fremder Arm in ihre Aura streckte, und zupften altjüngferlich ihre Matten zurecht, wenn es eng wurde. Frank und Patricia blieb nichts anderes übrig, als ihre Sachen zusammenzuräumen und einen anderen Platz im Raum zu suchen.

»Lasst uns anfangen!« Kath klatschte in die Hände. »*Samasthiti.* Still stehen. Atmen.«

Schon nach dem ersten Om wurde sie von Frank unterbrochen, der das Lied übersetzt haben wollte. »Ich würde ungern an etwas teilnehmen, das sich mit meinem Glauben nicht vereinbaren lässt«, sagte er.

Kath seufzte. »Das respektiere ich. Es ist eine Danksagung an Patanjali«, erklärte sie.

»Patanjali, oh ja, natürlich. Die Yogasutras«, nickte Patricia und machte sich eine Notiz.

»Außerdem ein Madonna-Song«, warf Lily außer Atem ein, die gerade eintraf, gemeinsam mit Doug. Aus der Anfängerecke winkten begeistert die Mädchen, die Cheri zur Unterstützung mitgebracht hatte.

»Doug, hi!«, zwitscherten sie, kicherten, schlugen die Hände vor den Mund. Sie hatten sich für die Yogastunde üppig geschminkt, aber so wenig wie möglich angezogen. Cheri trug einen Bikini.

Kath schüttelte den Kopf. »Bitte Ruhe!« Scharf sah sie zu den Mädchen hinüber, die mit mehr Kichern reagierten. »Können wir nun endlich beginnen?«

Georg stellte sich wie immer als Erstes gleich auf den Kopf. Die anderen Schüler warfen sich in ihre Sonnengrüße.

»Wir praktizieren eine andere Version«, sagte Frank salbungsvoll.

»Okay, dann macht ihr die.«

»Möchte sich uns jemand anschließen?« Und schon stand Frank wieder in der Mitte des Raumes. Er breitete seine Arme aus, die in dem weit geschnittenen Hemd wie Engelsflügel wirkten. »Und auf«, rief er, »und ab, mit Gefühl! Den Kniescheiben zulächeln, die Knie wollen auch geliebt werden! Vielleicht ein Küsschen aufs Knie? Sehr gut. Und linkes Bein nach hinten ...«

Kath schaute einen Augenblick lang zu, ging dann zu ihm hinüber und legte eine Hand auf seinen Rücken. Er richtete sich auf. »Hör mal, Frank«, sagte sie. »Mysore ist eine stille Übung. Du kannst hier keine Klasse führen. Mal abgesehen davon, dass du als Schüler hier bist.«

Frank unterbrach seine Übung. Verwirrt sah er sich um. Drei oder vier Frauen hatten sich ihm bereits angeschlossen. »Oh«, sagte er. »Ich wollte keinesfalls... das war nicht meine Absicht... Aber heißt es nicht, wenn der Schüler bereit ist, wird der Lehrer sich zeigen?« Er strahlte und breitete wieder die Arme aus, schwang sie zur Decke hoch, und die Hälfte der Gruppe machte es ihm nach.

»Er kann es einfach nicht lassen«, flüsterte Patricia versöhnlich. »Nimm es ihm nicht übel, Kath. Ich würde sehr gern deine Interpretation des Sonnengrußes lernen.« Sie nahm ihre Matte und zog sie zum Anfängergrüppchen hinüber.

»Es ist nicht meine Interpretation«, sagte Kath störrisch. »Es ist eine Tradition. Eine jahrtausendealte Tradition.«

»Natürlich. Natürlich. Du hast so viel zu geben – als Mensch und als Lehrerin –, das spüre ich.«

Kath verdrehte die Augen. »Okay, fangen wir an.«

Als endlich alle in *Adho Mukha Svanasana* standen, dem gähnenden Hund, ging Kath zu Lily hinüber und presste die Handflächen in ihr Kreuz.

»Exmänner«, flüsterte sie.

»Ich weiß. Ich entschuldige mich.«

»Ich mich auch.«

Der Rest der Stunde verlief ereignislos, wenn man davon absah, dass die Hälfte der Klasse mit Frank ein Alternativprogramm absolvierte, das mit viel Seufzen und Stöhnen und Beckenkreisen verbunden war. Dass die Mädchen aus dem ersten Stock ihre Matten immer näher an Doug heranrückten, bis er ganz umzingelt war. Und dass Kath am Ende der Stunde keine Augenkissen verteilte. Sie wollte ihre Gesichter sehen.

2

Rhonda schob ihre Sonnenbrille auf die Stirn. Ihr linkes Auge war blutunterlaufen und geschwollen.

»Rhonda!«, rief Lily. »Hat Skip –«

»Spinnst du? Natürlich nicht. Es war ein kosmetischer Eingriff. Ich habe mir die Augenfalten wegmachen lassen.«

»Du hast doch gar keine .... Und wieso nur auf einer Seite?«

Rhonda setzte die Sonnenbrille wieder auf die Nase. »Die Brüste mache ich nächsten Monat«, sagte sie. »Beide.«

Sie blätterte die eingegangene Post durch, die Rechnungen, ohne sie wirklich anzuschauen, drehte den Computerbildschirm zu sich, kontrollierte die Internetkamera, die die Kunden direkt am Treiben im Büro teilhaben ließ. Lily wusste genau, wie sie sich hinsetzen musste, um im toten Winkel zu sein. »Wie läuft es?«, fragte sie abwesend, »hast du alles im Griff?«

»Absolut«, sagte Lily. »Die Kühlschrankmagneten sind eingetroffen. Willst du sie sehen?«

Seit einiger Zeit vertrieben sie über *simply.com* auch billige Gegenstände, Gadgets, die das Leben einfacher machen sollten: eine Familienzahnbürste mit auswechselbaren Köpfen, Schlüsselanhänger, die piepsten, wenn sie nicht am dafür vorgesehenen Haken hingen, Postfächer aus buntem Plastik und Kühlschrankmagneten. Rhonda legte sie auf dem Tisch aus: *Brot, Butter, Milch, Arzt, Zahnarzt, Klavierstunde, Fußballtraining* – eine Abwandlung der beliebten Kühlschrankpoesie. Statt Gedichten stellte man sich Listen zusammen. Was noch zu tun ist.

»Die sind jetzt schon ein Renner«, sagte Lily. »Ich bin froh, dass wir den Vertrieb nicht selbst übernehmen.«

»Mhm.« Rhonda legte *Arzt* neben *Hochzeitstag*. »Und was ist mit deinem Liebesleben? Siehst du diesen Typen noch, diesen Doug?«

»Ja.« Lily lächelte verlegen: »Ich mag ihn.«

»Hm.« Rhonda ersetzte *Arzt* durch *Zahnarzt* und legte *Steuererklärung* neben *Hochzeitstag*. Probleme mit Skip, schloss Lily daraus.

»Ich mochte Marcus lieber«, sagte Rhonda. »Wer weiß, ob diese Verlobung hält.«

»Rhonda –«

»Ist ja gut. Wenn du ihn magst ...« Sie zuckte mit den Schultern. »Du weißt hoffentlich, dass er mit dieser Kath verheiratet war?« Sie nannte sie immer »diese« Kath.

»Ja, das weiß ich. Das ist lange her.« Er hatte sich geändert. Menschen ändern sich. Besitzergreifende Menschen ändern sich und werden großzügig. Gleichgültig.

»Hast du ihn gefragt, ob er überhaupt schon geschieden ist? Schon gut, schon gut! Ich sage ja gar nichts.« Rhonda nahm ein gerahmtes Foto von Leo von der Wand. Es war ein Bild von der Abschlussfeier der achten Klasse. Er trug einen Anzug, der ihm zu groß war, ein Hawaiihemd, eine weiße Krawatte und Skaterschuhe. Im Arm hatte er vier oder fünf Blumensträuße, die ihm die Mädchen aus seiner Klasse geschenkt hatten. Er grinste übers ganze Gesicht. Seine dunklen Locken, Stellas Haar, wuchsen wild. Im Hintergrund stand Al noch in ihrem Bühnenkostüm, einem grünen, christbaumähnlichen Gebilde, das sie wie eine Pyramide aussehen ließ, eine missgelaunte Pyramide, mit bunten Bändern geschmückt.

»Vielleicht ist es das Beste so«, sagte Rhonda. »Teenager sind schwierig. Eines Morgens wachen sie auf und hassen dich.«

»Al hasst dich nicht«, sagte Lily.

»Nicht? Vielleicht hast du Recht. Vielleicht verachtet sie mich nur.« Rhonda legte das Bild mit dem Gesicht nach unten auf den Tisch. »Wie ihr Vater«, sagte sie. Sie setzte sich auf die Tischkante und spielte mit Lilys Haar. Das tat sie immer, wenn sie etwas von ihr wollte.

»Lily, kannst du heute Abend die Kinder nehmen? Skip und ich wollen ausgehen.« Sie lächelte ein angestrengt hoffnungsvolles Lächeln. »Ich habe einen Tisch in dem neuen französischen Restaurant reserviert. Das soll sehr gut sein. Wir können zu Fuß hingehen. Ein romantischer Spaziergang durch die Nachbarschaft, ein gutes Essen … Es wäre ideal, wenn die Kinder auch gleich bei dir übernachten würden.«

»Kein Problem.«

»Danke, Lily. Du bist meine beste Freundin, weißt du das?«

Lily entzog Rhonda ihre Haarsträhnen. Sie hatte nie eine beste Freundin gehabt. Schon als Kind war sie mit den Mädchenregeln nicht zurechtgekommen, die sich von Tag zu Tag änderten. Montags holte Miriam sie ab und ging mit ihr zusammen zur Schule, zu zweit wichen sie den größeren Jungs aus, die sich in den Büschen versteckten und Holzäpfel nach ihnen warfen. Sie hielten sich an den Händen, während sie den letzten Abhang hinunterrannten. Dienstags redete Miriam nicht mehr mit ihr, mittwochs wurde sie gezwungen, drei Schritte hinter Miriam zurückzubleiben, die Stefanies Hand hielt und durch die Luft schwang. Sie kam morgens in die Schule, und alle Mädchen außer ihr hatten die Hosenbeine zehn Zentimeter hochgekrempelt. Wenn sie es ihnen in der Zehnuhrpause nachmachte, wurde sie als Möchtegern verspottet.

»Mach dir nichts draus«, hatte ihre Mutter gesagt. »Mädchen sind unberechenbar. Modesty Blaise hatte schließlich auch keine Freundin. Halt dich an die Jungs, wie Modesty. Denk an Willie Garvin.«

»Ich weiß nicht, was mit Skip los ist«, fuhr Rhonda fort. »Er sitzt nur noch auf der Couch und sieht fern. Wie Bill, erinnerst du dich? Vielleicht ist es ein Fluch, weißt du – jeder Mann, der mir zu nahe kommt, verwandelt sich in einen Couchpotato. Einen schlecht gelaunten Couchpotato zudem.« Sie lachte, aber es klang nicht lustig.

»Ich weiß, was du meinst«, sagte Lily. Sie hatte dasselbe gedacht. »Aber es hat nichts mit dir zu tun.«

»Mit wem denn sonst?«

Darauf wusste Lily keine Antwort. Sie lehnte sich wieder zurück und überließ Rhonda ihr Haar.

3

»Er hat sie geschlagen«, sagte Al mit gewisser Befriedigung. »Voll ins Gesicht. Habt ihr das Auge gesehen? Von wegen gegen eine Tür gerannt!« Sie nahm sich noch ein Stück Pizza. »Aber sie hat angefangen. Vier Tassen hat sie nach ihm geschmissen und kein einziges Mal getroffen.«

Vier große Schachteln standen auf dem Tisch. Anthony zerquetschte ein Pizzadreieck in seiner Hand wie das tapfere Schneiderlein. Mara tupfte ihres mit einer Papierserviette ab, um das Fett aufzusaugen. Das Fräulein in der Schule machte das auch immer. Al hatte eine der Schachteln für sich allein eingefordert und arbeitete sich methodisch durch die vorgeschnittenen Stücke. Ihr Ausflug nach Marin County war von niemandem beachtet worden, am wenigsten von ihren Eltern. Sie war zurückgekommen, hatte sich in ihr Zimmer verzogen, die Musik aufgedreht. In ein paar Tagen begann die Schule. Al hatte schließlich doch noch einen Platz in der renommierten Highschool bekommen, die Leo besucht hätte, wenn er hiergeblieben wäre. Die Schule war bekannt für die beinahe quälende Aufmerksamkeit, die jedem einzelnen Schüler geschenkt wurde, sowie für die bosnischen Flüchtlinge, die sie in den Neunzigerjahren aufgenommen hatte und die alle auf die eine oder andere Art berühmt geworden waren. Einer von ihnen hatte zum Beispiel die erste Vereinigung schwuler Muslime in Amerika gegründet.

Die Tatsache, dass Al einen Platz in dieser Schule hatte, war für Rhonda Beweis genug, dass alles in Ordnung war. Sie hatte bereits Aufkleber an die Stoßstangen ihrer sämtlichen Wagen angebracht: *Stolze Mutter einer Hardwood-International-Schülerin.*

»Also, Georg, erzähl mal: Was ist eigentlich mit deiner Schwester los?«, fragte Al mit vollem Mund. Sie trug eine Schiebermütze über dem stoppeligen Haar und einen blauen Tankstellenoverall in Übergröße, auf dessen Brusttasche der Name Fred eingestickt war. Al Fred, dachte Lily.

Lily hatte ihre Pizza in kleine Teile zerrissen, die sie nun auf ihrer Papierserviette immer wieder neu arrangierte. Als sie die Pizzas abholte, hatte sie Doug und Cheri in der Schlange vor dem Lokal stehen sehen. Montag war *All-you-can-eat*-Tag in der Pizzeria. Die halbe Nachbarschaft traf sich da. Es hätte Zufall sein können. Wenn Doug nicht den Arm um Cheri gelegt hätte. Sie hatten alle so getan, als hätten sie sich nicht gesehen.

»Was willst du wissen?«, fragte Georg.

»Ich weiß nicht, zum Beispiel, warum lebt sie hier und du in der Schweiz, warum mag sie dich nicht, all so was.«

Georg lehnte sich zurück. Er hatte ein unberührtes Stück Pizza vor sich stehen und ein Glas Wasser mit seinem Tropfengemisch.

»Esther ist eigentlich gar nicht meine Schwester«, begann er. »Streng genommen nicht einmal meine Stiefschwester, sondern die Tochter der zweiten Frau meines Vaters. Meine Mutter starb bei meiner Geburt. Ich wuchs bei einer Tante in Deutschland auf, bis ich dreizehn Jahre alt war. Dann heiratete mein Vater wieder. Seine zweite Frau war ebenfalls verwitwet und Mutter einer Tochter, eben Esther. Sie holten mich zu sich, und wir zogen nach Hemlikon, wo er die Praxis eröffnete, die ich nach seinem Tod übernahm. Esther und ich hatten eigentlich getrennte Kindheiten. Der Altersunterschied. Sie hatte eine Mutter. Ich nicht. Wir verstanden uns nicht sehr gut. Kämpften ständig.«

»Stritten ständig, meinst du«, sagte Al, die es sich angewöhnt hatte, sein Englisch zu verbessern.

»Nein, kämpften. Es war ein Kampf. Um Aufmerksamkeit, Anerkennung und so weiter.«

»Ich will fernsehen!«, unterbrach Mara.

»Fernsehen!«, wiederholte Anthony.

Georg runzelte die Stirn. »Ist das gut für die Kleinen? Der Junge ist keine zwei Jahre alt. Vor zwei sollte man überhaupt nicht fernsehen. Das Gehirn ist noch nicht fähig, die Bilderfolge zu verarbeiten.«

»Fernsehen!!«

Lily gab nach und schaltete das kleine Gerät ein, auf dem sie nur fünf Sender empfangen konnte, von denen einer aber Trickfilme zeigte. Leo hatte ihn letztes Jahr zu Weihnachten gekriegt, zusammen mit einer Playstation 2. Lily selbst hatte keinen Fernseher. Wollte keinen. Und schlich sich dann in die Nachbarwohnung, wo es dreihundertvierunddreißig Sender auf vier verschiedenen Bildschirmen zu sehen gab, zu jeder Tages- und Nachtzeit.

Die Kinder hopsten auf der Couch auf und ab, klatschten in die Hände und sangen die Titelmelodie mit: *Scooby Dooby Doo, where are you.* Georg warf einen Blick auf den Bildschirm, wo gerade ein schauerlicher Zombie aus einem Sumpf auftauchte und den Spürhund erschreckte. Die Kinder kreischten. Georg schüttelte den Kopf.

»*Welcome to America, Dude*«, sagte Al.

Nachdem die Handlung auf dem Bildschirm sich etwas beruhigt hatte, fragte sie weiter: »Ja, aber was ist mit Lilys Mutter? Waren sie Lesben? Hast du etwa deiner eigenen Schwester die Freundin weggeschnappt?«

Sie nahm sich schnell das letzte Pizzadreieck, und Lily faltete die leeren, fettverschmierten Pizzakartons zusammen.

»Das ist eine lange Geschichte«, sagte Georg, »nicht mal Lily wollte sie hören.«

»Natürlich wollen wir sie hören! Lily, stimmt doch, oder?«

Als rundes Gesicht hatte sich gerötet. Lily fragte sich nicht zum ersten Mal, ob sie getrunken hatte.

»Ja«, sagte sie, wenig überzeugend, »natürlich will ich die Geschichte hören.« Einmal musste es ja sein.

»Erst bringen wir die Kinder zu Bett«, sagte Georg.

»Ach was, die schlafen immer vor dem Fernseher ein«, rief Al, »nun komm schon!«

Georg runzelte die Stirn. »Nein«, sagte er, »das tun sie nicht. Nicht bei mir.« Er stand auf und ging in die Küche, öffnete eine Packung Schweizer Butterkekse, die er im Reformhaus gefunden hatte, machte Milch warm, mischte sie mit Honig, goss sie in eine Tasse für Mara und in eine Flasche für Anthony. Für Al machte er eine Tropfenmischung in einem Glas Wasser zurecht. Er wartete eine Werbepause ab und schaltete den Fernseher aus. Die Kinder jaulten schockiert auf, doch die Kekse lenkten sie vorübergehend ab. Georg setzte sich zwischen sie und versprach ihnen eine Geschichte. Anthony starrte immer noch auf das schwarze Viereck des Fernsehers, als könnte der dumme Detektivhund jeden Augenblick wieder auftauchen.

»Was für eine Geschichte?«, fragte Mara, »eine mit einer Prinzessin?«

»Natürlich«, improvisierte Georg. »Es ist die Geschichte von einem Mädchen, das keine Eltern hatte. Es hatte nichts und niemanden auf der ganzen Welt. Das Mädchen wanderte und wanderte und wanderte in einem Flüchtlingszug einmal rund um die Welt. Man nannte es Modesty, Modesty Blaise.«

Lily lächelte. Das war – beinahe wörtlich – die Geschichte, die ihre Mutter ihr immer erzählt hatte. Vielleicht wäre es gar nicht so übel gewesen, einen Vater wie Georg zu haben. Georg als richtigen Vater zu haben.

»Das Mädchen hatte nur einen Freund. Den besten Freund, den ein Mädchen haben konnte ...«

»Hund?«, warf Anthony hoffnungsvoll ein und kaute auf dem Sauger seiner Flasche herum.

»Nein, keinen Hund. Ein Mensch war ihr bester Freund. Er hieß Willie. Willie Garvin. Er nannte das Mädchen nicht bei seinem Namen, sondern immer nur Prinzessin. Und weil er es glaubte, glaubte sie es auch.«

»Und hat er sie geküsst?«, fragte Mara eifrig.

Das hatte Lily auch immer gefragt. Wie Mara hatte sie sich eine »richtige« Prinzessinnengeschichte gewünscht. Die Botschaft, die ihre Mutter in ihre Gute-Nacht-Geschichten packte, war an Lily vorbeigegangen. Sie hatte schon als kleines Mädchen gewusst, dass sie zur Modesty nicht taugte. Dass sie das Zeug dazu nicht hatte. Ihre Mutter hatte ungleich länger gebraucht, um zum selben Schluss zu kommen.

»Was ist mit meiner Geschichte«, rief Al vom Esstisch aus. Die Tropfen hatten sie nur vorübergehend beruhigt. »Komm schon, Georg, wir wollen auch eine Geschichte hören.«

Da klopfte es an die Terrassentür. Rhonda stand draußen. Sie trug einen sehr kurzen Rock, ein Trägerhemd ohne Aufdruck und Riemchensandalen mit hohen Absätzen. Das lange Haar kunstvoll aufgebauscht, eine Strähne fiel übers Gesicht und verdeckte ihr blaues Auge.

Lily öffnete die Tür. »Schon zurück? Ich habe dich noch gar nicht erwartet.«

»Wir… haben unsere Pläne kurzfristig ändern müssen. Kommt schon, Kinder, wir schlafen drüben.«

»Nein! Ich will bei Lily schlafen«, jaulte Mara auf. »Sie hat es mir versprochen. In ihrem Bett!« Sie warf sich quer über die Couch und klammerte sich an Lily fest.

»Schon gut«, sagte Lily, »ist ja gut.« Sie musste lachen. »Mir macht es nichts aus«, signalisierte sie Rhonda.

»Georg wollte mir gerade etwas erzählen«, sagte Al.

Rhonda ließ die Arme sinken.

»Komm doch rein«, sagte Lily. »Hast du wenigstens gegessen?«

Rhonda ließ sich auf die Couch plumpsen. »Ich weiß es nicht mehr.«

»Ist noch Pizza da?«, fragte Georg. Lily schüttelte den Kopf. »Oder möchten Sie vielleicht ein Glas Wein?«

»Haben Sie nichts Stärkeres?«

»Tut mir Leid.«

»Ach, was soll's.« Sie zog den Kamm aus ihren Haaren. Mit ihm kamen die glänzenden, rosa gestreiften Strähnen, die auf ihren Schoß fielen. »Ich muss schließlich lernen, dass es nicht um mich geht. Um meine ›Befindlichkeit‹ – dabei weiß ich noch nicht mal, was meine Befindlichkeit ist. Ist das nicht lustig? Das ist doch lustig.« Georg reichte ihr ein Glas Rotwein, sie nahm es, drehte es in den Fingern, schaute hinein und leerte es dann in einem Zug. »Egal«, sagte sie. »Ich gehe besser schlafen. War eh keine gute Idee, heute Abend auszugehen. Ich habe morgen ein Interview mit *National Radio*. Da muss ich meinen Kopf beisammen haben.«

»Na, dann viel Glück«, wünschte Al.

Rhonda ging nicht darauf ein. Sie steckte ihre Haarsträhnen unter den Träger ihres T-Shirts, hob Anthony hoch, der nur halbherzig protestierte, küsste Mara auf die Stirn, winkte den anderen zu und stöckelte über den Balkon in ihre Wohnung zurück.

Lily steckte Mara in ihr Bett und erzählte ihr flüsternd eine kurze Version der Geschichte von der Barbiepuppe, die in Wirklichkeit eine verwunschene Prinzessin war und die auch nach ihrer Erlösung noch ihr Haar je nach Lust und Laune länger oder kürzer machen konnte. Dann ging sie ins Wohnzimmer zurück, wo Georg mit seiner Geschichte auf sie wartete.

»Eines Tages kam Esther mich in Hemlikon besuchen. Wir hatten uns jahrelang nicht gesehen. Sie hatte eine Weltreise gemacht, auf einer Insel gelebt, dann in San Francisco. Sie war ein wildes Wesen. Ein Hippie. Der erste Hippie, den Hemlikon gesehen hat. Vielleicht auch der letzte. Esther brauchte Geld. Sie war gelernte Krankenschwester. Wenn es nach meinem Vater gegangen wäre, hätten wir die Praxis zusammen weitergeführt. Ich stellte sie als Praxishilfe, als Sommervertretung, ein. Ruth war damals schon Gemeindeschwester in Hemlikon. Wir arbeiteten zusammen, wir mochten uns, mehr war da nicht. Sie war es, die Esther scherzhaft ›Schwester Esther‹ genannt hat. Ruth kam in diesem Sommer häufiger als sonst in die Praxis, sie half aus, gab Tipps, sprang manchmal sogar ein. Esther nahm ihre Arbeit nicht sehr ernst. Sie kiffte in den Arbeitspausen auf der Toilette, machte Janis Joplin nach, malte Peace-Zeichen und Smileys auf die Arme der Patienten, denen sie Blut abnehmen sollte. Ich glaube, Hemlikon spricht heute noch von ihr.« Georg nahm das Glas, das Rhonda stehen gelassen hatte, füllte es wieder mit Rotwein und fügte ein paar Tropfen hinzu.

Er nahm einen Schluck, schüttelte den Kopf. »Sie verliebten sich ineinander. Ich hatte keine Ahnung. Ich hätte es merken müssen – Annette hatte es gleich gemerkt. Annette war meine Frau«, fügte er erklärend hinzu. Er lächelte. »Ich glaube, ich wusste nicht einmal, dass Frauen sich ineinander verlieben können. Ich war wohl ein bisschen verklemmt. Ein Spätzünder.«

»Hört, hört.« Al streckte einen Zeigefinger in sein Weinglas und leckte ihn ab. Georg nahm das Glas aus ihrer Reichweite.

»Ende des Sommers flog Esther zurück nach San Francisco. Einer ihrer Freunde war gestorben und hatte ihr das Haus in Bolinas vererbt. Er war Rockmusiker, spielte bei… na ja, bei einer dieser Bands, *The Wonderful Dead* oder so ähnlich. Als sie zurückkam, wohnte sie nicht mehr bei mir, sondern bei Ruth. Da war es offensichtlich, dass sie sich liebten, sogar für mich. Esther blieb den ganzen Winter über. Dann musste sie wieder zurück – etwas war mit dem Haus oder mit ihrem Geld oder ihrem Pass. Wie auch immer – während sie in Bolinas war, kam Ruth zu mir. Sie liebe Esther, sagte sie. Sie würde ihre Stelle aufgeben, nach Bolinas ziehen, mit Esther leben. Sobald ihr Haus bewohnbar wäre. Sobald sie ihr Visum hatte. Sobald wie möglich. Esther schickte Fotos vom Haus. Vom Dach, das sie selbst neu gedeckt hatte. Dann schickte sie ein Ticket, und Ruth flog nach San Francisco. Ohne die Stelle zu kündigen oder ihre Wohnung aufzugeben. Sie hatte ganz einfach Ferien genommen. Und zwei Wochen später war sie wieder zurück. Als sie ging, wusste sie, dass sie nicht bleiben würde. Aber ich nehme an, Esther wusste es nicht.«

Er nahm noch einen Schluck Wein.

»Ich weiß bis heute nicht, was da passiert ist. Sie hat es mir nie erzählt. Ich weiß nur, dass sie es ernst meinte, als sie mir zwei Monate zuvor gesagt hatte, sie wolle mit Esther leben.« Er dachte nach. »Esther hat mich einmal angerufen. Mitten in der Nacht. Amerikanische Zeit. Bei mir war es nachmittags. Ich war bei der Arbeit, ich habe nicht aufgepasst, nicht zugehört. Danach hat sie sich nicht mehr gemeldet. Das war …«

»Februar 1969«, sagte Lily.

»Woher weißt du das?«

»Sie hat es mir gesagt. Ich bin im Oktober 1970 geboren. Wie kommt das?«

»Lily …«

»Was ist, wolltest du mir nicht alles erzählen?«

Er tat mehr Tropfen in seinen Wein. Lily fragte sich, ob sie sich auch ein Glas einschenken sollte. Außerdem fragte sie sich einmal mehr, ob Notfalltropfen Alkohol enthielten. Er musste ihre Gedanken gelesen haben, denn er schob das Fläschchen über den Tisch.

»Ist es so schlimm?«

»Nein, Lily, nein. Sie kam … sie kam eines Tages zu mir. Es war ein Donnerstag, die Praxis war geschlossen. Ich brachte den Bürokram in Ordnung, was ich donnerstags immer tat. Sie kam zu mir und sagte … bat mich … sie wollte …«

»Wollte was? Ein Kind?«

»Wissen, wie es mit einem Mann ist.« Er sagte es sehr leise.

»Ich dachte, du warst verheiratet.«

»Das waren andere Zeiten damals, vergesst das nicht. Wir waren ja nicht von der Welt abgeschnitten. Wir hatten von der sexuellen Revolution gehört, selbst in Hemlikon. Und wir wollten unseren Teil davon. Wir experimentierten im Kleinen. Annette schlief mit dem Milchmann.« Er sah in ihre erstarrten Gesichter. »Ja, glaubt mir, so war es.«

»Mit dem Milchmann?«, prustete Al heraus.

Georg musste selbst lachen. »Es war ein anderes Leben«, seufzte er dann. »Ich habe mir nichts dabei gedacht – bis ihre

Schwangerschaft nicht mehr zu übersehen war. Ich weiß bis heute nicht, ob sie es so geplant hatte.«

»Viel weißt du ja nicht gerade«, sagte Al.

»Nein.«

»Natürlich hat sie das geplant«, sagte Lily. »Du kennst sie doch.« Andererseits hatte sie Lily immer ihr »unverhofftes Geschenk« genannt.

Schönes Geschenk, das sie da hatte.

4

»Kath Namara«, sagte Skip, »es ist mir eine Ehre.« Und er beugte sich über ihre ausgestreckte Hand und küsste sie. Zu Kaths Ehren hatte er den männlichen Look heute Abend ein wenig durchbrochen. Er trug ein schwarzes Seidenhemd über einer schwarzen Hose und einen rot gemusterten chinesischen Fransenschal. Lily meinte sogar, Mascara auf seinen Wimpern zu erkennen.

»Danke für die Einladung«, sagte Kath.

»Bist du allein gekommen?«, fragte Skip. »Und du, Lily, was ist mit deinem Fußballspieler?«

»Der junge Mann ist nicht Fußballspieler, er ist Privatdetektiv!«, korrigierte Georg ernsthaft.

Frank knurrte. »Wie oft müssen wir uns das noch anhören? Und wo ist der Held?«

»Er… er hatte schon etwas vor«, log Lily, und sofort breiteten sich verräterische rote Flecken in ihrem Ausschnitt aus. In Wirklichkeit hatte er sie einfach nicht mehr angerufen.

»Dann sind wir also ganz unter uns!« Skip hängte sich auf einer Seite bei Kath, auf der anderen bei Lily ein und ging mit ihnen ins Esszimmer voraus. »Rhonda ist auch nicht hier. Sie musste leider kurzfristig zu einer Konferenz nach Denver. Schade, aber das Geschäft geht bei ihr halt vor.«

»Oh, was für ein wundervoller Tisch!«, rief Patricia und klatschte in die Hände.

Skip hatte den Esstisch ausgezogen und mit allem bedeckt, was er in Rhondas Schubladen hatte finden können: üppige Glasperlen- und Trockenblumengestecke, Tischdecke, Sets und Servietten in verschiedenen Farbtönen, aber mit demselben Muster, Kerzenständer und Tischkärtchen.

»*Simply.com,* hm?«, flüsterte Kath. Lily zuckte die Schultern. Sie hatte Rhonda heute früh zum Flughafen gefahren. Die Konferenz war nicht kurzfristig anberaumt worden. Skip hatte die Einladung so geplant. Vielleicht war es auch besser so – Rhonda und Kath konnten sich nicht ausstehen.

»Und mit so viel Liebe hergerichtet!«, rief Patricia. Sie nahm Skips Arm und drückte ihn. »Sie sind ein wunderbarer Mann«, sagte sie gefühlvoll.

»Sagen Sie das meiner Frau«, murmelte Skip. »Etwas zu trinken?« Skip nahm die Flaschen einzeln aus dem Barschrank und runzelte die Stirn. »Ich war doch sicher…« Lily war froh, dass niemand Southern Comfort verlangte. Sie hatte vergessen, die Flasche zurückzustellen, die sie über den Sommer geleert hatte. Vielleicht lag sie immer noch unter der Couch.

»Was für eine tolle Wohnung«, zwitscherte Patricia weiter, »sie strahlt so eine sonnige Sinnlichkeit aus, man merkt gleich, dass gute Menschen hier wohnen.« Sie nahm ein Glas Weißwein entgegen und leerte es in zwei großen Schlucken. »Ach, seien Sie ein Schatz und schenken mir nach.«

»Selbstverständlich.« Skip füllte erneut alle Gläser auf. »Dann sehe ich mal nach dem Essen. Ich habe es liefern lassen. Nachdem Rhonda sich abgemeldet hat…«

»Sie haben ja so Recht«, sagte Doktor Pat. »Wo es hier doch diese wunderbaren kleinen Restaurants gibt ... diese Vielfalt, diese multikulturelle Küche ... Bei uns in der Wüste gibt es im Umkreis von zwanzig Meilen nur Hamburgerschuppen. Wir müssen die Zutaten für unsere makrobiotischen Mahlzeiten jedes Mal in Palm Springs holen.«

»Tatsächlich. Al, hilf mir mal.«

Die Kinder hatten sich für den Anlass fein gemacht. Al, die jetzt Skip widerspruchslos in die Küche folgte, trug einen übergroßen orangefarbenen Müllmann-Overall und schwarz umrandete Augen. Anthony hatte einen Feuerwehrhelm aus Plastik aufgesetzt und eine Halskettte aus bemalten Holzperlen umgehängt. Mara war wie immer ganz in Rosa und Rüschen. Genau die Art von Polyester-Puppenkleid hatte Lily sich als Kind immer sehnlichst gewünscht. So eines wie Maria-Grazia aus ihrer Klasse zur Kommunion getragen hatte. Manchmal hatte sie Lily nach der Schule erlaubt, es anzuprobieren, ein Miniatur-Brautkleid aus weißem Schaum. Hemlikon hatte einen hohen Ausländeranteil gehabt, hauptsächlich Gastarbeiter aus Italien, Spanien und Portugal, und ihre Familien. Die meisten Mädchen in Lilys Klasse besaßen goldene Ohrringe, Taufarmbändchen, Lackschuhe, Sonntagskleider und sogar Unterhosen mit Nylonrüschen auf dem Po. All die mädchenhaften Accessoires, die Lily verweigert waren.

Sie setzte sich neben Mara und berührte die Rüschen mit den Fingern. Mara lächelte stolz. »Und schau, was es auch kann!« Sie rieb den Polyester, bis er sich knisternd aufgeladen hatte, und hielt dann die Hand über den Kopf. Ihre dünnen, geraden Haare richteten sich auf wie Pfauenfedern.

»Toll.« Lily war beeindruckt.

»Ich hoffe, ihr mögt indisches Essen«, rief Skip. Mit Als Hilfe hatte er die Speisen auf Porzellanplatten und in Schüsseln angerichtet und trug sie nun auf.

Er hatte Samosas bestellt, Currys, Tandooris, Gemüse, Spinat mit Frischkäsewürfeln und verschiedene Sorten Naan. Er stellte eine Batterie Bier- und Weinflaschen auf den Tisch.

»Setzt euch doch.« Er klopfte auf den Stuhl neben sich. »Kath, komm hierher.«

»Oh, wunderbar!« Patricia schöpfte sich großzügige Portionen auf ihren Teller, der amerikanische Ausmaße hatte, der also in anderen Teilen der Welt als Servierplatte dienen könnte. »Indisches Essen ist ja ganz besonders pranahaltig.« Über den Tisch hinweg wechselte Lily einen Blick mit Frank. Je mehr Patricia plapperte, desto weniger sagte er.

Lily lächelte, dann schaute sie weg. Frank und Patricia würden morgen abreisen. *The Eye of the Storm* brauchte sie. Die Reise in die Schweiz wurde nicht mehr erwähnt. Die vergangenen Wochen waren Lily wie eine Wiederholung ihres Wartens auf Leo vorgekommen – verschobene Flüge, neue Pläne, ausweichende Antworten. Jetzt stand es fest: Frank würde nicht in die Schweiz fliegen, er würde Leo nicht zurückholen.

Während ihres Aufenthalts hatten Frank und Patricia die ganze Stadt abgeklappert, diverse Yogaschulen und esoterische Zentren besucht, an ihrer Beziehung gearbeitet und trotzdem noch Zeit gefunden, jeden Tag vorbeizuschauen. »Nur schnell hallo sagen.« Und bei jedem Besuch hatte Frank Lily mit dieser Aufmerksamkeit gemustert, die sie nicht mehr gewohnt war. Als wollte er sie studieren. Auswendig lernen. Manchmal schüttelte er den Kopf, als fragte er sich, wer sie sei. Wo sie herkomme. Vielleicht auch, warum sie nicht mehr zusammen seien.

»Lasst uns beten«, sagte er. Willig fassten Kath und Skip sich an den Händen. Al, die auf Skips anderer Seite saß, zögerte kurz, nahm dann aber seine Hand. Die Kette ging weiter um den Tisch herum, unter dem Tisch sogar – jedenfalls fühlte Lily, wie sich ein Fuß zwischen die ihren schob, sich an ihren Knöchel schmiegte. Sie hielt die Augen gesenkt, während Patricia und Frank im Duett einen eindeutig improvisierten Dank an eine höhere Energiequelle intonierten, die sie alle an diesem reichen, »diesem wunderbaren« Tisch vereint habe. Lily zog ihre Hände zurück, bevor der letzte Ton verklungen war.

Während des Essens wandte Kath sich an Skip: »Lily hat mir erzählt, dass du deinen Job im *Barbary Coast* aufgegeben hast.«

Skip legte Messer und Gabel ab. »Dieses Kapitel ist für mich abgeschlossen«, sagte er. »Nach all den Jahren, die ich mit meiner Band unterwegs war, dachte ich, es sei einfacher, da aufzutreten, wo man auch lebt. Ich hatte es unterschätzt – jeden Abend singen, im Morgengrauen nach Hause kommen, und dann wieder fit sein, wenn die Kleinen frühstücken – das geht einfach nicht. Nicht, wenn man Familie hat. Nicht, wenn man sie ernst nimmt. Ich will für Anthony da sein – und für Mara natürlich auch. Ich will als Vater präsent sein. Vor allem, weil Rhonda so viel arbeitet.«

»Ach, Sie sind ein wunderbarer, außergewöhnlicher Mann!«, rief Patricia, »so etwas hört man nicht oft von einem weißen Amerikaner, das kann ich bezeugen.« Sie leerte ihr Glas zum dritten Mal und füllte es gleich selbst wieder. Ihre Augen glänzten feucht. »Ist es nicht so, Frank? Für die meisten Männer hat doch die Karriere immer noch erste Priorität. In diesem Land ist man, was man arbeitet. Und dann kommen sie zu uns, dieselben Männer, ausgebrannt, sie haben alles verpasst, wissen nicht einmal, wie ihre Kinder heißen.«

Skip lächelte milde. »Das kann mir nicht passieren.« Er nahm sein Besteck wieder zur Hand. »Rhonda vielleicht, aber nicht mir.«

»Ach nein? Und wie heiße ich?« Al hatte genau zugehört.

»Alice. Oder Al, wie du willst.« Er sagte es nachsichtig, müde. »Da haben Sie ein Beispiel dafür, was aus Kindern wird, die keinen Vater haben«, wandte er sich an Patricia. »Al nimmt es mir natürlich übel, dass ich in ihrer Kindheit nicht da war. Dabei hatte ich keine Ahnung – Rhonda hatte mir nicht gesagt, dass sie schwanger war, als sie mich verließ.«

Patricia zog hörbar die Luft ein.

»Das war bestimmt nicht leicht«, nickte Kath.

Lily hatte das Bedürfnis, Rhonda zu verteidigen. Sie war schließlich erst knapp siebzehn gewesen und allein, von ihrer Familie verstoßen. Skips Familie hatte ihr finanzielle Unterstützung zugesagt, unter der Bedingung, dass sie ihre Schwangerschaft geheim hielt und aus seinem Leben verschwand. Doch das klang auch nicht viel besser. Lily sagte lieber nichts.

»Ich kriege beim besten Willen keinen Bissen mehr runter«, verkündete Patricia schließlich. Sie warf ihre Blumenserviette auf den leeren Teller und schob ihn von sich weg. Noch während sie sprach, pickte sie mit der Gabel nach einem Stück Fisch von der Platte mit dem Tandoori Mixed Grill, die neben ihr stand. Frank zwinkerte Lily zu. Seine Hand lag locker auf dem Tischtuch. Um ein Haar hätte sie ihre Hand ausgestreckt und auf seine gelegt. Alte Gewohnheiten. Es war Zeit, dass sie abreisten.

»Kath, du musst uns aber noch aus deiner Zeit beim Musical erzählen! Kath Namara«, wandte Skip sich an Georg, »war einer der ganz großen Musical-Kinderstars der Achtzigerjahre.«

»Ich weiß«, nickte Georg, »sie hat es mir erzählt.«

Kath zuckte die Schultern. »Ich rede nicht gern über diese Zeit«, sagte sie entschuldigend. »Ich kann mich auch kaum erinnern, ich war ja nie wirklich nüchtern.«

Skip tätschelte ihre Schulter. »Das ist schon in Ordnung. Ich weiß ja, wie das ist. Aber vielleicht könntest du etwas singen?«

»Oh, nein – nein, nein, nein!«

»Komm schon, Kath, tu's für einen anderen *Drop-out* der Bühne! Ich sage es auch bestimmt nicht weiter.«

»Sing for your dinner«, murmelte Kath, »der Ausdruck kommt nicht von ungefähr.« Sie sah sich am Tisch um, doch Patricia klatschte schon wieder in die Hände, und Lily lächelte neutral. Skip war schon aufgestanden und hatte aus einer Schublade in der Wohnzimmerkommode ein schmales Keyboard geholt. Er steckte es ein, nahm es auf die Knie und schlug ein paar jaulende Töne an.

»Ich begleite dich.«

»*Yeah!!!*«, applaudierte Patricia.

»Na gut.« Kath stand auf. Sie wusste, wann es sinnlos war, Widerstand zu leisten. *»Tomorrow«,* sagte sie zu Skip, der ein paar Takte spielte und dann fragend zu ihr aufschaute. Sie nickte. Er fing noch einmal an. Kath stand etwas breitbeinig hinter ihm, die Hände gefaltet, kindlich. Sie schaute zur Decke, als sie den Mund öffnete und zu singen anfing.

Tomorrow, tomorrow, I love you, tomorrow …

Kath trug eine Art Kittel über ihren Yogahosen und konnte gut als verlassenes Waisenkind der Dreißigerjahre durchgehen. Nach der ersten Strophe fühlte sie sich mehr und mehr in das Lied ein, und am Ende war sie Annie. Sie knickste sogar.

»Noch eins, noch eins.«

»Also gut.«

Sie sang noch zwei Lieder, und am Ende stand Skip auf und umarmte sie, er hob sie hoch und wirbelte sie herum wie ein Kind, und alle klatschten.

»Da komme ich wohl gerade richtig.«

Rhonda stand in der Tür, im Businesskostüm, mit Aktenkoffer und Reisetasche. »Das hätte ich wirklich nur ungern verpasst«, sagte sie.

Schweigen senkte sich über den Raum. Skip wurde bewusst, dass er Kath immer noch im Arm hielt, und schob sie von sich, als hätte er sich verbrannt.

»Was ist mit deiner Konferenz?«

»Nebel. Der Flug wurde umgeleitet und wieder umgeleitet. Ich habe den ganzen Tag in Flugzeugen und Flughäfen verbracht und hätte es nie und nimmer rechtzeitig nach Denver geschafft. Ich habe dich angerufen, hast du meine Nachricht nicht gehört?«

»Offensichtlich nicht.«

Nach einem Moment unbehaglicher Stille standen alle gleichzeitig auf.

»Wir müssen morgen früh raus«, sagte Patricia. »Vielen Dank, es war wundervoll.«

»Lasst euch von mir ja nicht stören«, sagte Rhonda. »Ich bin ja nur die Kuh, die hier alles bezahlt.«

»Es tut mir Leid«, sagte Kath, »wenn du einen falschen Eindruck gewonnen hast. Es war nur ein Lied. Nicht einmal eines meiner besten.«

»Aber nicht doch. Wie gesagt, lasst euch nicht stören. Ich gehe ins Bett. Ich hatte einen harten Tag. Viertausend Flugmeilen, und doch nicht vom Fleck gekommen. Nicht einen Millimeter.«

»Ach, und ich dachte schon, du wolltest hören, wie mein erster Tag in der neuen Schule gelaufen ist«, sagte Al.

5

Die Limousine hielt vor dem Café, der Fahrer öffnete die Tür, und Sybil Ferrera rutschte geübt vom Rücksitz. Sie war eine dieser Frauen, von denen man in Magazinen liest – die aber in der Realität selten existieren – und die in jeder Lebenslage die passende Kleidung zu tragen wissen. Für ihren Besuch auf dem Potrero Hill hatte sie allerdings mit einem neckischen Matrosenoutfit ein bisschen danebengegriffen. Vielleicht hatte sie die Nähe zum Hafen inspiriert. Oder sie hatte gelesen, dass Blockstreifen Volumen vortäuschen, wo keines ist. Sybil Ferrera war klein wie ein Kind, dessen Füße den Boden nicht berührten. Segelschuhe mit Keilabsatz, aufgeplustertes Haar und darauf noch eine übergroße Kapitänsmütze mit Goldtressen konnten auch nicht viel Höhe wettmachen.

»Ich weiß nicht, wie lange ich brauche. Fahren Sie einfach ein paar Mal um den Block, Edward«, sagte sie zum Chauffeur und betrat unter den betont gleichgültigen Blicken der Stammgäste *Germaine's Coffeeshop & Laundromat.*

Lily, die im hinteren Teil des Lokals an einem Ecktisch saß und die Zeitung las, wich tiefer in den Schatten zurück. Sybil hatte sie zwar vor ihrem Sohn und seinem Leibwächter in Schutz genommen. Doch jetzt wollte sie bestimmt von Lily selbst wissen, was das alles zu bedeuten hatte. Warum sie sich auf den Empfang im DeYoung-Museum eingeschmuggelt und an Sybil herangemacht hatte. Lily fühlte sich der zarten Dame gegenüber schuldig. Sie hatte ganz kurz den Eindruck gehabt, Sybil habe sie ins Herz geschlossen. Sie ertappte sich bei dem Wunsch, das möge so bleiben. Doch das war nicht sehr wahrscheinlich. Lily hob die Zeitung vor ihr Gesicht. Nicht dass ihr das etwas nützen würde. Wenn Sybil nach ihr fragte, würde Germaine ungerührt mit dem Finger auf sie zeigen.

»Ja?«, fuhr Germaine sie an, ungeachtet der Tatsache, dass Sybil sich bescheiden hinten angestellt hatte. »Was wollen Sie?«

Lily sank tiefer hinter die Zeitung.

»Ich suche Miss Namara«, sagte Sybil höflich. »Ist sie im *Yama Yoga*?«

»Nichts zu trinken?« Germaine stemmte die Arme in die Seite. »Ich führe schließlich ein Café, keinen Informationsschalter.«

»Oh, nun ja, eine Tasse Tee vielleicht?«

Die Stammgäste murrten.

»Gibt's da was zu meckern?«, rief Germaine. Das Maulen wurde sofort leiser. »Wenn ihr etwas Stil hättet wie diese Lady hier, dann würde ich euch auch schneller bedienen. Nur ein Minimum an Stil, mehr verlange ich gar nicht.«

Sybil steckte einen Zwanziger in die Trinkgeldkasse und nahm ihren Grüntee entgegen. »Kath sollte jeden Moment hier sein«, sagte Germaine im Plauderton, als hätte sie alle Zeit der Welt. »Sie nimmt immer einen kleinen Imbiss nach der Anfängerstunde. Ah, da kommt sie ja. Wenn man vom Teufel spricht ... Kath, hierher!«

Kath ging an der Schlange vorbei zur Theke, wo ihr Cappuccino schon auf sie wartete. »Zum Mitnehmen, Germaine«, bat sie. »Ich muss gleich weiter.«

»Da ist jemand für dich.« Germaine nickte zu Sybil hinüber.

»Sybil Ferrera«, stellte die Miniaturkapitänin sich vor und streckte ihre Hand aus wie eine weiße Flagge.

»Ich weiß. Kath Namara.« Kath nahm die Hand vorsichtig, um die winzigen Finger nicht zu zerbrechen.

»Können wir uns irgendwo in Ruhe unterhalten?«

»Ich muss gleich weiter.« Kath sah auf die Uhr. »Ich bin sogar schon spät dran. Das Treffen beginnt in zehn Minuten.«

»Treffen? Sprechen Sie von den Anonymen Alkoholikern? Wenn es Ihnen recht ist, komme ich mit Ihnen mit, meine Liebe.«

»Sie?«

»Ja – nein. Mein Mann. Mein verstorbener Mann. Aus unerfindlichen Gründen kann er auch im Tod nicht von diesen Treffen lassen. Deshalb gehe ich manchmal hin, um mit ihm zusammen zu sein. Er fehlt mir, wissen Sie. Sechsundvierzig Jahre Ehe, die Gewohnheit, Vertrautheit, wie immer Sie es nennen wollen. Das wischt man nicht einfach weg. Seit seinem Tod gehe ich zu diesen Treffen statt zur Messe – es ist lustiger und weniger einsam. Gott ist es wohl egal, oder was meinen Sie?«

»Absolut«, stammelte Kath und nahm die Zimtschnecke entgegen, die Germaine ihr fürsorglich zugesteckt hatte.

»Nun denn!« Sybil hängte sich bei Kath ein. »Wir nehmen den Wagen«, entschied sie. »Edward kann so ein Treffen auch nicht schaden.«

An der Tür drehte sie sich noch einmal um und winkte.

»Auf Wiedersehen, Lily!«, rief sie. »Auf ein andermal!«

6

Lily faltete Wäsche zusammen. Georg wusch ab. Im Radio lief eine Oper, alle zehn Minuten von Werbung unterbrochen. Sie schwiegen, aber es war ein freundliches Schweigen, vielleicht ein bisschen resigniert.

»Ich mache mir Sorgen um unsere Kath«, sagte Georg schließlich. »Die Klage, die Anschuldigungen, der drohende Prozess, das alles nimmt sie schon sehr mit.«

»Ja. Aber Doug kümmert sich darum. Er versucht zu beweisen, dass sie es nicht war.«

»Natürlich war sie es nicht!« Er streifte die gelben Abwaschhandschuhe ab.

»Kennst du eigentlich die Geschichte von Kath und den Abwaschhandschuhen?«, fragte Lily. Zu ihrem Erstaunen errötete Georg tief.

»Danach musst du sie schon selbst fragen«, murmelte er und drehte das Radio lauter. Er nahm ein Küchentuch vom Stapel und machte sich ans Abtrocknen. Nachdem sie beide eine Weile schweigend weitergearbeitet hatten, drehte Georg sich zu Lily um.

»Kriegen wir Doug deshalb nicht mehr zu sehen«, fragte er, »weil er an dem Fall arbeitet?« Seine Augen leuchteten. »Kannst du mir etwas darüber erzählen?« Er legte das Küchentuch weg und setzte sich zu Lily. »Du musst nicht ins Detail gehen – ich weiß ja, dass diese Dinge geheim sind –, aber ich würde zu gerne etwas über seine Methoden erfahren. Hat er dich schon einmal zu einer Beschattung mitgenommen? Es ist mir aufgefallen, dass ihr nachts oft lange mit dem Auto unterwegs seid.«

Es war an Lily zu erröten. Doch bevor sie antworten konnte, polterte Esther in den Feierabendfrieden: »He, ihr!«, rief sie. »Schließt ihr eigentlich nie ab?« Sie schüttelte ihre schweren Wanderschuhe von den Füßen und ließ sie im Flur liegen. Ihre Strümpfe waren handgestrickt und hatten Löcher. »Georg, alter Knabe! Wie geht es denn? Gibt es noch Lesben in der Stadt, oder hast du sie alle abgeschleppt?« Sie lachte bellend. »Ratet mal, wen ich beim Treffen aufgelesen habe? Kommt rein, Mädels, nicht so schüchtern, kommt rein!« Hinter ihr tauchten Kath und Sybil Ferrera im Türrahmen auf, gefolgt von Edward, dem Fahrer.

»Lily, meine Liebe! Ich hoffe, wir stören nicht.« Sybil stieg vorsichtig über die Wanderschuhe. »Sybil Ferrera, freut mich, Sie kennen zu lernen.« Sie streckte ihre zarte Hand aus. Georg nahm sie und führte sie an die Lippen. »Halt!«, rief Esther. »Die nicht! Die ist für mich. Ich habe sie zuerst gesehen! Nicht, dass ihn das aufhalten würde«, wandte sie sich der tiefrot anlaufenden Matriarchin zu.

Georg seufzte.

Edward räusperte sich. »Ich warte dann mal unten, Ma'am.«

»Danke, Edward.« Sybil fasste sich schnell. »Gehen Sie etwas Warmes essen.«

»Apropos Essen«, warf Lily ein. »Hunger? Durst?«

»Beides. Wir kommen schließlich von den Anonymen Alkoholikern.«

»Kekse und mieser Kaffee«, sagte Kath.

Georg ging in die Küche. Er hatte Lilys Küche vollkommen neu eingerichtet, mit Saftpresse und Getreidemühle ausgestattet, den Kühlschrank mit biologisch angebautem Gemüse und Schenkelbeinen glücklicher Hühner gefüllt. Er kam mit einer Platte zurück, stellte Vollkornbrot und Käse auf den Tisch. »Importierter Gruyère«, sagte er, »im Bioladen gefunden. Hier kann man bleiben!«

Es bestand kein Zweifel, dass er es ernst meinte. Lily war nie mehr auf ihren Ausbruch im Café zurückgekommen, als sie ihm »Du bist nicht meine Familie« entgegengeschleudert hatte. Obwohl es ihr Leid tat. Aber Lily hatte sich in ihrem Leben schon zu oft entschuldigt, meist ohne es zu meinen, nur dem Frieden zuliebe. Ihr Entschuldigungsreflex war ausgeleiert. Er reagierte auf nichts mehr. In einem anderen Leben würde sie einen neuen brauchen.

»Wein?« Georg hielt eine Flasche Rotwein und einen Korkenzieher hoch, unsicher, wie die Reaktion der verschiedenen Alkoholiker ausfallen würde.

Bis auf Kath sagten alle Ja. Manche mit Nachdruck. Georg schenkte ein, tischte auf, mischte heißes Wasser mit Tropfen für Kath.

»Nun …« Er lehnte sich im Stuhl zurück und lächelte erwartungsfroh. »Was gibt es Neues?«

»Oh, wir hatten einen wundervollen Abend«, schwärmte Sybil Ferrera. »Ganz anders als die Treffen, die ich üblicherweise besuche, in Pacific Heights, wo ich wohne. Viel lustiger. Ich glaube, Malcolm hat es auch gefallen.«

»Malcolm?«

»Ihr Mann«, sagte Esther verächtlich.

»Mein verstorbener Mann«, korrigierte Sybil lächelnd. »Ein Alkoholiker, wie er im Buche steht. Wissen Sie, wenn ich diese Treffen besuche, spüre ich seine Anwesenheit. Ich sehe ihn ganz deutlich. Wir unterhalten uns sogar. Das mag ungewöhnlich erscheinen …«

»Ganz und gar nicht«, unterbrach Georg. »Ich verstehe das sehr gut. Ich war selbst lange verheiratet. Dreiundvierzig Jahre lang.«

Malcolm und ich waren sechsundvierzig Jahre verheiratet«, sagte Sybil. »Ist Ihre Frau …?«

»Krebs«, sagte Georg. »Erst vor kurzem.«

»Das war nicht deine Frau!« Esther sprang so heftig auf, dass ihr Stuhl krachend nach hinten fiel. »Das war meine, verdammt noch mal!«

»Ich rede von Annette.«

»Annette?«

»Meine Frau.«

»Und sie ist auch …?« Lily hatte sich nie nach ihr erkundigt. Hatte keine Erinnerung an sie, außer, dass sie manchmal in der Praxis ausgeholfen und Lily nach dem Impfen auch schon mal einen Schokoriegel zugesteckt hatte.

»Vor einem halben Jahr.«

»Scheiße, Mann. Das Mädchen war in Ordnung.«

Esther schien ihre eigenen Probleme mit ihrem Entschuldigungsreflex zu haben. Georg akzeptierte das mit einem Lächeln.

»Allerdings, das war sie, allerdings.«

»Wissen Sie, wer einmal geliebt hat«, sagte Sybil und legte ihre Hand auf Georgs.

»Was?«, unterbrach Esther, »wer einmal geliebt hat, kann auch zweimal?«

»So ungefähr.« Sybil zog ihre Hand zurück. Zum zweiten Mal an diesem Abend errötete sie. Esther schenkte sich nach.

»Was du immer erzählst, Mädchen. Ich war selbst schon nahe daran, Geister zu sehen. Ich hätte schwören können, dass Ruth da war. Jedesmal, wenn ich rausging, um eine Zigarette zu rauchen, hörte ich ihr Lachen. Nein, mehr so eine Art Kichern.«

»Oh, aber selbstverständlich war sie da.« Sybil legte ihre Hand nun auf die von Esther. »Ich habe sie ganz deutlich gesehen. Eine sehr schöne Frau in einem silbernen Kostüm – sie ist nicht etwa an Halloween gestorben? Feiert man überhaupt Halloween in der Schweiz?«

Esther war unter der Hand erstarrt. »Fasnacht«, sagte Lily. »Aber das ist im Winter. Und das war auch kein Kostüm. Wie soll ich das erklären? Meine Mutter war eine Art Superheldin. Eine Modesty Blaise.« Wollte eine sein, konnte keine sein, und die Tochter auch nicht.

»Ruth ist Ihre Mutter? Ach, sie hat gar nichts gesagt! Das nächste Mal müssen Sie unbedingt mitkommen, Lily.«

»Ich glaube nicht ... «, ... dass meine Mutter mich sehen will. Abgesehen davon, weiß sie ja, wo sie mich findet.

»Ihre Mutter – so etwas. Darauf wäre ich nun wirklich nicht gekommen, Lily. Sie sind so gar nicht ... so ganz und gar nicht ... «

»... wie sie. Ich weiß.«

Sybil Ferrera leerte ihr Glas und stand auf. »Es wird Zeit für mich«, sagte sie. »Denken Sie bitte über mein Angebot nach, Kath, ja?«

Kath nickte. Sybil nahm ein winziges Handy aus ihrer Segeltasche und rief ihren Chauffeur an. Er antwortete nicht.

»Was ist denn nun ...?«

Sie traten auf den Balkon hinaus, von dem aus sie die ganze Straße überblickten. Die Limousine stand in der zweiten Reihe vor dem Café und blockierte drei normal große Wagen. Deren Besitzer standen schon schimpfend und gestikulierend auf der Straße. Sie liefen hinunter, doch Edward war nirgends zu finden. Der Besitzer eines eingeklemmten Wagens hatte den Abschleppdienst bestellt, bevor es jemandem in den Sinn kam, den Schlitten wegzufahren. Und als der Barkeeper vom *Pink Elephant* Edward endlich hinauswarf, war es zu spät.

»Oh *dear*«, seufzte Sybil, »ich hätte es wissen müssen. Ich werde ein Taxi rufen.«

»Nichts da«, sagte Esther. »Ich bin mit meinem Laster hier. Ich bringe Sie nach Hause.«

»Und Edward?«

»Den legen wir auf die Ladefläche. Die frische Luft tut ihm gut.«

»Danke.« Sybil wirkte noch kleiner als sonst. Sie nahm Esthers Hand.

»Was für ein Angebot?«, wandte Lily sich an Kath, als die beiden gegangen waren.

»Oh, Sybil will ein Gespräch vermitteln. Zwischen ihrem Sohn und mir. Sie will verhindern, dass es zum Prozess kommt.«

»Eine kluge Frau«, sagte Georg.

7

Und dann war Doug wieder da. Tauchte eines Tages in der Yogastunde auf, rollte seine Matte neben der von Lily aus, küsste sie, zwinkerte, kitzelte sie, hielt in *Savasana* ihre Hand.

»Was ist mit Cheri?«, wollte sie wissen, als sie danach bei Germaine saßen. Cheri war heute nicht im Yoga gewesen. Überhaupt keines der Mädchen, die doch seit dem Abend auf dem Balkon eisern mitgemacht hatten. Jeden Morgen früh um sieben waren sie angetreten, hellwach und hoffnungsvoll herausgeputzt, hatten sich durch die Übungen gequält und sich von Kath scharf zurechtweisen lassen, weil sie die ganze Stunde hindurch gekichert und getuschelt hatten. Sie waren jeden Morgen wiedergekommen. Immer in der Hoffnung, Doug dort zu treffen.

»Sie ist bestimmt traurig, dass sie dich verpasst hat«, fuhr Lily fort, obwohl Dougs Blick sie warnte, besser das Thema zu wechseln. Er seufzte. Wandte sich ihr übertrieben langsam zu.

»Warum willst du das wissen?«, fragte er. Seine Hand war so groß, so warm über ihrer, dass Lily keine Antwort einfiel. »Ich kann dir irgendetwas erzählen. Irgendeine Geschichte. Die Wahrheit? Welche Wahrheit? Es macht keinen Unterschied. Das Einzige, was zählt, ist, was du empfindest. Eifersucht ist Unsicherheit.«

Er küsste sie nachsichtig. Und Lily fühlte sich dumm und klein.

»Du musst es ja wissen.« Eines Tages würde sie sich die Zunge abbeißen.

Er wich zurück. »Wie meinst du das?«

»Besitzergreifend«, rutschte es Lily heraus, »ich dachte, du seist besitzergreifend.«

Doug runzelte die Stirn. Eher amüsiert als verärgert.

»Mädchen, wie kommst du denn darauf? Benehme ich mich etwa so?«

»Nein, eigentlich nicht!«

»Und das stört dich?« Er redete mit ihr wie mit einem Kind.

»Nein, natürlich nicht…« Sie konnte selbst hören, wie dumm sie klang.

»Aber?«

»Nun, Kath hat gesagt…«

»Kath hat gesagt?« Er zog die Brauen hoch, riss die Augen auf in übertrieben gemimtem Erstaunen. »Kath hat gesagt, ich sei besitzergreifend?« Er schüttelte den Kopf. »Das ist typisch. Sie hat nie verstanden, worum es in einer Ehe geht.« Er seufzte. »Ich gebe dir ein Beispiel: Kurz nachdem wir geheiratet hatten, hatte sie einen Autounfall. Das rechte Bein zweimal gebrochen, das linke angeknackst. Sechs Wochen im Gips, beide Beine, bis oben. Die erste dieser sechs Wochen habe ich mir freigenommen und sie zu Hause gepflegt.«

»Lieb von dir.«

»Nicht wahr? Das findest du also auch. Aber Kathy war anderer Meinung. Sie warf mir vor, ich wolle sie kontrollieren. Den ganzen Tag im Auge behalten. Sie nannte es krankhaft.«

»Das hat sie gesagt?«

»Hat sie dir das denn nicht erzählt?«

Lily schüttelte den Kopf.

»Weißt du, das wundert mich nicht. Es war keine gute Zeit für Kath. Sie ist nicht ganz… stabil. Wenn du weißt, was ich meine. Emotional nicht ganz stabil. Man könnte sogar sagen, sie ist ein bisschen verrückt. Sie hatte einen regelrechten Nervenzusammenbruch, als wir uns trennten. Nun ja.« Er langte über den Tisch nach Lilys Hand. »Das mag ich halt an dir: dass du so normal bist.«

»Soll das etwa ein Kompliment sein?« Lily entzog ihm ihre Hand.

»Nun hab dich nicht so«, mischte sich Stella ein. »Natürlich meint er das als Kompliment. Das hat mir doch auch gleich gefallen, als ich dich kennen lernte: dass du so normal bist. Vernünftig, gesund, du weißt schon … Meinst du etwa, es macht Spaß, verrückt zu sein?«

»Ach, was heißt schon normal!«

Doug runzelte die Stirn. »Lily, führst du jetzt etwa Selbstgespräche? Schon gut, ich nehme es zurück«, neckte er sie. »Du bist nicht ganz so normal, wie ich dachte!«

»Normal ist gut«, flüsterte Stella wieder, »ach, ist ja schon gut!«, und ließ endlich von Lily ab. Doug hatte unterdessen seinen Kaffee ausgetrunken und stand auf.

»Komm«, sagte er. »Wir machen einen kleinen Ausflug.«

Sein Laster stand nicht wie sonst im Parkverbot. Lily registrierte es mit gemischten Gefühlen. Wo würden sie sich lieben, wenn nicht in seinem falsch geparkten Laster? In ihrer Wohnung? Gar in seiner? Sie schüttelte diese Wünsche ab.

»Wohin gehen wir?«, fragte sie stattdessen.

Er antwortete nicht, nahm ihre Hand, als sie den Hügel hinunter zur Endstation des 22er-Busses marschierten. Den Bericht von ihrem Auftritt bei der Eröffnung im DeYoung-Museum hatte er sich ungerührt angehört, nicht kommentiert. Sie nicht gerügt. Was geschehen war, war geschehen. Da war Doug wie Frank. Er dachte nicht über Dinge nach, die er nicht mehr ändern konnte.

»Wie praktisch«, sagte Stella. »Das macht das Leben so viel einfacher – für ihn.«

Dass Kath und Sybil Ferrera miteinander geredet hatten, wusste er. »Kath soll sich entschuldigen«, meinte er. »Das ist es wert. So kann sie vielleicht einen Prozess vermeiden, bei dem sie keine Chancen hat…«

»Warum denn keine Chancen? Sie hat doch nichts getan. Sie ist unschuldig!«

»Peter meint, das Formular, das Kath von der Verantwortung für etwaige Folgen der Yogastunden entbindet und das sowohl Susie als auch Mandalee unterschrieben haben, sei nicht hundertprozentig rechtsgültig.«

»Wie ist denn das möglich? Selbst die Polizisten haben gesagt, damit sei sie geschützt.«

»Es fehlt etwas über den Konsum von Genussmitteln und die Einnahme von Medikamenten. Ich weiß nicht, wieso das fehlt, es ist ja ein Standardformular. Außerdem, doch das weißt du ja, ist sie nicht akkreditiert. Und sie hat nicht den besten Ruf in der Yogaszene.«

Yogaszene. Dieser Ausdruck schockierte Lily. Sie konnte nicht davon ablassen, Yogis für bessere Menschen zu halten.

Am Wendeplatz an der dritten Straße unten warteten bereits drei 22er-Busse darauf, endlich abfahren zu können. Wann der Fahrplan eingehalten wurde, wusste in San Francisco niemand. Eine Gruppe von Fahrern in unvorteilhaften braunen Uniformen stand im Schutz des Bushäuschens. Sie aßen mit den Fingern aus fettigen Papiertüten, rauchten, redeten und lachten. Doug verlangsamte seinen Schritt und hielt Lily am Ärmel zurück.

»Welcher von ihnen ist Soblowski?«

»Soblowski? Karens Mann?«

Doug nickte ungeduldig. Lily musterte die Gruppe. »Der mit der McDonald's-Tüte. Ganz rechts.«

»Warten wir auf seinen Bus«, sagte er. Eine Fahrerin mit tausend Zöpfchen stieg in den ersten Bus ein, in dem bereits eine

Hand voll Fahrgäste geduldig wartete. Soblowski knüllte seine Tüte zusammen und warf sie weg. Dann stieg er in den nächsten Bus und warf den Motor an, obwohl noch kein Fahrgast drin war. Lily und Doug folgten ihm.

»Okay, wir wollen nicht zu scharf auftreten. Nur ein bisschen abtasten, wie er zu alldem steht«, sagte Doug leise.

»Das kann ich dir gleich sagen: Er weiß von nichts.«

»Das wollen wir rauskriegen.«

Sie stiegen ein und setzten sich auf die Plätze gleich hinter dem Fahrer. Hustend fuhr er an, wendete schwerfällig und rumpelte dann die dritte Straße entlang Richtung Baseball-Stadion. Nach und nach stiegen Leute zu: abgerissene Obdachlose, die an der dritten Straße ganze Zelt- und Einkaufswagenstädte aufgebaut hatten; Geschäftsleute im Anzug, die in den Hochhäusern am Embarcadero arbeiteten; eine Frau mit einem Bauchladen, die Tamales und Burritos verkaufte. Lily lehnte sich an Doug, legte den Kopf an seine Schulter.

»Wo gibt es denn hier was zu sehen?« Doug hatte einen breiten Akzent angenommen. »Wir sind hier auf Hochzeitsreise.« Demonstrativ drückte er Lily an sich. »Wo kann man sich amüsieren?«

»Amüsieren?« Soblowski runzelte die Stirn. »Woher soll ich das wissen. Ich arbeite.«

»Na komm schon, Kumpel, und nach der Arbeit? Wo kann man ein Bier trinken und ein bisschen was… zu sehen kriegen?«

»Nach der Arbeit gehe ich nach Hause zu meiner Frau. Und Bier trinke ich seit fünfundzwanzig Jahren keines mehr.« Soblowski klopfte auf das Schild, das an der Trennwand hing und das Gespräche mit dem Fahrer untersagte.

»Was willst du denn sehen«, fragte ihr Sitznachbar. Mit seinem zottigen Bart, den langen Haaren und den in dreckige

Lumpen gewickelten Füßen sah er aus wie ein biblischer Prophet.

»Ach, na ja, was man halt in Arkansas nicht zu sehen kriegt… du weißt schon, Mann. Man sagt doch, in Frisco läuft was.« Frisco sagten nur Touristen.

Der Prophet verstand ihn. »Brüste!« rief er. »Brüste willst du sehen! Brüste vor dem Frühstück!«

»Schraub den Ton runter, Mann. Es sind Kinder im Bus!«, rief jemand von hinten. Der Prophet ließ sich nicht aufhalten. Er wühlte in einem großen Müllsack, der bis oben mit Zeitungsschnipseln vollgestopft war. Mit beiden Händen griff er hinein und mischte die Schnipsel wie Lottoscheine.

»Brüste! Brüste regieren die Welt!«, rief er.

»Kriegst du denn zu Hause nichts zu sehen?«, wandte sich ein älterer Mann im Anzug an Doug. »Warum hast du dann überhaupt geheiratet?«

Soblowski warf ihm über den Rückspiegel einen Blick zu, der sagte: Das hast du nun davon.

»He, willst du meine Frau beleidigen?« Doug plusterte sich im Sitz auf. Die Rolle fing an, ihm Spaß zu machen. Lily zupfte an seinem Jackenärmel wie eine beunruhigte Ehefrau.

»Brüste in Arkansas!«, rief der Prophet. Er griff in seine Tüte und warf eine Hand voll Zeitungsschnipsel in die Luft. Sie regneten auf die Fahrgäste nieder wie Dollarscheine auf eine Tänzerin.

»Okay, das reicht! Aussteigen bitte!« Soblowski hielt an der nächsten Haltestelle und scheuchte Lily, Doug und den Propheten zur vorderen Tür hinaus. Der Alte wetterte mit der erhobenen Faust hinter dem abfahrenden Bus her. Doch sobald das Fahrzeug außer Sichtweite war, beruhigte er sich.

»Brüste«, schnurrte er. »Da hast du Brüste, Bruder. So viel du willst.« Er nahm seine Mülltüte und machte es sich im Bushäuschen gemütlich. Die Haltestelle befand sich direkt an der schmalen Gasse, die zum *Push Up* führte.

8

»Al ist nicht in der Schule.«

»Wie bitte?«

»Die Krisenberaterin hat mich angerufen. Sie war seit Tagen nicht da.« Skip ließ die Arme sinken. »Ich muss zum Gespräch antraben. Heute noch. Und ausgerechnet jetzt, wo Rhonda nicht da ist.«

Rhonda war doch noch zu ihrer Konferenz gefahren, nach Denver oder anderswohin.

»Rhonda wird durchdrehen.« Das sagte er mit einer gewissen Befriedigung. »Wo sie doch alle Register ziehen musste, damit das Mädchen überhaupt aufgenommen wurde.«

»Wann haben wir sie denn zuletzt gesehen?«, überlegte Georg, »lasst uns mal nachdenken.« Sie dachten nach, aber sie erinnerten sich nicht. Al, so groß sie war, war ein seltsam unauffälliges Mädchen, trotz der wilden Hüte über ihren stoppeligen Haaren, den schwarzen, mit Ketten umgürteten Overalls, den schweren Stiefeln. Georg presste die Lippen zusammen.

»Bei Esther kann sie jedenfalls nicht sein.«

Esther hatte sich in Leos Zimmer einquartiert und klapperte abwechselnd die Treffpunkte der Anonymen Alkoholiker und die Bars an der Valencia Street, der früheren Lesbenmeile, ab, die auch nicht mehr dasselbe sei, wie sie Abend für Abend enttäuscht feststellte. Manchmal kam sie in Sybil Ferreras Limousine von einem Treffen zurück. Immer brachte sie einen Gruß von Ruth mit. Wenn man Sybil Ferrera glauben konnte, stellte

Ruth im Keller des Potrero-Hill-Nachbarschaftstreffs eine Geisterarmee zusammen und trainierte sie.

»Das passt zu ihr«, hatte Georg verträumt gesagt, »erinnerst du dich an die Hemlikoner Naturfreunde, Lily?« Das war eine unauffällige Gruppe von Wanderern und Vogelbeobachtern, die sich jedoch nach Ruths Beitritt in radikale Umweltterroristen verwandelten und schon bald mit gewagten Anschlägen auffielen. Ruth hatte Lily die Zeitungsausschnitte kommentarlos geschickt: *Neuer Brunnen mit Kuhmist aufgefüllt. Zugang zum Gemeindehaus Hemlikon von Zirkuselefanten versperrt.*

Ruth Vogelsang war mehr Modesty Blaise gewesen als Lily oder sonst jemand. Wenn jemand die Welt retten konnte, dann sie. Lily hatte das immer schon gewusst. Doch Ruth hatte sich nicht getraut, sie war in Hemlikon geblieben und hatte darauf gewartet, dass Lily aus ihrem Hausfrauentraum erwachen und sich an ihre Bestimmung erinnern würde. Dann kam der 11. September 2001, und Lily war sozusagen am Tatort gewesen, zumindest in Amerika, wenn auch auf der anderen Seite des Kontinents. Und sie hatte nichts getan. So ein Flugzeug abzufangen, das wäre was gewesen. Oder einen Wolkenkratzer wieder aufzurichten oder wenigstens ein paar Trümmer hochzustemmen und ein paar Familienväter und junge Mütter darunter hervorzuziehen. Aber nichts, nichts, nichts hatte Lily getan. Da hatte ihre Mutter sie aufgegeben. Den Kontakt mit ihr abgebrochen. Selbst als Geist richteten sich ihre Grüße nur an Georg. Kein Wort für ihre Tochter. Sie hatte Lily nicht verziehen.

»Ach ja und umgekehrt? Wie steht es da?«, stichelte Stella. Lily verscheuchte sie mit einer Handbewegung und stieß dabei eine Tasse um. Heißes Wasser rann über ihre Schenkel.

»Ich mache gleich neues«, sagte Georg und wischte die Tischplatte trocken. »Skip, möchtest du eine Tasse heißes Wasser? Dann wirst du dich gleich besser fühlen.«

Skip ließ sich in einen Stuhl fallen. »Habt ihr keinen Kaffee?«

»Tsts«, machte Georg und tröpfelte ein bisschen dies und das in Skips Tasse. »Du bist ja ganz aus dem Gleichgewicht.«

»Wen wundert's? Und Rhonda ist wieder mal nicht zu erreichen.« Mit einem seltsam befriedigten Unterton, als hätte er in einer geheimen Wette Recht behalten, fügte er hinzu: »Sie hat ihr Handy ausgeschaltet. Das tut sie in letzter Zeit öfter.« Er trank einen Schluck Wasser. »Es würde mich nicht wundern, wenn sie eine Affäre hätte.« Er blickte auf. »Hat sie eine Affäre? Weißt du etwas, Lily?«

»Ich?« Lily schüttelte den Kopf. »Nein. Nein, ich weiß nichts.«

»Aber wenn sie eine Affäre hätte, würde sie es dir sagen, nicht?«

»Das weiß ich doch nicht.«

»Ich dachte, ihr seid beste Freundinnen?«

Lily seufzte. Beste, zweitbeste, nichtbeste Freundin, wie konnte man einem Mann dieses System erklären. Doch Skip erwartete gar keine Antwort: »Das wär doch klassisch: Ich mache zu Hause den Deppen, besorge den Haushalt, fahre die Kinder herum und halte meiner Karrierefrau den Rücken frei, und sie vergnügt sich auf diesen Konferenzen mit einem Internetkapitän!«

»Internetkapitäne gibt es nicht mehr«, sagte Lily.

»Börsenhai –«

»– auch nicht.«

»Bitte! Bitte, Skip!« Georg trommelte mit dem Fingernagel an seine Tasse. »Reden wir über Al. Wann ist denn dein Termin? Heute?«

»Um zwei«, sagte Skip.

»Das ist in einer halben Stunde!«

»Ich muss es wohl verdrängt haben.« Er schaute auf die Tischplatte. Seine Stimme hatte den triumphierenden Unterton verloren. »Sie erwarten, dass Al dabei ist.«

»Ich gehe mit dir«, bot Georg an. »Ich gebe mich als Hausarzt aus.«

»Danke.« Skip stand auf. »Dann ziehe ich mich mal besser um.«

»Ja, tu das.«

In der Tür zögerte Skip. »Was soll ich anziehen?«, überlegte er halblaut, »den blauen Anzug? Oder einen Pullover?«

9

»Wissen Sie«, sagte Carrie Fisher, die pferdeähnliche Krisenberaterin der *Hardwood International School*, »wir sind für unsere Toleranz und Akzeptanz bekannt. Geradezu berühmt. Es steht sogar in unseren Statuten. Wir hatten bereits zwei Fälle von Geschlechtsumwandlung in unserer Schülerschaft. Das ist also nicht das Problem.«

»Was ist denn das Problem, Carrie?«, fragte Georg, nachdem klar wurde, dass Skip am Gespräch nicht teilnehmen würde. Skip saß in sich zusammengesunken im weniger bequemen der beiden Besucherstühle, in dem wohl üblicherweise der Schüler oder die Schülerin in der Krise saß.

»Wissen Sie«, Carrie beugte sich vor, »es ist so.« Sie sprach langsam, als hätte sie einen besonders begriffsstutzigen Schüler vor sich. Ein Ton, den Georg in den vergangenen zehn Jahren oft genug gehört hatte, und den er nicht mehr persönlich nahm. Er war an sein Alter gerichtet, an sein Knittergesicht, sein weißes Haar.

»Sie haben es uns nicht gesagt. Das ist das Problem. Sie haben eine Alice angemeldet, und ein Al kommt zur Schule. Nun, damit können wir umgehen. Wir wünschen uns natürlich die Mitarbeit der Eltern – Unterstützung in Form von Information, Seite vierzehn im Eltern-und-Schüler-Handbuch –, aber wir kriegen sie nicht immer. Wir haben uns also mit Al auseinander gesetzt, und das Problem, also, das Problem ist …«

Sie unterbrach sich. Skip sah aus, als sei er im Stuhl eingeschlafen. Carrie hob ein Wörterbuch auf und ließ es auf die Tischplatte knallen. Beide Männer schreckten auf.

»So geht es nun wirklich nicht!« Sie hatte ihren betulichen Ton verloren.

»Entschuldigung.« Skip richtete sich auf.

Carrie wandte sich jetzt ausschließlich an ihn. »Wir haben Alice von zwei Psychologen beobachten und testen lassen. Wir hatten mehrere Gespräche mit ihr, mit ihren Lehrern und ihren psychologischen Betreuern. Und wir sind einstimmig zum Schluss gelangt, dass Al kein typischer Fall ist. Keine echte Transsexuelle – wissen Sie, was das heißt?«

Skip schüttelte den Kopf wie ein Schüler, der seine Aufgaben nicht gemacht hatte.

»Echte Transsexuelle haben von klein auf das Gefühl, mit dem falschen Körper geboren zu sein. Sie sind das Opfer eines Irrtums, eines grausamen Irrtums der Natur. Nicht so Alice! Nein, ihr Fall ist viel schlimmer: Alice will nämlich nur Ihretwegen ein Junge sein! Weil Sie, ihr Vater, offensichtlich ein Problem mit Frauen haben!«

Noch einmal knallte sie das Buch auf den Tisch, obwohl das gar nicht mehr nötig war. Beide Männer starrten sie an.

»Ein Problem mit Frauen?«, jammerte Skip. »Ich? Der ich alles für meine Frau tue? Und sie dankt es mir, indem sie ihr Handy ausschaltet. Wer weiß, wo sie sich rumtreibt, während ich mit dieser Familienkrise allein fertig werden muss. Geschäftsreise! Ha!«

Carrie Fisher blätterte hektisch in ihren Unterlagen. »Ich sehe hier…«

»Was sehen Sie? Sehen Sie meine Frau in einem Motelzimmer mit einem dieser…«

»Genug.« Georg stand auf. Er packte Skip am Kragen seines blauen Anzuges und schleifte ihn zur Tür. In seinem Rücken hörte er Carrie noch »Krisenintervention!« rufen, »Supervision« und »Familientherapie«. Er packte Skip fester und half mit einem Fußtritt nach. »Das machst du wieder gut, du… du… Esel!«

Dass ihm in dieser Situation kein schlimmeres Wort einfallen wollte!

10

»Da war etwas«, sagte Doug. »Ich weiß es. Da war etwas im Zusammenhang mit Soblowski – etwas Wichtiges –, doch ich kriege es einfach nicht mehr zusammen. Je mehr ich mich konzentriere, desto mehr entgleitet es mir.« Er hatte Leos Playstation 2 in Lilys Schlafzimmer installiert und spielte *Grand Theft Auto 3* – ein Spiel, von dem Lily nicht einmal gewusst hatte, dass Leo es besaß. Doug starrte auf den Bildschirm, wo sein Autodieb gerade von einer Ambulanz gerammt wurde. Auf dem Boden neben dem Bett standen halb leere Kartons mit Resten von chinesischem Essen und eine leere Flasche Wein. Georg war mit Claire ausgegangen, um mit ihr über einen etwaigen Wohnungstausch zu reden. Er hatte einen Tisch in einem teuren Restaurant am Embarcadero reserviert und Lily gesagt, er würde erst spät nach Hause kommen. Als hätte er es gerochen, war Doug kurz darauf vor der Tür gestanden, Tüten voller Essen unter dem Arm.

Mit einer Hand rettete er seinen Autodieb per Knopfdruck, mit der anderen fuhr er ihr durch die Haare. Sein Blick glitt durch das Zimmer, ohne irgendwo hängen zu bleiben.

»Es wird mir schon wieder einfallen. Wenn ich an etwas ganz anderes denke.«

»Dann muss ich dich wohl ablenken.« Lily kroch näher, schmiegte sich an ihn. Ihr Körper, das treulose Ding, hatte Doug akzeptiert. Ihr Körper glaubte nun, Doug sei ihr Mann. Dummer Körper. Schnurrte wie eine Katze. Doug fasste in ihr Haar und zog sie langsam an sich. Es tat ein bisschen weh. Nicht sehr. Da klingelte es an der Tür, und Lily zog instinktiv die Decke über sich. Doug stand auf. Geschmeidig, geräuschlos.

»Erwartest du jemanden?«

Lily schüttelte den Kopf. Das Haus hatte zwar eine verschlossene Tür, die nur mit einem Code zu öffnen war, doch durch *Germaine's Coffeeshop* war es jederzeit und jedermann zugänglich. Wer an der Tür klingelte, stand meist schon oben vor der Wohnungstür. Doug stieg in seine Jeans. Er drehte sich zu Lily um und hielt einen Finger vor die Lippen. Lily fand das ein bisschen übertrieben, aber auch irgendwie aufregend. Mit etwas gutem Willen konnte man dieses Verhalten als besitzergreifend bezeichnen. Sie rutschte tiefer unter die Decke. Als Teenager hatte sie eine Zeichnung aus einem Magazin ausgeschnitten: eine Gruppe Höhlenmenschen spielte Baseball mit einem zur Kugel gerollten Gürteltier. Ein Fuchs kam gerannt und fing das Gürteltier im Flug auf. Überschrift: *Let me take you away from all this.* Das war es, was Lily immer gewollt hatte. Genau das. Sie hatte die Zeichnung über ihr Bett gepinnt.

»Dir ist doch klar, dass der Fuchs das Gürteltier auffressen wird«, hatte ihre Mutter gesagt. Doch ihre Mutter war tot. Bahn frei für den Prinzen.

Lily hörte, wie die Wohnungstür mit einem Ruck aufgerissen wurde, vermutlich um denjenigen, der davor stand, zu überrumpeln.

»Ach, machen Sie doch nicht so ein Theater!«, dröhnte eine tiefe Stimme. »Wer sind Sie überhaupt?«

Esther.

»Und – und Sie?«, stotterte Doug. Doch da war Esther schon in der Wohnung. »Hallo«, rief sie, »Georg, Lily? Wo seid ihr?«

»Ich komme.« Lily stand auf und bückte sich nach ihren Kleidern. Doch Esther stand schon in ihrem Zimmer. Abschätzend musterte sie Lilys nackten Körper. Dann nickte sie, wandte sich ab und ging ins Wohnzimmer. Lily zog sich hastig an und folgte ihr. Die Musterung war ihr unangenehm gewesen, wenn sie auch sehr sachlich, fast schon wissenschaftlich gewesen war.

»Krieg ich ein Bier?«, fragte Esther, »ich habe eben zwei Stunden mit lauter Anonymen Alkoholikern verbracht.«

Sie ließ sich neben Doug auf die Couch plumpsen. Im ersten Augenblick dachte Lily, sie mache sich über Doug lustig, mokiere sich über seine breitbeinige, schwerfällige Art, dazusitzen, bis ihr aufging, dass das auch Esthers natürliche Haltung war. Sie holte Bier und eine zweite Flasche Weißwein aus der Küche.

»Wir haben chinesisches Essen«, bot Doug an, »viel ist es zwar nicht mehr, aber wenn man es aufwärmt … Bei den Anonymen Alkoholikern hast du wohl nur trockene Kekse gekriegt.«

»Das kannst du laut sagen.«

Verbrüderung. Die beiden sahen Lily, die immer noch stand, erwartungsvoll an. Sie holte die Kartons aus dem Schlafzimmer, mischte die Reste in einer Bratpfanne und wärmte sie auf. Als sie mit dem vollen Teller zurückkam, waren Esther und Doug beim zweiten Bier angelangt.

»Lily, ich wusste gar nicht, dass du Esther Wild Song kennst«, sagte Doug. »Das ist unglaublich. Ich wusste nicht einmal, dass du noch lebst – *no offense*. Ich habe deine Werke gesammelt. In den Siebzigerjahren.«

»Echt?« Wie alt bist du denn, wollte Lily eigentlich fragen.

»Ja, ich war damals auf der Kunstschule, hier in San Francisco. Eine meiner Freundinnen hatte einen Kurs bei Esther besucht und mir eines ihrer Stücke zum Geburtstag geschenkt. Eine Art – Schale?«

»Eine Vagina.« Esther nickte. »Gute alte Zeit, was? Wo ist denn dein Vater?«, wandte sie sich an Lily.

»Ausgegangen.«

»Ausgegangen? Der alte Esel.«

Esther machte sich über das Essen her.

»Du warst auf einer Kunstschule?«, fragte Lily.

»Ja, hättest du nicht gedacht, was? Ich war aber nie ein richtiger Künstler. Es war einfach eine tolle Zeit. *Sex, Drugs and Rock'n'Roll…* ich war achtzehn. Und im Gegensatz zu den meisten meiner Mitschüler wusste ich immer, dass ich kein Talent hatte. Dass der Spaß bald ein Ende haben würde. Gleich nach dem Diplom habe ich einen komplett anderen Weg eingeschlagen, bin nach Los Angeles gezogen und habe Jura studiert. Als Anwalt hatte ich dann viel mit Privatdetektiven zu tun, und es wurde mir bald klar, dass ich deren Job besser machen könnte. Da bin ich zurückgekommen und habe mich als Ermittler selbstständig gemacht.«

»Das ist ja alles hochinteressant«, sagte Esther. »Aber zurück zu mir. Du sagst, du hast meine Werke ›gesammelt‹ – von wie vielen Stücken sprechen wir genau?«

»Nun, ich habe drei oder vier dieser – Gefäße. Und fünf Ziegenköpfe.«

Esther lachte. »Die Ziegen!!« Sie nahm sich noch ein Bier und wandte sich an Lily. »Die Ziege ist natürlich deine Mutter. In meiner ersten Wut habe ich ein Jahr lang nur Ziegen und Kühe gemacht. Doch wie sehr ich mich auch anstrengte, sie zu verunstalten, es wurden immer wunderschöne Köpfe daraus. Die schönsten Köpfe, die du je gesehen hast. Ich musste sie verkaufen, sobald ich sie fertig hatte, sonst schmiss ich sie an die Wand. Manchmal veranstaltete ich reinste Ziegen- und Kühe-Massaker.« Esther schnippte den Bierverschluss mit dem Daumen ab, ein Trick, den Doug sofort nachzuahmen versuchte. Lily saß auf dem Fußboden und schmiegte sich an seine Schienbeine. In den letzten zehn Minuten hatte sie mehr über Doug erfahren als im ganzen Monat davor. Sie konnte es kaum erwarten, ihn Mara vorzustellen. Das kleine Mädchen würde das Prinzenpotenzial in dem stämmigen Detektiv sofort erkennen. Ein Prinz mit Kunstverstand. Und Geschäftssinn. Was wollte man mehr?

»Ich würde deine Sachen gern sehen«, sagte Esther. Sie nahm Doug die Flasche aus der Hand und öffnete sie für ihn. »Das Museum of Modern Art plant eine Retrospektive. Vielleicht möchten sie sie ja zeigen.«

»Ach, du machst die Ausstellung nun doch?«, fragte Lily.

»Natürlich mache ich sie. Ich bin ja nicht blöd. Oder für Schmeicheleien ganz unempfänglich.«

»Da bin ich froh«, sagte Lily. Dass du meiner Mutter verziehen hast, dachte sie.

»Jetzt, wo sie tot ist…«, sagte Esther, beendete den Satz aber nicht. Stattdessen wandte sie sich an Doug und fragte ihn, wo er wohne.

»Nicht weit von hier«, sagte er. »Unten am Hafen, am Mission Rock.«

»Na, worauf warten wir denn?« Esther war aufgestanden, die Hände in die Seiten gestemmt. »Ich habe meinen Laster unten.«

»Ich auch«, sagte Doug.

Einen Augenblick lang starrten sie einander an, dann lachte Esther. »Meiner ist größer«, sagte sie.

11

Doug wohnte in einer riesigen, fensterlosen Lagerhalle unten am ehemaligen Frachthafen. Er musste verschiedene schwere Vorhängeschlösser aufschließen, Ketten abnehmen, eine Rolltür hochstemmen, dann fuhr er seinen Laster hinein. Esther, die darauf bestanden hatte, ihren eigenen zu nehmen, folgte ihm.

Die Halle war aus Wellblech und gewölbt wie ein Hangar. In dem offenen Raum stand alles, was man zum Leben brauchte, in einem zufälligen Arrangement herum: Badewanne, Bett, Kühlschrank, Großbildfernseher, Schreibtisch mit Computer, zwei aufgebockte Motorräder, eine Kleiderstange, an der Anzüge und Hemden in den Plastikhüllen der chemischen Reinigung hingen, ein Hundebett, ein Surfbrett, ein Industriestaubsauger, verschiedene Stapel mit Büchern, Zeitungen, Akten, Wäsche auf einem Haufen. Zwischen diesen Stapeln war viel leerer Raum und nackter Betonboden. Ihre Stimmen hallten.

»Nicht schlecht«, sagte Esther, »nicht schlecht.«

Doug drückte auf einen Schalter, und hoch über ihnen gingen Scheinwerfer an. Jetzt sahen sie, dass sich auf Augenhöhe ein breites Metallregal um den ganzen Raum zog. Darauf standen gerahmte Bilder, Fotografien, kleine Statuen, altmodische

Teigwarenverpackungen, die er offenbar auch sammelte, und Superheldenfiguren.

»*Holey moley*«, sagte Esther. Lily liebte diesen Ausdruck, obwohl sie keine Ahnung hatte, was er bedeuten mochte. Langsam schritten sie das Regal ab. Doug hatte einen Arm um Lilys Schulter gelegt und erklärte ihr die einzelnen Stücke.

»Was ist von dir?«, wollte sie wissen.

Er zeigte auf eine Reihe verzerrter Superheldenporträts. Kleinformatige Ölbilder von einem alternden Superman, Batman mit dem Arm in der Schlinge, Green Lantern am Stock. Lily kannte viele der Figuren – Leo hatte eine intensive Superhelden-Phase gehabt, während der er ihr in quälender Genauigkeit jede einzelne Episode seiner Comics nacherzählte. Er hatte eigene Superhelden entworfen und stundenlang in ein Heft gezeichnet, sich sogar ein eigenes Kostüm genäht. Das war kurz nach ihrer Ankunft in San Francisco gewesen. Superkräfte konnten im Umgang mit Amerika nicht schaden.

»Wie gesagt, ich habe kein Talent.« Doug sah sie aus den Augenwinkeln an.

»Mir gefallen sie«, sagte Lily.

»Mir auch.« Esther hatte den Kopf schief gelegt. »Sogar sehr. Ich glaube allerdings keine Sekunde lang, dass du die mit achtzehn gemalt hast.«

Doug wandte sich ab. »Deine Sachen sind da drüben«, sagte er und ging quer durch die Halle. Die Ziegen standen in einer Reihe und schauten belustigt auf sie herunter. Esther nahm einen handtellergroßen Kopf vom Regal, wischte ihn an ihrem Ärmel sauber, drehte ihn hin und her und reichte ihn dann Lily.

»Sag selbst.«

»Unverkennbar.«

Die Ziege hatte einen unbeirrbaren Blick, ein starrsinniges

Kinn, einen spöttischen Zug um den Mund. Lily konnte ihre Mutter beinahe hören. »Meine Tochter tanzt nicht mit einem idiotischen Rüschenschirm!« Als Lily elf Jahre alt war, hatte sie im Kinderzirkus die begehrte Rolle der Seiltänzerin bekommen. Nicht zuletzt dank ihrer heimlichen Ballettstunden während des Schuljahres. Aufgeregt hatte sie es ihrer Mutter erzählt, als sie sie abends abholte, und ihr das Kostüm gezeigt – für Lily das Beste an der ganzen Sache: ein rosa Tütü, über und über mit glitzerndem Feenstaub bestreut, und ein dazu passender Schirm, den sie auf- und zuklappen, als Balancierstange benutzen und herumwirbeln würde. Doch Ruth hatte mit dem Fuß aufgestampft – und Lily war zu den Schlangenmenschen eingeteilt worden, wo sie ein dunkelgrünes Trikot mit goldenem Schuppenmuster tragen musste.

Esther nahm einen Kopf nach dem anderen hoch, prüfte ihn und stellte ihn wieder aufs Regal zurück. Die Teller und Schalen, üppige, blumige Gebilde, die durchaus als untiefe Vaginen durchgehen konnten, waren mit dünnen Holzleisten gesichert.

»Ein Teller ist beim Erdbeben '89 runtergefallen«, sagte Doug, »und kaputtgegangen. Aber nur einer.«

Esther nickte. »Hast du eine Polaroid-Kamera?«

»Ich hole sie.«

Noch bevor Doug außer Hörweite war, sagte Esther: »Gefällt mir, der Junge. Den kannst du behalten.«

Doug ließ sich nicht anmerken, ob er die Bemerkung gehört hatte. Er ging zielstrebig zu einem Haufen mit kleineren Gegenständen und wühlte nach seiner Kamera. Dabei ließ er seinen Blick umherschweifen. Lily verstand diesen Tick nun ein bisschen besser. Es war beinahe unmöglich, in dieser riesigen Halle den Überblick zu bewahren. Endlich fand er die Kamera. Esther legte die Köpfe und Teller auf den Fußboden und fotografierte sie einzeln und von allen Seiten.

»Ich lasse dich wissen, was die Kuratorin meint. Ich hätte ganz gern ein paar Ziegen in der Ausstellung.« Sie reichte ihm die Kamera.

»Ich gehe dann mal. Schläfst du hier, Lily, oder soll ich dich zurückbringen?«

»Ich…«

»Zurückbringen«, entschied Doug. »Ich habe noch einen Beschattungsjob. Ich sehe dich dann im Yoga.«

»Wie romantisch«, knurrte Esther. Sie stieg in ihren Truck, und Lily folgte ihr. Doug küsste Lily durch das heruntergekurbelte Fenster. Dann öffnete er das Tor für sie. Als sie schon beinahe auf der Straße waren, rannte er ihnen nach. Esther hielt den Wagen an.

»Die Zehn-Uhr-Schicht!«, rief Doug, »Lily, Soblowski muss gewusst haben, wo seine Frau arbeitet – er fährt jeden Tag direkt am *Push Up* vorbei. Er hat sie gesehen, er muss sie gesehen haben.«

»Großartig«, sagte Lily, mehr, um ihm noch einen Kuss abzuluchsen. Soblowski hatte seine Frau ins *Push Up* gehen sehen, morgens um zehn. Das war möglich. Und dann? Hatte er angefangen, Tänzerinnen umzubringen, um seiner Frau das Strippen zu verleiden? Aber wieso dann im Yogastudio? Außerdem waren Susie und Mandalee ja nicht ermordet worden. Nicht im eigentlichen Sinn. Lily konnte Dougs Begeisterung nicht teilen. Doch seine Freude war so groß, dass er sie ein zweites Mal küsste. Allerdings reichte sie nicht, um sie zum Bleiben einzuladen.

12

»Kommt denn heute gar niemand zum Yoga?«

Kath stand in der Tür, den Tränen nahe. »Es ist Viertel nach acht, und niemand ist oben. Nicht einmal ihr!«

Schuldbewusst schaute Georg an sich hinunter. Er trug denselben Anzug, den er gestern getragen hatte und den er immer trug. Entweder hatte er in seinen Kleidern geschlafen, oder er war eben erst nach Hause gekommen. Lily stand in ihre Bettdecke gewickelt im Flur.

»Was ist denn hier eigentlich los?«, rief Kath. Sie breitete die Arme aus.

»Das würde ich auch gern wissen.« Esther kam aus Leos Zimmer. Sie war noch auf ein Bier mit hinaufgekommen und dann im Sitzen eingeschlafen. Lily hatte sie ins Bett gebracht, ihr nur die schweren Wanderschuhe ausgezogen. Esthers graues Haar stand struppig vom Kopf ab, ihre handgestrickten Socken sahen aus, als trüge sie sie seit 1969. Sie hatte ihre große, rote Brille noch in der Hand, und bevor sie sie aufsetzte, sah sie mehr denn je aus wie ein kleiner Affe.

»Na, Georg?« Sie boxte ihren Bruder in die Seite. »Wie war deine Verabredung? Wieder eine Lesbe bekehrt?«

Georg schaute Lily an, die sofort errötete, was bei Lily allerdings nicht viel heißen wollte.

»Gehen wir doch in die Küche«, sagte sie. »Ich brauche erst mal einen Kaffee.«

»Da bist du nicht die Einzige«, sagte Esther.

»Ich gehe Brötchen holen.« Georg floh aus der Wohnung. Esther legte einen Arm um Kath und führte sie in die Küche. Zu Lily sagte sie: »Und du, zieh dir erst mal was an.«

Sie klang wie Lilys Mutter.

»Ich hatte einen furchtbaren Albtraum«, sagte Kath. »Doug hat mein Studio übernommen. Er unterrichtete die Schüler auf Hirschfellen. Das ist die traditionelle Methode, so hat man früher in Indien geübt. Die Schüler starben einer nach dem anderen. In der Totenstellung liegend. Doug hatte die Hirschfelle vergiftet.«

»Kaffee?«, fragte Lily, die frisch geduscht und richtig angezogen in die Küche zurückkam. Sie schraubte die Espressokanne auseinander, füllte Wasser und Kaffee ein. Stellte Tassen und Teller auf den Tisch. »Was ist mit Doug?«, fragte sie. »Was hat denn Doug mit der Sache zu tun?«

»Nichts – nur ein Traum. Wo der herkam ... Doug als Yogalehrer ...« Kath schüttelte den Kopf. »Er war ja von Anfang an dagegen, dass ich das Studio aufmache. ›Das funktioniert nie‹, hat er gesagt, ›das kann doch nicht klappen‹. Und er hat Recht! Er hat wie immer Recht, es funktioniert nicht! Keiner kommt!« Rastlos wanderte sie in der Küche auf und ab.

»Kath ...« Lily zupfte sie am Ärmel, dass sie sich setzen sollte. Sie schüttelte sie ab.

»Und unten stehen die Mädchen!«, rief Kath. »Hier, schaut euch das an. Sie stehen vor dem Café und verteilen Zettel.« Sie warf eine Hand voll rosa Blätter in die Luft. Wie Schmetterlinge flatterten sie auf den Fußboden. Lily hob eines auf. Es war mit dickem, schwarzem Filzstift von Hand beschrieben und mit kindlichen Blumen und Smileys verziert.

»Schluss mit der Schinderei«, las sie vor. »Wir haben genug Power, auch ohne Power-Yoga! *Girls Rule!*«

Sie legte das Flugblatt auf den Tisch. »Die Mädchen aus dem ersten Stock?«, fragte sie. »Cheri, Laurie?«

Kath nickte. »Das habe ich nun davon, dass ich immer so streng mit ihnen war. Ich weiß gar nicht, warum sie überhaupt in die Stunde kamen. Mitgemacht haben sie jedenfalls nie.«

Lily zuckte mit den Schultern. Wegen Doug, dachte sie.

»Jetzt stehen sie vor dem Café und drücken jedem, der vorbeigeht, einen solchen Zettel in die Hand. Kein Wunder, dass niemand in meine Stunde kommt. Und als ob das nicht genug wäre: Das *Yoga Magazine* ist heute erschienen.« Kath nahm die Zeitschrift aus ihrer Tasche und hielt sie hoch. Auf dem Titel demonstrierte eine spindeldürre Yogini in glitzerndem Spandex den Skorpion: auf den Unterarmen balancierend, die Füße von hinten auf den Kopf gelegt. Wenn man genau hinschaute, konnte man ihre Zungenspitze zwischen den Lippen sehen. Und darüber die Schlagzeile:

Yoga – heilende Energie oder tödliche Waffe – Kontroverse Praktiken – Seite 34

»Das habe ich bei Germaine gekauft. Fünf Exemplare hat sie im Regal.« Kath warf das Heft auf den Tisch und setzte sich endlich. »Die Frau hat mich nie gemocht.«

Lily nahm es und blätterte zur Seite vierunddreißig.

Wird die heilende Kraft von Yoga im Westen missbraucht und zur tödlichen Waffe verkehrt?

Die zunehmende Verwestlichung dieser jahrtausendealten spirituellen Tradition hat verheerende Auswirkungen. Immer lauter werden Stimmen, die vor den hier zu Lande so erfolgreichen athletischen Yogavarianten wie Ashtanga- oder Bikram-Yoga warnen. Sportverletzungen, irreversible Gelenkschäden und emotionale Abhängigkeit von selbst ernannten Pseudo-Gurus häufen sich in alarmierendem Maße. Doch der erschreckendste Fall ereignete sich in einem vor kurzem eröffneten Studio in San Francisco: Hier sind kurz hintereinander zwei Yogaschülerinnen gestorben, junge, gesunde Frauen, die das Ende der Yogastunde nicht mehr erlebten. Die Totenstellung bekommt eine neue, schreckliche Bedeutung. Was ist passiert?

Herzversagen, lautete der gerichtliche Befund. Doch wie konnte es dazu kommen? Die offiziellen Untersuchungen sind nicht abgeschlossen, aber das Ergebnis unserer Recherchen zeigt ganz deutlich: Die beiden nichts ahnenden Frauen übten mit einer Lehrerin, die in Yogakreisen als wild card *berüchtigt ist. Nicht akkreditiert, nicht fertig ausgebildet, von ihrem Guru verstoßen, von einem renommierten Studio entlassen – wie konnte es so weit kommen, dass diese Frau ein Yogastudio eröffnen durfte?*

»Wir brauchen dringend Richtlinien«, sagt…

Lily ließ die Zeitschrift sinken. »Sie machen dich fertig. Sie machen dich tatsächlich fertig.«

»*Wild card!* Und ich hielt das für ein Kompliment.« Kath nahm das Magazin wieder an sich und las einzelne Sätze vor:

»Verantwortungslose Pseudo-Lehrer wie Kath Neill bringen diese heilige Tradition in Verruf. – Kath Neill gibt selbst zu, über möglichen Drogenkonsum ihrer Schüler nicht Bescheid zu wissen. Das ist umso bedenklicher, als Yoga im Drogenentzug eine große Unterstützung sein kann. – Diese jungen Frauen hätten nicht sterben müssen.«

Ich habe mein ganzes Erspartes in das Studio gesteckt«, sagte Kath. »Und das war nicht wenig. Ich habe überhaupt keine Reserven mehr. Und in die *Yoga Factory* kann ich auch nicht zurück.«

»Warum haben sie dir dort eigentlich gekündigt?«, fragte Lily.

»Ich habe den Besitzer in die Eier getreten.«

»Ha!« Esther hieb mit der flachen Hand auf den Tisch, so dass die Tassen hüpften. »Gut gemacht, Mädchen!«

»Ach ja? Woher wissen Sie das? Vielleicht war ich ja im Unrecht.«

»Ach was! Sie wären die Erste, die einen Typen grundlos in die Eier tritt!«

Kath lächelte: »Sie haben Recht. Er hat mir jedes Mal zwischen die Beine gefasst, wenn er mich aus der Brücke hochhob. Er behauptete, das sei die traditionelle Methode. Am Tag, als ich den Mietvertrag hier unterschrieben habe, bin ich zurückgegangen, habe seine Fortgeschrittenen-Stunde besucht, wie das für die Lehrerinnen dort – übrigens ausschließlich junge Frauen – vorgeschrieben ist. Und dann habe ich ihn aus dem Handstand in die Eier getreten, mit Schwung. ›Oh‹, habe ich gesagt, ›ist das etwa nicht die traditionelle Methode?‹«

Esther lachte bellend. »Na, was habe ich gesagt. Du bist ein Mädchen nach meinem Geschmack.«

Der Kaffee kochte sprudelnd auf. Lily nahm die Espressokanne vom Herd. Georg kam mit einer Tüte voll süßer Brötchen herein.

»Tut mir Leid, dass es so lange gedauert hat«, sagte er, etwas außer Atem.

»Nun erzähl mal, Georg, wie war dein *date* gestern?« Esther konnte es nicht lassen.

»Darüber wollte ich eben mit Lily reden.« Georg nahm die Tüte, die Esther schon an sich reißen wollte, und legte die Brötchen auf einen Teller, den er auf den Tisch stellte.

»Lily«, sagte er. »Du musst die Wohnung nicht tauschen. Ich werde bei Claire einziehen.«

»Das ging aber schnell«, sagte sie. Nicht der intelligenteste Kommentar. Sie zerbröselte ihr Brötchen.

»Was machen Lesben bei der zweiten Verabredung? Sie bestellen den Möbelwagen.« Esther warf den Kopf in den Nacken und lachte laut und wiehernd. »Du bist unverbesserlich, Georg. Echt.«

Lily fragte sich, ob sie um diese Zeit schon betrunken sein konnte. War sie etwa an Lilys Minibar-Schnapsflaschen gegangen?

»Wir werden heiraten.« Georg errötete leicht.

»Heiraten?«, rief Lily. »Aber du kennst sie doch kaum!«

»Ich kenne sie gut genug. In meinem Alter kann man sich kein Zögern mehr leisten. Man weiß ja nicht, wie viel Zeit einem noch bleibt.«

»Ich finde es toll«, sagte Kath, schlang ihre Arme um seinen Hals und küsste ihn, eine töchterliche Geste, der sich Lily nicht bedienen konnte. Und Esther legte den Kopf auf die Tischplatte und fing an zu weinen.

»Immer du«, schluchzte sie, »immer du! Kriegst immer die Frauen. Immer du.«

Sie ließ und ließ sich nicht trösten, bis Lily die kleinen Flaschen unter ihrem Bett hervorkramte. Sie reihte sie auf dem Küchentisch auf wie Georg seine Bachblütentropfen. Esther schraubte sie erst alle auf, bevor sie sie eine nach der anderen hinunterkippte. Lily schaute ihr dabei zu. Sie hatte ein eigenartiges Gefühl, als ob jetzt ein neues Leben beginnen würde. An diesem Morgen. Hier.

13

Zu Hause in Michigan würde ich mich nicht tot in einem Café erwischen lassen. Mal ganz abgesehen davon, dass es da gar keine Cafés gibt. Echt, ich schnall's immer noch nicht ganz. Wie das hier ist mit dem Ausgehen. Dass man in Bars nicht rauchen darf, ist nur der An-

fang. Zu Hause in Michigan ist es so, dass man sich abends nach der Arbeit in einer Bar trifft, so viel Bier trinkt, wie reingeht, und dann nach Hause rollt, wenn möglich mit einer Frau im Arm. Hier? Gehen Frauen denn gar nicht aus? Letzte Woche war ich im Shotwell *(Geheimtipp: Es darf geraucht werden) – keine Frau weit und breit. Dann weiter ins* Zeitgeist*: Da war eine Schlange vor der Tür und ein Türsteher. Um zwei war schon alles zu, dabei war ich mir sicher, dass irgendwo in dieser Stadt noch ein Lokal offen sein musste. Der Türsteher schickte mich ins* Endup *– zwanzig Dollar Eintritt. Erst als ich drinnen war, fiel mir auf, dass ich der einzige Mann war, der ein Hemd anhatte. Es war* Gay Friday. *Zwanzig Dollar, mit Drink siebenundzwanzig, mit Trinkgeld dreißig – und keine einzige Frau im ganzen Lokal. Ich bin seit sieben Monaten hier und habe noch keine Frau kennen gelernt, die etwas verträgt. Gibt es denn gar keine trinkfesten, lustigen Frauen in dieser Stadt? Wenn man das hier so liest, könnte man meinen, sie haben alle nur eines im Kopf: zu heiraten.*

Ich heiße Maggie, und ich trinke kein Bier, aber Pink Martinis – so viele, wie du mir bezahlen kannst. Und ich will dich garantiert nicht heiraten. 415-472 3321.

Je mehr du dich wehrst, je mehr du dich sperrst, desto tiefer verstrickst du dich. Das muss ich dir eigentlich gar nicht sagen – du weißt es, du spürst es. Du zappelst wie eine Fliege im Netz – ein unfairer Vergleich, wo ich doch deine irrationale Angst vor Spinnen kenne. Die Wohnung war voll von ihnen, was will man, ebenerdig, in einem efeubewachsenen Haus, erinnerst du dich? Oh ja, du erinnerst dich. Das waren die besten Augenblicke unserer Ehe: dein schriller Schrei aus dem Badezimmer, dem begehbaren Schrank im Flur, einmal aus dem Schlafzimmer, als sich ein besonders ekliges Exemplar direkt über deinem Kopfkissen abseilte. Weißt du, dass das die einzigen Momente waren, in denen du dir helfen ließest? In denen du dich ganz mir überlassen musstest? Deine Angst vor Spinnen ist das Einzige, das stärker ist als deine ebenso irrationale Unfähigkeit, mir zu vertrauen. Habe ich das ausgenutzt? Vielleicht ein bisschen. Spinnen kann man züchten, weißt du. Spinnenfarmen übers Internet bestellen. Je nachdem, wie lange das Paket unterwegs war, haben sich bis zu vierhundert frisch geschlüpfte, junge Spinnlein in einem Glas befunden. Mit speziellen proteingetränkten, künstlichen Fliegen gefüttert, wuchsen sie dreimal so schnell wie in der Natur. Natürlich überlebten nicht alle. Und von denen, die überlebten, entkam die Hälfte. Aber die, die blieben, ließen mich nicht im Stich. Sie gewöhnten sich an mich, sie erkannten meine Stimme, manchmal hatte ich sogar den Eindruck, sie zwinkerten mir zu, wenn sie dich erfolgreich zum Weinen gebracht, in meine Arme getrieben hatten.

14

»In Ordnung«, sagte Doug in sein Handy. »Dann sehe ich dich heute Abend. *Namaste!*«

Das Licht in mir grüßt das Licht in dir, dachte Lily. Ihr ging der traditionelle indische Gruß, den die Yogaschüler übernommen hatten, nicht so leicht von den Lippen. Noch unpassender schien ihr, wenn die Kalifornier die Hände zum Gebet zusammengepresst an die Stirn führten. Doch was wusste sie schon. Sie war schließlich nicht mehr in der Schweiz.

Sie saßen an Lilys Küchentisch, Lily mit ihrem altmodischen Schnurtelefon, Doug mit seinem Handy. Er hatte die Adresskartei von *Yama Yoga* mitgebracht, er musste einen Schlüssel zum Studio haben. Lily fragte nicht weiter. Sie teilten die Namen unter sich auf und riefen einen nach dem anderen an.

»Komm doch heute Abend zur Anfängerstunde um sieben«,

sagten sie immer wieder. »Unterstütz Kath. Beweis deine Solidarität. Sie kann es brauchen.«

Viele Schüler waren tagsüber nicht unter der Nummer zu erreichen, die sie Kath gegeben hatten. Von denen, die abnahmen, hatten die meisten den Artikel im *Yoga Magazine* gelesen. Doug gelang es besser als Lily, ihre Bedenken zu zerstreuen. Doch auch Lily hatte einige Male Glück. Sie erwischte ein paar Schüler, die nicht alles glaubten, was sie gelesen hatten. Zwei oder drei wollten gar dagegen protestieren, Leserbriefe schreiben, Kath verteidigen. Nach zwei Stunden hatten ihnen vierundzwanzig Leute versprochen, abends um sieben im Studio zu sein.

»Wenn nur die Hälfte auftaucht, bin ich zufrieden«, sagte Doug. Er rieb sich die Augen, die Stirn. »Je schneller wir die Sache aufklären, desto besser.« Doug hatte auch schon eine Theorie: Soblowski hatte Karen das *Push Up* betreten sehen. Schließlich begann ihre Schicht während seiner Arbeitszeit. Für Soblowski, Mitglied einer christlichen Abstinenzlergruppe namens *Clean & Sober,* musste das *Push Up* der Vorhölle gleichkommen. Um seine Frau abzuschrecken und gleichzeitig zu bestrafen, hatte er wahllos Stripperinnen mit gepanschten Drogen vergiftet.

»Die Theorie hat natürlich Lücken«, gab Doug zu. »Aber sie passt zu Soblowskis Charakter und zu den Richtlinien von *Clean & Sober*. Die bekehren nämlich nicht aktiv. Die Sünderin muss selber merken, dass sie auf dem falschen Weg ist. Aber da Karen nichts dergleichen merkte, wollte er wohl ein bisschen nachhelfen.«

»Und die Drogen?«, fragte Lily. »Wie kommt ein Abstinenzler an Drogen?«

»Drogenhändler dealen oft in öffentlichen Verkehrsmitteln, das ist ihr fahrendes Büro. Da ist Soblowski direkt an der Quelle.«

»Aber Mandalee ist doch ihre eigene Drogenhändlerin gewesen.«

Doug knallte sein Handy zu, als wollte er es platt drücken. Er sah Lily voll ins Gesicht – etwas, das er selten tat und meist ein schlechtes Zeichen war.

»Willst du Kath wirklich helfen?«

»Natürlich.«

»Dann musst du mit mir an einem Strick ziehen. Eifersucht ist uns nur im Weg.«

»Ich bin nicht –« Lily verstummte. Er hatte nicht ganz unrecht. Der Aufwand, den er betrieb, die Zeit, die er in Kaths Verteidigung steckte, eine Verteidigung, die Kath nicht einmal zu würdigen schien, störten sie.

»Wir brauchen keine perfekte Theorie«, sagte Doug, wieder ganz ruhig. »Alles was wir brauchen, ist ein Knochen, den wir den Bullen hinwerfen können, etwas, das sie von Kath ablenkt. Eine Spur, die so weit wie möglich von ihr wegführt.«

Lily nickte. Je schneller sich die Sache aufklärte, desto besser. Auch für sie. »Wie hast du denn die Mädchen dazu gebracht, ihre Demonstration vor dem Café aufzulösen?«

Doug sah sie scharf an. »Lily!«

»Ich frage ja nur! Aus Interesse. Ich bin nicht eifersüchtig. Ich schwör's.«

»Nicht? Dann ist ja gut.«

Lily wartete. Er ließ sie warten. Er lächelte schief, als wüsste er genau, was in ihr vorging. Lily hatte gesehen, wie Doug zu den Studentinnen getreten war, er hatte die Arme um sie gelegt, er hatte ihnen die Zettel abgenommen, er hatte eine Weile, die Lily lange vorgekommen war, mit ihnen geredet und sie dann mit Klapsen auf den Hintern verabschiedet. Kreischend waren sie auseinander gestoben.

Warum amerikanische Frauen immer diese spitzen Schreie

ausstoßen, dachte Lily, und dazu auf und ab hüpfen und in die Hände klatschen. Eine Lebensfreude vortäuschen, die sie eigentlich nicht empfinden. Wo hatte sie das gehört? Bestimmt in einer Nachmittags-Talkshow. *Cheerleaders on Acid.*

»Dann ist ja gut«, wiederholte Doug endlich. »Ich habe ihnen nämlich eine Party versprochen. Ich nehme sie heute abend mit in den *Tonga Room*. Nach der Yogastunde.«

»Den *Tonga Room*.« Palmen und tropische Wasserfälle und Dudelmusikanten auf einem künstlichen Floß. Sie hatte davon gelesen. Sie zwang sich ein Lächeln ab. Sie hatte nicht die innere Größe, die er von ihr forderte. Ihr fehlte die Gewissheit, dass es nur auf ihr eigenes Empfinden ankam. Sie musste eben so tun, als ob.

»Ja«, sagte Doug. »Eigentlich wollte ich sie überreden, heute Abend auch zum Yoga zu kommen. Das wäre ein starkes Statement gewesen. Aber vielleicht ein bisschen gewagt. Bei diesen jungen Dingern weiß man nie. Plötzlich haben sie andere Ideen … man kann nicht wirklich auf sie zählen.«

»Nein, das kann man wohl nicht.« Das hatte nicht ganz so geklungen, wie sie es gemeint hatte, großzügig, verständnisvoll.

»Lily, hör mal, ich weiß, dass es nicht einfach ist für dich. Aber wenn unsere Beziehung eine Zukunft haben soll –«

Zukunft?

»– dann musst du mir schon vertrauen. Weißt du, ich finde es interessant, dass du immer wieder darauf zurückkommst, dass Kathy und ich noch nicht offiziell geschieden sind. Wo man doch deine Beziehung zu deinem Exmann eigentlich nur als ungelöst bezeichnen kann.«

Darauf wusste Lily keine Antwort. Er erwartete auch keine.

»Denk mal darüber nach«, sagte er und nahm sich dann den kleinen Stapel Karteikarten vor, den sie bereits durchgegangen war. Er wählte alle Nummern noch einmal und stimmte zwei weitere Yogaschüler um. Lily malte Kringel auf ihren Notizblock, bis er fertig war. Endlich schaute er zu ihr hinüber.

»Mädchen«, sagte er, »du schmollst doch nicht etwa?«

Sie zuckte mit den Schultern. Sie sagte nichts. Solange sie den Mund nicht aufmachte, konnte auch nichts Falsches herauskommen.

»Ich weiß, ich habe mich nicht richtig um dich gekümmert. Nicht so, wie ich es sollte.« Er strich über ihr Haar, griff sich einen Büschel und zog daran. Sie ließ es geschehen. Es tat nicht weh. Er zog an Lilys Haar, bis ihr Gesicht ganz nah an seinem war.

»Ich werde mich um dich kümmern«, murmelte er. »Sobald ich mit Kathy fertig bin. Ich werde mich um dich kümmern.«

Er küsste sie und ließ sie dann so unerwartet los, dass ihr Kopf nach vorn sackte wie der einer alten Puppe.

15

Immerhin zehn Schüler hatten sich am Abend zur Anfängerstunde eingefunden, die etwas langsamer geführt wurde als das morgendliche Mysore-Training. Trotzdem hatte Lily Schwierigkeiten, ihren Atemrhythmus dem der Gruppe anzugleichen. Sie ertappte sich mehrmals dabei, wie sie nach der Uhr an der Wand schielte. Kath tat ihr Bestes, doch sie war angespannt und unkonzentriert, verwechselte immer wieder rechts und links, vergaß, Stellungen nach beiden Seiten auszuführen, oder ließ sie gleich ganz aus. Es war auch ihrer Nervosität zuzuschreiben, dass sie die Totenstellung abkürzte und die beiden Schüler, die noch länger liegen blieben, unsanft schüttelte.

Shiva Steinbeck ließ sich nicht wachrütteln. Doch als die Ambulanz vorfuhr, lebte er noch.

Shiva Steinbeck war kein Tänzer im *Push Up*. Er nahm auch keine Drogen. Er war einer von Kaths treuesten Yogaschülern und außerdem einer ihrer zahllosen *exboyfriends.*

»Tut mir Leid«, sagte MacKenzie, und man konnte ihm ansehen, dass er es auch meinte. »Tut mir echt verdammt Leid, aber wir müssen dich mitnehmen.« Er legte einen Arm um Kaths Schulter und zog sie kurz an sich. »Inspektor Leung hat einen Haftbefehl auf deinen Namen ausgestellt.«

Das wird wohl heute nichts mehr mit dem *Tonga Room*. Dachte Lily.

Aufwärts fliegende Kraft

1

»›Und nun zu den lokalen Nachrichten: Das Neueste im Killer-Yoga-Fall von Potrero Hill, hier auf dem vierten Kanal.

(Gezeigt wurde ein unschmeichelhaftes Polizeifoto von Kath, bei der Verhaftung aufgenommen, von vorn und von der Seite.)

Kath Neill, die Besitzerin des Yogastudios, in dem es zu den mysteriösen Todesfällen gekommen ist, sitzt immer noch in Untersuchungshaft. Sie hat bisher jede Aussage verweigert.

(Standbild *General Hospital.*) Das dritte Opfer, der zweiunddreißigjährige Shiva Steinbeck aus San Francisco, ist gestern Abend ins *General Hospital* eingeliefert worden. Sein Zustand ist ernst, aber nicht mehr kritisch. Die Ergebnisse der gerichtsmedizinischen Untersuchung sind noch nicht publik gemacht worden. Man kann aber davon ausgehen, dass es sich um eine Vergiftung handelt.

Unsere Reporterin Debby Wong ist am Tatort.

Debby, was gibt es Neues?‹

(Menschentraube vor *Germaine's Coffeeshop & Laundromat.* Schwenk auf junge Reporterin in Seidenbluse mit riesiger roter Schleife unter dem Kinn.)

Debby: ›Ja, Ken, ich stehe vor dem Gebäude, in dem sich das Studio *Yama Yoga* befindet. Zwei ehemalige Schülerinnen der inhaftierten Yogalehrerin geben hier eine improvisierte Pressekonferenz. Mal sehen, ob ich an sie rankomme.‹

(Journalisten mit Mikrofonen und Kameras drängen sich um Cheri und Laurie, die auf den Stufen vor *Germaine's Coffeeshop & Laundromat* stehen. Beide sind außergewöhnlich züchtig gekleidet und tragen das Haar in der Mitte gescheitelt.)

Cheri: ›Danke, dass ihr gekommen seid. Es ist nicht einfach für uns, hier zu stehen, wenn man bedenkt, dass es leicht auch uns hätte treffen können ... (Sie zückt ein Taschentuch) sorry ... ich bin ganz durcheinander ...‹

Laurie: ›Ich auch! (Drängt sich vor.) Ich bin furchtbar traurig und betroffen ... ich denke an unsere Freundinnen, Mandy und äh ... äh ... die wir verloren haben ... (Schließt einen Moment lang ergriffen die Augen.) Entschuldigung ... Es ist nicht einfach ... man glaubt, man tut sich etwas Gutes, wenn man sich im Yogastudio einschreibt. Diese beiden jungen Frauen ... sie wollten doch nur das Richtige tun für ihren Körper ... wie wir alle ... und jetzt sind sie tot!‹

Frage von einem Journalisten: ›Glauben Sie, dass Kath Neill für die Todesfälle verantwortlich ist?‹

Cheri: ›Mein Hund hat sie jedenfalls nie gemocht. Nicht, Muffin?‹

(Kamera schwenkt kurz auf Muffin, der zu Cheris Füßen liegt und an einem Kabel nagt.)

Laurie: ›Sie hat was Brutales an sich. Das kann man schon so sagen. Sie griff einen immer so grob an, wenn sie eine Stellung korrigierte. Manchmal hatte ich nach der Stunde blaue Flecken am Körper – hier!‹

(Zieht ihr Kleid über die Schulter. Zoom auf die weiße Haut.)

Debby: ›So viel vom Tatort. Zurück ins Studio, Ken.‹

Ken: ›Danke, Debby. Das war ja sehr aufschlussreich. Es ist ein tragischer Fall, liebe Zuschauerinnen und Zuschauer, und natürlich fragt man sich als körperbewusster Bürger: Was soll man tun? Wie viel Fitness ist zu viel? Nach dem Werbeblock: Ist dies das Ende des Yogabooms? Unsere Reporter haben sich in den Yogastudios der Stadt umgeschaut. Bleiben Sie dran – wir tun es schließlich auch!«

Lily schaltete den Fernseher aus.

2

Als Rhonda von ihrer Konferenz in Denver oder sonstwo zurückkam, hatte sich ihr Brustumfang verdoppelt. Sie trug dasselbe graue Businesskostüm wie bei ihrer Abreise, doch die Jacke ließ sich nicht mehr zuknöpfen. Eine seltsam statische, wie aus einem Guss wirkende, hoch sitzende Brust dehnte den schwarzen Rollkragenpullover unter der Jacke.

»Oh, Rhonda!«, sagte Lily. »Skip glaubt, du hast eine Affäre.«

»Schön wär's.« Rhonda verzog das Gesicht. »Hilf mir mal mit meiner Tasche. Ich darf zwei Wochen lang nichts tragen.«

Lily nahm ihr die Reisetasche und den Aktenkoffer ab, den Rhonda zur Tarnung mitgenommen hatte. »Ich weiß nicht, wie ich das durchziehen soll, ohne dass Skip etwas merkt«, murmelte Rhonda.

»Lass uns schnell im Büro Halt machen«, sagte Lily. »Ich muss etwas mit dir besprechen, bevor wir nach oben gehen.«

Vorsichtig ließ sich Rhonda auf der Matratze nieder. »Das sagt einem auch niemand, wie weh das tut«, stöhnte sie.

»Rhonda …«

»Ja, ich weiß. Sie haben sich verrechnet«, verteidigte sich Rhonda müde. »So groß wollte ich sie gar nicht haben. Außerdem sind sie nicht gleich groß geworden. Siehst du?«

Mit Mühe und schmerzverzogenem Gesicht schälte sie sich aus ihrer Jacke. Unter dem schwarzen Jersey bildete Rhondas Oberkörper eine unnatürlich kompakte und tatsächlich etwas einseitige Masse. Auf der rechten Seite reckte sich ihr Busen beinahe bis zu ihrem Kinn vor.

»Rhonda…«

»Rhonda! Rhonda! Rhonda! Hast du sonst nichts zu sagen?«

»Wir haben versucht, dich zu erreichen.«

»Ich weiß. Kein Empfang. Außerdem hätte ich gar nicht zusammenhängend reden können. Mit der Narkose ist auch etwas schief gelaufen. Na ja.«

Sie reckte das Kinn, öffnete den Mund zu einem zähnebleckenden Lächeln. »Manchmal muss man eben etwas auf sich nehmen. Eine glückliche Ehe ist nun mal nicht gratis. Aber das muss es einem wert sein – siebentausend Dollar, das Hotelzimmer nicht eingerechnet. Wenn er jetzt nicht zufrieden ist, dann weiß ich auch nicht…«

»Wir haben dich angerufen, weil… nun, Al hat ein Problem…« Lily wusste nicht, wie sie Rhonda die Sache beibringen sollte. Wo Rhonda so angeschlagen war, die Arme nicht heben, keine Taschen tragen konnte.

»Ist sie etwa wieder von zu Hause weggelaufen?«

»Nein, das ist es nicht. Al ist daheim. *Hardwood International* hat sie nach Hause geschickt, damit sie eine familientherapeutische Intensiv-Intervention absolvieren kann. Aber mach dir keine Sorgen. Georg führt sie durch.«

Er hatte die Intervention vorgeschlagen. Die entsprechenden Beglaubigungen und Bestätigungen, die Doktor Pat aus der Wüste gefaxt hatte, waren natürlich nicht echt. Aber Georgs Absichten waren es. Er hatte es sich in den Kopf gesetzt, aus Skip einen anständigen Vater zu machen, und wenn es das Letzte war, was er in diesem Leben noch tun würde.

»Al möchte ein Junge sein.« Da, sie hatte es gesagt.

Rhonda war nicht beeindruckt. Nachsichtig schüttelte sie den Kopf. »Lily, wovon redest du? Haben sie dir etwa auch Äther gegeben? Warum sollte sie, wer will denn schon ein Junge sein! So ein Unsinn!«

»Es wird alles wieder gut, Rhonda. Es kommt alles in Ordnung. Georg hat gesagt, er setzt alles daran, dass Al glücklich wird.«

Ein glückliches Kind, hatte er gesagt. Obwohl Al kein Kind mehr war.

»Die Fähigkeit, glücklich zu sein, ist genetisch festgelegt«, sagte Rhonda. Mühsam stand sie auf. »Macht euch da bloß keine falschen Hoffnungen!« Sie stützte sich mit einer Hand an der Wand ab und verzog das Gesicht. »Hilf mir, Lily.«

»Warte, Rhonda. Geh noch nicht gleich nach oben.« In Rhondas Wohnung war in den letzten Tagen viel geschrien, geweint und gegen Sofakissen geboxt worden. Traurigkeit tropfte von den Wänden. Die Fernseher blieben stumm. Selbst der Hund war ausgezogen.

3

Skip stand am Herd und bereitete unter Georgs Aufsicht Makkaroni mit Käsesauce zu, amerikanisches *comfort food* für Kinder.

»Mit Essen kannst du auf einfache Art Liebe ausdrücken, Fürsorge zeigen«, erklärte Georg gerade, als Rhonda und Lily hereinkamen, außer Atem und gebückt, Lily unter dem Gewicht der Koffer, Rhonda unter dem ihrer neuen Brüste.

»Was geht hier vor!«, rief Rhonda.

»Ach, und wo kommst du denn her?« Skip drehte sich um. Er hatte eine Schürze über seine Jeans gebunden, auf der *Number One Mom* stand. »Wir haben dich vor Tagen zurückerwartet. Hat deine ›Konferenz‹ (er zeichnete die Anführungs- und Schlusszeichen mit den Fingern in die Luft) etwa länger gedauert?«

»Skip!« Georg schlug einen warnenden Ton an. Skip wandte sich wieder seiner dicken Käsesauce zu.

»Wo ist Alice?«, fragte Rhonda. »Was ist mit ihr?«

»In ihrem Zimmer. Ich gehe sie holen.« Georg blieb nicht lange weg, aber es waren unheilvolle Sekunden. Skip rührte in seiner Pfanne. Rhondas Blick bohrte Löcher in seinen Rücken. Lily wünschte sich weit weg.

Al trug Kopfhörer. Sie wippte im Takt zu einer Musik, die nur sie hörte. Sie starrte ihre Mutter an: »Scheiße, was ist mit dir passiert?«, rief sie viel zu laut. Unwillkürlich kreuzte sie die Hände vor der eigenen Brust.

»Setz dich, Alice.« Sanft nahm Georg ihre Kopfhörer ab. Sie setzten sich um den Küchentisch. Erst jetzt sah Lily, dass an jedem Platz ein Notizblock und ein Bleistift lagen. Und mitten auf dem Tisch stand eine Schachtel Kleenex.

»Was ist das?« Rhonda griff nach dem nächstliegenden Notizblock. »Ich habe ja schon meinen zwölften Geburtstag nicht feiern wollen«, las sie vor. »Ich wusste, dass danach nichts Gutes mehr kommen konnte.« Sie legte den Block wieder hin. »Was hat das zu bedeuten? Hast du das geschrieben, Al?«

Al nickte verstockt.

»Ach komm schon, Al! Übertreib doch nicht. Du hattest einen wunderschönen Geburtstag, wir waren auf der Kegelbahn, und ich habe dir eine Gitarre geschenkt. Was ist eigentlich aus der Gitarre geworden?«

Al starrte sie an: »Das war mein elfter Geburtstag.«

»Al hat … ein Problem in der Schule«, mischte sich Georg

ein. »Sie hat sich da als Junge ausgegeben. Als Al, für Alfred. Die Schulpsychologin ist zu dem Schluss gekommen, dass der Grund dafür in ihrer Beziehung zu Skip liegt.«

»Problem? In der Schule?« Rhonda schüttelte den Kopf, als könnte sie die Worte wieder herausschütteln wie Wasser aus den Gehörgängen nach dem Schwimmen. »Al, du hast noch Probezeit! Wie konntest du? Wer will denn schon ein Junge sein, so ein Unsinn!«

»Es waren die… die…« Alice sprach das Wort Brüste nicht aus. Sie zeigte nur auf sie. Auf Rhondas neue Brüste. Schuldbewusst schaute Rhonda an sich hinunter.

»Al, du musst deiner Mutter schon erklären, was du meinst. Oder vielleicht möchtest du lieber vorlesen, was du aufgeschrieben hast?«

Al nickte. Sie zog den Block zu sich herüber und las davon ab, ohne ihn in die Hand zu nehmen, sie las ungerührt und monoton, als ginge sie das alles gar nichts an.

»Für mich war die Kindheit an dem Tag vor drei Jahren beendet, an dem mein Vater meine wachsenden Brüste bemerkt und angewidert moniert hatte: ›Schade, und du warst so ein hübsches Kind. Na ja, da kann man wohl nichts machen.‹

Das war der Vater, den ich so lange gesucht hatte. Schon hatte er mich satt. Nach kaum drei Monaten Familienleben stand ich wieder draußen vor der Tür. Alles wegen einem Paar Brüste, das ich nicht bestellt hatte. Mein Körper entwickelte ein vollkommen unberechenbares Eigenleben. Wuchs, dehnte sich, tat weh. Blutete unregelmäßig. An dem Tag, an dem ich meine weißen Jeans zum ersten Mal trug. Ich kam mit einem tiefroten Fleck wie ein Pferdesattel zwischen den Beinen nach Hause. ›Schmeiß die Hose halt weg‹, herrschte mein Vater mich an. ›Das ist doch widerlich.‹

Brandneue Jeans, einmal getragen. Wie soll man so Tag für Tag normal funktionieren? Wenn einem der eigene Körper ständig Streiche spielt? Kein Wunder, dass quasi alle erwachsenen Frauen, die ich kenne, ständig am Rande eines Nervenzusammenbruchs sind. Kein Wunder, dass mein Vater sie verachtet. Frauen sind launisch, unzuverlässig und schmuddelig wie ihre Körper.

›Mir stinkt das‹, hatte ich mal zu ihm gesagt, ich weiß nicht einmal mehr, warum, vielleicht hätte ich mein Zimmer aufräumen oder meine Schularbeiten machen sollen.

›Nein, nicht *dir* stinkt's, *du* stinkst‹, hatte er mich angefahren. ›Du bist jetzt eine Frau‹, hatte er gesagt, ganz kalt, ›und Frauen stinken nun mal. Du musst dich halt waschen. Da – da unten.‹ Und dann war er aus dem Zimmer gegangen, als könnte er den Geruch nicht länger aushalten.

Ich habe alles versucht. Den Busen abzubinden, wegzuhungern, sogar die Periode kann man so unterdrücken. Das habe ich aus dem Internet, da gibt es ganze Seiten über Anorexie. ›Ana ist deine beste Freundin‹, versprechen die. Doch ich wollte ja eigentlich keine beste Freundin, ich wollte auch nicht hungern, ich hasse das nagende Gefühl im Magen. Gott sei Dank wurde mir klar, dass Fett letztendlich denselben Zweck erfüllt. Die Brüste verschwinden in der Körpermasse, ich konnte als Junge durchgehen, als bedrohlicher Junge sogar.«

Al schob den Block von sich und setzte den Kopfhörer wieder auf. Rhonda hatte ihre Schmerzen vergessen und den teuren neuen Vorbau an ihrem Körper, sie stützte sich auf die Tischkante, bereit aufzuspringen, sich auf jemanden zu stürzen.

»Musst du denn immer Probleme machen?«, herrschte sie ihre Tochter an. »Immer ist irgendwas. Als ob ich nicht genug am Hals hätte.«

Als Kopf wippte sanft unter den Kopfhörern. Sie sah durch ihre Mutter hindurch. Sie konnte sie nicht mehr hören. Georg legte eine Hand auf Rhondas angespannten Arm.

»Hör zu«, sagte er. »Es geht jetzt nicht um dich. Al hat mir auch erzählt, dass sie Intimduschen benutzt, drei-, vier-, fünfmal täglich, und dass sie seit eineinhalb Jahren eine chronische Blasenentzündung hat.« Er seufzte tief. »Eine Blasenentzündung bei einem so jungen Mädchen«, sagte er. »Das ist immer... das heißt immer...« Er schüttelte den Kopf. »So war es mit Esther«, sagte er, »genau so.«

»Esther?«, fragte Rhonda, »was hat Esther damit zu tun?«

»Nichts, es hat nichts miteinander zu tun. Mein Vater hat Esther jahrelang missbraucht, das kleine Mädchen, das seine Schweizer Frau so praktisch mit in die Ehe gebracht hatte, der Hauptgrund eigentlich, sie zu heiraten. Esthers ständige Beschwerden fielen niemandem auf. Mein Vater war der einzige Arzt am Ort. Das Mädchen war einfach schwierig, rebellisch. Sie schwänzte die Schule, brachte schlechte Noten heim, wurde beim Klauen im Dorfladen erwischt. Der Vater vertuschte alles, und mit sechzehn lief sie von zu Hause weg. Ich sah sie erst Jahre später wieder, nach dem Tod des Vaters. Und ihrer Mutter. ›Hast du eigentlich nichts gemerkt?‹, fragte sie mich, und alle Puzzlesteine fielen an den richtigen Platz. Die verschlossene Zimmertür. Dass der Vater einen Schlüssel dazu hatte. Dass Esthers Mutter das untere Bad nicht benutzte. Dass Esther lieber mit der Mutter in die Kirche ging, statt mit dem Vater zu Hause zu bleiben, obwohl der Vater ihr aus seiner Zeitung die Witzseite versprach. ›Esther, hol noch eine Flasche Most aus dem Keller. Was macht das Mädchen denn so lange. Ich gehe besser mal nachschauen. Die Kleine hat Angst im Dunkeln. Dummes Ding.‹ Gemerkt schon. Gemerkt hatte ich alles. Aber nicht zusammengesetzt. Nichts getan. Nicht geholfen. Ich war vier Jahre älter als Esther, mit vierzehn schon größer als der Vater und stark. Ich hätte sie beschützen können. Ich habe es nicht getan. Aber ich schaute mir die Kinder, die in meine Praxis kamen, genau an. Und ich habe mir auch Alice genau angeschaut.«

»Aber ich… ich würde doch nie… so etwas habe ich nie…«, stammelte Skip.

»Raus!«, schrie Rhonda. Sie sprang auf und ging auf ihn los. »Raus! Geh mir aus den Augen!« Sie hob die Fäuste gegen ihn, doch da schoss ein scharfer Schmerz durch ihre Achselhöhlen. Sie ließ die Arme sinken und brach in hilfloses Schluchzen aus. Skip nutzte den Moment, um sich aus der Küche zu schleichen. Lily stand auf und drehte die Herdflamme aus.

»Was mache ich bloß falsch?«, jammerte Rhonda. »Warum passiert so was immer mir?« Ihre Knie sackten ein.

»Nicht dir. Al.« Georg fing Rhonda im Fallen auf und half ihr auf einen Stuhl.

»Das kann man wieder gutmachen«, sagte er. »Das muss man wieder gutmachen.« Für Esther mochte es zu spät sein, aber nicht für Al.

»Ruft mich, wenn das Essen fertig ist«, sagte Al etwas zu laut unter ihren Kopfhörern hervor und stapfte aus der Küche.

4

Ich liebe ihn so. Ich kann nicht atmen, wenn er nicht im selben Zimmer ist. Ganz nah. Ich bin nur ruhig, wenn er mir ganz nah ist, wenn wir uns berühren, Haut an Haut. Es schnürt mir die Kehle zu, wenn er sich abwendet. Sich von mir entfernt. Die Zeitung aufschlägt. Weg ist er. Hinter der Zeitung verschwunden. Und ich kann nicht atmen.

Ich muss die Zeitung herunterreißen. Mein Gesicht ganz nah an seines halten. »Beatme mich«, sage ich. Ich verfolge ihn durch die Wohnung, von Zimmer zu Zimmer. Er lacht, er schubst mich weg, manchmal spielerisch, manchmal grob. »Nun sei doch nicht so kindisch«, sagt er. Gestern ist er aus dem offenen Fenster und auf den Kirschbaum geklettert. Wohin ich ihm nicht folgen konnte.

Heute mit Fieber aufgewacht, Gliederschmerzen, ein Kater, mehr als ein Kater. Gleich bei der Arbeit angerufen. Ich würde heute nicht kommen und morgen auch nicht, ich hätte diese Grippe, die umgeht. Die asiatische. Oder chinesische? Egal. Drei Stunden geschlafen, Fieberträume, dann eine Dusche genommen. Die Grippe weggewaschen. Aufgestanden. Ich bin neu hier, vor einer Woche aus LA hergezogen. War vorher noch nie in diesem Café. Eigentlich wollte ich meine E-Mails checken. Stattdessen schreibe ich nun in dieses Buch. Ich habe einen Tee genommen, dabei liebe ich Kaffee, aber Tee ist auch okay, Kamille – und es wirkt schon, ich fühle mich kaum noch krank, und aufgeregt habe ich mich auch nicht, als Germaine mir sagte, dass sie keine Computer in ihrem Café dulde. Ich bin noch nicht lange hier, aber ich glaube fast, das ist das Beste an San Francisco, genau das: ein Café wie Germaine's.

Come on – zwei oder drei Computer in einer Ecke könnten nicht schaden.

Du hast es bis heute nicht begriffen. Was es bedeutet, verheiratet zu sein. Dabei sagen sie es dir noch vor, du musst es nur nachplappern: In guten wie in schlechten Zeiten … Das hast du versprochen. Und nicht nur das: geben und nehmen, hast du gesagt. Füreinander da sein. Du gibst mir Wurzeln, hast du gesagt. Wurzeln, ja. Du hast gemeint, du könntest sie einfach so rausreißen wie Unkraut? So geht es nicht. Du gehörst mir. Du kannst mir nicht entkommen.

Er hat mich verlassen.

Was hast du erwartet?

Lily nahm eine blaue Ölkreide aus dem Glas, das vor ihr auf dem Tisch stand. In ihrer Wohnung fand vierundzwanzig Stunden lang täglich Familientherapie statt. Immer öfter floh sie ins Café. Tauchte in die Geschichten, die sich über die linierten Seiten zogen, mit Ölkreide, Kugelschreiber oder stumpfem Bleistift hingekritzelt, manchmal mit Zeichnungen verdeutlicht. Sie hatte sich angewöhnt zu blättern, bis sie eine Handschrift erkannte, die des »geheimnisvollen Beschützers«, des »einsamen Mädchens« oder des »Biertrinkers aus Michigan«. Manchmal schrieb sie auch selbst etwas hinein, nur eine Zeile auf eine leere Seite, einen Satz, der sich in ihrem Kopf drehte und den sie so loszuwerden hoffte:

Warum ruft er nicht an?
Er liebt mich nicht.
Besitz ergreifen.

»Ist hier noch frei?«

Sie schaute auf. »Marcus, was für eine Überraschung.« Sie klappte das Buch zu, steckte die Kreide weg. Fühlte sich ertappt.

»Setz dich doch.« Marcus setzte sich. Er hatte ihr ungefragt einen Espresso gebracht. Ohne Zucker, ohne Milch.

»Was tust du denn hier?«, fragte sie. »Ach, ich weiß ja, deine Verlobte arbeitet hier irgendwo. Wie geht es ihr?«

»Nun.« Marcus rührte in seiner Tasse. Er trug einen dunkelbraunen Anzug und ein blaues Hemd mit einer alten, etwas verblichenen Superman-Krawatte. Ob er wusste, dass Lily ihn im Geheimen mit Superman verglich, oder genauer mit Clark Kent?

»Wir haben uns getrennt«, sagte Marcus. Er sprach so leise, dass Lily sich vorbeugen musste, um ihn zu verstehen.

»Ach, das tut mir Leid.«

»Lily ... « Er hob die Tasse hoch, so nahe an sein Gesicht, dass sich seine Brillengläser beschlugen. »Lily«, wiederholte er. »Du weißt doch, dass ich dich immer noch liebe.«

Einen Augenblick lang war es still. Lily wusste nicht, was sie antworten sollte. Superman und Modesty Blaise, schoss es durch ihren Kopf. Superman und Modesty Blaise.

»Du musst jetzt nichts sagen«, fuhr er fort, »ich weiß, dass du eine neue Beziehung hast.«

Lily nickte.

»*Bad timing.* Wieder mal.« Marcus lächelte. »Ich wollte es dir trotzdem sagen. Damit du es weißt.«

Lily nickte erneut. *Bad timing*, dachte sie. Besitz ergreifen. Kath und Doug, dachte sie. *Cat and Dog.*

»Nun reiß dich doch zusammen, Herrgott«, sagte Stella. Sie sagte es zu Lily, aber auch aus Lilys Mund, und Marcus fuhr betroffen zurück.

»Nein, nicht du ... ich meine doch nicht dich, ich habe nur mit mir selbst geredet.« Hilfe suchend schaute Lily zur Tür, als eine schlanke, etwas gebückte Gestalt das Café betrat. Sie sprang auf.

»Shiva!« Sie rannte auf ihn zu und umarmte ihn. Er zuckte unter der Berührung leicht zusammen. »Wie fühlst du dich?«, fragte sie. Aus der Nähe sah sein Gesicht blass und schweißnass aus. Er zuckte mit den Schultern.

»Ich habe es überlebt«, sagte er. Er stützte sich auf Lily.

»Komm, setz dich«, sagte sie. Als sie sich zu ihrem Tisch umdrehte, war Marcus Sandman gegangen. Nur seine Tasse stand noch auf dem Tisch. Er musste das Café durch den Hinterausgang verlassen haben. Lily zögerte. Sie würde ihm nachlaufen, wenn Shiva nicht hier wäre und sich schwer auf sie stützte. Mit ihrer Hilfe ließ er sich vorsichtig auf dem harten Caféstuhl nieder. »Echt, so wie ich mich fühle, wäre ich eigentlich lieber gestorben. Migräne, Ausschlag am ganzen Körper, ständige Übelkeit, Erbrechen, zitternde Glieder – Nikotinvergiftung, haben sie gesagt. Ausgerechnet ich!«

»Nikotin? Ich dachte, das Gift war in einer Flasche.«

»Ja, es war flüssiges Nikotin. Die Augenkissen waren darin getränkt. Gemischt mit sonst was. Einem Betäubungsmittel oder so. Elefantentöter, haben sie es genannt. Ich habe es nicht nur eingeatmet, sondern auch durch die Haut aufgenommen. Echt, nur die Tatsache, dass ich als langjähriger Raucher eine gewisse Immunität entwickelt habe, hat mich gerettet.«

»Du hast Glück gehabt.«

»Das Rauchen hat mich gerettet!«, ereiferte sich Shiva. »Soll noch jemand behaupten, Zigaretten sind Killer!« Wild sah er sich im Raum um, der mit Rauchverbotsschildern tapeziert war. Dann sank er wieder in sich zusammen.

»Mann, ich fühle mich beschissen.«

»Was sagen denn die Ärzte? Bist du wirklich schon gesund genug, um nach Hause zu gehen?«

Er zuckte mit den Schultern: »Nein, aber ich habe doch keine Krankenversicherung.« Er legte einen Plastikbeutel mit abgezählten Schmerztabletten auf den Tisch und nahm eine heraus. Griff nach Sandmans Tasse, schaute prüfend hinein und spülte die Tablette dann mit einem Schluck kalten Milchkaffees hinunter.

»Ich hole dir was zu trinken«, bot Lily an, »was willst du?«

»Milchkaffee. Drei Zucker. Und vielleicht ein Glas Saft?«

»Das geht aufs Haus«, rief Germaine hinter der Theke hervor.

»Danke. Ich bin wirklich in der Klemme. 24 712 Dollar und 89 Cents für die Fahrt im Krankenwagen, die drei Tage in der Intensivstation, das Magenauspumpen und die Behandlung mit Digitalis – das ist Fingerhut. Wächst im Garten meiner Mutter. Dort hätte ich es gratis kriegen können.«

»Ist das nicht eine Droge? Warum haben sie dir denn das gegeben?«

»Gegen das Herzrasen. War ein ganz schöner Trip.« Er erschauerte.

»Dann solltest du aber keinen Kaffee trinken, *honey«,* mischte Germaine sich ein. »Ich mache dir lieber einen frischen Saft.«

»Vielleicht sollte ich meine Mutter anrufen. Sie lebt ganz allein in diesem riesigen Haus in der Nähe von Los Angeles. Total einsam in einem Canyon, echt cool. Mein Zimmer ist immer noch so wie am Tag, als ich von zu Hause weggezogen bin ...« Seine Stimme klang verträumt. Als tröste ihn der Gedanke an sein Bubenzimmer. »Früher war da eine Wohngemeinschaft«, fuhr er fort. »Lauter Hippies. Jetzt hat sie Katzen, jede Menge Katzen ...«

»Ich bin allergisch gegen Katzen.« Germaine brachte ein Glas Orangensaft und ein deftiges Sandwich mit Schinken und Käse für Shiva. Sie zog einen Stuhl an den Tisch und setzte sich zu ihnen.

»Aber sie macht diese tollen Kuchen und Brote, die sie in Alternativcafés verkauft. Ich darf immer die essen, die nicht ganz perfekt herausgekommen sind ...«

»Klingt doch gut«, sagte Lily.

Shiva beugte sich vor. »Ganz zu schweigen vom medizinisch indizierten Marihuanagenuss, dem ich da draußen frönen könnte ...«, flüsterte er. Dann richtete er sich wieder auf. »Aber daraus wird nichts. Die Bullen wollen, dass ich mich zur Verfügung halte. Ich darf die Stadt nicht verlassen.«

»Ja, du wirst natürlich aussagen müssen. Wenn es zum Prozess kommt«, sagte Germaine.

»Weiß man schon etwas Genaueres?«, fragte Lily.

»Die Bullen glauben immer noch, dass sie es war«, murmelte Shiva. »Sind nicht davon abzubringen. Als ob Kath so leichtfertig mit ihrem Karma pokern würde.«

Germaine zuckte die Achseln. »Ich weiß nicht, ich habe sie nie gemocht. Ich traue ihr nicht.«

»Ach, Germaine, du kommst doch mit keiner Frau aus«, witzelte Shiva müde. »Nicht mal mit deinen Angestellten. Die bleiben weniger lang als die meisten Kunden!«

»Ach, du!« Germaine gab ihm einen spielerischen Schubs. »So schlimm bin ich nun auch wieder nicht!« Sie klang ganz geschmeichelt. »Das Gift ist schließlich im Yogastudio gefunden worden«, fuhr sie fort. »Stimmt das nicht?«

»Ja, stimmt«, gab Lily zu. »In einer braunen Glasflasche im Putzmittelschrank unter dem Klo. Aber das könnte auch jemand anderes dahingestellt haben.«

»Hm«, machte Germaine, nicht überzeugt. Sie stand auf und nahm seinen leeren Teller. »Magst du noch ein Brot? Etwas Süßes?«

»Kaffee?« Er faltete die Hände und schaute bittend zu ihr auf.

»Aaaaalso gut.« Trotz ihrer grummeligen Fassade kümmerte Germaine sich mütterlich um ihre Stammkunden. Die wussten es zu schätzen und trugen ihre Sorgen zu ihr. Nicht die unbedeutenden, nur die richtig großen. Auf grundloses Gejammer reagierte Germaine unerbittlich. Doch das konnte man Shiva nun wirklich nicht vorwerfen. Lily ging mit zur Kaffeetheke und bestellte sich einen Espresso. »Ich bezahle für Shiva«, sagte sie. An der Espressokanne, die als Trinkgeldkasse diente, lehnte ein handgeschriebenes Schild: *Für Shiva, damit er die*

Krankenhausrechnung bezahlen kann, stand darauf. Die neue Thekenhilfe schaute alarmiert.

»Hast du etwa ein Problem damit?«, fuhr Germaine sie an.

»Nein, nein, natürlich nicht.« Doch ihr Blick sagte, dass sie hier nicht lange bleiben würde. Auf der anderen Seite der Theke stand bereits eine offene Keksdose voller Eindollarscheine, *Kautionsfonds für Kath*. Wie sollte es eine einfache Kellnerin so zu etwas bringen?

Die Kaution war auf einhunderttausend Dollar festgesetzt worden. Ein ungewöhnlich hoher Betrag, vermutlich durch den Medienrummel um den Fall in die Höhe getrieben. Niemand in Kaths Umgebung konnte so eine Summe aufbringen. Nicht einmal das Zehntel, das die Kredithaie im *24/7 Bail Bonds* verlangten.

Germaine stellte den Espresso und den Milchkaffee für Shiva auf die Theke. Dann nahm sie die Dollarscheine aus der Keksdose und steckte sie in die Kasse für Shiva.

»Germaine!«

Germaine klappte die Keksdose zu und verstaute sie unter der Theke.

»Germaine, sie war es nicht!«

Germaine schaute auf. Ihr Blick war störrisch. »Ach nein? Und wer war es dann?«

5

Kaths einzige Reaktion auf die Anklage, wie sie bei der ersten Verhandlung verlesen worden war, hatte die Runde durch die Zeitungen gemacht: »Nikotin ist ein Gift. Ich weiß. Mein Exmann wollte auch immer, dass ich aufhöre zu rauchen.«

Verdächtige bereitet Boden für Verteidigung vor, schrieben die Zeitungen. *Verminderte Zurechnungsfähigkeit, echt oder vorgetäuscht?* Auf der Frontseite.

In dieser Stadt ist wirklich nichts los, dachte Lily, faltete die Zeitung so, dass die letzte Seite außen lag, überlegte es sich dann noch einmal und warf den ganzen Stapel *Chronicles* in den Papierkorb.

»He!«, rief Germaine hinter der Theke hervor. Lily winkte nur. Dann lief sie über die Straße und betrat die *Pink Elephant Bar.* Obwohl es noch nicht Mittag war, saßen bereits acht oder zehn Stammgäste am Tresen. MacKenzie schaute auf, als Lily hereinkam.

»Hast du die Zeitung gesehen?« Er hatte sich gleich nach Kaths Verhaftung und gegen ihren Protest als ihr Verlobter ausgegeben, was ihm erlaubte, sie zu besuchen. Dafür war er von der Untersuchung ausgeschlossen und auf eine wenig beliebte Streife im Mission District versetzt worden. Zwischen zwei Schichten saß er oft mit Doug in der *Pink Elephant Bar*, wo sie Theorien entwickelten, die alle im Sand verliefen. Das *Push Up,* zum Beispiel, war in einer von dieser Untersuchung unabhängigen Drogenrazzia aufgeflogen und vorübergehend geschlossen worden. Karen Soblowski hatte in ihrem Wohnzimmer ein »Jungbrunnen«-Zentrum eröffnet, das sofort sehr erfolgreich war. Ihr Mann hatte vor dem ständigen Strom von Kundinnen die Flucht ergriffen und war in ein Männerheim von *Clean & Sober* gezogen.

»Die Zeitung?« Lily war eine schlechte Lügnerin. »Ja, ich habe es gelesen«, gab sie zu.

»Es sieht nicht gut aus. Warum sagt sie bloß so was?«

»Das weiß ich auch nicht.«

»Was sagt Doug dazu?«, fragte Lily. »Er ist doch der Exmann, von dem sie redet, nicht? War Doug heute schon hier?«

Lily kam immer öfter mitten am Tag in die *Pink Elephant Bar.* Sie trank ein kleines Bier, sie tröstete MacKenzie, sie wartete auf Doug, der unweigerlich irgendwann auftauchte und dann meist mit ihr nach Hause ging.

»Ich habe ihn noch nicht gesehen.«

»Für mich macht es total Sinn«, mischte sich Carl ein, der Besitzer der Bar und lokalen Gerüchten zufolge Germaines Exmann. »So was Dummes sagt man nur, wenn man unschuldig ist. Sie ist doch unschuldig, oder?«

»Davon gehen wir aus!«

»Schon gut, schon gut!« Carl breitete seine Hände aus, sie waren klein, weich und gepflegt wie Frauenhände. Man erzählte sich, dass er Germaine hier in der Bar kennen gelernt hatte, wo sie sich Tag für Tag voll laufen ließ. Morgens um neun stand sie schon am Tresen, wo sie still vor sich hin trank, bis sie umfiel. Irgendwann verliebte sich Carl in Germaine, vielleicht, als er sie zum hundertsten Mal auf das Sofa im Hinterzimmer bettete. Sie heirateten in der City Hall, nachmittags um zwei. Zu diesem Zeitpunkt konnte Germaine noch aufrecht stehen, aber nicht mehr protestieren. Und verheiratet mussten sie sein, damit er sie ohne ihre Einwilligung in eine renommierte private Entzugsklinik in der Wüste verfrachten konnte – übrigens dieselbe Klinik, die Jahre später und in heruntergekommenem Zustand von Frank und Doktor Pat aufgekauft worden war. Der Entzug hatte etwas zu gut angeschlagen und Germaine in eine Sportfanatikerin und unfreundliche Besserwisserin verwandelt. Die nüchterne Germaine war viel weniger leicht zu ertragen als die stille, schüchterne Betrunkene. Heute tauschten sie nur noch manchmal einen Blick über die Straße, Carl in der Bar, Germaine in ihrem Café, er hob eine Hand und winkte, sie tat, als hätte sie es nicht gesehen.

»Kannst du mir einen Gefallen tun?«, bat MacKenzie. »Ich

muss in ihre Wohnung, ein paar Sachen holen, Kleider und so. Ich möchte nicht allein hingehen.«

»Jetzt gleich?« Was, wenn Doug kommt, und ich bin nicht da? Was, wenn er einfach wieder geht? Lily schüttelte sich. »Ja, natürlich«, sagte sie. »Ich komme mit.«

»Danke, Lily.«

»Ich sage Doug, er soll auf dich warten«, rief Carl hinter ihnen her. Lily errötete. Sie hatte gehofft, ihre Treffen in der Bar wirkten zufällig und unverbindlich. So, wie Doug es haben wollte.

6

Die Wohnung lag im fünften Stock eines heruntergekommenen, hauptsächlich von Studenten bewohnten Mehrfamilienhauses an der lärmigen Potrero Avenue, direkt gegenüber vom *General Hospital.* Kath hatte einmal gewitzelt, dass sie sich immer Wohnungen in der Nähe einer psychiatrischen Klinik suchte. Man könne nie wissen. *Mental Health Rehabilitation Center* hieß das hier.

»Haben Sie einen Schlüssel?«

MacKenzie nickte. »Danke, dass Sie mitgekommen sind, Lily. Das macht es einfacher für mich.«

MacKenzie hatte abgenommen. Sein Gesicht war grau. Sein Schnurrbart hing trostlos herunter. Er brach das Siegel an der Tür auf. Sie traten ein. Die Wohnung war klein, ein schäbiges, aber peinlich sauberes Apartment mit einem grauen Spannteppich, sparsam möbliert mit einem Gartentisch, zwei Plastikstühlen und einem Klappfuton, IKEA 1995, den vermutlich die Vormieter hinterlassen hatten. Keine indischen Götter an den Wänden, keine Seidentücher, keine Räucherstäbchen, nichts.

»Nicht ganz, was man von einer Yogalehrerin erwarten würde, nicht?«

Lily schüttelte den Kopf.

»Sie sucht sich immer die höchstgelegene Wohnung, die sie finden kann«, erklärte MacKenzie. »Weil sie doch solche Angst vor Spinnen hat. Wenn es in dieser Stadt richtige Hochhäuser gäbe, würde sie in einem Hochhaus wohnen. Ganz oben im Penthouse.«

»Spinnen klettern«, sagte Lily. »Und vor Hochhausfenstern gedeiht sogar eine spezielle Spinnenart. Insekten werden von den glänzenden Scheiben in Massen angezogen und fliegen ihnen sozusagen direkt ins Netz. So werden sie ganz besonders groß.«

MacKenzie musterte sie besorgt.

»Meine Mutter hatte ebenfalls eine Spinnenphobie. Ich weiß alles, was es darüber zu wissen gibt.« Das waren die einzigen heldenhaften Momente in Lilys Kindheit gewesen, die einzigen, in denen sie ihrer Bestimmung entfernt nahe kam: Wenn sie eine Spinne am Bein packte und ins Klo spülte, während Ruth zwischen ihren zehn Fingern hervorblinzelte und »Ist sie auch wirklich weg?« fragte.

Ruth Vogelsang träumte von Spinnenfamilien, die rachedurstig aus dem Klo krabbelten, wenn sie nicht hinschaute, aus Staubsaugerschläuchen und durch dieselben Fensterritzen, durch die man sie hinausgeworfen hatte. Das war ihre einzige Schwäche.

Lily sah sich in der Wohnung um. Der Futonüberwurf lag auf dem Boden, die Küchenschränke in der Kochnische waren aufgerissen, Konservendosen auf den Fußboden gerollt, Mehl und Kaffeepulver ausgeleert. Wäsche quoll aus den offenen Schubladen einer Holzkommode an der Wand und lag auf dem Teppich verstreut.

»Das waren die Kollegen«, seufzte MacKenzie. Er hob ein Unterhemd auf, legte es auf die Kommode, strich es glatt und faltete es sorgfältig. »So gehen die mit den Sachen um, wenn sie jemanden für schuldig halten.« Lily bückte sich und sammelte Wäsche ein, faltete Kaths altmodische Baumwollunterhosen, ihre Yogaleggins und die Trägerhemden mit dem Schriftzug *Yama Yoga*.

»Was dürfen wir ihr nun bringen?«

MacKenzie setzte eine Lesebrille auf und las von einer Liste ab, die er mit ausgestrecktem Arm hielt. »Vier Garnituren Unterwäsche, vier Paar Socken, zwei Pyjamas, eine Zahnbürste. Keine Zahnpasta. Ein Paar Turnschuhe. Zwei Bücher.« Er steckte die Liste wieder ein. »Die müssen allerdings bewilligt werden. Es darf nichts Politisches sein, nichts Gesellschaftskritisches oder so.«

Es gab kaum Bücher in dieser Wohnung, acht oder zehn lagen aufgeschlagen und mit dem Gesicht nach unten auf dem Fußboden. Lily hob sie auf und stapelte sie ordentlich. Es waren ausschließlich Yogabücher. Sie faltete Unterhosen, legte sie aufeinander, vier auf einen Stapel, den Rest in die Schublade. Es kam ihr nicht richtig vor, dass sie nun wusste, wie Kaths Unterwäsche aussah. Doch das war vermutlich der kleinste Übergriff, den Kath zurzeit ertragen musste.

»Es ist eine vertrackte Sache«, seufzte MacKenzie. »Für die Kollegen bei der Mordkommission ist der Fall abgeschlossen. Leung hat nicht mal andeutungsweise andere Spuren verfolgt. Niemanden verhört. Nichts. Und dass Kath nichts sagt, macht es auch nicht besser. In den Augen der Kollegen ist das ein Schuldgeständnis. Und sie hat nicht einmal einen Anwalt.«

Lily und MacKenzie hatten die Wohnung aufgeräumt, die Kleider eingepackt, die sie Kath bringen wollten, das Siegel und das Klebeband von der Tür entfernt und wieder abgeschlossen.

»Ich komme noch mit«, sagte Lily.

»Das ist nicht nötig, Lily. Du hast genug getan.«

»Ich will aber.« Vor allem wollte sie nicht in die Bar zurückgehen und Carls Blick auf sich fühlen. Trotzdem würde sie der Versuchung nicht widerstehen können. Ich mache einen Doug-Entzug, dachte sie. Wenigstens bis heute Abend. Auf dem Weg zum Wagen nahm Lily MacKenzies Arm, und der große Mann stützte sich auf sie.

In der Hauptwache an der Bryant Street wurde ihnen von einer gelangweilten Beamtin, die aussah, als sei sie mit ihrem Stuhl verwachsen, mitgeteilt, dass Kath auf Kaution entlassen worden war.

»Sind Sie ganz sicher?« Desinteressiert hob die Frau den Blick.

»Mhm«, nickte sie.

»Wann war das?«, bohrte MacKenzie weiter.

»Keine halbe Stunde her. Wenn Sie sich beeilen, erwischen Sie sie noch. Die meisten gehen erst mal ins *Harvey's* rüber.« Die Frau lachte. Es klang mehr wie ein Husten und erschütterte ihr üppiges Fleisch.

»*Harvey's* ist eine Bar«, sagte MacKenzie leise zu Lily. »Ich glaube kaum, dass wir sie da finden. Warum hat sie mich denn nicht angerufen? Ich hätte sie doch abgeholt.«

»Oh, sie wurde abgeholt, *honey,* mach dir keine Illusionen. Deine Freundin kommt schon zurecht. In einer Limousine wurde sie abgeholt!«

»In einer Limousine?«

Die Beamtin nickte zufrieden, als hätte sie die Limousine selbst gestellt.

»Wer hat denn die Kaution bezahlt?«, fragte Lily.

»Diese Information kann ich nicht weitergeben.« Sie musterte Lily von unten bis oben. »Aber da du ihr nahe genug stehst, um ihr Unterwäsche ins Gefängnis zu bringen, wird sie es dir schon verraten.«

»Polizei«, sagte MacKenzie und reichte seinen Ausweis durch das Fenster. »Mir können Sie es sagen.«

Ungerührt schob sie den Ausweis zurück. »Die zuständigen Beamten haben bereits eine Kopie der Entlassungspapiere gekriegt. Und zwar per Fax.« Darauf schien sie besonders stolz. »Dich, *honey*, kenne ich nur als Verlobten.« Sie machte Anstalten, ihren Schalter zu schließen.

MacKenzie wandte den ältesten Trick der Welt an: »Bitte?«, flüsterte er.

»Warum nicht gleich?« Sie blätterte in ihren Unterlagen. »Kath Neill, entlassen am blablabla … hier haben wir es: Kaution gestellt von Mrs. Sybil Ferrera.«

Das Schalterfenster knallte mit der Endgültigkeit eines Fallbeils zu.

7

Skip saß an Lilys Küchentisch und arbeitete an einem Aufsatz zum Thema »Mein Problem mit dem weiblichen Körper«. Er schaute auf, als Lily hereinkam. »Willkommen, Lily«, sagte er und sprang gleich auf. Der Übereifer, den er im Verlauf von Georgs Behandlung entwickelt hatte, ging Lily manchmal noch mehr auf die Nerven als seine angestrengte Männlichkeit. »Ich hoffe, ich störe nicht. Soll ich dir einen Tee machen? Wasser ist schon heiß.«

»Schon gut. Eigentlich suche ich Kath. Ich war oben im Studio, aber das hat die Polizei wohl abgesperrt.«

Ein gelbes Band spannte sich zwischen den Türpfosten. Es

sah genauso aus wie in einem Fernsehkrimi. Warum auch nicht, dachte Lily.

»Sie ist drüben.« Skip deutete auf die Trennwand zwischen den Wohnungen. »Sie ist den ganzen Morgen schon bei Rhonda.«

»Danke. Dann gehe ich mal wieder.« Und sie floh aus der Küche, bevor Skip ihr seinen Aufsatz vorlesen konnte. Er schlief jetzt oft auf einer Matratze in ihrer Küche, wie ein Hund. Lily konnte nicht frühstücken, bevor er aufgestanden war, wenn sie nicht ständig über seinen kleinen Körper hinwegsteigen wollte. Deshalb blieb sie im Bett liegen und starrte an die Decke, bis sie die ersten Stimmen hörte. Oder Esthers Raucherhusten aus dem Nebenzimmer. Oder das Schlurfen von Georgs Gummilatschen.

Sie hatte Tage gebraucht, bis ihr klar wurde, dass ihr die morgendlichen Yogastunden fehlten. Manchmal kroch sie zur gewohnten Zeit aus dem Bett und rollte ihre Yogamatte auf dem Fußboden aus. Doch in ihrem Schlafzimmer war es kalt. Sie erinnerte sich nicht an die Abfolge der Stellungen und kam selten über die Sonnengrüße hinaus. Dann ließ sie sich erschöpft auf die Matte fallen, saß mit gekreuzten Beinen und hängendem Kopf und wartete, dass Kath zurückkam.

Wenn der Schüler bereit ist, wird der Lehrer sich zeigen, so hieß es doch.

Rhonda mörserte exotische Gewürze. Sie hieb mit dem Stößel auf sie ein, als hätten sie ihr etwas getan.

»Was bildet ihr euch eigentlich ein!«, schrie sie, und es war nicht klar, wen sie damit meinte: Skip oder Georg, der sie an den Herd verdonnert hatte, oder Kath, die am Küchentisch vor einer leeren Tasse saß. »Ich lasse mir das nicht mehr bieten! Ich lasse mir überhaupt nichts mehr bieten!«

»Schon gut. Ist ja gut. Ich habe ja gesagt, ich ziehe aus«, sagte Kath ruhig.

»Gesagt, ja! Aber getan? Hm? Hast du es auch getan?«

»Ich kann doch nichts dafür, dass das Studio abgesperrt ist.« Kath stand auf. »Hallo, Lily.« Lily umarmte sie. Kaths Körper fühlte sich weicher an. Sie hatte zugenommen in der Untersuchungshaft. Das Essen wurde jeden Tag von dem McDonald's an der Kreuzung unten gebracht, das war billiger, als eine Kantine zu unterhalten. Polizisten und Untersuchungshäftlinge aßen dieselben Hamburger und Cheeseburger und die Fritten, die neuerdings in unschädlichem Öl zubereitet wurden. Kaths blasse Haut hatte sich gelblich verfärbt, die Haare hatte sie mit einem Gummiband zusammengebunden. Sie sah müde aus. Und Jahre älter.

»Du kannst nichts dafür? Du kannst nichts dafür?« Rhonda schnaubte. »Das ist großartig. Fantastisch. Wer, wenn nicht du, hat denn ...«

»Rhonda«, unterbrach Lily, »Rhonda, hör doch ...«

»Du!«, rief Rhonda und zeigte mit dem Mörserstößel auf Lily. »Du hast mir die ganze Sache eingebrockt. Deinetwegen habe ich das alles so lange ertragen. Weil ich dachte, du seist meine Freundin!«

»Ich bin deine Freundin«, sagte Lily.

»Ich bin auch deine Freundin.« Mara, die auf dem Fußboden gesessen und Fotomodelle aus Zeitschriften ausgeschnitten hatte, stellte sich neben Lily und nahm ihre Hand. »Bist du meine Freundin?«

»Ja, natürlich.«

»Und was ist mit ihr?« Rhonda zeigte auf Kath. »Was ist mit Kath? Bist du auch ihre Freundin?«

»Rhonda, Rhonda!« Georg durchquerte die Küche wie ein Regisseur, der eine Szene unterbricht. Er nahm ihr den Stößel aus der Hand. »Was ist mit deinen Hausaufgaben? Wolltest du nicht was Schönes kochen? Mit deinen beiden Töchtern Mittag essen? Und das Essen auch genießen?«

»Ja, schon gut.«

»Was kochst du denn?«, fragte Lily, eine harmlose Frage, wie sie glaubte. Rhonda wandte sich wieder ihren Gewürzen zu.

»Linsencurry«, knurrte sie. »Mutternahrung. Weibliche Energie.«

»So was esse ich nicht«, entschied Mara und schnitt einen Badeanzug aus.

»Und Laurie hat mir auch gekündigt«, begann Rhonda wieder von neuem, »sie löst die WG auf, und ihre Kaution will sie auch zurück haben. Jetzt stehe ich auf einen Schlag mit zwei leeren Wohnungen da. Leisten kann ich mir das nicht, aber das interessiert ja wieder mal keinen!«

»Laurie zieht aus?«, fragte Lily.

»Ja, sie zieht nach Los Angeles. Hat ein Angebot von einer dieser Reality-TV-Shows gekriegt. Was war es gleich – *Surviving in the City? Surviving in Hollywood?* Irgendwas mit *surviving* war's jedenfalls. Vielleicht *Surviving Yoga*?«

»Rhonda!«, mahnte Georg. Und Kath stand auf.

»Lily, weißt du, wo MacKenzie ist? Ich habe ihn heute früh leider verpasst.«

»Ich glaube, er ist wieder in deine Wohnung gefahren.«

»Dann gehe ich mal. Hilfst du mir später, das Studio auszuräumen?«

»Natürlich«, sagte Lily.

»Später, später«, sagte Rhonda. »Was genau heißt später?«

»So viel ich weiß, kommt heute Abend jemand vorbei, der das Siegel bricht. Die Spurensicherung ist abgeschlossen.« Sie nahm ihre Tasche, umarmte Lily flüchtig, sagte: »Ich rufe dich an«, und ging.

»Und wenn nicht?«, rief Rhonda hinter ihr her. »Und wenn nicht heute, wann dann?«

»Rhonda«, mahnte Georg. »Wie war das noch gleich? Was hast du gelernt? Dinge, über die du keine Macht hast, was machst du mit denen?«

Rhonda ließ den Kopf sinken. »Loslassen«, murmelte sie.

Das war ein neuer Zug an Rhonda: Sie benahm sich, als sei ihr die Welt etwas schuldig. »Wiedergutmachung«, forderte sie. Hatte Georg ihr nicht versprochen, es sei alles wieder gutzumachen? Sie hatte Lily damit beauftragt, Artikel zu den Forderungen der Nachkommen amerikanischer Sklaven im Internet abzurufen, auszudrucken und zu sortieren. Wie viel Geld forderten sie von der Regierung, wie viel würden sie im Durchschnitt bekommen, wie lange dauerte der ganze Prozess. Rhonda würde heute eine Klage einreichen, wenn sie nur wüsste, gegen wen. »Es ist nicht fair«, sagte sie immer wieder. Das war ihr Mantra – das eines kleinen Kindes: nicht fair!

»Ich habe dich nicht verstanden.« Georg hielt eine Hand an sein Ohr, und Rhonda brüllte:

»Loslassen!«

8

Sie hatte Sybil Ferreras Handynummer gewählt, aber es war Esther, die sich meldete.

»Ferrera-Residenz!«

»Esther?«

»Persönlich.«

»Wo bist du?«, fragte Lily. »Kommst du denn nicht nach Hause?«

»Ich bin auf dem Weg nach Hause«, sagte Esther. »Wir fahren nach Bolinas. Ich weiß allerdings nicht, ob dieser Schlitten die engen Kurven nehmen kann. Am Ende müssen wir noch zu Fuß weiter. Ich bin doch noch nie so ein Ding gefahren. Edward schläft auf dem Rücksitz.«

»Kann ich mit Sybil sprechen?«

»Sybil ist hier. Sie will sich meine Sachen ansehen. Sie ist ja im Vorstand des Museum of Modern Art. Das wusstest du nicht, was?«, sagte Esther stolz.

»Nein, das wusste ich nicht. Gibst du sie mir mal? Ich will mich bei ihr bedanken.«

»Oh, lassen Sie nur, meine Liebe.« Das war Sybil. Sie klang wie ein junges Mädchen. Ausgelassen. Als habe sie eine Dummheit angestellt und sei noch einmal davongekommen. »Ich habe es auch für meinen Sohn getan, wissen Sie. Er soll sich bloß nicht so aufspielen. Das lenkt ihn nur von der Trauerarbeit ab. Er soll richtig um seine Freundin trauern. Das hat sie schließlich verdient.«

»Okay, Mädchen«, das war wieder Esther. »Ich lege jetzt auf. Ich muss mich aufs Fahren konzentrieren.« Lily hörte Sybil lachen, bevor die Verbindung unterbrochen wurde. Zu ihrem eigenen Erstaunen fehlte Esther ihr bereits.

»Mir auch«, sagte eine Stimme, die nicht wie Stella klang. »Mir fehlt sie auch, die dumme Kuh.« Es hätte Lilys Mutter sein können – wenn ihre Mutter mit ihr reden würde.

9

»Lily«, sagte Frank, »Lily, ich bin's. Lily, mach dir bitte keine Sorgen.«

Es war nie ein gutes Zeichen, wenn mitten in der Nacht das Telefon klingelte und jemand sagte, man solle sich keine Sorgen machen.

»Leo?« Lily war sofort hellwach. Sie tastete nach der Lampe und schaltete sie an. Der Wecker zeigte vier Uhr früh.

»Ja«, sagte Frank. Lily schoss auf und schlug sich den Kopf am Bettpfosten. Die Nachttischlampe fiel zu Boden und verlöschte.

»Au, Scheiße, was –«

»Keine Sorge, ich bin schon unterwegs, Lily, Liebes. Ich lass dich jetzt nicht allein. Ich habe dich viel zu lange allein gelassen.«

»*Was ist mit Leo?«,* schrie Lily, der es in diesem Moment vollkommen egal war, ob sie allein war oder nicht.

»Oh, er sitzt im Flugzeug. Sie haben ihn zurückgeschickt.«

Lily atmete aus. »Sie haben ihn – was?«

»Zurückgeschickt. Einfach ins erstbeste Flugzeug gesetzt. Dir haben sie wieder mal nichts davon gesagt, was? Typisch.«

»Warum denn ins Flugzeug …« Lily konnte nicht klar denken. Ihr Schädel war mit Zuckerwatte ausgestopft. Doch die Hauptsache hatte sie verstanden, das Wichtigste: Leo war unterwegs. Frank seufzte theatralisch: »Meine Eltern sind Meisterverdränger. Immer schon gewesen. Du machst dir keine Vorstellung, was ich in der Therapie durchmache. Das kostet mich Jahre – eigentlich sollte ich ihnen die Rechnung schicken. Und sie ändern sich auch kein bisschen. Wusstest du zum Beispiel, dass meine Schwester eine Affäre hat?«

»Was ist mit Leo?«, wiederholte Lily, etwas weniger scharf,

jetzt wo sie wusste, dass er am Leben war und unterwegs nach Hause. Alles in allem eine gute Nachricht. Was konnte man morgens um vier Uhr mehr erwarten?

»Ja, mit dem alten Mann, der den Kiosk am Bahnhof führt«, fuhr Frank fort, als hätte er sie nicht gehört. »Erinnerst du dich an ihn? Der mit dem Bart? Warze auf der Nase? Ein alter Mann. Ein Großvater. Es ist ein Skandal. Das ganze Dorf ist gespalten. Man redet von nichts anderem. Nur meine Eltern tun wie immer so, als ob nichts wäre.«

»Frank!«

»Hör zu, Mädchen, ich sitze schon im Auto. Ich bin schon auf dem Weg.«

Jetzt hörte sie es auch, das Rauschen in seinem Telefon. »Er kommt früh um sieben in Los Angeles an. Meine Eltern haben ihm noch nicht mal einen Anschlussflug nach San Francisco gebucht. Alles, was recht ist! Das wird ein Nachspiel haben. Das werde ich ihnen vorhalten, da können sie sich noch so entschuldigen. Meine Therapeutin wird …«

»… ist denn Patricia nicht deine Therapeutin?« Lily ließ sich kurzfristig ablenken.

»Aber nicht doch! Nicht mehr. Das wäre in höchstem Maße unprofessionell. Nein, ich bin bei Helen in Behandlung. Doktor Helen Green. Dreimal die Woche. Unglaublich, was ich aufzuarbeiten habe!« Das sagte er beinahe ehrfürchtig, als sei er selbst vom Ausmaß seiner Probleme beeindruckt. »Hauptsächlich dank meiner Familie, wie gesagt. Aber das weißt du ja. Hoppla, jetzt hätte ich beinahe die Ausfahrt verpasst.«

Lily lauschte Verkehrsgeräuschen, bis Franks Stimme zurückkam.

»Okay, Liebes, ich sehe schon die Lichter der Stadt. Um sieben kommt er an, dann fahren wir gleich weiter. Am frühen Nachmittag hast du uns wieder.«

»Ihn, meinst du. Leo.« Bei Frank musste man aufpassen. Er neigte dazu, alles wörtlich zu nehmen. Das kam von seinen Gesprächen mit Gott.

»Leo, ja.« Frank zögerte. »Weißt du, vielleicht hätte man sie darauf vorbereiten sollen. Nicht, dass ich ihr Verhalten entschuldigen will, aber du hättest ihnen schon sagen können, dass der Junge schwul ist.«

Lily lag lange wach. Etwas nagte an ihr. Nicht Franks letzte Bemerkung, die vermutlich Bauerscher Familiencode war und alles Mögliche bedeuten konnte. Nicht der Gedanke an Leo – Leo war schließlich unterwegs zu ihr – es war Frank – etwas, was mit Frank zu tun hat – nein, auch nicht Frank – Exmänner allgemein – ein Exmann …

Sie musste schließlich doch eingeschlafen sein. Im Traum erschien ihr ihre Mutter. Ruth Vogelsang trug ein Superheldinnenkostüm aus silbernem Kunstleder im Stil der Sechzigerjahre, Minirock, Weste und enge, kniehohe Stiefel mit flachen Absätzen. Ein Stil, der ihr erstaunlich gut stand, obwohl sie über siebzig war. Sie sah etwas jünger aus als bei Lilys letztem Besuch, ausgeruht und erholt, sogar leicht gebräunt, nur das Haar passte nicht, das voll und dunkelbraun und vielleicht eine Perücke war. Ruth wirkte geradezu in ihrem Element, als sie zu den Klängen einer *James-Bond*-Fanfare langsam auf Lily zuschritt. Lily wich etwas zurück, doch ihre Mutter wollte sie diesmal nicht anschreien. Sie hob nur belehrend den Finger, wie sie das oft getan hatte, wenn Lily aufpassen sollte. Und genau das sagte sie auch: »Pass auf, Lily.«

Das Aufwachen geschah unmerklich, als existiere keine Grenze zwischen ihrem Traum und dem dämmernden Morgen. Lilys Augen waren offen und sahen eine kleine Spinne, reglos auf dem Kopfkissen, so klein, dass sie nicht einmal Lilys Mutter erschrecken würde, sie saß nur da und schaute Lily an. Als wollte sie ihr etwas sagen. Haben Spinnen überhaupt Augen, fragte Lily sich, und dann erinnerte sie sich plötzlich. Setzte alles zusammen. Sie sprang aus dem Bett. Schnappte sich ihren Schlüsselbund vom Nachttisch, rannte die Treppe hinunter und schloss die Tür zu *Germaine's Coffeeshop* auf. Im Lokal war es kalt und dunkel. Nur ganz vorn am Fenster fiel das fahle Licht einer Straßenlampe herein. Lily sammelte im Halbdunkel alle schwarzen Bücher zusammen, die sie finden konnte, und setzte sich an die Theke am Fenster. Sie blätterte und las im Dämmerschein, bis es Morgen wurde.

Denkst du vielleicht, es macht mir Spaß? Ich wollte nie jemanden töten. Das ist nicht meine Art. Ich bin eher ein spiritueller Typ. Aber du zwingst mich ja dazu. Du gibst einfach nicht nach. Hättest du nicht nach der ersten Toten zur Besinnung kommen können? Nein, du nicht. Du bist so verdammt starrsinnig. Aber ich habe den längeren Atem, Baby. Immer schon gehabt. Eine Tote, zwei Tote, warum jetzt aufhören? Mein Karma ist ohnehin versaut. Denn es ist mein Karma, das ich hier verspiele. Nicht deines. Obwohl ich es nur deinetwegen getan habe. Und wieder tun werde, wenn es nötig ist. Nach dem dritten Mal zählt auch das Schicksal nicht mehr mit. Es gibt keine kosmische Gerechtigkeit. Aber du verstehst doch, dass, wenn ich mein nächstes Leben schon verspielt habe, wenn ich also weiß, dass ich als Wurm zurückkommen muss oder als Krebskranker ohne Versicherung – Liebste, das verstehst du doch, dass ich dann aus diesem Leben hier das Beste machen muss? Und das Beste bist nun mal du. Immer du gewesen. Ob du es wahrhaben willst oder nicht. Ich kann jetzt nicht mehr zurück. Jetzt nicht mehr. Das verstehst du doch?

10

»Es kommt mir vor, als hätte ich das alles erst gestern ausgepackt«, sagt Kath. Sie hatte die Yogamatten zusammengerollt, die Rollos abmontiert, die Bilder von den Wänden genommen und alles in Kisten verpackt. Das ganze Yogastudio hatte in vier großen Kisten Platz. Nur die Götter im Klo würden wohl bleiben müssen.

»Kath –«

»Schon in Ordnung. Ich verstehe Rhonda. Mord im eigenen Haus.« Kath schüttelte sich. »Es ist das Beste, glaube mir. Ich kann doch nicht weitermachen, als ob nichts geschehen wäre. Ich habe nachgedacht, weißt du. Wenn der Prozess erst mal vorüber ist – das kann Monate dauern, auch wenn Sybil mir diesen Staranwalt besorgt hat –, wenn der Prozess vorüber ist und ich nicht im Gefängnis lande … «

»Kath! Sag doch nicht so was.«

»Warum nicht? Das ist immerhin eine Möglichkeit. Aber wenn nicht … dann gehe ich wieder nach Indien. Nach Madras … « Träumerisch sprach sie den Namen aus. »Es heißt natürlich heute nicht mehr Madras, sondern … was war es gleich? Chennai? Da will ich hin. Ins *Krishnamacharya Yoga Mandiram*. Mit T.K.V. Desikachar studieren, Krishnamacharyas Sohn. Yoga als Therapie, nicht als Schinderei. Das will ich lernen. Yoga sollte eigentlich nicht wehtun. «

»Kath, ich muss mit dir reden.« Lily wusste nicht, wie sie anfangen sollte.

»Ich weiß.« Kath grinste. »Die Sache mit den Abwaschhandschuhen. Das lässt dir keine Ruhe, was? Zufällig habe ich das heute gefunden. Ich habe es als Buchzeichen ausgerechnet in das Buch über Yogasutras gelegt.« Sie reichte Lily einen vergilbten Zeitungsausschnitt. *Skandal im Rhinoceros-Theater,* stand da. *Ehemaliger Kinderstar provoziert. Polizei bricht Vorstellung ab.* Darunter ein unscharfes Schwarzweißbild, das eine halb nackte Frau mit Ledermütze zeigte. An den Händen trug sie Abwaschhandschuhe. Brüste und Unterkörper waren mit schwarzen Balken abgedeckt.

»Bist du das?«, fragte Lily.

Kath nickte. »Das war nicht meine beste Stunde. Ich war auch nicht ganz nüchtern.« Sie zeigte einen schwarzen Fleck, der zipflig unter dem Balken zwischen ihren Beinen hervorschaute. »Da, siehst du, das sind die …«

»Abwaschhandschuhe?« Für einen Augenblick vergaß Lily, worüber sie eigentlich mit Kath reden musste. »Aber wie …«

»Ach, egal. Ich wollte bloß meine Mutter ärgern.« Kath war unter ihren Tätowierungen tiefrot angelaufen. Sie nahm Lily den Zeitungsausschnitt aus der Hand, zerknüllte ihn und warf ihn in eine offene Mülltüte. »Nicht, dass sie je selbst abgewaschen hätte, wenn du verstehst, was ich meine.«

Lily verstand überhaupt nicht. Sie schüttelte sich. Schüttelte das Bild ab. »Kath, ich wollte eigentlich über etwas ganz anderes mit dir reden. Hier.« Sie legte fünf schwarze Bücher auf den nackten Fußboden. Die Seiten waren mit bunten Zetteln gespickt.

»Was ist das?«

»Lies nur die Stellen, die ich markiert habe.«

»Jetzt? Kann das nicht warten?«

»Ich glaube nicht.«

Kath nahm das oberste Buch und schlug es an der bezeichneten Stelle auf. »Das ist Dougs Handschrift«, sagte sie. »Die erkenne ich doch … Jetzt wird es nicht mehr lange dauern«, las sie. »Ich sehe es dir doch an. Du bist am Ende. Du kannst nicht mehr. Endlich siehst du ein, dass du es allein nicht schaffst. Dass du mich brauchst. Endlich bist du bereit. Lily, was hat das zu bedeuten?«

»Doug – ich glaube, Doug –« Sie brachte es nicht über die Lippen. Kath verstand auch so.

»Doug?«, stammelte sie. »Warum sollte er das tun?«

Warum sollte er das tun? Nicht: *So etwas würde Doug nie tun.* Lily hob das Buch auf, das Kath fallen gelassen hatte.

»Warum lässt du mich nicht einfach machen«, las sie. »Was muss ich denn noch tun, wie weit muss ich gehen, bis du es endlich einsiehst?«

Kath nahm ihr das Buch aus der Hand. »Ich bin immer da. Ich bin immer für dich da. Alles, was ich getan habe, habe ich für dich getan. Oh, mein Gott.« Sie presste das Buch an ihre Brust. »Lily, ich glaube, du hast Recht.«

Lily biss sich auf die Lippe, bis es wehtat. Hatte sie heimlich gehofft, Kath würde die Schrift nicht erkennen? Würde die Anschuldigung als absurd von sich weisen, grotesk, unmöglich, Lily, hast du Fieber? Kath sagte nichts dergleichen. Stattdessen wühlte sie in ihrer überdimensionierten Yogatasche nach ihrem Handy.

»Ich rufe MacKenzie an«, sagte sie. »Er wird schon wissen, was zu tun ist.« Sie klappte ihr Handy auf und wählte die Nummer. Lauschte. »Was? Keine Verbindung?« Klappte es wieder zu und versuchte es noch einmal. »Nichts.« Sie stand auf.

»Komm, Lily, wir gehen besser.« Sie hängte sich die Tasche über die Schulter, warf das nutzlose Handy hinein.

»Ja. Telefonieren können wir auch bei mir.« Lily bückte sich nach den schwarzen Büchern.

»Nicht so schnell, Mädels, nicht so schnell.« Lily blickte auf. Doug stand in der offenen Tür. »Hallo, ihr beiden. So früh schon auf?« Geschmeidig kam er auf sie zu, lächelnd, barfuß, die Hände in den Hosentaschen. »Ach, was haben wir denn hier.« Er nahm eines der Bücher, blätterte es durch, die bunten Zettel flatterten zu Boden wie tote Motten.

»Anderer Leute Tagebücher lesen? Lily, wirklich!«

»Es sind öffentliche Bücher«, protestierte Lily, als ob das irgendetwas ändern würde.

»Gib mir das«, sagte Doug. »Wir wollen doch nicht, dass es in die falschen Hände gerät.« Er hob alle Bücher auf, bis auf das eine, das sich Kath geschnappt hatte und jetzt an ihre Brust drückte.

»Doug, was ist los? Was hast du getan?«

»Was ich getan habe?« Doug lachte. »Interessante Fragestellung. Und so typisch für dich.« Er machte einen Satz auf sie zu, grabschte nach dem Buch. Sie konnte gerade noch ausweichen.

»Er war's!«, schrie Lily. »Er hat sie alle umgebracht!«

Der Schlag kam aus dem Nichts und traf sie vollkommen unerwartet. Ihr Körper verarbeitete die neuen Informationen, die sie seit dem frühen Morgen zusammengesetzt hatte, nicht so schnell, ihr Körper brauchte wie immer etwas länger, er glaubte immer noch, dass er Doug liebte.

»Das ist dein Problem, Lily«, sagte ihre Mutter, »immer kommt dir die Liebe in den Weg.« Aber sie sagte es nachsichtig. Half Lily sich aufzurichten, strich ihr über den schmerzenden Kopf, die Stelle auf dem Wangenknochen, die er getroffen hatte, wischte das Blut von der geplatzten Haut. Jemand schrie auf.

»Nicht!«

Doug hatte eine Pistole. Er richtete sie auf Kath. »Erinnerst du dich, Kathy? Die habe ich damals für dich gekauft. Auf deinen Namen registriert. Du hattest doch immer solche Angst in unserer großen Wohnung, wenn ich nicht zu Hause war. Du glaubtest, Schritte unter dem Dach zu hören, in der Nacht.

Ach, Kathy!« Sein Ton war herablassend. Kath trat einen Schritt auf ihn zu, als sähe sie die Waffe nicht, die er auf sie richtete.

»Das warst du«, flüsterte sie. »Das warst die ganze Zeit du. Du hast dich auf dem Dachboden versteckt und bist da oben auf und ab gegangen, direkt über meinem Kopf, während ich dich im Fitnessstudio wähnte!«

Doug lächelte bescheiden. »Das hättest du mir nicht zugetraut, was? Du hast mir eben nie etwas zugetraut.«

»Und der Autounfall – war gar kein Unfall?«

»Nun, nein, nicht ganz.«

»Monster!« Sie wollte sich auf ihn stürzen. Er schlug ihr die Pistole ins Gesicht.

»Du hast wirklich kein Gefühl für Prioritäten«, herrschte er sie an. »Was ist schon ein gebrochenes Bein oder zwei, wenn man dafür sechs Wochen lang mit dem Ehemann auf der Couch sitzen kann …«

»Und die Spinnen?« Blut rann über Kaths Gesicht. Sie fing die Tropfen mit der Zungenspitze auf wie ein Kind. »Das warst du, ich weiß es. So viele Spinnen gibt es gar nicht. Du hast sie – gesammelt.«

»Gezüchtet!«

»Also, das … das … das geht nun wirklich zu weit.« Ruth Vogelsang war außer sich. »Die Morde sind schon schlimm genug, aber eine Spinnenzucht im Keller? Also wirklich! Nun tu endlich was«, zischte sie Lily ins Ohr. »Mach ihn nieder!« Und sie gab ihr einen kräftigen Stoß in den Rücken, sodass Lily, noch etwas benommen von dem Schlag, den Doug ihr versetzt hatte, gegen ihn taumelte und ihm die Pistole aus der Hand schlug.

»Gut gemacht!«, schrie ihre Mutter. »Braves Mädchen!«

Doch Doug, der seine Augen wie immer überall hatte, war schon wieder herumgewirbelt, hatte Lily auf den Boden geworfen, den Fuß auf sie gestellt wie auf ein erlegtes Reh, die Pistole aufgehoben, alles blitzschnell.

»Das hast du gut gemacht, Lily«, sagte er. Er war kaum außer Atem. »Es sieht beinahe so aus, als wüsstest du schon, was als Nächstes kommt?« Bevor sie antworten konnte, hatte er den Fuß auf ihre Kehle gestellt. Er drückte zu, nicht sehr, aber genug, dass sie das Blut in ihren Ohren rauschen hören konnte. Ihr Körper reagierte nicht mehr auf die Berührung seines nackten Fußes. Das war ein Fortschritt.

»Du sagst nichts? Du weißt nicht, was kommt! Du enttäuschst mich, Lily. Du bist doch sonst auch nicht auf den Kopf gefallen. He! Nicht so stürmisch, Mädchen!« Er richtete die Pistole auf Kath, die sich wieder auf ihn stürzen wollte. »Hast du wenigstens verstanden? Nein, wohl nicht. Du warst ja nie eine besonders analytische Denkerin. Es gibt natürlich nur eine Lösung: Unsere wilde Mörderin hier bringt ihre Freundin um und dann sich selbst. Mit ihrer eigenen Pistole.«

»Warum«, zischte Kath, »warum würde ich so etwas tun? Hm? Hast du dir das auch überlegt?«

»Warum, warum – wen kümmert das schon. Das Motiv zählt heutzutage nichts mehr. Du hast zu viel ferngesehen. Du bist durchgedreht. Dir war langweilig. Alles ist heute ein Motiv für Mord. Such dir was aus.«

Sie machte einen Schritt auf ihn zu. Breitete die Arme aus, als wollte sie ihn umarmen. »Dann tu's doch. Ich habe keine Angst mehr. Jetzt, wo ich weiß, dass du es warst. Alles, wovor ich je Angst hatte, kam von dir. Und jetzt willst du mich töten – *so what*.«

»*So what?* Mehr hast du dazu nicht zu sagen?«

Mit einem blitzschnellen Ausfallschritt war er nahe genug an Kath herangekommen, um sie packen zu können, ohne den anderen Fuß von Lilys Kehle zu nehmen. Der Druck wurde für einen Augenblick so groß, dass Lily das Bewusstsein verlor. Als sie die Augen wieder öffnete, spürte sie den Pistolenlauf kalt an ihrer Schläfe. Kath hielt die Waffe. Dougs behandschuhte Hand lag über Kaths.

Kath starrte Lily in die Augen, als wollte sie ihr noch etwas mitteilen, etwas Letztes, Bedeutungsvolles. Lily runzelte die Stirn. Ihr Kopf schmerzte. Blut rauschte in ihren Ohren.

Klick.

»Nein!«, schrie Ruth und kickte die Waffe weg. »Lily! Auf!« Lily stand weniger auf, als dass sie aufgehoben wurde, vielleicht von Ruth, sie wusste es nicht. Eine Kraft in ihrem Bauch riss sie hoch, sie sprang hoch, flog durch die Luft wie in einem chinesischen Film, flog wie in ihren Träumen, als hätte sie eine Schnur um ihre Mitte gebunden. *Uddiyana Bandha*, dachte sie, die »aufwärts fliegende« Kraft, mit der Kath sie immer genervt hatte, sie wirbelte herum und trat Doug mit solcher Kraft in den Solarplexus, dass er zurückgeschleudert wurde und gegen das Fenster fiel. In zwei Schritten war sie wieder bei ihm, drehte sich auf einem Fuß und kickte mit dem anderen Doug noch einmal in den Bauch. Die Fensterscheibe klirrte, als Doug sie durchbrach und drei Stockwerke tief auf die Straße hinunterfiel.

Sitzende Heldin

1

Lily saß auf den Stufen vor *Germaine's Coffeeshop & Laundromat*, wo Germaine allein hinter der Theke stand und Polizisten, Feuerwehrmännern, Sanitätern, Fernsehjournalisten und Möbelpackern gratis Kaffee ausschenkte. Wunden waren versorgt, Verhöre geführt, eine Leiche abtransportiert und die Fernsehnachrichten für sieben Sender gedreht worden. Die Polizei hatte eben die Straßensperre aufgehoben. Nachbarn, Stammkunden und Schaulustige strömten ins Café. Jedes Mal, wenn Lily auf den Stufen zur Seite rutschte, um jemandem Platz zu machen, fühlte sie eine Schulter an ihrer. Es musste die ihrer Mutter sein. Niemand sonst hatte so knochige Schultern. Und es war Ruths Stimme, die ihr immer wieder »gut gemacht« ins Ohr flüsterte. Etwas, das sie zu Lebzeiten nie getan hätte.

»Nun sei doch nicht so«, sagte Ruth streng. »Besser spät als nie.« Ihre knochigen Arme umfassten Lily, eine raue Hand strich über ihren Kopf und verfing sich auf vertraute Art in ihrem Haar, und sie fühlte sich seltsam getröstet. Dann war ihre Mutter wieder verschwunden. Vermutlich hatte sie sich in den schattigen Schutz eines Treffens der Anonymen Alkoholiker zurückgezogen.

Die Sonne brannte heiß auf die Stufen. Der Herbst war ausgebrochen, die wärmste Jahreszeit in San Francisco. Es war kurz nach Mittag. Am Nachmittag hast du uns wieder, hatte Frank gesagt. Am frühen Nachmittag.

»Willst du es noch einmal versuchen?« Rhonda streckte Lily ihr Handy hin. Lily drückte die Wiederwahltaste und lauschte zum hundertsten Mal der Computerstimme, die erklärte, dass der gewünschte Teilnehmer momentan nicht erreicht werden konnte.

»Mach dir keine Sorgen«, sagte Rhonda, bestimmt auch zum hundertsten Mal. »Sie werden schon kommen.« Schwerfällig ließ sie sich neben Lily auf die Stufen sinken. Rhonda trug ihre neuen Brüste wie eine Schwangerschaft. Ächzend, stöhnend schob sie sie vor sich her. Sie hatte sich zu einer neuen Operation entschieden, bei der die Wasserballons wieder entfernt werden sollten. Bis es so weit war, hüllte sie sich in Als übergroße Baseballjacken.

»Achtung! Platz machen bitte, die Ladys.«

Sie rutschten zur Seite und ließen zwei junge Männer vorbei, die einen billigen Futonrahmen trugen. Laurie hatte es nicht so geplant, nutzte es aber geschickt aus, dass ihr Auszug mit dem Auftauchen mehrerer Fernsehcrews zusammenfiel. Es würde Lily nicht wundern, wenn Lauries Abgang nach Hollywood in den Nachrichten einen größeren Platz einnehmen würde als Dougs Fenstersturz und die Lösung des *Killer-Yoga-Falls von Potrero Hill*.

Cheri hatte sich auf Dougs übel zugerichtete Leiche geworfen und unter hysterischem Schluchzen zugegeben, in Dougs Auftrag die Augenkissen im Studio immer wieder frisch mit Gift besprenkelt zu haben. Sie hatte sich dafür einer Putzmittel-Sprühflasche bedient, die sie vorher sorgfältig ausgespült hatte. Die Flasche war in ihrem Zimmer gefunden worden. Sie enthielt dieselbe Giftzusammensetzung wie die in der Flasche, die im Studio beschlagnahmt worden war. Doug hatte Cheri weisgemacht, es handele sich um einen Scherz, er wolle seine Exfrau, die ihn mit finanziellen Forderungen nerve, nur etwas ärgern. Nein, Cheri hatte keinen Zusammenhang zwischen diesem so genannten Scherz und den Todesfällen gesehen. »Wirklich nicht, Inspektor.« Es klang geradezu idiotisch. Aber gerade deshalb hatte Lily ihr geglaubt. Nicht so Inspektor Leung. Er hatte Cheri abführen lassen.

Die anderen Mädchen waren schon letzte Woche ausgezogen.

»Was meinst du, wäre die Wohnung vielleicht was für Kath?«

Lily starrte Rhonda an. »Ich dachte, du magst sie nicht?«

Rhonda zuckte mit den Schultern. »Muss ich sie mögen, um ihr eine Wohnung zu vermieten?«

Lily lächelte. »Ich weiß nicht. Ich glaube, sie will erst mal nach Indien.«

»Mit MacKenzie? Ich mag MacKenzie. Ein richtiger Mann.«

Rhonda legte den Kopf zurück. Die Sonne schien ihr ins Gesicht. Ihre Augen waren hinter einer riesigen Sonnenbrille verborgen. »Warten wir's ab«, murmelte sie. »Es eilt ja nicht. Hier.« Und sie reichte Lily das Handy rüber.

... nicht erreicht werden.

»Es ist der Verkehr auf der Interstate 5.« Lily drehte sich um. Ihr Vater stand hinter ihr. Er hatte ihr aus dem Café einen dreifachen Espresso und einen Heidelbeermuffin mitgebracht. Die Zeitung trug er unter dem Arm.

»Was weißt du denn über den Verkehr auf dem I 5«, sagte Lily. Doch sie nahm den Becher entgegen, trank einen Schluck und schüttelte sich.

»Germaine«, sagte Georg entschuldigend. »Sie hat den Kaffee heute selbst gemacht.« Er wich einem Jungen im Muskel-T-Shirt aus, der ein Aquarium zum Möbelwagen trug, und setzte sich dann auf einen der Eisenstühle, die auf dem Fußweg standen. Er schlug den *Chronicle* auf.

»Steht schon was drin?«

»Nein, so schnell geht das auch wieder nicht. Aber hier, schau dir das mal an.« Er reichte Lily den Lokalteil. »Hier, ganz unten links.«

Zum siebzehnten Mal findet diesen Monat die traditionelle schwul-lesbische Massenhochzeit in der City Hall statt. Während dieser jährlichen Zeremonie können sich – theoretisch übrigens auch heterosexuelle – Paare als domestic partners *registrieren lassen. Der Bürgermeister rechnet dieses Jahr mit über zweihundert Teilnehmern. Anmeldeformulare sind online über www…*

Lily ließ die Zeitung sinken. »Und?«

»Es wäre eine Geste«, murmelte Georg.

Bevor Lily fragen konnte, was er damit meinte, fuhr endlich Frank in seinem staubverkrusteten Volvo vor. Von jeder der vier Türen blickte starr ein gemaltes Auge. Er hielt mitten in der Straße und stieg aus, ohne erst den Motor auszumachen.

»Tut mir Leid, tut mir Leid!«, rief er atemlos. »Du hättest doch nicht gleich die Polizei … Der Verkehr auf dem Interstate 5…«

Lily ging zum Wagen und öffnete die Beifahrertür. Leo saß mit verschränkten Armen da. Auf der Straße lagen immer noch die Leuchtstangen, mit denen die Polizei am Morgen den Block abgesperrt hatte. Neugierige Nachbarn traten näher, drängten sich um den Wagen herum.

»Komm.« Lily berührte seine Schulter. Schließlich stieg er aus. Er bewegte sich langsam wie ein alter Mann. »Lass dich anschauen.« Die Worte blieben ihr im Hals stecken. Sie starrte Leo an. Leo starrte Lily an. Ihre Verletzungen waren vollkommen gleich, wenn auch spiegelverkehrt: das blaue Auge, die geplatzte Lippe, die Schramme auf den Wangenknochen.

»Leo!« Lily schloss ihn in die Arme. Er ließ es geschehen.

»Was ist passiert?« Lily trat einen Schritt zurück. »Was haben sie mit dir gemacht?« Sie fuhr ihm übers Haar. Er zuckte zusammen.

»Oh, entschuldige.«

»Schon gut.« Leo machte sich los. »Es ist nichts.«

»Nichts? Leo – wer hat dir das angetan – hat Kurt etwa …«

»Nein! Natürlich nicht!« Er wandte sich ab. »Es waren … es waren diese Typen aus dem Ort«, murmelte er. »Auf dem Heimweg von der Schule … im Wald … sie waren zu viert.«

»Oh, Leo!«

»Schon gut. Ist keine große Sache.« Er stemmte die Fäuste in die Taschen seiner übergroßen Jeans. »So was kommt eben vor. Ich wäre mit denen schon klargekommen. Aber die Großeltern sind halt durchgedreht. Besonders der Opa.« Sein Gesicht verzog sich, vor Schmerz oder einer besonders unangenehmen Erinnerung.

»Warum hast du mir denn nichts gesagt, Leo?«, fragte Lily. »Ich hätte doch nicht … ich verstehe das doch.« Hoffte sie wenigstens.

Leo schwieg. »Was hätte ich denn sagen sollen«, murmelte er schließlich. »Ich wusste ja selbst nicht … Erst diesen Sommer ist … habe ich …«

»Leo«, sagte Frank aufmunternd, »Leo, mein Junge –«, doch es fiel ihm ausnahmsweise nichts ein.

Lily legte einen Arm um Leo und führte ihn zum Hauseingang, der sich neben dem Café befand und der tagsüber abgeschlossen war. Die Neugierigen wichen auseinander. Lily suchte noch nach ihrem Schlüssel, als die Tür von innen geöffnet wurde.

»Ein bisschen früh für Halloween, findest du nicht?« Al lehnte wie zufällig am Treppengeländer. Sie wippte auf ihren dicksohligen Turnschuhen, wie sie es an dem Tag vor etwas mehr als vier Jahren getan hatte, als Lily und Leo in San Francisco angekommen waren. Das war in einem anderen Haus gewesen, in einem anderen Leben. Aber es war schon fast wieder dieselbe Al.

»Also, was ist?«, fragte Al. »Brauchst du jetzt auch Familientherapie? Kannst dich gleich in die Reihe stellen.«

Leo antwortete nicht.

»Komm schon, sag's mir.« Al ließ nicht locker. »Stimmt es etwa? Bist du schwul?«

Leo nickte. »Lass mich vorbei«, sagte er.

Al wich nicht vom Fleck. »Oh nein«, sagte sie. »Und schau mich nicht so an. Ich bin kein Junge. Ich will auch gar keiner mehr sein. Also mach dir bloß keine falschen Hoffnungen!« Sie boxte ihn in die Schulter. Er boxte zurück.

»Idiot!« Sie rannte davon, er rannte hinter ihr her, die Treppe hinauf.

»Ab sofort heiße ich wieder Alice!«, schrie sie.